Hardy Crueger

Das Blutspiel

Bisher vom Autor bei *KBV* erschienen:

Die Stunde der Flammen

Hardy Crueger, geb. 1962 in Oldenburg, studierte nach einer Facharbeiterausbildung Geschichte und Soziologie und lebt als freiberuflicher Schriftsteller in Braunschweig. Nach ersten Erfahrungen im literarischen Untergrund schreibt er heute Krimis, Psychothriller und Romane zu geschichtlichen Themen.

Außerdem leitet Crueger die »KrimiWerkstatt Braunschweig« und gibt die dort entstehenden Publikationen heraus. Seit 2014 ist er im Vorstand des Verbands deutscher Schriftsteller (VS) NDS/Bremen tätig.

Mit *Die Stunde der Flammen* veröffentlichte er 2015 bei KBV den ersten Thriller um das Ermittlerpaar Carsten Sanders vom LKA Niedersachsen und Mandy Kolwicz aus Sachsen-Anhalt. www.HardyCrueger.de

HARDY CRUEGER

das blutspiel

SANDERS & KOLWICZ BAND 2

KBV

Originalausgabe

www.kbv-verlag.de
E-Mail: info@kbv-verlag.de
Telefon: 0 65 93 - 998 96-0
Fax: 0 65 93 - 998 96-20
Umschlaggestaltung: Sabine Hockertz
unter Verwendung von: © Sasajo - www.fotolia.de
Lektorat: Nicola Härms, Rheinbach
Druck: CPI books, Ebner & Spiegel GmbH, Ulm
Printed in Germany
ISBN 978-3-95441-366-9

Bundesrepublik Deutschland
Strafgesetzbuch (StGB)

§ 211 Mord

(1) Der Mörder wird mit lebenslanger Freiheitsstrafe bestraft.

(2) Ein Mörder ist, wer
aus Mordlust, zur Befriedigung des Geschlechtstriebs, aus Habgier oder sonst aus niedrigen Beweggründen,
heimtückisch oder grausam oder mit gemeingefährlichen Mitteln oder
um eine andere Straftat zu ermöglichen oder zu verdecken,
einen Menschen tötet.

§ 212 Totschlag

(1) Wer einen Menschen tötet, ohne Mörder zu sein, wird als Totschläger mit Freiheitsstrafe nicht unter fünf Jahren bestraft.

(2) In besonders schweren Fällen ist auf lebenslange Freiheitsstrafe zu erkennen.

1. KAPITEL

1 – Peine, Freitag 7. Oktober, Nachmittag

Die Frauenstimme in dem kleinen Transistorradio sprach von der EU, islamistischem Terror, der Finanzkrise, Migranten und Börsenwerten. Sie sagte, dass Hannover 96 verloren und auch Eintracht Braunschweig nicht gewonnen habe. Erzählte vom zähfließenden Verkehr auf der A2. Und von einem aufziehenden Tiefdruckgebiet, das am Abend Niedersachsen erreichen und nur nördlich des Mittellandkanals Regen bringen sollte.

Andreas Petzold war das alles ziemlich egal. Auch der Regen. Denn er hatte heute frei und saß gemütlich in seinem Angelstuhl, der an einer dreieckigen Bucht auf der südlichen Seite des Kanals stand. Zufrieden öffnete er eine Bierflasche. Aber als Maite Kelly und Roland Kaiser aus dem kleinen Lautsprecher quäkten, war es vorbei mit der Zufriedenheit. »Warum hast du nicht *Nein* gesagt …«. Das momentane Lieblingslied seiner Frau.

Gleich heute Morgen, noch im Bett, hatten sie sich wieder gestritten. Nichts, was er in letzter Zeit tat und sagte, war ihr gut genug. Nach ihrer Ansicht wurde er immer mehr zu einem übel riechenden, wortkargen, dicken, mürrischen Monster, das zu nichts, aber auch gar nichts fähig war, und lange würde sie das nicht mehr mitmachen.

Nach dem Mittag hatte er sich wortlos sein Angelzeug angezogen, war in die Garage gegangen und mit Fahrrad und Anhänger losgefahren. Raus aus der Peiner Südstadt, runter zum Kanal.

Er seufzte und trank die Flasche in einem Zug halb leer. Nun saß er hier, rülpste und schaute auf das große Binnenfrachtschiff, das von einer kleinen weißen Motorjacht überholt wurde, an deren Heck die dänische Flagge im Fahrtwind wehte. Über das Wasser konnte man weit, weit weg fahren. Im Radio sang jetzt Udo Jürgens davon, dass er noch niemals in New York war.

Auch Andreas Petzold war noch nie in New York gewesen. Er merkte, wie ihm das Blut in den Kopf schoss. Warum nicht noch einmal einen neuen Anfang wagen? So wie diese »Auswanderer« im Fernsehen. Einige von denen schafften es tatsächlich. Er trank die Flasche leer. Warum eigentlich nicht? Auf nach Amerika! Seine Ehe stand vor dem Aus, er wurde nicht jünger, seine Tochter hatte sich mit einem Afrikaner eingelassen – rosig waren die Aussichten hier nicht. Seine Blase machte sich bemerkbar.

Der Angler nahm eine der langen Spitzen seines Schnurrbarts zwischen Daumen und Zeigefinger und zwirbelte sie herum und herum, als würde er spinnen. Noch war er nicht zu alt für eine Veränderung. Die Blase begann immer mehr zu drücken. Warum soll ich mich nicht trennen, fragte er sich, stellte die leere Flasche in die Halterung der Stofflehne und hebelte sich stöhnend aus dem Stuhl. Eigentlich war seine Ehe sowieso schon zu Ende. Er spürte, dass er nur noch einen kleinen Anstoß brauchte, einen kleinen Tropfen, der das Fass zum Überlaufen brachte. Es musste nicht gleich New York sein. Vielleicht könnte er erst mal zu seinem alten Kumpel Uwe nach Braunschweig? Nein, das ging nicht. Sie hatten sich seit fast einem halben Jahr nicht mehr gesehen, nur ab und zu telefoniert. Er konnte ihn nicht einfach anrufen und sagen: »Hey, Uwe, alte Socke! Kann ich mal für zwei, drei Monate bei dir pennen?« Nein, das ging nicht.

Andreas Petzold kniff die Augen zusammen und warf einen letzten Blick auf die beiden Posen im Wasser, die durch die Kielwellen der Schiffe hin und her tanzten. Eine neue Brille wäre auch mal nicht schlecht, dachte er, drehte sich um, stiefelte die Böschung hoch. Überquerte den Weg, stellte sich an den Rand eines Dickichts und öffnete die Hose gerade in dem Augenblick, als ein Auto auf der anderen Seite der Bucht auftauchte. Mist. Er stand da wie auf dem Präsentierteller, drückte die Büsche beiseite und drang ein paar Meter in das Wäldchen ein, bis man ihn nicht mehr sah.

Endlich konnte er die Hose öffnen und dem Urin freien Lauf lassen. Erleichtert ließ er seinen Blick über den Boden des kleinen Wäldchens schweifen. Vertrocknete Zweige und schwarzes Totholz lagen herum, dazwischen die vom letzten Sturm abgerissenen frischeren Äste und braunes Herbstlaub, das unter seinem Strahl prasselte. Hier könnte man glatt Pilze finden, dachte er und schaute sich um. Da vorn … nein, das war nur ein halb aufgerichtetes helles Blatt. Aber da, das könnten glatt welche sein. Er kniff die Augen zusammen. Drei kleine Boviste oder junge Röhrlinge, die durch das Erdreich stießen.

Er beschloss, sich das näher anzusehen. Vielleicht konnte er sich heute Abend frischen Fisch mit Pilzen in die Pfanne hauen. Seine Frau würde das sowieso nicht essen. Sie hasste Fisch und misstraute allem selbst Gesammelten aus der Natur. Petzold knöpfte die Hose zu, bückte sich, drückte ein paar Äste zur Seite und machte ein, zwei, drei Schritte auf die Pilze zu. Streckte den Kopf vor. Zog die Stirn kraus, riss die Augen auf, kniff sie wieder zusammen. Was da in einer Reihe aus dem Boden ragte, schienen gar keine Boviste zu sein. Das könnten ... Der Angler ging in die Knie und starrte wie hypnotisiert darauf ... das waren ... Zehen! Ein großer Zeh und daneben zwei kleine. An einem Fuß, der in der Erde verschwand. Und da war noch ein kleiner Zeh, aus dem sich weiße Maden wanden.

Andreas Petzold sprang auf. Verfing sich mit den Haaren in den überhängenden Ästen des Dickichts. Befreite sich mit schwingenden Armen. Brach durch die Büsche. Hastete zurück auf den Weg. Zog hektisch das Handy aus der Jackentasche und rief die Polizei an.

Er hatte Mühe, der Beamtin vom Polizeikommissariat Peine zu erklären, wo genau er sich befand: »Am Kanal, auf der südlichen Seite«, sagte er aufgeregt, »bei Berkum, da ist doch so eine Bucht. Da liegt ... ja, die dreieckige Bucht ... am Kanal ... da liegt, glaube ich, eine Leiche im Gebüsch. Zumindest habe ich einen Fuß gesehen ... ja, ich bin mir sicher, mit Zehen dran ...« Dann wartete er auf die Polizei.

Dem ersten Streifenwagen folgten innerhalb der nächsten Stunde noch einer und ein Bulli, dann kam ein Rettungswagen, dann ein Multivan der Spurensicherung, ein Zivilfahrzeug mit Mitarbeitern der Kriminalpolizei Peine und schließlich der Leichenwagen. Zwischendurch auch immer wieder Reporter verschiedener Medien, die penetrant versuchten, die Leiche zu fotografieren oder zu filmen und den Angler zu interviewen, der sie gefunden hatte. Aber der saß im Bulli, gab einem Polizisten seine Personalien, wartete, bis ein Beamter der Kriminalpolizei Peine in den VW Bus stieg. Ein älterer Mann, klein, gesetzt, mit einem runden Gesicht und einem grauen Haarkranz am Hinterkopf.

»Wie geht es Ihnen, Herr Petzold?«, fragte er, stellte ein Diktiergerät auf »Aufnahme« und legte ein Protokollblatt vor sich auf den kleinen Tisch.

»Ganz gut, danke«, sagte der Angler. »Ich dachte, Sie wollten wissen, wie ich den Toten gefunden habe.«

»Ja, natürlich, aber es gibt Menschen, die können den Anblick einer Leiche nicht gut ertragen.«

»Ich hab' nur ein paar Zehen gesehen, kein Problem.«

»Gut. Sie brauchen also keinen Psychologen. Dann erzählen Sie mal.«

»Also, ich saß dahinten am Kanal und war am Angeln …«

Nach der Befragung entließ der Kriminalhauptkommissar den Zeugen. Petzold ging zu seinem Angelzeug rüber, packte es zusammen und versuchte halbherzig, der Journaille und den Paparazzi zu entkommen. Es gelang ihm nicht. Man gab ihm ein bisschen Geld für ein paar Worte vor laufender Kamera. Er zwirbelte seinen Schnurrbart und erzählte, dass er die Zehen für Pilze gehalten hatte. Danach packte er seine Sachen zusammen und fuhr mit dem Fahrrad am Kanal entlang, unter der B65 hindurch, über den »Opfergraben« bis zum Peiner Hafen. Dort setzte er sich auf eine Bank und schaute einem Lastkahn zu, der mit viel Schrott im Bauch tief im Wasser lag, den Hafen verließ und irgendwo hinfuhr.

Er hatte eine Leiche gefunden. Der Tod konnte einen schneller ereilen, als man dachte. Dann war es zu spät. Dann ging nichts mehr. Rien ne va plus. Er nahm sein Handy und rief Kumpel Uwe in Braunschweig an.

Kriminaltechniker Dieter Neugebauer machte seinen Beruf ganz gerne. Dabei zu helfen, Verbrechen aufzuklären und Täter dingfest zu machen, war keine der schlechtesten Aufgaben in dieser Welt. Die Sicherung von Spuren bei einem Leichenfund lag ihm besonders, denn von seinem Charakter her war er akribisch veranlagt.

Zum Glück hatten die Beamten, die als Erste den Fundort der Leiche erreicht hatten, nicht alles zertrampelt und den Platz nur abgesperrt. Auch der Angler, der den Toten gefunden hatte, war ihm nicht näher als zwei Schritte gekommen. Alles war noch so, wie der oder die Totengräber den Ort verlassen hatten. Das war gut.

Einer seiner Kollegen hantierte mit der Fotokamera, und während der andere die Ausgrabungsgeräte herbeischaffte, nahm Neugebauer das Fundstück in Augenschein. Vier Zehen und der Ballen eines menschlichen Fußes ragten aus dem Erdreich und den braunen Blättern hervor. Der kleine Zeh war noch verborgen.

Der vierte wies eine Wunde auf, in der ein paar Maden herumkrochen. Dünne weiße Würmchen von drei bis vier Millimetern Länge. Von den Proportionen her würde er sagen, dass es ein männlicher Fuß war, von der Lage her ein rechter. Dort, wo unter dem Erdreich der Rest des Körpers verborgen sein müsste, wenn es sich nicht um einen einzelnen, abgehackten Fuß handelte, lagen mehr Laub und Äste als daneben.

»Wir werden uns ganz vorsichtig heranarbeiten müssen«, sagte er zu seinen Mitarbeitern, nahm eine kleine Schaufel und ließ sich auf die Knie nieder. »Wie bei einer archäologischen Grabung. Wenn wir den Leichnam erst freigelegt haben, sind alle Spuren in der Umgebung zerstört. Also, Obacht und höchste Sorgfalt, meine Damen und Herren.«

Zwei Stunden später hatten die Kriminaltechniker endlich jeden Quadratzentimeter im Radius von etwa drei Metern um die Leiche herum untersucht. Ein paar ziemlich unbrauchbare Fußspuren entdeckt, eine uralte Zigarettenschachtel, einen Nagel, ein in starker Auflösung befindliches Kondom, einige Fetzen halb kompostiertes Toilettenpapier und jede Menge kleinsten, in unterschiedlichen Stadien der Zersetzung befindlichen Plastikmüll. Auch auf dem Grab fanden sie nichts, was von Interesse war. Dann mussten sie Scheinwerfer aufstellen, um weiterarbeiten zu können.

Im weißen Schein Hunderter LED-Lämpchen machten sie sich an ihre grausige Arbeit und legten Stück für Stück die unbekleidete Leiche eines Mannes frei. Obwohl der Körper mit Erde verschmiert war, konnte man erkennen, wie furchtbar er zugerichtet war.

Neugebauer war ein Profi und arbeitete schon lange in seinem Beruf. Mentalen Abstand zu den Menschen zu halten, deren tote Körper man untersuchte, war das erste Gebot, damit er auch nicht häufiger als andere Menschen zur Psychotherapie gehen musste. Es war ein Kadaver, den er da untersuchte, nichts weiter. Ob der vorher Frosch oder Schaf oder Schwein geheißen hatte, war völlig Wurst. Es war ein technischer Vorgang, kein emotionaler. Trotzdem ertappte er sich bei dem Wunsch, dass dem Opfer die grausamen Wunden, die er jetzt schon ausmachen konnte, nicht durch Folterung zugefügt worden waren, sondern erst nach seinem Tode.

Im Scheinwerferlicht kam ein junger, spindeldürrer Kommissar der Mordkommission der Kripo Braunschweig, die für den Bezirk Peine zuständig war, auf die Fundstelle zu. Blass schaute er nur kurz auf den Toten, kratzte sich den im Wuchs befindlichen Vollbart und wendete sich Neugebauer zu: »Klunker, guten Abend. Das sieht ja furchtbar aus.«

»'nabend. Neugebauer«, sagte der Forensiker, erhob sich und zog den Mundschutz ab. »Ein Mann, wie unschwer zu erkennen ist. Ich würde ihn auf nicht älter als dreißig Jahre schätzen. Er ist ein Meter zweiundachtzig groß und wog vielleicht fünfundachtzig Kilo. Die Leiche ist nackt, und wir konnten bisher nichts Persönliches bei ihr finden. Wir denken, dass er seit vier, höchstens sechs Tagen hier liegt. Eine Zehe wurde bereits angefressen, vielleicht von einer Ratte.«

»Aha.« Der Kommissar blickte in die Grube. Die Kopfhaut über der Stirn und ein Teil des Gesichts fehlten, und man konnte die hell schimmernden Schädelknochen sehen. Eine dunkle, leere Augenhöhle, das Nasenbein, zerrissene Haut.

»Das … das sieht ja alles … nicht besonders … schön aus …«, sagte Klunker, wurde noch eine Nuance bleicher und unterdrückte ein Würgen.

»Wenn Sie brechen müssen, dann bitte nicht hier.« Und reiß dich zusammen, Mensch, das ist dein Job, dachte Neugebauer.

Der junge Mann sah nicht noch einmal die Leiche an, nur Neugebauer ins Gesicht: »Können Sie … können Sie schon etwas zur Todesursache sagen?«

»Nein. Da sind so viele Verletzungen, das muss die Obduktion ergeben.« Neugebauers Blick glitt über die mit Erde verschmierte Brust, der auf der rechten Seite ein etwa Handteller großes Stück Haut fehlte. Siffendes, schwarzes Fleisch, in dem sich weiße Maden wanden. »Er wurde getötet und hierhergebracht. Ich vermute, dass auf eine ziemlich altertümliche Art und Weise seine Identität verschleiert werden sollte. Man hat sich sogar die Mühe gemacht und seine Fingerkuppen abgeschnitten.« Er ging in die Hocke, griff in die Grube und hob eine Hand des Toten hoch. »Hier, sehen Sie?« Dort, wo die Fingerkuppen hätten sein sollen, waren nur Fleischwunden zu sehen, aus denen hin und wieder ein kleiner bleicher Knochen ragte. »Aber es ist nur Stückwerk, denn sie haben ihm nicht alle Zähne herausgebrochen.« Neugebauer erhob sich wieder. »Er sollte hier liegen und vermodern. Das war der Plan. Vermutlich führt seine Identität zu den Mördern.«

Kommissar Klunker schaute nicht auf die filetierten Fingerkuppen, sondern nur dem Kriminaltechniker fest in die Augen, und nickte übertrieben. So verschieden sind die Gemüter, dachte Neugebauer und schaute auf den entstellten Körper. Die einen können so etwas tun und die anderen so etwas nicht mal ansehen. Aber es reizte ihn, den Kommissar ein bisschen zu erschrecken. So, wie er seine kleine Schwester früher mit einem Regenwurm erschreckt hatte, zeigte er auf den halb gesichtslosen Schädelknochen des Opfers, auf das mit Erde und Blut verschmierte Schädeldach, die zerrissene Haut über den Augenhöhlen.

»Sehen Sie? Die Haare sind größtenteils entfernt worden. Er wurde regelrecht skalpiert. Kann sein, dass die längliche Rissverletzung da am Hals die tödliche Wunde war. Sieht aus wie mit einer Säge …«

Der junge Mann folgte mit seinem Blick dem Zeigefinger, schlug die Hand vor den Mund, drehte sich um, rannte ein paar Schritte und übergab sich. Mann, dachte Neugebauer, der ist echt sensibel. Aber wahrscheinlich fehlte ihm einfach ein bisschen Erfahrung.

Der Kriminaltechniker wendete sich wieder der Leiche zu und schaute auf einen runden Einstichkanal im Oberkörper des Mannes. Oberhalb des Herzens. Der Blutverlust allein durch diesen Einstich und die Risswunde am Hals musste immens gewesen sein. Gemeinsam mit den Kollegen hob er den Toten aus dem Grab. Die vom Leichenwasser feuchte Erde klebte an ihm. Sie legten ihn auf eine Plastikplane, drehten ihn auf die Seite. Neugebauer entfernte vorsichtig die Erdanhaftungen. Das Loch, das er in der Brust entdeckt hatte, verlief nicht durch den ganzen Körper, denn er fand keine Austrittsstelle. Aber er sah, dass auch auf dem Rücken mindestens zwei große, rechteckige Hautstücke fehlten.

Sie maßen die Temperatur der Luft und des Gehirns, machten weitere Fotos und legten den blutleeren Ermordeten vorsichtig auf die Bahre. Untersuchten noch einmal akribisch den Fundort, während Kommissar Klunker nach Braunschweig zurückfuhr und der Leichnam in das Rechtsmedizinische Institut der Medizinischen Hochschule Hannover gebracht wurde.

2 – Braunschweig, Montag, 10. Oktober, Nachmittag

Die Frau lag regungslos auf dem Bett. Auf dem Rücken, ohne Decke und atmete regelmäßig, als würde sie schlafen. Ihre Beine waren gespreizt und an die Bettpfosten gefesselt. Der schwarze, hochgeschnittene Slip betonte ihre langen Beine, auf denen sich Rosenranken emporschlängelten. Der hauchdünne Stoff bedeckte ihre Scham wie eine Phantasmagorie und entließ einen kleinen bunten Schmetterling, der stetig auf ihren Bauchnabel zuflog. Das Piercing darin funkelte im Licht eines Punktstrahlers. Ihr nackter Busen hob und senkte sich im Rhythmus ihres Atems. Den Kopf hatte sie auf die Seite gedreht und in ihr dunkles, lockiges Haar gebettet. Am Hals zeichneten sich Sehnen und unnatürlich dicke Adern ab. Auch die Arme mit den verschlungenen Tätowierungen waren an das Bett gefesselt.

Der Mann stand an der Seite des Bettes und betrachtete die schlafende Frau. Verschlang ihren Körper mit

Blicken. Ließ ihn über die Beine gleiten, den Schoß, die Brust. Verweilte auf ihrem Gesicht, fixierte den Hals. Und bekam endlich eine Erektion. Er setzte sich auf die Bettkante, streckte eine Hand aus und legte sie auf ihren Venushügel. Ließ die Fingerspitzen über den dünnen Stoff gleiten, umfasste mit der anderen sein Glied. Fixierte den Hals der Frau. Fletschte stöhnend die spitzen Zähne. Er musste genau den richtigen Augenblick abpassen. Griff nach ihrer Brust. Massierte sie. Röchelte. Zog gleichzeitig seine Vorhaut hin und her. Begann zu knurren. Bleckte die spitzen Eckzähne. Endlich. Endlich. Endlich! Ein Orgasmus! Er riss den Mund auf, stürzte sich auf die Frau, und da war er. Im gleichen Moment, als er ihr in den Hals biss, sie sich schreiend aufbäumte und ihr Blut zu fließen begann, floss auch sein Samen. Weiß und Rot. Schneeweißchen und Rosenrot. Unschuld und Verderbtheit. Opfer und Vampir. Der Mann stöhnte und keuchte. Verschmierte das Blut mit seinen Lippen, rieb sein Gesicht darin. Leckte seufzend das süße Blut vom weißen Hals der wimmernden Frau. Es war herrlich. Die Erfüllung seines geheimsten Wunsches: einen Menschen zu beißen und ihm das Blut auszusaugen wie ein Vampir.

3 – Hannover, Montag, 10. Oktober, Nachmittag

Kriminaloberkommissar Carsten Sanders lag in seinem Bürosessel, die Beine auf dem Schreibtisch, die Arme hinter dem Kopf verschränkt, und schaute aus dem

Fenster. Vier Uhr, noch eine Stunde, dann war der Montag endlich um, zumindest im Büro. Der frustrierende Montag, ein *frustratingly monday.* Er nahm die Hände vom Kopf, griff nach dem Blatt Papier auf seinem Schoß, schrieb ein paar Zeilen unter einen Vers, der bereits darauf stand und der ein neuer Song für seine Band werden sollte. Es ging um Frustrationen im Allgemeinen. Im Besonderen aber die eines Kriminalbeamten im Dezernat 35 des LKA Niedersachsen.

Über ein Jahr hatten er und Kollegen aus ganz Europa daran gearbeitet, ein Netz von Menschenhändlern zu zerschlagen. Der Zugriff auf die führenden Köpfe der gut organisierten Bande hatte vor einigen Monaten in drei Ländern zeitgleich und erfolgreich stattgefunden. Heute Morgen hatte er die Urteile der drei beteiligten Männer, die in Deutschland vor Gericht gestanden hatten, erfahren. Einer musste für eineinhalb Jahre ins Gefängnis, einer bekam acht Monate auf Bewährung. Der Dritte wurde freigesprochen, weil er jung und angeblich nur der Fahrer gewesen war. Das hatten die Männer als Strafe dafür bekommen, dass sie mindestens zwanzig Frauen, Mädchen und Jungen aus Georgien und Aserbaidschan dem sexuellen Verlangen von Männern geopfert hatten. Dass sie zwanzig Menschen körperlich misshandelt, versklavt und seelisch zerstört hatten.

Außerdem war ihm schon gleich heute Morgen der Kaffeebecher aus der Hand gerutscht, sein Bruder Ulli hatte verschlafen und ihn angegiftet, ein Radfahrer hatte ihm die Vorfahrt genommen – und dann auch noch rumgeschrien und ihm gedroht, als er ihn darauf hingewiesen hatte. »*Frus-tra-tingly monday …*«, brummte Sanders.

Gerade hatte er das letzte Wort der zweiten Strophe für den neuen Song seiner Band *Riders in the 21st century* aufgeschrieben, als es an die Tür klopfte. Carsten sagte: »Herein«, ohne die Beine vom Tisch zu nehmen.

Bernd Janischke, Leiter des Dezernats »Organisierte Kriminalität und Menschenhandel«, betrat Sanders Büro. Mit geneigtem Kopf und einer dünnen roten Pappmappe in der Hand. »Carsten. Du wirst es nicht glauben«, sagte er resigniert. »Jetzt ist es so weit. Ich habe es gerade erfahren. Vom Abteilungsleiter König höchstpersönlich. Es ist so … frustrierend.« Bernd stand da, in einer schlackernden Jeans, mit hängenden Schultern, dunklen Ringen unter den Augen, wirrem Haar und schlecht rasiert.

Carsten schaute seinen Chef mitleidig an. In letzter Zeit hatte er sich verändert. Lachte kaum noch, und immer war sein Glas halb leer, nie halb voll.

»Was ist denn los, Bernd?«, fragte er. »Wurde dein 97. Antrag auf vorzeitigen Ruhestand abgelehnt?«

»Ach, Carsten, sei nicht albern. Zwanzig Jahre muss ich hier noch schuften, das weißt du ganz genau. Aber die zwanzig Jahre werden jetzt richtig zur Hölle«, sagte Bernd und setzte sich.

Carsten seufzte. »Na komm, dann erzähl mal.« Er ertappte sich in letzter Zeit immer öfter dabei, dass er mit seinem Chef redete wie mit seinem Bruder. Nur war der geistig behindert und nicht Beamter im höheren Dienst.

»Das ganze Gebäude wird saniert.«

»Oha!« Sanders nahm die Beine vom Tisch und richtete sich auf. »Wirklich? Seit Jahren wird davon geredet.«

»Und zwar schon ziemlich bald. Nächstes Jahr im Januar soll es losgehen.«

»Was? So schnell geht das auf einmal?«

»Ja. Aber weißt du, was das bedeutet? Ein halbes Jahr Dreck und Lärm, mindestens. Und dann sitzen wir alle in einem Großraumbüro. Carsten, ich weiß wirklich nicht, ob ich das auch noch ertragen kann. Das ist so eine schreckliche Vorstellung. Wir werden alle zusammen in einem einzigen Raum sitzen. Mit Fenstern zum Flur hin. Wo jeder reingaffen kann. Ich weiß nicht, ob ich das durchhalte … ich … ich …«

Früher hätte sein Freund und Vorgesetzter Bernd Janischke über so etwas gescherzt, und sie hätten gemeinsam darüber gelacht. Aber jetzt saß der kleine Mann wie ein begossener Pudel auf dem Stuhl neben Carstens Schreibtisch.

»Hey, Bernd«, sagte Carsten, beugte sich vor und tätschelte seinen Arm. »Was ist denn nur los mit dir? Es ist doch gar nicht der Umbau, oder? Es gibt Lösungen. Wir könnten uns in einer gemütlichen Ecke separieren. Mit hochgewachsenen Zimmerpflanzen und Aktenschränken. Sieh es doch mal positiv. Kürzere Wege, mehr Kommunikation, bessere Arbeitsbedingungen.«

»Du hast ja recht, Carsten.« Bernd stützte den Ellenbogen auf den Schreibtisch. Legte schwer die Stirn in seine Hand. »Aber in letzter Zeit geht mir das hier alles so dermaßen an die Nieren. Ich kann das bald nicht mehr mitmachen. Ich fühle mich so leer. So ausgebrannt.«

»Ich glaube, da bist du nicht der Einzige.«

»Wo ist denn da der Sinn? Für eine Bande, die wir zerschlagen, bilden sich drei neue, die noch brutaler sind. Die Leute, die wir schützen sollen, vertrauen uns nicht. Die Richter denken oft nur an das Wohl der Täter und vergessen die Opfer. Es ist alles so … verschroben. So ungerecht. Sinnlos.«

Carsten nickte stumm. Sein Chef schien in eine Krise zu rutschen. »Ach, Bernd. Hast du dich mal für eine Supervision angemeldet?«

»Supervision.« Bernd richtete sich auf, nahm den Ellenbogen vom Tisch und seufzte. »Die bringt auch keine Gerechtigkeit. Hier, das wollte ich dir geben. Kam eben rein. Eine Anfrage vom Dezernat 32 zu einem unbekannten Toten. Aus Peine. Hast du vielleicht schon in den Nachrichten gehört.« Er hielt Carsten die Mappe hin.

Sanders nahm sie nicht an. »Nein, habe ich nicht. Aber was soll *ich* denn damit?« Er hatte wirklich nicht gern mit Tötungsdelikten zu tun. Die Mordserie vor drei Jahren hatte ihn weit mehr als ein paar verbrannte Haare gekostet. Seitdem hatte sich sein Verhältnis zu Feuer verändert. Bei jedem Kaminfeuer, bei jedem Grillabend, wenn er das geröstete Fleisch roch, flammte die Erinnerung daran wieder auf.

»Du sollst dir das mal ansehen. Vielleicht ist das Opfer Mitglied einer Bande. Ich glaube, es gibt Hinweise darauf. So genau hab ich mir das nicht durchgelesen.« Bernd legte die Mappe auf den Schreibtisch und stand auf. »Wenn du nicht ermitteln willst, ist es auch egal. Das hat ja sowieso keinen Zweck. Mach's gut, Carsten«, sagte er und ging. Langsam und gebeugt, als würde er eine zentnerschwere Last tragen.

Kriminaloberkommissar Carsten Sanders kannte den Frust und die Zweifel, die sich in den Köpfen vieler Kollegen eingenistet hatten. Bei den Uniformierten draußen auf der Straße noch mehr als hier bei ihnen im Amt. Vielleicht hing das bei Bernd aber auch irgendwie mit dem Tod seiner Mutter zusammen, bei der er nach dem Scheitern seiner letzten Beziehung vor ein paar Jahren wieder eingezogen war. Vielleicht war er einfach einsam, dachte Sanders und schlug seufzend die rote Mappe auf.

Von LKA NDS, Abtlg. 3, Dezernat 32, Zentralstelle Gewalt, Vermisste/unbekannte Tote

An LKA NDS, Abtlg. 3, Dezernat 35, Zentralstelle Organisierte Kriminalität, Menschenhandel

Aktenzeichen: 07102016-PE-UbkT-m

Montag, 10.10.

Mit der Bitte um Abgl. des DNS-Profils in Zentral- und Europol-Datenbanken und Prüfg. auf evtl. Verbindg. im Schleuser- sowie Menschenhandelmilieu.

Gez. G. Horn

Anlagen: Fallprotokoll

Zeugenaufnahme

Berichte: Spurensicherung, Obduktion

Bildmaterial: Fundort, Leiche

Nichts Überflüssiges, nichts Nettes, nichts Kollegiales, danke, Herr oder Frau G. Horn, da macht die Arbeit richtig Spaß, dachte Sanders und begann zu lesen. Schon nach den ersten Sätzen hätte er brechen können. Der würdige Abschluss für einen *frustratingly monday.* Aber voll abscheulicher Faszination und beruflicher Neugier las er weiter und weiter und erfuhr immer mehr über den Tod des etwa dreißigjährigen Mannes, den ein Angler am Freitag der vergangenen Woche im Gebüsch einer Baumgruppe am Mittellandkanal bei Peine gefunden hatte.

Als er noch lebte, war er ein großer, gut durchtrainierter Mann mit mehr Muskelmasse als Fett gewesen. Die Leiche war nackt vergraben worden und hatte etwa sechs Tage dort gelegen. Der Todeszeitpunkt lag für die Rechtsmediziner mit höchster Wahrscheinlichkeit in der Nacht von Samstag, den 1. Oktober, auf Sonntag, den 2. Oktober, zwischen achtzehn Uhr und null Uhr; die Zeit der Leichenablage wahrscheinlich Sonntagmorgen zwischen null Uhr und sechs Uhr. Die Todesursache gaben sie mit Verbluten an, was angesichts der langen Liste seiner Wunden, unter anderem Verletzungen der Aorta und der Halsschlagader und der Misshandlungen kein Wunder war. Sie hatten sie in *ante mortem* und *post mortem* eingeteilt.

Sanders überflog die Einzelheiten nur. Die lange Liste der Beschreibungen und lateinischen Fachausdrücke der verletzten Hautpartien und Organe, der Hämatome, der Schnitt- und Stichverletzungen und der großen Wunde am Hals. Die fehlenden Hautstücke, Fingerkuppen und einige Zähne. Von der Skalpierung und dem teilweise entfernten Gesicht. Dann las er sich die Zusammenfassung und Einschätzung des rechtsmedizinischen Teams um Prof. Dr. med. Tekanaki der MH Hannover durch:

»Die dem Opfer *ante mortem* beigebrachten Verwundungen, insbesondere Abwehrverletzungen an den Händen und Prellungen an den Unterarmen, deuten auf ein kämpferisches Szenario hin.
Mit welchen Waffen die beiden stichartigen Verletzungen in der rechten Brust und über dem Herzen hervorgerufen wurden, muss noch eruiert werden.
Die rissartige Wunde könnte durch eine Art Säge verursacht worden sein. Vielleicht durch den Versuch, das Opfer zu enthaupten. Dass es sich dabei um eine Bisswunde handelt, wäre nicht in Gänze auszuschließen. Exaktere Untersuchungsergebnisse sind zu erwarten.
Schnittmarken auf dem Schädelknochen lassen die Vermutung zu, dass der Verlust der oberen Gesichtshaut auf eine nicht fachgerechte Entfernung der Kopfschwarte (Skalpierung) zurückzuführen sein könnte oder aber auf den Versuch, das Opfer *post mortem* unkenntlich zu machen.
Die Entfernung der Fingerkuppen deutet genauso auf den Versuch hin, die Identifizierung des Opfers zu erschweren, wie die herausgebrochenen Zähne. Es liegt aber im Bereich des Möglichen, dass nur Zähne entfernt wurden, die zahnmedizinische Behandlungen erfahren haben oder einen gewissen Wert besaßen (Edelmetall).
Der Mageninhalt (Salamipizza, gemischter Salat, Weißbrot, Energydrink) ist ca. drei bis vier Stunden vor dem Tode in den Körper eingebracht worden.

In Leber und Haaren deuten Spuren von THC und Alkaloide auf einen wiederkehrenden Drogenkonsum (u. a. Cannabis, Kokain) hin.
Am Genital fanden sich Spuren von Sperma, vermutlich mit Menstruationsblut vermischtes Scheidensekret, was auf einen vollzogenen Koitus vor seinem Ableben hinweist.
Die nähere Umgebung des Fundortes der Leiche sollte umgehend auf ein zweites Opfer oder Leichenteile untersucht werden! Die Körperflüssigkeiten der Frau befinden sich noch in der DNS-Analyse.
Warum in mehreren Bereichen, u. a. des oberen Rückens, der rechten Brust und der linken Wade, Hautpartien entfernt wurden, entzieht sich der Erkenntnis des Obduktionsteams. Die Vermutung, dass damit eine Beschleunigung der Verwesungsprozesse eingeleitet werden sollte, wurde ausgesprochen.
Nach dem ersten noch zu bestätigenden Ergebnis der Zahnschmelzanalyse, die durch eine freie Kapazität im Labor bereits durchgeführt werden konnte, ist der Mann höchstwahrscheinlich in Südosteuropa aufgewachsen, im nördlichsten Teil des alpidischen Gebirgsgürtels, sehr wahrscheinlich westlich des Karpatenbogens in Rumänien.«

Sanders schnappte sich einen Notizzettel und legte eine Stichwortliste zu erledigender Arbeiten an. Als Erstes schrieb er den Namen des Kollegen von der Mordkommission in Braunschweig auf: Kriminalhauptkommissar Martin Klunker. Den wollte er anrufen und fragen, ob bereits nach einer weiteren Leiche gesucht wurde. Dann nahm er sich den Bericht der Spurensicherung vor.

Als er den Namen des Verfassers las, musste er lächeln. Herr Neugebauer, den kannte er. Ein alter Hase, der ihm im Fall des irren Serienmörders wertvolle Hinweise gegeben hatte. Den Namen notierte er als nächsten, noch bevor er dessen Beschreibung der Auffindesituation und des Fundortes zu lesen begann und sich die Lage auf Satellitenbilder im Internet anschaute. Ihm fiel ein gekalkter Acker auf, der westlich von Peine als weiße, asymmetrische Form zwischen dem gleichförmigen Flickenteppich der grünen Felder hervorstach. Daneben die dreieckige Bucht, die Nase am Rande des Mittellandkanals. Er zoomte hinein und sah sich die Gegend des Fundortes an, schaute auf die beigelegten Fotos, las im Bericht.

»Weder in der näheren, größtenteils unberührten Umgebung des Grabes noch im weiteren Umkreis konnten bisher verwertbare Spuren der oder des Täters gefunden werden. Wegen des Wurzelwerks, evtl. auch aus Zeitmangel, wurde das Erdloch nicht lang und nicht tief genug ausgehoben, sodass mehrere Zehen des rechten Fußes von einem Tier, vermutlich einer *Rattus norvegicus,* von Erde befreit und angefressen werden konnten. In dieser Wunde nisteten in kürzester Zeit Maden der Familie der *Calliphorida*.

Aller Wahrscheinlichkeit nach wurde die Grube mit einem scharfen Spaten ausgehoben. Es ist aber auch möglich, dass für dickere Wurzeln eine Axt oder ein Beil benutzt wurde.

Die Leiche lag auf dem Rücken. Durch die Enge der Grube wurde das Kinn auf die Brust gedrückt. Die Arme lagen über Kreuz auf dem Rumpf, unter dem sich nur wenig Blut und Leichenwasser befanden. Die intensive Untersuchung der Grube brachte keine Ergebnisse zutage.«

Sanders starrte auf den Bildschirm. Vergrößerte die Gegend um den Fundort noch weiter. Das Wäldchen, bis die Baumkronen unscharf wurden. Eigentlich müsste da mal jemand hinfahren und sich das ansehen, dachte er und strich sich über das fliehende Kinn. Dann schaltete er wieder auf die Kartenansicht um und zoomte aus der Gegend raus. Nördlich, keine vier Kilometer entfernt, verlief die A2, weiter westlich die A7. Der Totengräber konnte von überall hergekommen sein. Sogar über den Kanal.

Wie wurde die Leiche transportiert?, schrieb er auf den Zettel unter Neugebauers Namen.

Die Fotos der Leiche sah er sich nicht an. Nicht an einem Montag kurz vor Feierabend. Er blätterte zurück und las stattdessen den formellen Polizeibericht, wer wann die Notrufzentrale angerufen hatte. Was die uniformierten Kollegen am Einsatzort vorgefunden hatten. Welche Aussage der Zeuge gemacht hatte. Wie das routinierte Zusammenspiel polizeilicher Akteure nach dem Auffinden einer menschlichen Leiche begann. Und dass die Suche nach weiteren Zeugen in den umliegenden Dörfern Berkum, Rosenthal, Handorf und in der Stadt Peine begonnen hatte, nachdem man den ungefähren Zeitpunkt der Leichenablage bestimmt hatte. Dann rief er den Kriminaltechniker an.

»Hallo? Neugebauer hier«, hörte er die hohe männliche Stimme.

»Guten Tag, Herr Neugebauer. LKA Niedersachsen, Oberkommissar Sanders am Apparat.«

»Guten Tag. Sanders? Den Namen habe ich doch schon mal irgendwo gehört …«

»Ja. Vor ein paar Jahren. Als ein Serienmörder nacheinander fünf Frauen verbrannt hat. Einer der Scheiterhaufen lag in Ihrem damaligen Zuständigkeitsbereich. In Hillerse war das, glaube ich. Sie sind nicht mehr in Gifhorn tätig?«

»Nein, nein. Die Liebe, wissen Sie. In Hillerse, ja, das war eine ziemlich unschöne Sache.«

»Sie hatten mir damals wertvolle Hinweise gegeben. Schön, dass Sie noch nicht in Pension sind. Ein Mann mit Ihrer Erfahrung ist in der Aufklärung von Tötungsdelikten kaum zu ersetzen.«

»Oh, danke für die Blumen. Aber es gibt Nachwuchs.«

Sanders zog die Augenbrauen hoch. »Bei Ihnen? Da gratuliere ich aber.«

»Nein, nein, dafür sind wir zu alt.« Neugebauer lachte kurz auf. »In meinem Beruf, meinte ich. Wobei kann ich Ihnen denn heute helfen? Es geht doch sicher um den Leichenfund letzten Freitag, am Kanal?«

»Genau.«

»Und da ermittelt jetzt das LKA?«

Sanders lächelte: »Wir helfen, wo wir können. Sie haben die Leiche gesehen und wie übel sie zugerichtet ist …«

»Übel, das kann man wohl sagen. Der junge Kollege aus Braunschweig hat sich übergeben müssen.«

»Das glaube ich gern. Man könnte vermuten, dass es sich um einen Mord im Milieu von organisierter Kriminalität handelt. Vielleicht ist er das Opfer eines Bandenkrieges.«

»Das habe ich mir auch gedacht. Allerdings gab es keine Schusswunde, soweit ich das gesehen habe.«

»Das stimmt ...« Sanders notierte es auf seinem Zettel. »Herr Neugebauer, ich war noch nicht persönlich am Tatort, habe mir aber die Gegend im Internet angesehen. Was meinen Sie, wie hat der Täter den Leichnam da hingeschafft? Mit einem Auto oder einem Boot?«

»Die Täter. Ich gehe davon aus, dass es zwei Personen waren, die den Körper dort verscharrt haben. Der Mann war groß und schwer. Außerdem geht das Einbuddeln dann schneller: Der eine hackt, der andere gräbt.«

»Hackt was?«

»Na, die Wurzeln durch.«

»Okay ...« Sanders schrieb die These auf.

»Zu Ihrer Frage: Ich glaube, dass die mit dem Auto gekommen sind. Die Fundstelle ist fast vollkommen von Bäumen und Gebüsch umgeben. Nur in der vom Kanal abgewandten Richtung ist eine größere Lücke. Dorthin zeigte auch der Kopf der Leiche. Der Angler, der den Toten gefunden hat, ist von der Kanalseite her gekommen und hat sich in das Gebüsch geschlagen, weil er urinieren musste. Der Fußpfad, der sich an dem Wäldchen entlangzieht, ist fast dreißig Meter entfernt. Ich glaube, die Totengräber haben im Schutz der Bäume geparkt, dann die Leiche in das Wäldchen getragen und wussten gar nicht, dass es nicht weit hinter der Grabung schon wieder zu Ende war.«

»Gut, kommen wir zu der Leiche. Sie konnten keine Spuren einer Fesselung feststellen?«

»Nein, dann hätte ich das doch in meinem Bericht erwähnt.«

»Stimmt. Als Nächstes habe ich eine Frage zu den fehlenden Hautstücken. Warten Sie ...« Sanders blätterte in der Mappe. »Moment … ah, da. Im Obduktionsbericht steht das so: *Warum in mehreren Bereichen, u. a. des oberen Rückens, der rechten Brust und der linken Wade, Hautpartien entfernt wurden, entzieht sich der Erkenntnis des Obduktionsteams. Die Vermutung, dass damit eine Beschleunigung der Verwesungsprozesse eingeleitet werden sollte, wurde ausgesprochen.* Würden Sie diese Vermutung teilen?«

»Hm …« Neugebauer schwieg zwei Atemzüge lang. »Eigentlich nicht. Dann hätten die Stücke wahrscheinlich mit in der Grube gelegen, wir haben aber nichts dergleichen gefunden. Ich fand das auch recht merkwürdig. Meine erste spontane Idee war, dass der Mann an diesen Stellen tätowiert war.«

Sanders stutzte. »Sie meinen, man hat Tattoos aus dem Mann herausgeschnitten?«

»Das könnte ich mir vorstellen. Vielleicht waren das Motive, die mehr über den Toten verraten haben als die, die man nicht entfernt hat.«

»Der Körper ist tätowiert? Das steht gar nicht in dem Bericht. Aber vielleicht … warten Sie … sind welche bei den Fotos dabei …«

»Ganz bestimmt. Ich kann mich nicht mehr an die Motive erinnern. Waren wohl nichts Besonderes.«

Sanders blätterte in der Mappe weiter nach hinten, zog die Bilder der Leiche, die er sich nicht hatte ansehen wollen, aus einer Klarsichthülle, fächerte sie auseinander, und … »Tatsächlich. Es sind wirklich Fotos von zwei blassen Hautverzierungen dabei. Ein furchtbar schlecht gemachter Löwenkopf auf dem linken Oberarm und ein schwarzes Kreuz über dem Herzen. Das ist aber durch den großen Einstich beschädigt.«

»Ein gläubiger Mensch.«

»Das war er vielleicht. Und durchtrainiert und kräftig.« Sanders schaute auf die muskulösen Arme des Toten.

»Das war er auf jeden Fall.«

»Ein Bodybuilder …«, sagte der Kommissar leise, mehr zu sich selbst als laut ausgesprochen.

»Kann sein. Auf jeden Fall hat er an Gewichten und Geräten trainiert.«

»Vielleicht in einer JVA.«

»Vielleicht in einer JVA. Finden Sie die Muckibude, und dann wissen Sie mehr über ihn.«

»Das werde ich tun. Vielen Dank, Herr Neugebauer, für Ihre Überlegungen.«

»Keine Ursache. Sie können mich jederzeit anrufen. Auf Wiederhören.«

Sanders legte auf. Starrte vor sich hin. Auf den Schreibtisch. Dann doch auf die Fotografien des Ermordeten.

Kein Wunder, dass der Kollege aus Braunschweig sich hatte übergeben müssen. Kommissar Klunker, den wollte er doch anrufen, wegen einer eventuellen zweiten Leiche. Schnell suchte er in der Mappe nach der Nummer und rief die Kripo in Braunschweig an. Aber der Mann hatte sich krankgemeldet, sagte die Kommissarin am anderen Ende. Und so fragte er sie, ob die Suche nach einer vermuteten zweiten Leiche bereits angelaufen sei. Die Frau bejahte das und bedankte sich für die unnötige Nachfrage.

Sanders räumte seinen Schreibtisch auf, wusch Kaffee- und Teebecher aus und warf sich das dunkelblaue

Jackett über. Der Tote war tot, es gab keine aktuelle Bedrohung, die Zeit saß ihm nicht im Nacken wie in dem Fall des Mordbrenners. Alle weiteren Schritte, die er zur Identifizierung des Mannes einleiten musste, konnten bis morgen warten. Siebzehn Uhr war Dienstschluss, und er ließ seinen Bruder Ulli nicht gern länger als nötig allein.

4 – China, Dienstag, 11. Oktober, +8 Stunden

Xui Chenglong rutschte auf seinem Stuhl hin und her und freute sich wie ein kleiner Junge auf die »Köstlichkeiten nach Mitternacht«, die er in den nächsten Stunden zu sich nehmen würde. Schon lange, seit dem vergangenen Hundefleischfest vor einem viertel Jahr, hatte er nichts derart Erbauliches mehr gegessen.

Er schaute sich im »Zimmer der Aufrechten« um, nickte seinem Gegenüber zu, der unentwegt mit seinen Nachbarn plauderte. Der Kollege, der an dem ebenso lukrativen wie innovativen Vertragsabschluss mitgearbeitet hatte. Beide hatten sie der Großreederei »China Ocean Shipping Company« einen Weg in die Zukunft geebnet, als sie einen Flughafen in Deutschland gekauft hatten. Den ersten der COSCo, um die langfristig angestrebte Entwicklung im Luftfrachtgeschäft umzusetzen und endlich die Unabhängigkeit von internationalen Fluglinien zu erlangen. Sie hatten den ersten Schritt getan, und der Firmenvorstand hatte sie fürstlich dafür belohnt.

Eine dieser Belohnungen bestand in zwei Tagen Sonderurlaub und der Reservierung von Plätzen im *Dra-*

chenei, einem besonderen Restaurant mit ein paar geheimen Nebenräumen, in denen hin und wieder spezielle Nachtmenüs, leider ohne den absoluten Höhepunkt, serviert wurden. Das *Drachenei* lag in Süd-China bei der Stadt Pingxiang in der schönen Provinz Guangxi, nahe der vietnamesischen Grenze. Den Tag hatten sie in den grünen, sanft geschwungenen Bergen verbracht, die der Millionenstadt ein beruhigendes, gelassenes Panorama gaben. Den Abend in einem Kino, um sich den amüsanten Animationsfilm »Sausage Party – Es geht um die Wurst« anzusehen. Jetzt, um kurz vor Mitternacht, saßen sie erwartungsvoll im *Drachenei.*

Chenglong fuhr sich mit der Zunge über die großen, vorstehenden Schneidezähne und schaute zum zweiten runden Tisch hinüber, an dem weitere, meist männliche Gäste sich auf das extravagante Mahl freuten. Auch eine Langnase war darunter. Ein wohlgenährter Mann mit einem runden, roten Gesicht, der sich an der großartigen chinesischen Küche laben wollte. Auch der Mann schaute in die Runde, und als ihre Blicke sich trafen, nickte er ihm kurz zu. Dann betraten zwei Kellner mit Tabletts den fensterlosen Raum, gefolgt von einer Frau in einem engen roten Qipao-Kleid und mit hochgesteckten Haaren.

»Willkommen im Haus des *Dracheneis*«, sagte sie. »Die ›Acht Köstlichkeiten des Drachens Wu‹ werden Sie heute verzaubern. Ihren Körper stählen. Ihrer Manneskraft die Stärke eines Elefanten verleihen. Ihren Geist unerschöpflich machen. Ihre Gesundheit in göttliche Sphären aufsteigen lassen. Beginnen Sie mit der ›Speise der Mutter‹: in der frischen Milch einer jungen Mutter gekochte Kobra.«

Auf einen Wink hin erklang plötzlich leise klassische Musik mit der lustig plingenden Guzheng und der traurigen, gequält weinenden Suona. Die Kellner verteilten die Schüsseln und huschten ebenso stumm und lautlos hinaus, wie sie gekommen waren.

Xui Chenglong tunkte seinen Porzellanlöffel in die weißliche Flüssigkeit, hob ihn an die Nase und sog langsam und genießerisch den Duft der dampfenden Muttermilch ein. Dann schlürfte er ihn laut und vernehmlich leer, wie alle anderen Anwesenden auch. Angelte mit der Zunge das Stück Kobrafleisch aus der Vertiefung, kaute bedächtig darauf herum und stöhnte, als das Aroma des zerquetschten Fleisches seine Geschmacksnerven reizte.

Zwei Stunden dauerte das Mahl. Das »Sushi Alive« wurde vor ihren Augen von zwei Köchen aus den lebenden Fischen geschnitten und in noch warmen Klebreis eingerollt. Das war noch nichts Besonderes, das gab es überall in China. Aber »Der Schutz des Drachen« aus geschmortem Fleisch vom Schuppentier, das war verboten und umso köstlicher. Auch der nächste Gang »Die Weisheit der Welt«, das Gehirn von Rhesusäffchen, war nicht mit den neuen Artenschutzgesetzen vereinbar, aber es schmeckte wunderbar zu den »Farbenfrohen Verwandlungen«, den mit Gold bestäubten Fleischstreifen vom Chamäleon.

Ein Highlight aber war ohne Zweifel der gedämpfte Leopardenfötus, »Die wilde Kraft«. Als er die schwachen Knöchelchen zerkaute, spürte er die ganze Kraft des Tieres, konzentriert in dem ungeborenen Leben, magisch durch seinen Körper strömen.

Als letzter Gang und würdiger Abschluss der »Köstlichkeiten nach Mitternacht« wurde »Das Glück des Drachen Wu« serviert, mit menschlicher Plazenta gefüllte Teigtaschen.

Es war unbeschreiblich, und Chenglong seufzte immer wieder, tief und lange, wie in einer alle Sinne überreizenden Ekstase. So etwas bekam man im heutigen China nur noch selten, dachte er und sank in seinem Stuhl nach hinten. Wie musste es erst sein, wenn er irgendwann einmal das Sinnlichste kosten durfte?

Xui Chenglong hatte alle Gerichte mit vollster Konzentration zu sich genommen. Die Speisen im Munde zergehen lassen. Jede Nuance lauter stöhnend als alle anderen ausgekostet und nicht bemerkt, dass der rotgesichtige dicke Mann ihn dabei manches Mal anstarrte.

Die Frau in dem Qipao-Kleid hatte jeden Gang angekündigt. Jetzt betrat sie den Raum, gefolgt von jungen Frauen, die zu der klassischen Musik zu tanzen begannen.

»Nun stehen Ihnen ›Die Freuden der Lende‹ zu Diensten, verehrte Herren. Bedienen Sie sich.«

Der Erste, der aufstand, war die Langnase. Aber er ging nicht zu den Mädchen. Mit einem breiten Grinsen kam er auf Chenglong zu.

5 – Hannover, Montag, 10. Oktober, später Nachmittag

Carsten Sanders stellte den dunkelblauen Audi A4 in die Einfahrt seines Hauses in Langenhagen und freute sich auf ein Telefongespräch mit Mandy. Eigentlich telefonierten sie montags nicht, wenn sie das Wochenende zusammen in Braunschweig verbracht hatten. In der Wohnung von Mandys Tochter Xenia. Aber er wollte ihr unbedingt von dem Toten erzählen. Abartige Gewaltverbrechen konnten ihn mit lähmender Ohnmacht und Traurigkeit überwältigen. Er war dünnhäutiger geworden seit den Brandmorden, so viel stand fest.

Sein älterer Bruder Ullrich saß in der Küche und trank einen Kakao, der bei der Zubereitung verdächtig wenig Spuren hinterlassen hatte. Ulli hatte um sechzehn Uhr Arbeitsschluss. Er arbeitete seit Neuestem, weil Inklusion und Teilhabe am »normalen Leben« demnächst gesetzlich verankert werden sollten, in der Keksfabrik Bahlsen. Das war gar nicht so gut für ihn, er war dabei, auseinanderzugehen wie ein Hefekloß. Die Hosenträger an seiner braunen Cordhose brauchte er schon lange nicht mehr, trug sie aber immer noch.

»Hey, Ulli«, sagte Carsten. »Wie war dein Tag?«

»Gut. Und deiner?«

»War okay. Bernd macht sich Sorgen, weil wir renoviert werden. Wir werden dann alle in einem großen Raum sitzen und uns vielleicht auf den Keks gehen.«

»Kekse sind lecker. Mag ich«, sagte Ulli und schaute Carsten über den Rand seiner dicken Brille hinweg an.

Der lachte. »Das lässt sich nicht leugnen.«

Nach dem Essen setzte er sich auf die Terrasse und schaute in den Garten. Einige Blätter waren schon gelb, aber durch das warme Wetter im September waren die Pflanzen später dran als sonst. Der *Indian Summer* war gerade erst dabei durchzustarten. Gestern waren sie durch den Elm spaziert. Überall Blut. Die Jahreszeit würde den Wald zu einer ganzen Palette von Farbtönen werden lassen. Klaffende Wunden. Das gefiel ihnen allen gut. Gehäutet. Überhaupt war Braunschweig etwas beschaulicher als Hannover, ohne dass es langweilig wäre. Eine Säge am Hals. Panik. Ein vor Schmerz brüllender Mensch wurde skalpiert … Carsten schlug die furchtbaren Bilder, die sein Bewusstsein überrennen wollten, mit aller Willenskraft in die Flucht. Schüttelte den Kopf, massierte sich mit den Fingerspitzen die Schläfe, bis sie wieder untertauchten.

Gut, dass der Herbst so spät dran war mit Regen und Sturm, dachte er. Vielleicht hätte der Angler den Toten dann nicht entdeckt, weil alles mit Laub bedeckt gewesen wäre? Vielleicht hätte man im nächsten Jahr, oder noch später, nur noch Knochen gefunden und die meisten der grausamen Verletzungen gar nicht mehr erkannt? Alles war immer so vom Zufall abhängig … wenn der Serienkiller nicht die Frauen verbrannt hätte, wären Mandy und er sich nie begegnet … wenn Samirah eine Minute früher oder später losgefahren wäre, würde sie jetzt hier neben ihm sitzen, Ulli würde in einem Heim wohnen müssen, weil das Haus für Carstens und Samirahs Kinderschar gebraucht würde. Seine Ehefrau aber war bei dem Unfall gestorben. Und mit ihr das ungeborene Kind. Sanders seufzte. Das war lange her, fast wie in einem anderen Leben. Das Haus, der Garten, alles Relikte einer geplanten Zukunft, die sich niemals mehr erfüllen konnte. Aber wenn er das Haus aufgeben würde, wäre es wie eine Art Betrug an Samirah, der Verrat ihrer Liebe, der Pläne und Träume mit ihr.

Er seufzte noch einmal. Samirah war schon lange tot, und die Welt hatte sich weitergedreht. Und es war tatsächlich etwas passiert, was er nie mehr für möglich gehalten hatte – eine neue Liebe war ihm passiert. »Eine neue Liebe ist wie ein neues Leben – dadadada dada«, der Refrain kratzte unangenehm an seinen Gedanken. Schlager waren nicht sein Ding. Aber manchmal hatten sie eine so einfache und klare Wahrheit in sich wie alte Sprichwörter. Er stand auf und holte sich das Telefon, um Mandy Kolwicz in Magdeburg anzurufen, die Frau, die ihm vor drei Jahren und mit nur einem Arm ein neues Leben geschenkt hatte.

Obwohl sie sich erst gestern gesehen hatten, hatten sie eine Menge zu erzählen. Von Ulli, von Mandys Tochter Xenia, die am Wochenende nicht dabei gewesen war, weil das Semester erst Mitte Oktober wieder begann und sie in Spanien weilte, wo sie eine Freundin besuchte. Aber sie hatte sich gestern Abend noch bei ihrer Mutter gemeldet, am nächsten Wochenende wollte sie nach Braunschweig in die Wohnung zurückkehren. Die Wohnung, in der sich Mandy und Carsten trafen, seit Xenia ihr Studium an der Technischen Universität begonnen hatte. Sie konnte dort für eine wirklich geringe Miete wohnen, musste aber an den freien Tagen die beiden »alten Turteltäubchen« dulden, die sich dort, in der Mitte zwischen Hannover und Magdeburg, zum »Schäferstündchen« trafen und sich ihrer Meinung nach verhielten »wie zwei Teenies«. Das war der Deal.

Carsten hörte zu, als Mandy ihm ihren eher langweiligen Tag im Landeskriminalamt Sachsen-Anhalt schilderte, wo sie immer noch arbeitete und alles tat, was eine zweiarmige Beamtin auch tun konnte. Dann erzählte er ihr von Bernd und dessen sich anbahnender Sinnkrise.

»Vielleicht ist das der Beginn eines Burn-outs. Das solltest du wirklich ernst nehmen, als Freund«, meinte sie.

»Mach ich. Das liegt sicher auch an unserer Arbeit, stell dir vor, heute …« Carsten stand auf und ging in sein Zimmer, um seiner Freundin, ohne dass Ulli etwas aufschnappen konnte, von dem Leichenfund bei Peine zu erzählen. Sie hatte davon gehört, aber keine Einzelheiten. Er schilderte ihr kurz den brutal zugerichteten Toten, das Telefonat mit Neugebauer und fragte, was sie davon hielt.

»Echt, skalpiert? Ist das scheußlich! Und der meint, die hätten dem Toten Tattoos rausgeschnitten? Warum?«

»Er vermutet, dass sie etwas Verräterisches zeigen.«

»Hm … das Emblem einer Rockergang vielleicht oder einer Mafia. Aus dem Bauch raus würde ich jetzt auch auf eine Bande tippen. Ein tätowierter Pumper mit Sperma zwischen den Beinen … sollte mich nicht wundern, wenn es eine zweite Leiche gäbe. Eine weibliche. Die suchen bereits danach?«

»Ich denke schon.«

»Okay, also die Frau …«, in Gedanken sah Carsten die senkrechte Furche in Mandys Stirn immer tiefer werden, während sie eine Geschichte konstruierte, »… mit der der Mann … genau … beim Italiener essen war und danach mit ihr Sex hatte. Dann kam der Oberboss nach Hause, überraschte die beiden und ließ sie auf der Stelle von seinen Schergen töten und auseinandernehmen. Um alle anderen Widersacher für immer zu warnen, hängt er sich den Skalp um den Hals und die Tattoos an die Wand in seine Luxuswohnung.«

Sie lachten beide. Galgenhumor war ein guter Blitzableiter. »Das klingt aber ziemlich nach Hollywood«, sagte er.

»Hollywood ist überall, sogar in der Norddeutschen Tiefebene. Wer weiß das besser als wir beide?«

Im Geiste sah er, wie sie sich mit der vertrauten Geste über die rechte Schulter strich, an der kein Arm mehr hing. »Ja, klar, du hast recht. Wer weiß das besser als wir.« Er schaute auf die Brandnarben auf seiner Hand. »Das ist genauso gut möglich wie alles andere. Im Moment wissen wir nur, dass er wahrscheinlich in Rumänien aufgewachsen ist.«

»Vielleicht ist er wirklich Mitglied einer Schleuser- oder Einbrecherbande. Jedenfalls wohl eher nicht der Typ, der bei Aldi an der Kasse gesessen hat.«

»Ich hoffe jedenfalls, dass es nicht schon wieder ein Serienmörder ist. Laut Statistik sind wir hier damit durch.«

»Statistik, ah-hi!« Mandy schickte ihm ihr absolut erotisches Glucksen durch das Telefonkabel, ein Geräusch, das sie nur hervorbrachte, wenn sie wirklich entspannt war, und das in seinem Kopf eine unmittelbare Wirkung hervorrief. Ein Lebenselixier aus Balsam, Ambrosia und Aphrodisiaka, das war die Beziehung mit dieser Frau, nichts anderes, und Carsten labte sich hemmungslos daran.

6 – Braunschweig, Montag, 11. Oktober, Abend

Das Gesicht unter der Frischhaltefolie färbte sich rot. Vergeblich versuchte der Mund, Luft einzusaugen. Der Sauerstoffmangel machte sich schnell bemerkbar. Der Körper des Mannes begann zu zucken, aber er konnte sich nicht befreien, konnte sich nicht bewegen, nur wie ein Wurm hin und her winden. Eingewickelt in einen Kokon aus Plastikfolie, lag er auf der Pritsche, der Beute einer riesigen Spinne nicht unähnlich. In zwei, drei Lagen umschlossen die Bahnen der Frischhaltefolie seinen ganzen Körper wie Stoffbandagen eine Mumie, nur dass sie durchsichtig waren und man seine nackte Haut erkennen konnte. Seinen weißen gewölbten Bauch, die behaarte Brust, die dünnen Schenkel und spitzen Knie.

Zwei Körperteile wurden nicht von dem durchsichtigen Polymer bedeckt: die Nase und der Penis. Auf der Nase saß eine Klammer.

Die Gesichtsfarbe des Mannes wurde zusehends dunkler. Der vergebliche Versuch, Luft zu schöpfen, ließ die Adern an seinem Hals anschwellen. Das Zucken seines Körpers wurde stärker. Durch die Fesselung wurden seine Hände eng an die Oberschenkel gepresst. Die aufkeimende Panik ließ die Finger verkrampfen, die Nägel bohrten sich in die Haut, Blut trat hervor.

Die Zuckungen des Plastikmenschpakets wurden immer stärker. Er warf das Becken nach oben, und seine weit aufgerissenen Augen suchten das imaginäre, faszinierende Etwas in seinem Kopf, das er nicht beschreiben konnte. Er bäumte sich auf. Sein Gesicht war blau. Ein letzter Rest verbrauchter Luft presste sich aus seinen Lungen. Spreizte die Nasenflügel. Drückte die Klammer etwas auseinander. Entwich mit einem Stöhnen in einem letzten Hauch, während konvulsivische, orgiastische Zuckungen sich seines luftleeren Körpers bemächtigten und in seinem Kopf endlich die Bilder entstanden, die weit jenseits der bewussten menschlichen Vorstellungskraft lagen – ein ungeheuerliches Universum voll süßer tödlicher Schönheit.

2. KAPITEL

7 – Hannover, Dienstag, 11. Oktober, Morgen

Nachdem sein Bruder das Haus verlassen hatte, fuhr auch Carsten Sanders zur Arbeit. In Gedanken legte er sich die Drei-Punkte-Liste der unbedingt abzuarbeitenden Dinge an. Mehr sollten es nicht sein, denn im Laufe des Vormittags würden weitere zehn bis zwanzig Punkte von ganz allein dazukommen, wie es die Erfahrung lehrte.

1. Analyse des Spurensicherungsgutachtens und der Hinweise auf die Mädchenhändler aus dem Baltikum, mit Schwerpunkt Zarasai, Litauen.

2. Suche nach Strukturen einer Schleusergruppe, die wohl von Spanien aus operierte. Das war eine zehn Tage alte Anfrage von Europol.

3. Klärung der Identität des Toten aus Peine und Prüfung auf eventuelle Mittäterschaft in organisierter Kriminalität mit Schwerpunkt im Menschenhandelmilieu.

4. Die Ermittlungsanfrage der Kollegen aus den Niederlanden musste … warten. Drei Punkte, ermahnte er sich. Drei. Und die Terminabsprachen für die Telefonkonferenzen in den beiden Aufträgen, die

er Ende der letzten Woche abgearbeitet hatte, durfte er auf keinen Fall vergessen. Sie waren einfach zu wenig Leute, und es dauerte noch einige Zeit, bis sich die kürzlich im Landtag beschlossene Aufstockung des Personals bis in die Dezernate hinein bemerkbar machen würde.

Er stellte seinen Wagen auf dem Parkplatz des LKA Niedersachsen ab, hängte sich die Tasche um, zog das Sakko gerade, richtete die Krawatte und betrat das Amt. Nickte dem Pförtner zu, stieg die Treppen hoch in den dritten Stock, drückte die Glastür zum Flur auf, ging an der Teeküche vorbei. Stoppte, ging rückwärts und schaute hinein. Chef-Bernd kam eigentlich immer erst nach ihm zur Arbeit.

»Morgen, Bernd. Du bist schon da?«

»Morgen. Seit 'ner Stunde«, sagte der kleine, unrasierte Mann in der Bundfaltenhose und dem grauen Rollkragenpullover.

»Wie siehst du denn aus? Hast du schlecht geschlafen?«

»Gar nicht.«

»Wegen der Sanierung?«

»Das auch.«

»Was denn noch?«

»Ach, Carsten, das ist alles so ... die Anschläge, die Politik, die Gewalt, die Lügen. Das macht mich alles so fertig. Das hängt mir wie Blei im Kopf.« Bernd seufzte schwer. »Unsere Arbeit ist sinnlos. Wir haben doch keine Chance. Die lachen doch über uns. Und wenn wir mal einen von denen kriegen, dann bekommt der höchstens eine Bewährungsstrafe. Das wissen die doch ganz genau. Die machen immer so weiter, und wir können nichts tun.«

»Na, ich versuche es jedenfalls und geh dann mal meine Arbeit erledigen«, sagte Carsten und begann sich die Jacke aufzuknöpfen.

»Hatte ich dir das schon gesagt? Da wurde eine männliche Leiche gefunden, bei Peine, glaube ich. Ich soll mich drum kümmern, sagt der König.«

Carsten hielt überrascht inne. »Ja, Bernd, du hast mir gestern die Unterlagen gebracht.«

Bernds Kinn sackte auf seine Brust. »Ach, echt, ich ... Carsten, ich halte das nicht mehr aus. Die ganze sinnlose Gewalt, und es ändert sich einfach nichts.«

Carsten stellte sich vor Bernd hin, legte dem schlackernden Häufchen Elend die Hände auf die Schultern, wie einem kleinen Jungen, neigte den Kopf und schaute ihm in das eingefallene Gesicht. Rote Augen, dunkle Ringe darunter. Schlechter Atem, der nach altem Alkohol roch. »Bernd, ich mache mir wirklich Sorgen um dich«, sagte er und wünschte, er hätte die Kraft eines Menschenflüsterers, die Kraft von Mandy. Aber die besaß er nicht. Nicht Bernd gegenüber.

»Wirklich ... ich kann das nicht mehr ... es hört nie auf ... es wird immer schlimmer.«

Eine Kollegin kam herein, mit Schwung und »Guten Morgen«, sah die beiden, machte »oh!« und auf dem Absatz kehrt.

»Wie wäre es denn, wenn wir beide jetzt mal zum König gehen? Mit dem kann man doch über alles reden.« Carsten ließ Bernds Schultern los. »Vielleicht ist es besser, wenn du mal ein paar Tage zu Hause bleibst«, sagte er, und gemeinsam gingen sie zum Leiter der Abteilung »Analyse, Prävention, Ermittlung«.

Als er endlich in seinem Büro saß, versuchte Sanders, sich an seinen Drei-Punkte-Plan zu erinnern. Aber die akute Hilfestellung für Chef-Bernd hatte ihn ganz aus dem Konzept gebracht. Er schaute auf die Aktenstapel auf dem Schreibtisch, auf dem hüfthohen Schrank, auf dem Fußboden. Sisyphos. Klappte die Mappe auf, die alle bisherigen Ergebnisse im Fall des unbekannten Toten aus Peine enthielt. Schaute auf die Fotos. Er konnte Bernd gut verstehen. In labilen Phasen, wenn das Nervenkostüm dünn war und sich der Zweifel durch die Gehirnwindungen fraß wie die Kleine Raupe Nimmersatt durch saftiges Grünzeug, dann konnte es einem so gehen wie Bernd jetzt. Wer kannte das besser als er selbst? Nach Samirahs Tod?

Aber ihre Ermittlungsarbeit war natürlich nicht sinnlos. Auch wenn ein Verbrecher nicht immer die Strafe bekam, die seiner Tat angemessen schien, er war erfasst und im System. Die Straftaten summierten sich, und irgendwann bekam er die Quittung. Meistens jedenfalls. Sanders schaltete den Computer an. Jetzt fiel ihm wieder Punkt eins ein: Suche nach Hinweisen auf die Mädchenhändler aus dem Baltikum, mit Schwerpunkt Zarasai, Litauen. Bis zum Mittag arbeitete er daran. Danach musste er sich um den toten Mann bei Peine kümmern, denn sein Freund und Kollege Bernd Janischke war nicht mehr im Hause.

Wer war der Getötete? Eine schwierig zu beantwortende Frage, wenn man nichts hatte als die nackte, verstümmelte Leiche eines Menschen, der in der Gegend um den Fundort nicht vermisst wurde. Sanders loggte sich in seinen Account des Dezernats ein, dann in Bernds und öffnete den Dateibrowser, suchte nach dem Ordner mit dem Aktenzeichen 07102016-PE-UbkT-m. Es gab einige, die mit 07 begannen. Einer hieß *07-55-Kegelbrüder.* Carsten stutzte. Soweit er wusste, hatte Bernd keine Kegelbrüder. Er dachte kurz daran, den Ordner zu öffnen, um nachzusehen, wer das war. Tat es aber nicht, suchte weiter, fand die Berichte, die Bernd ausgedruckt und in die Mappe geheftet hatte. Vielleicht war bereits eine zweite Leiche gefunden worden? Die einer Frau? Neugierig griff er zum Telefon und rief in Braunschweig an. Herr Hauptkommissar Klunker war immer noch nicht wieder im Dienst, aber der Kollege am anderen Ende sagte ihm, dass man bisher nicht fündig geworden sei und dass er einem Herrn Janischke gerade eben genau das geschrieben habe.

Carsten sagte ihm, dass Herr Janischke einen Unfall gehabt hatte und er, Sanders, jetzt die Koordination übernommen habe, legte auf, öffnete das Postfach seines Chefs und war überrascht. Es gab tatsächlich Neuigkeiten im Fall 07102016-PE-UbkT-m. Neben der gerade eben erhaltenen Information waren E-Mails vom Polizeizeichner aus Dezernat 21 und vom Obduktionsteam aus der MHH angekommen, leider keine von den Mitarbeitern der DNS-Analysekartei. Die aus der MHH öffnete er zuerst, und was er dort las, erleichterte ihn ein bisschen. Die Mörder des Mannes hatten nicht sauber gearbeitet. Am rechten Daumen und am linken Ringfinger waren »die Fingerkuppen nicht gänzlich entfernt« und die »vorhandenen Fragmente evtl. für eine Teil-Daktyloskopie« geeignet.

Na, dachte Sanders, das ist doch was, toter Mann, und mailte die Daten an die Kollegen des Kriminaltechnischen Instituts.

Er holte sich einen Kaffee, bevor er die Mail des Polizeizeichners öffnete und der tote Mann ihn ansah. In Schwarz-Weiß, im Profil, in Farbe und mit Haut und Haaren auf dem Kopf. Das Phantombild war aus Fotografien des zerstörten Gesichts mit dem Rechner rekonstruiert worden und sah aus wie eine Figur in einem Computerspiel. Damit konnte man was anfangen.

Er jagte das Konterfei und die Daten zusammen mit dem Code für Südosteuropa durch alle möglichen Datenbanken und Verzeichnisse, auf die er Zugriff hatte. Die Wartezeit vertrieb er sich mit einem Anruf in der Koordinationsstelle des KTI, setzte die Mitarbeiter davon in Kenntnis, dass Bernd Janischke einen Unfall gehabt habe und er jetzt der Ansprechpartner in 07102016-PE-UbkT-m war.

Weil die Suche noch nicht abgeschlossen war, schaute er sich noch einmal den Text von *frustratingly monday* an. Inspiriert von Bernds Verstörung, änderte er hier und dort etwas, summte ein paar Töne, die die Melodie für den Refrain werden könnten, bis die Suche endlich beendet war. Siebzehn mögliche Identitäten gab das System an, die zu dem Toten passen könnten. Neun Asylbewerber bis 2013, außerdem fünf straffällige und verurteilte, aus Rumänien stammende Männer sowie drei per Haftbefehl Gesuchte. Er schaute sich die acht Aktenkundigen an, verglich deren Gesichter mit dem

Bild des Toten, schloss zwei aus, die völlig anders aussahen. Blieben noch sechs.

Sanders recherchierte die drei bereits Verurteilten, konnte zwei Adressen ausfindig machen, bei einem den Arbeitgeber, von den beiden anderen die Bewährungshelfer des Ambulanten Justizsozialdienstes. Nach ein paar Telefonaten wusste er, keiner der drei wurde vermisst, und strich sie von der Liste. Blieben noch die drei Gesuchten. Er exportierte ihre Datensätze in den Ordner *Opferanalyse*, schickte aber sicherheitshalber die Namen aller verbliebenen vierzehn Männer, welche die Suchmaschine ausgespuckt hatte, an das KTI und hoffte, dass die Fingerabdruckfragmente auf einen von ihnen passten. Das konnte dauern, also nahm er sich für den Rest des Tages die Anfrage von Europol vor und suchte nach Strukturen einer Schleusergruppe, die wahrscheinlich von Spanien aus operierte.

8 – Braunschweig, Dienstag, 11. Oktober, Abend

Sie sah aus, als würde sie in irgend so einem bekackten Horrorstreifen mitspielen. Die Frau schaute in den Spiegel, reckte den blutigen Hals, öffnete den Mund und begann knurrend zu röcheln wie die Zombies in »The Walking Dead«. Schüttelte die schwarze Mähne zurück, löste den flachen, hautfarbenen Gummibeutel von ihrem Hals, auf dem sogar Adern und Sehnen zu sehen waren und der mit künstlichem Blut gefüllt war.

Sie ging ins Bad und stellte sich unter die Dusche. Ganz schöne Sauerei, was da an ihr herunterlief. Es sah aus, als ob man sie geschlachtet hätte. Eigentlich waren die meisten Vampirverrückten harmlos, einer schon über achtzig Jahre alt, aber da gab es auch ganz andere Kandidaten. Kranke Typen; Psychos, denen es nur kam, wenn sie echtes Blut sahen.

Die schlanke Frau nahm das Duschgel, ließ es lächelnd in die hohle Hand laufen und seifte sich ein. Aber sie war kein billiges Flittchen mehr, das auf der Straße jeden Schwanz lutschen musste. Sie war siebenundzwanzig, hatte sich mit ein bisschen Grips und wenig Skrupel hochgearbeitet und war auf dem Weg, eine Spezialistin für Rollenspiele zu werden. Das wehrlose Opfer eines Blutschlürfers zum Beispiel. Oder Urologin oder so was. Bekam ab und zu gute Jobs, reiche Freier, die ihr für ein ausgefallenes, aber niveauvolles Sexspiel schon mal dreihundert oder fünfhundert Tacken bezahlten. So wie der Typ, der komplett in Plastikfolie eingewickelt werden wollte, um dann fast zu ersticken. »Das nächste Mal kannst du die Nasenklammer bitte noch ein wenig länger drauflassen«, hatte er hinterher gesagt. Aber Sicherheit war bei solchen Spielereien das A und O, ein autoerotischer Unfall das Ende ihrer Zukunftsträume eines eigenen LARPBs, wie sie es für sich nannte, eines *Live Action Role Playing Bordells*.

Mit glitschigen Händen fuhr sie sich über den Schmetterling, über ihre Brüste. Alles echt, aber das war nicht wirklich das, wofür die Kunden sie bezahlten. Sie bezahlten sie, weil sie keine Tabus kannte und den perversen Freiern genau das täuschend echt vorspielen konnte, was sie verlangten. Ob Sexsklavin oder Domina, ob unschuldiger Teenie oder dreckige Nutte. Nicht wie all die anderen dummen blonden Hühner mit ihren Plastikbrüsten, die höchstens »Ja, ja, ja, fick mich!« kreischen konnten.

Sie spülte den Seifenschaum ab, griff nach einem Handtuch. Als sie trocken war, ging sie zur Kommode und fächerte lächelnd die Scheine des eben abgefertigten Kunden auseinander. Schade, dass das nicht jeden Tag so gut lief. Drei für sie und die Unkosten, einer für ihren Kerl. Irgendwann würden ihr alle vier gehören.

Sie steckte das Geld in die Handtasche und begann ein bisschen Ordnung zu machen. Er hatte ihr gesagt, sie solle morgen Abend vorbeikommen. Und das angeschaffte Geld der letzten Tage mitbringen. Um achtzehn Uhr bei ihm auf der Friedrichshöhe, pünktlich. »Sonst muss ich dich wieder auf die Straße schicken, Donna«, hatte er dreckig gelacht. Meistens kam er zu ihr in das Apartment am Bahnhof, aber manchmal ließ er seine Pferdchen zu sich nach Hause kommen. Ihr Kerl war ein richtiger Kerl. Fast zwei Meter groß, ehemaliger Niedersachsenmeister im Kickboxen und hatte auch einen Titel im Bodybuilding gewonnen. Wenn dieser Koloss sie in seine muskelbepackten Arme nahm, dann fühlte sie sich geborgen und sicher, denn sie wusste, wo der hinhaut, wächst kein Gras mehr. Ein Anruf bei ihm, und er war da, so wie letztens, als sie an einen echten Irren geraten war. Und er vögelte sie nur, wenn sie es wollte.

Donna föhnte, kämmte, bauschte und schüttelte ihre dunkle Löwenmähne. Der nächste Kunde kam in einer halben Stunde. Wieder so ein Vampirpsycho, der sexuell im Teenageralter stehen geblieben war. Für viel Geld wollte er, dass sie aussah wie diese Vampirella in dem

Comic. Wollte es mit viel Blut und einem Holzpflock, mit Kampf und Gekreische, sie als Vampir und er der Jäger, der die Comic-Vampirella einfängt. Wie sie zufällig herausgefunden hatte, war der Mann ansonsten ein angesehener Architekt. Mit einem großen Büro und Bauten sogar für Ölscheichs. Aber wenn er zu ihr kam, brachte er immer ein paar Comicposter von Vampirella mit. Die zeigten eine schlanke Frau mit langen dunklen Haaren, in einem roten String-Body, der nur mit schmalen Stoffbändern ihre Möse und die Nippel bedeckte. Mit dem Vampirella-Emblem über der Scham, einer goldenen Fledermaus und schwarzen Stiefeln bis zum Knie. Einem weißen Kragen, spitzen Eckzähnen und Blut am Mund. Er hängte die Poster über das Bett und verlangte von Donna, dass sie in dem dämlichen Kostüm durchs Zimmer sprang und mit ihm kämpfte. Sich mit Kunstblut vollsaute, bis er sie besiegte und stellvertretend für den Holzpflock seinen Schwanz in ihren Körper rammte.

9 – Hannover, Mittwoch, 12. Oktober, Morgen

Frustratingly – Monday, Fru-stra-tingly! Frustratingly – Monday, Fru-stra-tingly! Carsten Sanders hatte gestern noch bis in die Nacht hinein in seinem Zimmer gesessen und verschiedene Melodien für den neuen Song ausprobiert. Hatte sogar versucht, Uns-Rainers schluchzenden Gesang zu imitieren – bis Ulrich die Tür aufriss und meinte: »Tingli, tingli! Jetzt is es aber genug mit tingli! Muss morgen arbeiten! Du auch! Nacht!«

Jetzt saß Kommissar Carsten Sanders in seinem Büro und wartete mit dem wabernden Song im Gehirn darauf, dass der Computer hochfuhr, sich in Mailaccounts und sichere Netze einloggte. Bis zum Frühstück kümmerte er sich um die Schleuserbande, bei der sich die Hinweise verdichteten, das sie tatsächlich von Spanien aus operierte, zumindest schien dort so etwas wie eine Basis der Menschenhändler zu existieren, wie er aus den Datensätzen der in Deutschland Verdächtigen entnehmen konnte. Er formulierte weitere Anfragen an die Kollegen aus Bayern und Sachsen, begann einen vorläufigen Bericht zu schreiben.

Nach dem Frühstück erst nahm er sich wieder den toten Mann aus Peine vor. Von der DNS-Analysestelle gab es noch immer keine Meldung, aber anscheinend hatte die Analyse der Fingerabdruckfragmente etwas erbracht, denn eine Nachricht aus der Daktyloskopie war im Posteingang.

»Wahrscheinliche Übereinstimmung mit 07102016-PE-UbkT-m = 97,64 %.« Sanders freute sich. Das war doch überraschend flott gegangen. Er schaute auf die Daten des Mannes und wunderte sich. Es war keiner der drei Männer, die mit einem Haftbefehl gesucht wurden. Auch keiner der Verurteilten. Gut, dass er alle vierzehn möglichen Identitäten angegeben hatte. Es war einer der ehemaligen Asylbewerber. Jamiro Džugi. Geboren am 23. Juli 1989 in Boiţa, Hermannstadt/Rumänien, Asylantrag laut § 3 Abs. 1 wg. rassistischer Verfolgung als Roma am 5. November 2012 in der ZAST Halle. Aber er war abgelehnt worden, weil er keine schlüssigen Beweise vorlegen konnte, dass er ein Roma war.

Das Verfahren hatte sich so lange hingezogen, bis 2014 die Arbeitnehmerfreizügigkeit in Kraft trat und er den Asylstatus nicht mehr brauchte, um in Deutschland zu leben – und zu sterben, dachte Sanders.

Er sah sich das Foto an, das das echte Gesicht des toten Mannes zeigte, schmaler, ausgezehrter als vier Jahre später. »Hallo, Herr Jamiro Džugi«, sagte er leise und gab den Namen in weitere Datenbanken und Zentralregister ein.

Bald wusste er, dass Jamiro Džugi zuletzt in Magdeburg gemeldet war, dass er zwei Anzeigen wegen Körperverletzung, eine wegen Sachbeschädigung und zwei Platzverweise bekommen hatte, von denen aber nur die eine Körperverletzung zu einer Verurteilung von dreißig mageren Tagessätzen zu je fünfzehn Euro geführt hatte. Reich konnte der Mann nicht gewesen sein. Magdeburg, so ein Zufall! Da kannte er im Landeskriminalamt eine äußerst attraktive und zuverlässige Mitarbeiterin.

Über Streetview schaute er sich den Geburtsort des Mannes an. Boiţa, bei Hermannstadt, ein Kaff mitten in Rumänien am Nordhang der Südkarpaten. Das alles, dachte er sich, sollte auch den Hauptkommissar Klunker in Braunschweig interessieren, und griff zum Telefon.

»Guten Tag, Herr Klunker, Carsten Sanders hier, LKA Niedersachsen.«

»Ach, Kriminaloberkommissar Sanders«, sagte Klunker mit vollem Mund, schmatzte, schluckte. »Es geht sicher um den Leichenfund in Peine.« Schluckte.

»Ja. Sind Sie wieder gesund?«

»Leidlich. Die Schulter, wissen Sie. Damit habe ich schon lange Probleme.«

»Ich wollte mal hören, ob inzwischen eine zweite Leiche gefunden wurde.«

»Moment, ich habe den Bericht noch nicht gelesen … aber hier … Moment …«

Sanders hörte das Klicken der Computermaus, das leise Schnaufen des jungen Kriminalhauptkommissars.

»Ah, jetzt hab' ich ihn … da steht … nein, die Suche wurde eingestellt. Wir haben keine weitere Leiche gefunden. Konnten Sie denn inzwischen die Identität des Toten feststellen? Ich sehe hier keine Information diesbezüglich.«

»Oh ja«, sagte Sanders, zog genervt die Augenbrauen hoch. »Ich dachte, es ist besser, wenn ich Ihnen das vorab persönlich mitteile, um die Ermittlungen zu beschleunigen.«

»Der normale Dienstweg wäre aber auch in Ordnung gewesen. Wann bekomme ich denn Ihren schriftlichen Bericht? Heute noch?«, fragte der Ranghöhere.

»Ich wollte Ihnen gerade erzählen, welche Informationen ich bekommen habe.«

»Wissen Sie, wir haben hier eine Menge zu tun. Anstatt mich anzurufen, hätten Sie doch auch den Bericht schreiben können.«

Sanders sog hörbar die Luft ein. »Also, der Mann heißt Jamiro Džugi. Geboren am 23. Juli 1989 in Boiţa bei Hermannstadt in Rumänien und zuletzt …«

»Moment, Moment. Ich muss erst mal einen Zettel … wo sind denn die …? Ah da … und einen Kugelschreiber … einen Kugelschreiber … ach, Mist, der geht nicht … Also, es wäre wirklich besser, wenn Sie mir die Informationen per E-Mail schicken würden, Oberkommissar Sanders.«

»Mach ich, Herr Hauptkommissar Klunker, auf Wiederhören.« Er legte auf, noch bevor der andere sich verabschiedet hatte. So ein Knallkopp, dachte er, stellte die Fakten zusammen und mailte sie noch vor dem Mittag an den hoch motivierten Kommissar Klunker in die Zentrale Kriminalinspektion in Braunschweig. Und auch die Kollegen in Bukarest bekamen eine E-Mail aus dem LKA Niedersachsen, in der sie über den gewaltsamen Tod von Jamiro Džugi informiert und gebeten wurden, ihm alles, was sie über den Mann wussten, mitzuteilen.

In der Pause rief er Chef-Bernd zu Hause an. Aber der war nicht da oder wollte nicht telefonieren.

Nachdem er Pausenbrot, Apfel, Joghurt aufgegessen und sich einen Kaffee aus der Teeküche geholt hatte, fahndete er weiter nach Hinweisen in Niedersachsen auf die Mädchenhändler aus dem Baltikum, schaute aber immer wieder nach, ob eine Information mit dem Vermerk 07102016-PE-UbkT-m eingetroffen war. Gegen fünfzehn Uhr kam tatsächlich eine. Von Prof. Dr. Tekanaki, dem Leiter des Obduktionsteams der MHH.

»Die elektronenmikroskopische Untersuchung der Ø 2,5 cm großen, 7 cm tiefen stichförmigen Verletzung im linken Brustbereich, durch die es zur Verletzung der Aorta und infolgedessen zu einem extrem hohen Blutverlust kam, ergab Spuren von Zellulosebündeln in der Wunde. Die Zusammensetzung dieser Bündel und die Charakteristika der Wundränder und des Wundkanals weisen auf das gewalttätige Eindringen eines angespitzten Gegenstandes hin, der mit großer Wahrscheinlichkeit aus dem Material des *Coniferales* bestand. Genaueres wird die noch ausstehende Mikrostrukturanalyse ergeben.«

Sanders las die letzten Worte noch einmal, schüttelte irritiert den Kopf und rief Dieter Neugebauer an.

»Nein, nein, das haben Sie völlig richtig verstanden«, sagte der Mann und lachte. »Zellulosebündel sind ganz einfach Holzsplitter. In diesem Falle wohl von einer Kiefer oder dergleichen. Und die wurden in dem Einstich knapp über dem Herzen gefunden?«

»So steht es in dem Bericht. Dann hat also jemand dem Mann einen Holzpflock in den Körper gerammt.«

»Ich würde das auch so verstehen. Wo, sagten Sie, kam er her?«

»Aus Rumänien, einem kleinen Dorf am Nordrand der Südkarpaten.«

»Die Gegend hieß früher mal Siebenbürgen oder auch Transsylvanien.«

»Transsylvanien?«

»Ja, kennen Sie doch, Graf Dracula, der Vater aller Vampire und Blutsauger, hatte dort sein Schloss.«

»Dracula?« Sanders richtete sich auf. »Der nur durch einen Holzpflock getötet werden kann, den man ihm ins Herz stößt! Verdammt!«, sagte er lauter, als er gewollt hatte. »Wieder ein Ritualmord? Herr Neugebauer, Sie haben die Leiche als Erster gesehen, hatten Sie den Eindruck, es mit dem Opfer eines Ritualmordes zu tun zu haben?«

Neugebauer schwieg. Dachte nach, während Sanders gespannt wartete. Ließ die Bilder des Fundortes und der blutleeren Leiche Revue passieren. »Wenn der

Holzpflock noch in der Wunde gesteckt hätte«, sagte er endlich, »würde ich Ihnen jetzt mit einem Ja antworten, Herr Sanders. Aber so, wie ich den Toten vorgefunden habe, bin ich mir da nicht sicher. Das Vergraben der Leiche hatte wenig Anzeichen einer okkulten Handlung. Sie ist einfach ohne irgendwelche Beigaben in einem zu kleinen Loch verscharrt worden. Nicht gefesselt. Nicht geköpft. Nicht verbrannt. Das Herz war noch im Körper, und im Mund steckte kein Stein.«

»Kein Stein im Mund?«

»Es werden immer wieder mittelalterliche Skelette gefunden, denen ein Stein zwischen Ober- und Unterkiefer klemmt. Angeblich handelte es sich bei den Toten um Vampire. Der Stein sollte sie daran hindern, wieder zubeißen zu können. Das alles fehlte.«

»Moment ...« Sanders schlug die rote Mappe auf, blätterte, fand die richtige Seite, fuhr mit dem Finger über die Zeilen, da stand es: »Die Rechtsmediziner meinten, *es wäre nicht in Gänze auszuschließen,* dass die große Wunde am Hals von einem Biss stammt.«

»Möglich ist das schon. Ich möchte das aber eher als einen rissartigen Schnitt interpretieren.« Neugebauer schwieg einen Atemzug lang. »Ich denke, es gibt zu wenig Indizien, die für einen Ritualmord sprechen.«

»Er war nackt, hatte kurz vor seinem Tod Geschlechtsverkehr, wurde skalpiert, vielleicht gepfählt und teilweise gehäutet.«

»Das könnte wiederum dafür sprechen, da haben Sie recht. Also fifty-fifty für einen Ritualmord, würde ich sagen.«

Sanders schickte die neue Erkenntnis seiner E-Mail an die Zentrale Kriminalinspektion in Braunschweig kommentarlos hinterher. Vielleicht interessierte das morgen oder nächste Woche dort ja irgendjemanden, dachte er. Spätestens aber, wenn das nächste Opfer mit einem Loch im Herzen gefunden wurde, das von einem Holzpflock stammte, sollten die Kollegen dort mal aufwachen.

Er rief noch einmal Bernd an, dieses Mal mit dem Handy, und dieses Mal hatte er Glück. »Hey, Bernd. Ich habe schon ein paarmal angerufen, wie geht's dir?«

»Hallo, Carsten. Wie soll's schon gehen ...«

»Warst du bei deinem Hausarzt?«

»Ja.«

»Und? Was hat er gesagt?«

»Ich soll eine Therapie machen. Und hat mir Pillen verschrieben.«

»Was für Pillen?«

»Antidepressiva, glaube ich.«

»Hast du sie dir schon besorgt?«

»Nein. Das mache ich morgen ... mal sehen.«

»Ich habe jetzt den Fall aus Peine übernommen. Der Mann kam aus Rumänien.«

»Soso.«

»Er wurde wahrscheinlich mit einem Holzpflock getötet. Wie ein Vampir.«

»Carsten, hör auf, ich kann mir das nicht anhören.«

»Okay, okay. Der Kollege aus Braunschweig ist echt ein Schlaffie, der hat ...«

»Auch das will ich nicht hören. Immer kämpfen nur alle gegen alle. Jeder will den anderen fertigmachen.

Alle sind Gegner, nehmen sich Messer und stechen um sich, vergewaltigen und zünden Häuser an. Weißt du was? Das geht alles vor die Hunde hier. Vampire. Guck mal ins Internet, da kannst du dir anschauen, wie Menschen getötet werden. Ich kann das einfach nicht mehr ertragen. Ich will nichts mehr von vergewaltigten Kindern hören. Von misshandelten Frauen und totgeschlagenen Männern. Ich kann einfach nicht mehr.«

»Ja, Bernd, du hast recht. Vielleicht sollte ich mal kurz vorbeikommen? Ich habe gleich Feierabend, dann können wir über alles reden.«

»Du hast doch heute Bandprobe. Nein, nein, lass mal. Ich weiß doch, wie wichtig dir das ist.«

»Okay. Aber morgen besorgst du dir die Tabletten. Ich ruf dich wieder an.« Sanders drückte das Icon zum Auflegen und starrte auf das Hintergrundfoto seines Smartphones. Auf das lachende, strahlende Gesicht von Mandy, der ein Irrer den rechten Arm weggeschossen hatte, auf Ullis lustiges rundes Gesicht, auf dem der genetische Defekt gut zu erkennen war, auf Xenias mit Piercings gespicktes jugendliches, auf sein eigenes, lachend, trotz des Todes von Frau und Kind. Ein Gruppen-Selfie, entstanden vor fast genau drei Jahren auf dem Brocken. Er hob das Smartphone an den Mund, schloss die Augen und küsste es.

Armer Bernd, dachte er. Liebe ist Leben, und Einsamkeit ist wie der Tod auf Raten. Aber trug nicht jeder Mensch auch die Empfänglichkeit für Unglück genauso in sich wie die für Glück? Die Suche nach Harmonie genauso wie die nach Gewalt? Deshalb gab es doch die Sadomaso-Studios, die Angebote der Dominas, die Rollenspiele aller Art, auch für Möchtegern-Vampire, Folterknechte und Opfer.

In Carstens Kopf begann sich ein anderes Szenario abzuspielen als ein Ritualmord oder eine Tötung im Milieu der organisierten Kriminalität. Sperma, Scheidensekret und Menstruationsblut hafteten am Geschlechtsteil des Toten. Vielleicht war er Opfer seines eigenen Fetischismus geworden? Und vielleicht hieß dieser Fetisch Vampirismus? Ob solche Rollenspiele auch in Magdeburg angeboten wurden, da wo Jamiro Džugi gewohnt hatte?

Sanders rieb sich das Kinn. Das konnte er morgen prima mit Frau Kriminaloberkommissarin Mandy Kolwicz besprechen. Dienstlich. Ein offizieller Flirt während der Arbeitszeit. Aber jetzt war Feierabend. Bevor er den PC runterfuhr, musste er noch ein paar Dateien aus Bernds Account kopieren und stieß wieder auf den Kegelbrüder-Ordner. Es war eher die Neugier als die Intuition, die ihn darauf klicken ließ. Aber der Ordner öffnete sich nicht, er war verschlüsselt.

Ulli war noch nicht da. Carsten zog sich um, aß etwas, dann begann er sich Sorgen zu machen und rief ihn an.

»Hab' den blöden Bus verpasst, hihihi. Und den anderen auch, hihi. Aber den da, den nehm' ich jetzt, hihi, bin gleich da.«

»Was kicherst du denn so?«

»Nur so, hihi.«

»Und der Bus kommt jetzt?«

»Klar. Da isser. Bis gleich, du.«

»Na, ich fahr dann zum Proben. Bin so um zehn, halb elf wieder da. Bis nachher.«

Carsten packte die Bassgitarre ein und fuhr in den Übungsraum, der im stickigen Keller eines Kulturzentrums lag, das früher mal eine Konservenfabrik gewesen war. Seit er eine Fernbeziehung pflegte, trafen sich die *Riders in the 21st century* dort mittwochs, nicht mehr samstags.

Sie spielten ein paar Songs durch, Bass und Schlagzeug groovten, die Gitarre setzte Akzente, die synthetischen Geigen aus dem Keyboard verbanden alles zu einem dichten Soundteppich, auf dem der helle, ausdrucksstarke Gesang von Uns-Rainer hemmungslos seine Pirouetten drehen konnte. Bis sein Saxofon-Solo sich im Crescendo über allem ergoss. Alte Mucke, *New Romantic, Rock-Pop-Gothic-Punk-Wave* oder wie man das nannte, aber immer noch gut, und ihre Songs wurden von der Fangemeinde im Netz nicht nur mit Likes und Kommentaren bedacht, sie wurden sogar gekauft.

Pause. Trinken, Toilettengänge, Ruhe, raus, an die frische Luft, obwohl keiner von ihnen mehr rauchte.

»Nächste Woche kann ich nicht. Bin auf Fortbildung und wohl erst gegen zehn zu Hause. Donnerstag geht. Wie ist es bei euch?«, fragte der Keyboarder.

»Das trifft sich gut«, antwortete der Drummer. »Meine Mutter wird siebzig, da kann ich dann länger bleiben. Donnerstag wäre okay.«

Uns-Rainer sagte: »Wir müssen das Set für den Weihnachtsgig zusammenstellen. Ich komme.«

»Da müsst ihr leider ohne mich auskommen. Hab 'n Auftritt in Salzgitter«, brummte der Gitarrist.

»Ich kann da auch«, meinte Carsten. »Machen wir es halt ohne dich.«

Nach der Pause stellte er ihnen den neuen Song vor. Sang den Refrain: *Frustratingly – Monday, Fru-stra-tingly!*

»Der Anfang ist stark, dann flacht es ab.« Der Gitarrist fuhr mit der Hand quer durch die Luft.

»Der Refrain müsste eher so rapmäßig kommen«, sagte Uns-Rainer. »Vielleicht so: *Frustrating – fru fru fru – frustrating ... frustrating ... frustratingly.*«

»Jau, genau!« Der Gitarrist lachte. »Du musst ihn richtig auskotzen, den scheiß Montag! Ist das eigentlich wirklich so bei euch?«, fragte er und sah Carsten an.

Der nickte. »Manchmal schon.«

»Na, da bin ich aber froh, dass ich als Musiker mein eigener Herr bin. Mit viel weniger Geld, aber auch mit viel weniger Ärger.«

»Das kannst du auch. Chef-Bernd hat gerade eine ganz schlechte Phase. Ich fürchte, er brütet eine Depression aus oder eine Psychose.«

»Wegen der Arbeit?«

»Das auch.«

»Der ist bestimmt einsam, seit seine Mutter tot ist.«

»Soll er sich eine Freundin anschaffen. Oder einen Hund. Hunde sind wie Freunde.«

»Ich weiß auch nicht. Er ist wohl ausgebrannt. Burnout. Und der neue Fall ... ach, Jungs, was ich fragen wollte: Kennt sich einer von euch mit Vampirismus aus?«

»Nee, da musst du meine Tochter fragen«, sagte der Drummer.

»Wie alt ist die noch mal?«

»Wird bald achtzehn.«

»Und die ist richtig drin in der Szene?«

»Keine Ahnung. Die redet nicht mehr viel mit mir. Aber sie hat einen Sarg im Zimmer, sagt meine Ex, also ihre Mutter.«

»Kann ich die mal anrufen, wenn ich Fragen habe?«

»Klar. Kein Problem. Kann nur sein, dass sie nicht spricht. Ich schicke dir gleich die Nummer rüber.« Der Drummer griff zu seinem Handy.

Uns-Rainer setzte die Bierflasche ab. »Das Blutsaugen is' wohl eigentlich so eine Art Kannibalismus.«

»Und der Wunsch vieler Menschen, sich einen anderen zu einem Sklaven zu machen. Das ist wie eine Religion«, meinte der Keyboarder.

»Religionen sind Unterdrückungsinstrumente patriarchalisch organisierter Gesellschaften«, sagte Uns-Rainer und hängte sich das Saxofon um. »Religionen sind Opium für das Volk und pathologische Manipulationsmittel psychotischer Machthaber. So, jetzt lasst uns mal ein bisschen den Frustratingly Monday auskotzen. Ich glaub, das wird ein gutes Ding.«

Carsten drehte den Bass auf und dröhnte los. Spielte den Riff im Sound der frühen *Stranglers*, vergaß Bernd, das Blut, den Tod und alles andere.

10 – Braunschweig, Mittwoch, 12. Oktober, früher Morgen

Sie erwachte mitten in der Nacht. In ihrem Kopf waberten noch die Reste vom Gin Tonic und vom Marihuana.

Sie hörte das Blubbern des Aquariums, in dem die Piranhas ihre gefräßigen Runden drehten, und auch das leise Rascheln der Futtermäuse in dem Käfig neben dem Wasserbecken.

Donna war mit ihrem schwarzen Opel Adam über die A39 aus Braunschweig raus nach Süden gepest und pünktlich um achtzehn Uhr auf der Friedrichshöhe angekommen. Ihr Kerl und sein Türkenkumpel wollten ihr das Geld auszahlen, das sie letztens mit dem Spezialjob verdient hatte.

Ötztürk war ein komischer Typ. Klein, bullig, mit einem Dauergrinsen im Gesicht. Aber dem war alles zuzutrauen. Sie wusste nicht viel über den Spinner und hatte immer das Gefühl, dass er gerne ein Mafioso wäre, der mal eine größere Sache im Alleingang durchziehen wollte. Jedenfalls hatte er bisher keine anderen Schwarzköppe mit zu den Treffen gebracht. Er schaute ihr nicht in die Augen, laberte nur dumm rum und behandelte sie eher wie ein notwendiges Übel, nicht wie einen Partner. Aber das war ihr egal. Ihr Kerl und er hatten sich erst mal eine ganze Weile angekeift, und sie hatte ganz in Ruhe einen gekifft.

Eigentlich waren es gar keine Futtermäuse, die da raschelten, es waren Spielmäuse. Wenn man sie ins Becken warf, zerfetzten die Piranhas sie nur. Zum Fressen bekamen sie andere Fische oder Rumpsteak. Natürlich hatte Ötz sie wieder angegafft, so wie alle Flachwichser sie angafften, wenn sie wussten, dass sie für Geld zu haben war. Sie hatte regelrecht gesehen, wie seine dreckige Fantasie irgendwelchen Pornomist in seinem Hirn abspulte.

Stiernacken war da ganz anders. Er schaute sie nie so an. Natürlich liebte er sie nicht, auch wenn er das hin und wieder sagte. Aber so eine wie sie liebte man nicht. Das wusste sie, seit sie die ersten zehn Mark mit Sex verdient hatte; ein bisschen Handbetrieb im Fahrradkeller beim Sohn von Nachbarns, eher Spiel als Geschäft, aber danach war er nie wieder nett zu ihr gewesen, wollte nur noch, dass sie es wieder tat. Es waren zugleich ihre letzten zehn Mark gewesen, denn danach kam der Euro.

Donna hörte auf das gleichmäßige Atmen. Sie hob ihren Kopf, der auf seiner mächtigen Brust am Rande der beiden roten SS-Runen unter einem schwarzen Totenkopf gelegen hatte, und schaute ihn an. Im schwachen Schein der Nachtlichter sah sie sein kantiges Gesicht, eine Mischung aus Arnold Schwarzenegger und Vin Diesel. Natürlich konnte er auch ein Schwein sein. Wenn man ihn provozierte oder versuchte lächerlich zu machen. Zu verarschen, zu belügen oder ins Handwerk zu pfuschen. Er hatte mal eine von seinen Tussen derart verprügelt, dass die fast draufgegangen wäre. Rippenbrüche und Milzriss und so was, nur weil sie ihn um einen Riesen beschissen hatte. Es war noch gar nicht so lange her, dass er sich mit zwei Münchnern geprügelt hatte, die eine Party in der *Roten Rose,* der alten Diskothek am Hafen, abgezogen hatten. Mit allen Schikanen hatten sie gebucht: Drogen, Sodomie und fünf Mädchen. Und dann wollten sie nur die Hälfte bezahlen, weil die Drogen scheiße, der Hund zu klein und die Mädchen ihnen zu alt gewesen waren. Wie sie gehört hatte, war Ötz dazwischengegangen, sonst hätte er die vielleicht alle beide zu Krüppeln geschlagen. Aber wenn man machte, was er sagte, war er sanft wie ein Lamm.

Sie stand auf und huschte zum Klo, setzte sich auf die Brille. Ötz war so cool, jeder glaubte, wenn er von *seinen Leuten* erzählte, dass hinter ihm eine brutale Mafia stand. Jedenfalls wenn man von auswärts kam und sich in Braunschweig nicht auskannte. Sie wusste nicht ganz genau, was für Geschäfte er machte, und sie wollte es auch gar nicht wissen, aber er war kein Lude. Wahrscheinlich hatte ihm das seine Mama verboten oder so. Sie tippte auf Drogen, Schutzgeld und Hehlerei. Teure Autos und Kram aus Serieneinbrüchen vielleicht. Furzegal, die beiden hatten ihr heute das Geld ausgezahlt, das sie ihr für den Spezialjob versprochen hatten. Noch ein paar solcher Aufträge, und sie könnte endlich damit beginnen, ihre Pläne zu verwirklichen. Sie musste an die Zukunft denken, auch sie wurde nicht jünger.

Donna trocknete sich mit einem Stück Toilettenpapier ab und ging geleitet vom Nachtlicht aus zwei Steckdosen zurück ins Bett. Stiernacken hatte sich auf die Seite gedreht. Sie schlüpfte wieder unter die Decke und schmiegte sich eng gegen seinen gewaltigen Rücken und an den großen Reichsadler, der auf einem Kranz aus Eichenlaub saß, in dem ein Hakenkreuz prangte. Einmal hatte sie den Adler *Geier* genannt. Blitzschnell hatte er sie mit einer Hand um den Hals gepackt und zugedrückt. Seine Pranke war wie ein Schraubstock gewesen. Sie hatte nicht mehr atmen können, dachte, jetzt wirst du sterben. Aber kurz bevor sie ohnmächtig geworden war, hatte er seinen Griff gelockert und geflüstert: »Sag das nie wieder, Schlampe«, und sie dabei angestarrt mit Augen so kalt wie der Tod.

11 – Kolumbien, Mittwoch, 12. Oktober, -7 Stunden

Die Menge tobte. Gordito schnaufte und wackelte mit dem Kopf. Das rote Tuch flatterte im Wind. Die Wunden in seinem Nacken bluteten. Vier Banderillas steckten in den dicken Muskelsträngen. Wieder schüttelte er sich, aber sie blieben stecken. Gordito fixierte das rote Tuch. Sah den Mann dahinter. In seinem glitzernden, engen Anzug. Grinsend, aber voll konzentriert. Und mit einem Degen in der Hand. Dann verdeckte wieder das rote Tuch den Mann. Gordito peitschte mit dem Schwanz seine schwarzen Flanken. Schnaubte so stark, dass weiße Schaumflocken durch die Luft stoben wie riesige Schneeflocken. Schabte dreimal mit dem Huf im Sand der Arena, sodass eine Wolke aus Staub entstand. Der Wind trieb den feinen Sand in die Richtung des Matadors, der das rote Tuch schwang. Wieder tauchte das Gesicht des Mannes auf. Er blinzelte. Drehte die Augäpfel. Schaute kurz nach oben. Die Menge johlte.

Gordito sprang aus dem Stand heraus, senkte die Hörner erst, als er auf den Matador zupreschte. Das rote Tuch flatterte ihm vor den Augen. Er beachtete es nicht. Drehte den Kopf etwas. Der Degen wurde von seinem linken Horn abgelenkt, und die Spitze stach ihm nur in die Schulter, nicht ins Genick. Der Schmerz gesellte sich zu dem der anderen Stich- und Schnittwunden, die die Picaderos ihm in den ersten Runden zugefügt hatten.

Wie Feuer brannten sie in seinem Fleisch. Steigerten seine Angst vor dem Tod, die ihn wahnsinnig machte und seine vierhundertsiebzig Kilogramm gegen alles anrennen ließ, was sich bewegte.

Plötzlich war das rote Tuch fort. Gordito stieß aus der Drehung zu. Ließ die Spitze des Horns nach oben schnellen. Wie schon so oft an diesem Tag. Immer vergeblich. Immer hatte er nur das Tuch erwischt oder die Schürzen der Pferde. Aber dieser Stoß saß. Dieser Stoß war nicht vergeblich. Die Spitze des Horns bohrte sich durch den Unterkiefer des Matadors.

Die Menge begann zu schreien, kreischen, grölen. Gordito riss den Kopf hoch. Der Matador löste sich vom Horn, flog durch die Luft und krachte auf den Boden.

Der Stier bockte, schnellte mit gesenktem Kopf herum und rammte dem Mann noch einmal eines seiner Hörner in die Seite, riss den engen Anzug auf und die Haut seiner Lende. Dann waren überall Tücher, und Gordito konnte nichts mehr sehen. Schleuderte blind und rasend vor Schmerz seine Hörner mal hierhin, mal dahin, traf aber immer nur ins Leere, bis ihn ein Stich in das Genick tötete. Die Menge war außer sich.

Vladimir Rasumichin schaute gebannt durch sein Fernglas auf das blutige Spektakel in der Arena. Erst als der schwer verletzte Matador weggeschleppt und der Stier tot war, nahm er es von den Augen und lehnte sich wieder in seinen gepolsterten Stuhl zurück, der in einer der Logen stand. Er war erst seit drei Tagen in Kolumbien, und schon sehnte er sich nach zu Hause. Das war immer so. Er kannte viele Ecken der Welt, ob Antarktis, Mega-Cities, Wüsten, Dschungel, Traumstrände oder Slums, er kam viel herum, aber es war immer das Gleiche. Schon nach kurzer Zeit plagte ihn das Heimweh. Fremde Lebensweisen interessierten ihn, keine Frage, aber sie waren eben fremd, manchmal unverständlich. Man aß komische Sachen, wie die Schweden ihren vergammelten Fisch, die Deutschen ihren Käse, in dem Milben herumkrochen, oder die Chinesen lebende Mäusebabys. Andere bedeckten ihre Frauen von oben bis unten mit Tüchern, schütteten ihnen Säure in das Gesicht, schnitten ihnen die Klitoris raus oder hackten Albinos Arme und Beine ab, um daraus heilende Tränke herzustellen. Er schaute sich die weite Welt gern an, aber nicht lange. Am schönsten war es eben zu Hause. In Russland. Ob Novosibirsk, Astrachan oder St. Petersburg, ob mit einer Yacht über den Elbrus, die Wolga oder nach Nowaja Semlja: An Mütterchen Russland konnte man alles lieben. Auch weil es dort so etwas Abartiges wie in anderen Teil der Welt nicht gab, wie das öffentliche Auspeitschen oder so einen brutalen Stierkampf wie hier in Arjona in Kolumbien.

Vladimir Rasumichin schaute zur Seite und nickte den beiden kräftigen Männern zu. Der Ältere nickte zurück, schob sich aus der Loge und verschwand im Gewusel der aufgebrachten Zuschauer. Fünf Kilo frisch geschlachtetes Kampfstierfleisch, voll mit Stresshormonen und Adrenalin, würde er ihm, seinem Chef, dem Oligarchen Vladimir Rasumichin, besorgen.

Der jüngere Bodyguard packte inzwischen die Kamera und das Stativ zusammen. Rasumichin hoffte, dass sich die Zusatzausbildung des Jungen endlich bezahlt machen und das Video eine gute Qualität haben würde. Gemeinsam mit Fjodor Alekpaska – seinem besten Freund aus den Jugendtagen in der Komsomol, der Jugendorganisation der KPdSU, – und ein paar anderen Dollar-Zaren würde er es sich zu Hause in seiner Moskauer Villa ansehen und dabei das Fleisch des Kampfstieres genießen. Zubereitet vom besten Grillardin der Stadt.

Rasumichin schaute in die Arena, machte lustlos ein paar Fotos von den Tribünen, die sich langsam leerten, strich sich über das kurze schwarze Haar, das an den Schläfen grau wurde, und gähnte, als ein wohlgenährter Mann mit einem Cowboyhut und einem runden roten Gesicht breit grinsend auf ihn zutrat.

»Hello«, sagte er auf Englisch. »I am Mister D. C. Stone.«

12 – Hannover, Donnerstag, 13. Oktober, Vormittag

Carsten Sanders saß mit einem Pott Kaffee in seinem Büro vor dem Computer und schaute auf die Suchergebnisse, die auf die Internetseiten führten, auf denen Sexarbeiterinnen oder deren Agenturen ihre Angebote bewarben. Einige boten sich pauschal und offen für Rollenspiele aller Art an, andere für speziellere in einer von verwirrenden Abkürzungen geprägten Geheimsprache. Wenige nur als Opfer für die Herren, die gern Graf Dracula spielten. Oder als saugende *Vampirella* oder *Morticia* versprachen, die merkwürdigen Gelüste der Kunden zu befriedigen. In Magdeburg peitschten und fesselten erheblich mehr Dominas ihre sklavischen Kunden, als dass dort untote Blutsauger ihr Unwesen trieben. Eigentlich gab es nur ein Studio, das explizit diesen martialischen Service anbot.

Er setzte ein Lesezeichen. Dann nahm er den Hörer in die Hand, setzte sich bequem hin und wählte Mandys Nummer im Landeskriminalamt Sachsen-Anhalt. »Hallo, Schatz«, sagte er. »Hast du ein paar Minuten Zeit für einen Mann, der …«

Mandy unterbrach ihn: »Carsten. Das passt im Moment wirklich nicht … ich habe …«

»Nein, das sollte ein Scherz werden. Ich muss dienstlich mit dir reden. Wann passt es denn?«

»Oh, Moment … ich rufe dich in einer halben Stunde zurück, ja?«

»Okay«, sagte er und schickte einen Kuss durch die Leitung.

Dann sah er nach, ob das Obduktionsteam, die Kriminaltechnik oder sonst wer neue Erkenntnisse in dem Fall Jamiro Džugi zu vermelden hatten. Ob vielleicht die Körperflüssigkeiten am Geschlechtsteil des Toten bereits einer Person zugeordnet werden konnten? Oder ob seine DNS schon bestimmt worden war? Aber es gab keine neuen Erkenntnisse.

Er suchte nach Medienberichten über den aufgefundenen Toten. Am Tag nach der Bergung war er der stürmische Aufmacher im Blätterwald und Mediendschungel, nicht nur in der Region Süd-Ost-Niedersachsen, sondern im ganzen Norden. Ab Mitte der Woche gab es dann in den weiter entfernt erscheinenden Zeitungen nur noch einige kurze, wortwörtlich der dpa-Meldung entsprechende Artikel, die die Pressestelle des LKA Niedersachsen an den Nachrichtendienst verschickt hatte. Ein bisschen mehr in der regionalen Presse wie der *Hannoverschen Allgemeinen* oder der *Braunschweiger Zeitung*. Sie brachten die Meldung, dass nun die Identität des toten jungen Mannes anscheinend geklärt sei, nicht mehr als Aufmacher, sondern nur noch auf Seite drei oder vier. Lediglich in den Peiner Zeitungen fand Jamiro Džugi noch Platz auf der ersten Seite, mit dem Phantombild und dem Aufruf, ob jemand den Mann gesehen habe.

Carsten Sanders war froh darüber, dass die Pressestelle keine tiefer gehenden Details über den Zustand der Leiche bekannt gegeben hatte. Wenn jetzt durchsickern würde, in welchem Zustand die Leiche war, dann erst würden die Journalisten anfangen, mehr über den Fall zu berichten.

Endlich klingelte das Telefon.

»Carsten, mein Lieber, jetzt habe ich ein bisschen Zeit«, sagte Mandy. »Du erinnerst dich doch an den Fall der kleinen Gina Riekens, die im März letzten Jahres verschwunden ist?«

»Die von der Schule nicht nach Hause kam? In der Altmark war das, glaube ich.«

»In Osterburg, ganz genau. Wir haben endlich einen Hinweis erhalten. Sie soll in einem Ort in Österreich gesehen worden sein.«

»Dann lebt sie vielleicht Gott sei Dank noch.«

»Ja, vielleicht. Wir müssen da vor Ort eine Menge Kräfte aktivieren. Ich habe schon so ein Ohr vom Telefonieren.«

»Das glaube ich dir, mein Schatz.« Carsten stellte sich vor, wie sie die gespreizte Hand in Höhe des Ohres hochhielt. »Wie zuverlässig ist denn der Hinweis?«

»*Vielversprechend, glaubwürdig*, so haben ihn die Kollegen beschrieben.«

»Oh, das klingt gut. Hoffentlich findet ihr das Mädchen. Aber was ich dir erzählen wollte … nur ganz kurz … aber wenn es gerade nicht passt, dann …«

»Nein, ist schon gut, schieß los.«

»Also, die Identität des Toten, der bei Peine gefunden wurde, ist geklärt.«

»Schön. Wer ist er?«

»Ein gewisser Jamiro Džugi. Rate mal, wo er gewohnt hat?«

»Wenn du mich so fragst, würde ich sagen – in Magdeburg?«

»Stimmt! Sein letzter gemeldeter Wohnort ist bei euch, im Stadtteil Neu Olvenstedt.«

»Ach, in der Platte am Sternsee. Soll ich da mal hinfahren?«

»Nein, nein, diese Ermittlungen sollen die zuständigen Leute über den Dienstweg machen. Aber stell dir mal vor: Ein Detail der Obduktion brachte ans Licht, dass der Mann mit einem Holzstab gepfählt worden ist.«

»Was? Ist das sicher?«

»Ja, die sind sich sicher. Und ich hatte dir doch erzählt, dass er mutmaßlich aus Rumänien stammte. Jetzt ist das bestätigt, er kommt aus Rumänien, genauer gesagt: aus Transsylvanien.«

»Gepfählt … aus Transsylvanien … und … was? Du meinst … da ist so etwas wie Vampirismus im Spiel? Nein, das glaube ich nicht.«

»Damals hat auch keiner an Okkultismus geglaubt.«

»Vielleicht ist es das Ritual einer Mafiabande, jemanden mit einem Holzpflock im Herzen zu bestrafen, für Verrat zum Beispiel.«

»Ritual, genau.«

»Aber kein religiöses.«

»Vielleicht ja, doch.«

»Ich kann mir das nicht vorstellen.«

Carsten senkte die Stimme, machte sie dunkel und rau: »Es gibt vieles, was du dir nicht vorstellen kannst, Baby.«

»Oh là, là, *Detective Marlowe*. Womit kann ich Ihnen behilflich sein, Philip?«

»Es gibt da eine Frau«, sagte Carsten immer noch mit der Marlowe-Stimme, »drüben, bei euch in *S-Äy*, die bietet erotische Spielchen. Blutige. Als Vampirella. Und mehr. Man sollte sie mal besuchen ...«

»Um dort was zu tun?«, schnippte Mandy dazwischen.

»Nicht, um sich selbst aussaugen zu lassen, Baby, das nicht. Vielleicht war der Kerl, kurz bevor er massakriert wurde, bei ihr? Vielleicht sind die Spuren seines letzten Verlangens von ihr?«

»Carsten, ich glaube, das ist eine ganz falsche Spur.«

»Woher willst du das wissen?«, fragte er und ließ den Marlowe zurück in die Mottenkiste plumpsen.

»Ich sage mal: weibliche Intuition. Und dass du vielleicht unseren Hexenkiller noch nicht ganz überwunden hast.«

»Hm ... trotzdem wäre es ganz gut, wenn da jetzt bald mal jemand hinfährt und ihr ein Foto von Jamiro D. unter die Nase hält. Und sie fragt, ob sie mit einer

Speichelprobe zur Feststellung ihrer DNS einverstanden wäre. Je eher, desto besser.«

»Und das soll ich sein?«

»Nicht unbedingt, aber wenn du mal das stickige Büro verlassen möchtest ... wenn dir dort alles zu viel wird ... eine kleine Pause im alltäglichen Stress, dann könntest du das erledigen. Ich schicke dir auf jeden Fall mal ein paar Informationen rüber, okay?«

»Okay, Mister Marlowe.«

»Vielen Dank, Frau Kommissarin! Ich werde wahrscheinlich schon morgen Nachmittag nach Braunschweig fahren und mal den Kollegen dort einen Besuch abstatten.«

»Das solltest du dann aber Xenia sagen. Ich glaube, sie kommt auch morgen zurück.«

»Selbstverständlich. Mach ich. Bis morgen Abend dann.«

»Bis morgen, Herr Detektiv«, hauchte Mandy ins Telefon und legte auf.

Carsten schickte ihr das Material rüber, dann kontaktierte er Xenia auf WhatsApp und rief danach seinen Bruder an. Er konnte Ulli nicht allein zu Hause lassen und wollte ihn bitten, morgen zwei Stunden eher Feierabend zu machen.

»Nee, mach ich nich'. Kannst mal alleine fahren«, maulte Ulli.

Carsten wunderte sich. Bisher hatte sich Ulli noch nie geweigert, mit nach Braunschweig zu kommen. Im Gegenteil.

»Ulli, ich kann dich nicht alleine lassen.«

»Kannste doch, willste aber nich'.«

»Und wenn was passiert? Wenn es brennt? Oder Einbrecher kommen? Oder ein Wasserrohr bricht? Außerdem habe ich keine Lust, das ganze Haus renovieren zu müssen, wenn du zwei Tage alleine bist. Und kochst.«

Einmal hatte Carsten ihn über das Wochenende allein in dem Haus in Langenhagen gelassen. Die Badewanne war übergelaufen, eine Basssaite gerissen, die Mikrowelle kaputt, und es hatte eine Anzeige wegen Ruhestörung gegeben.

»Kannste aber.«

»Nein, Ulli. Ich möchte dich nicht das ganze Wochenende allein lassen. Punkt.«

Stille am anderen Ende.

»Ulli, das ist nicht böse gemeint. Bitte.«

»Gut, ja, ja, ja, ich komm mit, tschüss.«

13 – Braunschweig, Donnerstag, 13. Oktober, Abend

Von den Rollenspielen allein konnte sie noch nicht leben. Auch wenn Donna hin und wieder gut betuchte Freier aus Hannover und Magdeburg, Wolfsburg und Salzgitter bediente. Es sprach sich nur langsam herum, was sie bei ihr für ihr Geld bekamen. Mundpropaganda dauerte seine Zeit. Also musste sie auch noch die normalen Kunden bedienen. Ohne Schnickschnack. Ohne Raffinesse. Bisschen Rumstöhnen, bisschen Kreischen, Bumsen, Blasen wie die billigen Nutten vom Straßenstrich. Und das gab's bei ihr nur mit Gummi. Sie war doch nicht lebensmüde oder so.

Der Typ knetete ihre Titten, rammelte sie wie ein Karnickel, verdrehte die Augen, machte ahah–uhuh–aaaaah, sie oh–oh–ouuuu–oh–ohooo, dann war er fertig. Drehte sich keuchend auf die Seite, stöhnte: »Das war gut, das war gut, oh Mann, war das gut.«

Donna strich sich die dunklen Haarsträhnen aus dem Gesicht, nahm die Brille ab, zog den Rock wieder herunter. Das war das Einzige, was der Typ gewollt hatte: Sie sollte sich nicht ganz ausziehen und eine Brille aufsetzen. Sie hatte gesagt: »Das kost' extra«, und ihm einen Zwannie mehr abgeluchst. Zwanzig Euro, nicht für ihren Traum eines LARPBs, denn dafür brauchte sie weit mehr Geld.

Seit zwei Tagen, seit diesem Vampirella-Comic-Typ, hatte sie keine Buchung mehr gehabt, und das Wochenende sah bisher auch mau aus. Sie hoffte, dass endlich wieder ein Spezialauftrag an Land kam.

»Du bist echt 'ne geile Granate«, sagte der Freier.

Donna lächelte. »Auf dem Klo sind Feuchttücher. Und den Präser schmeißte aber nicht in die Schüssel. Der kommt in den Eimer daneben.«

Der Mann stand auf, ging auf die Toilette, Donna zündete sich eine Zigarette an und nahm ihr Smartphone. Wischte darüber. Immer noch keiner, der sie als Vampir oder Domina haben wollte, aber eine Voicemail von ihrem Kerl. Die würde sie sich gleich anhören, wenn der Typ weg war.

»Ich komme bestimmt mal wieder, Ariella, so war doch dein Name, wa?«

»Ja, das ist er«, sagte sie und dachte, verpiss dich endlich.

»Bis dann«, sagte er und gab ihr die Hand. Die Hand, wie einem Kumpel!

Endlich war er verschwunden, und Donna hörte sich die Nachricht an. Schlechte Qualität. Mit Hundegebell im Hintergrund, Sprachfetzen anderer Männer und Windgeräuschen. Stiernacken war draußen am Zwinger. »Hey, Mädel«, sagte er. »Ich fahre am Samstag nach Hamburg, muss da was erledigen, komme erst Sonntag wieder. Also, wenn irgend 'ne Scheiße läuft, rufst du Ötz an, und ... ach ja, der Mastino braucht Pflege. Heil dem Führer!«

»Der Mastino braucht Pflege«, äffte sie seine Stimme nach. Bin ich ein verdammter Tierpfleger oder so was?, dachte sie wütend. Und an Ötztürk würde sie sich mit Sicherheit nicht wenden, das wusste er ganz genau und hatte das nur gesagt, um sie zu ärgern. Ewig laberte der Spinner sie von seiner Familie voll, was die alles für riesige Autos fuhren, wie sie andere Leute über den Tisch zogen, die Polizei und Richter verarschten und ohne Ende Kohle machten und so. Dummes Gelabere, das nur bedeuten sollte: »Ich bin der Größte.« Das Einzige, was sie ihm glaubte, war das Luftholen zwischen dem Geseier.

Sie legte sich zurück und sog an der Zigarette. Jetzt hatte sie eine Buchung. Und dann klingelte das Telefon schon wieder.

3. KAPITEL

14 – Magdeburg, Freitag, 14. Oktober, Nachmittag

Kriminaloberkommissarin Mandy Kolwicz beauftragte keinen ihrer LKA-Kollegen, um den Club zu besuchen, der in Magdeburg erotische Rollenspiele anbot. Carsten hatte recht gehabt. Der Vormittag war ziemlich stressig. Sie hatte ihn ausschließlich mit Arbeit an dem Fall des seit über einem Jahr vermissten Mädchens verbracht. Mit den jeweiligen Spezialisten der verschiedenen forensischen Ressorts in Magdeburg und den österreichischen Bundespolizeibehörden vom LKA Wien.

Gina Riekens. Mandy wünschte sich so sehr, dass sie endlich gefunden wurde. Dass die Familie Klarheit bekam, man ihr die furchtbare Ungewissheit nehmen konnte. Leider hatte der Tag nicht das Ergebnis gebracht, das sie sich seit der Nachricht, dass die Kleine gesehen worden war, erhofft hatte. Noch nicht. Immerhin hatten die Österreicher einen weiteren Zeugen ausfindig machen können. Keine zehn Kilometer von der ersten Sichtung auf dem Parkplatz eines Supermarktes entfernt. Der Kassierer einer Tankstelle hatte sie gesehen. Die Überwachungskamera war uralt und lieferte

Bilder von der Qualität, wie man sie von frühen Kopiermaschinen her kannte. Großporige Flecken in Schwarz-Weiß. Nicht einmal die Automarke ließ sich ohne Weiteres eindeutig erkennen, geschweige denn das Gesicht des Fahrers oder der Fahrerin. Dagegen war die Beschreibung, die der Kassierer abgegeben hatte, Gold wert. Die könnte was bringen. Abwarten.

Mandy stand allein im Besprechungsraum, löste ihre dunkelblonden Haare aus dem Zopfband, fuhr mit der linken Hand hindurch und schüttelte den Kopf hin und her. Sie steckte das Gummi in die Gesäßtasche der Jeans, legte Akten, Blätter, Stifte in die Beuge der Armprothese, hängte den Henkel des Kaffeebechers über den künstlichen Zeigefinger. Es hatte etwas gedauert, ehe sie ihre linke Hand so fit hatte, dass sie damit alles einigermaßen so machen konnte wie früher mit der rechten. Sie drückte die Tür auf, ging zu ihrem Schreibtisch rüber, ließ die Sachen darauf fallen.

Sabine Lauterberg, die gute Seele der Abteilung, ging an ihr vorbei: »Schön's Wochenende, wünsch ich dor. Oder besser eusch. Fährscht do wieder no' drüben?«

»Ja, ich weiß aber nicht, ob ich das heute Abend noch tue. Vielleicht erst morgen. Mal sehen. Ich bin etwas geschafft von der Woche.«

»Das gloob ich dor gern. No, ich geh dann mol. Ohoi, Mandy. Ach, dos Set für die Speichelprobe hab ich dor hingelegt.«

»Danke, Sabine. Ahoi«, sagte Mandy und wendete sich dem Computerbildschirm zu. Kurz darauf summte der Drucker, produzierte ein Foto von Jamiro Džugi und spuckte Adresse und Telefonnummer von Nika aus, einer Frau, die in einem Club hier in *S-Äy* als Vampirella blutige erotische Spielchen anbot.

Mandy überlegte kurz, dann schaute sie sich die Seiten des Clubs im Internet an. Sah Nika in einer Verkleidung, die wohl Gräfin Dracula darstellen sollte, mit langem schwarzen Haar, quellendem Busen und spitzen Zähnen auf der einen Seite, auf der anderen in Blond, halb entblößt, mit blutigem Hals und entrücktem Blick. Weitere Fotos zeigten sie mit strengem Blick und Dutt, mit Peitsche, Dildo und Handschellen posierend auf einer Streckbank.

Mandy schaltete den Computer aus, packte ihre sieben Sachen zusammen und zog den kamelfarbenen Trenchcoat an, dessen Gürtel nach hinten gebunden war, weil sie die Schleife einfach nicht in einer erträglichen Zeit hinbekam. Die elektronische Armprothese ließ sie viele Dinge tun, wie zum Beispiel ein umgebautes Auto lenken, aber eben nicht alles. Außerdem drückte und scheuerte sie auch unangenehm an dem Stumpf, der ihre rechte Schulter bildete, seit die Kugel des Irren sie zertrümmert hatte.

Sie hängte ihre Tasche über den Buckel, in dem die Technik, Batterien, Motoren und Seilzüge der Hybrid-Myoprothese steckten, und verließ das Büro der Abteilung 4 des LKA Sachsen-Anhalt, das für Ermittlungen und Analyse zuständig war. Stieg in ihren neongrünen Fiat 500 Abarth, warf die Tasche auf den Rücksitz und verließ den Parkplatz des Landeskriminalamtes in der Lübecker Straße gegen fünfzehn Uhr, um in den *Club Exquisit* zu fahren, der laut Eintrag im Handelsregister einer Frau Michaela von Cimburg gehörte. Unterquerte Bahnschienen, überquerte Elbe und den Werder, fuhr am Elbauenpark vorbei auf einen Hügel zu, auf dem sich Tausende Solarpaneele tummelten. Lenkte den Wagen an einem roten Backsteingebäude vorbei in einen alten Gewerbehof. Es war noch früh, und noch standen nur zwei Autos auf dem Kundenparkplatz vor dem Club.

Mandy klingelte, zog ihre metallene Dienstmarke hervor, die mit einer dünnen Kette an einer Gürtelschlaufe der Hose befestigt war, strich sich das Haar hinter das Ohr, in dem ein großer goldfarbener Reif baumelte.

»Ja?«, ertönte eine weibliche Stimme aus der Gegensprechanlage.

»Guten Tag. Kolwicz. Kommissarin vom Landeskriminalamt. Wir ermitteln in einem Todesfall aus Niedersachsen. Vielleicht können Sie uns helfen. Ich würde gern mit einer Frau Nika sprechen.«

»Ach, mit der Nika. Na, warten Sie, ich komme«, sagte die Frau mit einer vielleicht von Rauch und Whisky rauen Stimme.

Mandy Kolwicz wartete, hörte, wie die Tür aufgeschlossen wurde, und hielt die Kripoplakette einer älteren, überschminkten Rubens-Dame in einem rosa Hausanzug entgegen, die sie sich genau ansah.

»Da haben Sie aber Glück. Nika ist schon da«, brummte sie, scannte dann die Kommissarin von oben bis unten, das Gesicht, den kleinen Buckel hinter ihrer rechten Schulter, der ihr ein asymmetrisches Aussehen gab, die künstliche Hand, die aus dem Ärmel hervorragte.

»Na, dann kommen Sie doch mal rein«, sagte sie und trat zur Seite.

Mandy Kolwicz betrat das Bordell, und die Frau drückte die Tür hinter ihr wieder zu. »Der Club gehört einer Frau von Cimburg?«

»Ja, das bin ich, höchstpersönlich. Aber alle nennen mich Pamela. Setzen Sie sich doch in die Lounge. Ich rufe Nika an.« Sie schritt voran, rund, aber behände schwang sie sich hinter den Tresen und griff zum Telefon.

Kolwicz ging über die dunklen Fliesen zu einer Sitzgruppe aus rotem Kunstleder, setzte sich und stellte ihre Tasche neben sich auf das Polster. Die Lounge war sehr sauber und in hellem Rot und dunklem Gelb gehalten. Auf niedrigen Podesten in den Ecken waren Metallstangen für Tabledance installiert, an der Wand hing ein großes Bild mit Kirschen, zwischen den Fenstern stand ein Benjamin.

Eine kleine Frau in einem blauen Kittel huschte durch den Raum, ohne sie anzusehen. »Reni, warste schon wieder auf'm Klo?«, brummte Pamela und begann, mit Gläsern und Flaschen zu hantieren. »Das Stroh im Heidi-Zimmer musste noch machen, und im Domina warste wohl auch noch nich'? Hier durchzuwischen, wär' auch mal wieder nötig.«

Kolwicz kramte Notizblock und einen Stift hervor. Dann kam Nika. Sie war groß, blond und dürr, trug Jeans und ein rosafarbenes T-Shirt, auf dem ein großes Herz aus Pailletten glitzerte.

»Guten Tag, Kolwicz, Kommissarin beim Landeskriminalamt.« Sie zeigte ihre Marke, blieb sitzen und nickte ihr nur zu. Sie wusste immer noch nicht, wie sie Menschen die Hand geben sollte: Streckte sie die Linke hin, waren die meisten irritiert, wussten nicht, welche

Hand sie selbst ausstrecken sollten. Hielt sie die Rechte hin, erschraken sie, weil sie nicht warm und weich war, sondern kalt und hart.

»Challo, isch Nika.« Sie setzte sich auf das andere Sofa und schaute die Polizistin lächelnd an.

»Nika, Sie können mich gut verstehen? Wo kommen Sie her?«

»Oh ja, verchstä' gut Deutsch. Isch aus schöne Belarus-Land.«

»Wie ist denn Ihr richtiger Name?«

Sie zog die Augenbrauen zusammen: »Nika richtiger Name. Familie ist Kobjakow.«

Kolwicz schrieb, fragte: »Mit bj und w am Ende?«

»Ja.«

»Gut. Frau Kobjakow, im Internet habe ich gesehen, dass Sie spezielle erotische Rollenspiele anbieten?«

»Das richtig.«

»Unter anderem auch als Vampirin oder als Opfer eines Vampirs?«

»*Tak*, ja, auch das.«

»Ich wollte Sie fragen …«, die Motoren der Prothese summten leise, als Mandy den Roboterarm auf die Tasche legte, damit sie nicht wegrutschte und sie das Foto herausangeln konnte, »ob Sie diesen Mann hier …« Die Sexarbeiterin schaute ihr interessiert dabei zu und fragte: »Unfall?«

»So kann man das auch sagen. Ein Arbeitsunfall. Kennen Sie diesen Mann?«, fragte Kolwicz und reichte ihr das Foto von Jamiro Džugi.

Kobjakow schaute es sich an. Drei Sekunden. Fünf Sekunden. Zog die Nase kraus. Acht Sekunden. Dann schüttelte sie den Kopf. »Nein. Isch nie gesähen.« Gab der Kommissarin das Foto wieder »Warum soll isch denn?«

»Es gibt Hinweise darauf, dass der Mann kurz vor seinem Tod vielleicht Sex mit einer Frau hatte, die etwas mit Vampirismus zu tun hat.«

Die Frau legte die Stirn in Falten: »Vampir-mus? Ich nicht kennen.«

»Also, dass er Sex mit einer Frau hatte, die das Opfer eines Vampirs gespielt hat.«

»Aber mit mir nicht. Nein.«

»Gut. Ich glaube Ihnen das, Frau Kobjakow. Aber um ganz sicherzugehen, möchte ich Sie bitten, uns eine Speichelprobe zur Verfügung zu stellen.«

Sie lehnte sich zurück, rief entrüstet: »Ich lüge nicht!«

»Nein, nein, das glaube ich Ihnen. Aber wir sollten ganz sichergehen. Hundertprozentig ausschließen, dass der ermordete Mann Ihr Kunde war. Vielleicht sah er da ganz anders aus. Das Foto ist schon etwas älter. Ihre Daten werden nach der Analyse gelöscht.«

»Ermordet?« Kobjakow dachte nach. »*Nu ladno,* also gut. Ich machen«, sagte sie und nickte leicht mit dem Kopf.

»Schön, Frau Kobjakow. Dann machen wir das gleich, und Sie brauchen nicht auf das Revier zu kommen.« Mandy nestelte das Glasröhrchen mit dem Wattestab hervor, öffnete es mit der sirrenden Prothese, beugte sich vor und fuhr der jungen Frau mit dem Stäbchen im Mund herum. »Das war es schon.« Sie verschloss das Röhrchen sorgfältig und steckte es weg. »Ich werde Sie nächste Woche anrufen und Ihnen das Ergebnis mitteilen.« Kolwicz hängte sich die Tasche wieder um den Buckel, nahm Block und Stift in die künstliche Hand und erhob sich. »Auf Wiedersehen.«

Die Prostituierte erhob sich ebenfalls, sagte »Au revoir« und ging.

»Tschüss, Frau Kommissar«, ertönte die tiefe Stimme vom Tresen her.

»Äh, nein, mit Ihnen wollte ich auch noch sprechen, Frau von Cimburg.« Mandy ging zu der Frau rüber und legte ihr das Bild von Jamiro Džugi auf die Theke. »Haben Sie diesen Mann vielleicht schon mal gesehen?«

»Pamela reicht. Moment, da muss ich erst meine Brille aufsetzen. Ein Arbeitsunfall?«, fragte sie und wies mit dem Kinn auf die Prothese. »Wohl abgeschossen, was?«

Kolwicz nickte. »Ganz genau.«

»Mannomann.« Sie suchte ihre Brille, fand sie, setzte sie langsam auf und wartete vergeblich auf eine weitere Erklärung. Dann sah sie sich das Foto an, ganz kurz, und schüttelte mit heruntergezogenen Mundwinkeln den Kopf. »Nein, ich kenne den auch nicht«, brummte sie und schob das Bild wieder in Mandys Richtung.

»Sagen Sie, bieten hier noch andere Frauen ihre Dienste als Vampir oder Vampirfutter an?«

»Nein, bis jetzt noch nicht. Ist ziemlich neu, die Spielerei. Es gibt nicht so viele Freier, die das wollen. Das ist eine ziemliche Sauerei mit dem Blut. Wir nehmen Marmelade und Rote-Beete-Saft. Ketchup ist zu sauer und zu dick. Das Zimmer sieht manchmal hinterher aus, als wäre jemand geschlachtet worden. Aber die Kunden, die das wollen, zahlen gut. Manchmal muss Nika so tun, als wenn sie denen mit den spitzen Zähnen in den Pimm… also in den Penis beißt.«

»Was es nicht alles gibt. Werden solche Rollenspiele auch woanders angeboten? In anderen Städten, meine ich.«

Pamela schaute auf die Armprothese. »Echt? Weggeschossen? Von einem Verbrecher? Junge, Junge, auch kein leichter Job als Kommissarin, was? Woanders? Hm ... soweit ich weiß, in Berlin, wahrscheinlich in München, Frankfurt. Ganz bestimmt in Hamburg, ich meine, Nika hat das vorher in Hamburg gemacht. Kann sein, dass das im Kommen ist. Wird aber wohl nie so doll wie Sadomaso und Zimmermädchen und so etwas.«

»Vielen Dank«, sagte Kolwicz, beugte sich vor und hielt der Frau die Linke hin. »Auf Wiedersehen. Die Tür ist auf?«

Frau von Cimburg griff zu, mit einer feuchten, kalten linken Hand. »Hoffentlich nicht. Ja, die Tür ist auf. Tschüss, Frau Kommissar.«

Mandy Kolwicz fuhr noch mal ins Amt zurück, beschriftete die Speichelprobe und gab sie im Labor ab. Erst dann schaute sie auf ihr Smartphone und sah, dass eine Voicemail von Xenia eingegangen war. Ihre Tochter kündigte ihr Kommen für morgen, am Samstagnachmittag, in Braunschweig an. Sie bat darum, vom Bahnhof abgeholt zu werden, um Vollkornbrot, vegane Aufstriche und Obst und um eine freie Waschmaschine.

Zur gleichen Zeit, als ein neongrüner Fiat den Parkplatz des LKA in Magdeburg verließ, sprang hundertfünfzig Kilometer weiter westlich der Motor eines dunkelblauen Audis an und machte sich auf den Weg über die A2 von Langenhagen nach Braunschweig. Die beiden Männer darin waren Brüder, und während der mit dem fliehenden Kinn verhalten einen The-Cure-Song aus den 1980ern mitsang, biss der mit der dicken Brille schmollend seine Lippen zusammen und ahnte nicht, dass der Bruder einen kurzen Abstecher plante, um den Fundort einer Leiche in Augenschein zu nehmen.

15 – Peine/Braunschweig, Freitag, 14. Oktober, Nachmittag

Carsten Sanders fuhr in Peine von der A2 ab und steuerte den Audi die Bundesstraße durch die Stadt entlang in Richtung Süden auf den Mittellandkanal zu. Er hatte sich den Weg zum Fundort der Leiche von Jamiro Džugi auf der Karte angesehen. Es war nicht schwierig, hinter dem Kanal machte die Straße einen leichten Bogen in südwestliche Richtung, dann mussten sie die Nächste rechts abbiegen und den etwa halben Kilometer zu der Bucht auf einer Nebenstraße zurücklegen. Zwischen Äckern, auf die der Winterweizen seinen ersten grünen Flaum gelegt hatte, unter Bäumen hindurch, deren vertrocknetes Laub den Weg mit gelb-braunen Flecken sprenkelte, bis sie die Wassernase erreicht hatten.

»Willst du hier im Auto warten?«, fragte Carsten seinen Bruder.

»Nee«, sagte Ulli, öffnete die Tür und stieg aus.

Auch Carsten verließ den Wagen. Er drückte den Rücken durch und schaute sich um. Atmete tief die frische, für diese Jahreszeit ungewöhnlich warme Luft ein. Landluft. Gar nicht so schlecht.

»Willst du mitkommen? Ich muss mir da drüben was ansehen.«

»Was denn?«, fragte Ulli und schlurfte ein paar Meter dem Ufer der Bucht entgegen. Sonnenstrahlen glitzerten auf dem Wasser des Kanals.

»Hier haben Leute was ausgebuddelt.« Carsten versuchte, Ulli so wenig wie möglich von den menschlichen Abgründen zu erzählen, in die sein Beruf ihn manchmal zwang zu blicken.

»Was denn? Ein' Schatz oder was?«

Das war gut. »Ja, Ulli, einen Schatz. Wir sind Schatzräubern auf der Spur.«

»Gold?«

»Das wissen wir noch nicht genau. Das können auch Artefakte gewesen sein. Also Werkzeuge oder Kultgegenstände. Bernstein und Bronze oder so etwas.«

»Wo denn?«

»Da drüben. Kommst du nun mit oder nicht?« Carsten nestelte Fotos und eine Kopie der Skizze des Leichenfundortes hervor, während Ulli sich in das Gras am Rand der Bucht setzte. »Nö, keine Lust«, sagte er und beschattete mit der Hand sein Gesicht. »Ganz schön großes Boot da. Wie im Meer.«

»Wenn es so groß ist, heißt es Schiff. Pass auf, dass du nicht reinfällst. Ich bin gleich wieder da.«

Mit der Sonne im Rücken und der Skizze in der Hand ging Carsten den Pfad entlang, der in das Wäldchen führte, in dem vor einer Woche der Mann aus Transsylvanien gefunden worden war. Nach ein paar Metern sah er eine Lücke im Gebüsch, das schon einige Blätter verloren hatte. Zwei Wochen zuvor, als der Leichnam hier vermutlich vergraben wurde, hatten da sicher noch mehr drangehangen. Auf dem Waldboden konnte er noch die Spuren der Beamten ahnen, die sich hier bewegt hatten. Er schaute auf die Skizze, trat zwischen die Büsche, folgte den Spuren, bis er die Stelle erreicht hatte, an der man Džugi aus der Erde geholt hatte. Nichts deutete mehr auf den Fundort einer Leiche hin, der von der Polizei untersucht worden war. Kein Absperrband an den Bäumen und keine Markierungsschildchen in der Erde.

Kommissar Carsten Sanders suchte nicht nach etwas, das die Kollegen übersehen hatten. Er war sich sicher, dass sie ihre Arbeit mit größter Sorgfalt erledigt hatten. Er wollte nur den Spirit, die Aura aufnehmen, die der Ort ausstrahlte. Am Rande des Areals ging er in die Hocke. Sah kleine Erdbrocken herumliegen, braun und schwarz. Schaute auf das Laub, die toten Äste, die braunen Blätter. Es hatte lange nicht geregnet. Er sog den Geruch nach Staub, Waldboden, trockenen Blättern ein. Ein feuchter Wald roch anders, ein nasser auch.

Vom Gebüsch verdeckt, hörte er ein Frachtschiff durch das Wasser des Kanals stampfen. Helle Stimmen und Gelächter zweier Mädchen, die wohl auf Fahrrädern auf dem Weg zwischen Kanal und Wäldchen entlangfuhren. Hörte hinter sich den Ruf eines Käuzchens, das Bellen eines Hundes. Stellte sich vor, wie es hier nachts aussah. Wie zwei Männer mit Hacken und Schaufeln durch das Dickicht brachen und ein Grab auszuheben begannen. Wie sie die Erde auf einer Plane sammelten, um später das überschüssige Material irgendwo anders zu entsorgen. Wie sie den misshandelten, gepfählten Jamiro Džugi holten, nackt in die Grube warfen und ihn mit Erde bedeckten, das Grab mit Laub und Ästen. Vielleicht benutzten sie eine Bahre. Oder ein großes Tuch, das sie später verbrannten. Wie sie vielleicht alles verbrannten, auch ihre und seine Kleider und die Plane, vielleicht sogar die Grabwerkzeuge. Weil sie Profis waren?

Nackt und vollständig, nicht zersägt und in Müllsäcken verpackt, hatten sie ihn in sein Grab gelegt. Wohl damit er schneller verweste. Aber die Grube war etwas zu klein geraten. Vielleicht wegen der Eile? Oder weil sie faul waren? Wenn sie sie groß genug gemacht hätten, wäre er nicht so schnell gefunden worden. Ein Punkt Abzug auf dem Profi-Konto. Außerdem hatten sie ihm das Gesicht nicht ganz entfernt. Zweiter Minuspunkt. Fingerkuppen nur halb abgeschnitten. Dritter. War er gebissen worden oder hatte man versucht, ihm den Kopf abzusägen? Das wusste man noch nicht. Semi-professionell, mehr nicht.

Sanders erhob sich, seufzte und ging langsam durch den Wald zurück. Hier hatten sie die Leiche entlangtransportiert. Mit einer Sackkarre? Oder hatten sie sie getragen? Jeder fast einen Zentner über etwa einhundert Meter. Kein Problem für zwei starke Männer. Er trat unter den Bäumen hervor, ging zu Ulli. Der saß am Rand der Bucht, mit einem Grashalm im Mund, und warf kleine Steine in das Wasser.

»Na, haste die Räuber geschnappt?«

»Nein, Ulli, so schnell geht das nicht. Ich wollte mir nur ein Bild machen.«

»Hast ja gar keinen Pinsel dabei.«

»Lass uns fahren«, sagte Carsten und ging zum Auto rüber.

Ulli stand ächzend auf. »Kann man nicht Boot fahren, nach Braunschweig?«

»Das kann man«, sagte Carsten, blieb stehen und drehte sich um. Vielleicht waren die Totengräber doch mit dem Boot gekommen, auch wenn der Kriminaltechniker Neugebauer das nicht glaubte. »Warte mal«, sagte er zu seinem Bruder, »ich muss noch mal was gucken«, und schritt auf das mit hohem Gras und Gestrüpp bewachsene Ufer der Bucht zu. Linker Hand, vielleicht achtzig Meter entfernt, markierte eine Spundwand aus Stahlplatten den Übergang der Bucht zum Kanal. Dort konnte man bequem mit einem Motorboot anlegen. »Ich geh noch mal kurz da rüber. Kommst du mit?«

»Kommste mit *da*? Kommste mit *hier*? Willste *dies*? Willste *das*? Bin doch kein Kind«, sagte Ulli und setzte sich missmutig ins Auto.

Carsten spazierte am Ufer der dreieckigen Bucht entlang bis zu der Spundwand. Vielleicht hatten die Männer hier angelegt? Dann den Leichnam und das Werkzeug ausgeladen und zu dem Platz im Wald geschleppt. Carsten untersuchte den Boden. Sah die Betonplatten, die die Stahlträger abdeckten. Trockenen Sandboden, ehe der Bewuchs begann. In dem Sand Spuren, große Hundetapsen, Abdrücke von Schuhsohlen und Fahrradreifen. Einem ziemlich dicken Fahrradreifen. Oder? Vielleicht stammte der aber auch von einer Sack- oder Schubkarre. Sie waren faul. Hatten nicht tief genug gegraben und vielleicht auch keine Lust gehabt, den Leichnam zu tragen.

Nach zwei Wochen war das sicherlich nicht die Spur einer Schubkarre der Totengräber. Aber es war genauso möglich wie alles andere. Es war möglich, dass sie es so gemacht hatten: die Leiche und die Werkzeuge in eine Schubkarre gepackt, dann ganz bequem rüber ins Wäldchen geschoben und mit der überschüssigen Erde wieder zurück, die sie hier irgendwo ins Wasser geschüttet hatten. Ein Boot hinterließ keine Spuren. Hatte kein Nummernschild, keine Marke. Nur einen Namen, den man schnell überkleben konnte.

Er zog sein Smartphone aus der Tasche und machte ein paar Fotos, von den Spuren, der Spundwand, der Bucht und dem Kanal. Wenn er sich recht erinnerte, führte der Kanal nach Osten an Braunschweig vorbei, an Wolfsburg, dann Richtung Magdeburg, wo Jamiro Džugi gelebt hatte. Es gab einen Stichkanal nach Salzgitter und eine Verbindung in den Norden zur Elbe. In der anderen Richtung lief er nach Hannover, Minden und weiter nach Nordrhein-Westfalen. Auch mit einem Motorboot hätten die von überall her kommen können.

Carsten ging zum Auto zurück und fuhr mit einem immer noch genervten Ulli über die B1 weiter nach Braunschweig. Zügig, weil er dort noch bei den Kollegen vom Zentralen Kriminaldienst vorbeischauen wollte und außerdem ein paar Sachen für den WG-Kühlschrank einkaufen musste.

Während der Genesungszeit von Mandy, die überwiegend aus Operationen, Reha und Ergotherapien bestand, war er oft zu ihr gefahren. Irgendwann hatten sie sich ineinander verliebt und beschlossen, *es* auszuprobieren. Nachdem die große Wunde endlich abgeheilt war, der künstliche Arm einigermaßen saß, hatten sie für fast zwei Jahre ein pendelndes Wochenendleben zwischen Hannover und Magdeburg geführt. Es war schwierig. Jedes Mal mussten sie diskutieren, wer zu wem fuhr. Carsten konnte Ulli nicht allein lassen, auch wegen der Diabetes, und Mandy hatte kein gutes Gefühl, wenn Xenia an den Wochenenden immer allein in Magdeburg war, denn die fand Hannover echt scheiße. Außerdem wollten weder Mandy noch Carsten den Arbeitsplatz wechseln. Also war nur die nervenaufreibende Pendelei auf der unfallträchtigen A2 geblieben.

Aber dann hatte Xenia sich überraschenderweise dazu entschlossen, Bauingenieurin zu werden, diesen Studiengang an der Technischen Universität »Carolo Wilhelmina« in Braunschweig zu belegen, und man beschloss, in Braunschweig eine entsprechend große Wohnung zu mieten. Mindestens vier Zimmer sollte sie haben. Noch als Xenia im ersten Semester war, total angenervt von der Fahrerei zwischen Magdeburg und Braunschweig, hatten sie wie durch ein Wunder eine bezahlbare Wohnung gefunden. Hundertdreißig Quadratmeter in Braunschweigs Westen. Altbau. Hohe Decken, vier und ein halbes Zimmer. Balkon nach hinten raus, am Cyriaksring, benannt nach dem christlichen Märtyrer Sankt Cyriacus.

So war es für alle besser und entspannter, man begegnete sich auf neutralem Terrain, wo niemand alte Ansprüche auf etwas erheben konnte. Ulli hatte Anschluss bei einer offenen Einrichtung gefunden, und eigentlich fuhr er ganz gern nach Braunschweig. Aber jetzt saß er immer noch mürrisch neben Carsten, der ihn schon wieder fragte, was eigentlich los war.

»Nix, ey«, sagte Ulli. »Wollte nur zu Hause bleiben.«

»Warum denn?«, fragte Carsten und schaute Ullrich von der Seite an. »Nun sag's mir doch endlich.«

Ulli wurde rot. »Nee. Hihi.«

»Ha, jetzt weiß ich, was du hast!«

»Weißte gar nicht.«

»Doch!« Carsten schaute abwechselnd auf die Straße und zu Ulli und begann zu singen. Einen Song der Beatles vom ersten Album. In dem es nur um die Liebe geht. »Love, love me do. You know I love you. Someone to love. Somebody new.«

»Laf, laf, mi du«, sang Ulli mit und grinste über beide Backen.

»Alter Charmeur. Da hat der Kerl eine heimliche Braut. Wie heißt sie? Wie sieht sie aus? Was macht sie? Mensch, Ulli, warum hast du mir das denn nicht erzählt?«

»Is ja noch nich ganz so fest.«

»Wie heißt sie denn?«

»Petra Wilhelmi.«

»Und woher kennst du sie?«

»Von der A'beit.«

»Und? Ist sie hübsch?«

»Geht so.«

Manchmal war die Ehrlichkeit von Ullrich entwaffnend. Gern hätte sich Carsten ein Foto von der Frau angesehen, aber Ulli war nicht in der Lage, welche zu machen. Er konzentrierte sich auf die Straße, denn sie fuhren von Vechelde kommend nach Braunschweig rein und quer durch die Stadt auf die andere Seite, zur Polizeidirektion, die im Ortsteil Querum lag.

Das große Gebäude, das die Polizeiinspektion der Stadt Braunschweig, das Autobahnpolizeikommissariat sowie die Zentrale Kriminalinspektion beherbergte, war neu und schön und hell. Mit einer großen Glasfront am Hauptgebäude und zwei kompakten Seitenflügeln bildete es ein fünf Etagen hohes U. Es war schon halb sechs, als Carsten die Polizeidirektion betrat, während Ulli im Wagen wartete.

Er meldete sich an, zeigte seinen Ausweis und erkundigte sich nach dem Weg zum Dezernat 11 in der Abteilung 1. Der wurde ihm gut beschrieben, und eine Minute später stand er in dem großen Büro des Ressorts der Kriminalitätsverfolgung, trat an einen der Schreibtische, stellte sich vor und fragte die Kollegin nach Hauptkommissar Klunker.

»Herr Klunker ist nicht im Hause«, sagte sie und nahm eine goldfarbene Lesebrille ab, die an einem Band um ihren Hals hing. »Aber vielleicht kann ich Ihnen helfen, Herr Sanders. Bitte setzen Sie sich doch. Ich bin Frau Vogt, Oberkommissarin.« Sie deutete mit dem Bügel der Brille auf einen Stuhl.

»Ich führe Ermittlungen des LKA in dem Mordfall des Mannes aus Rumänien durch, der letzten Freitag bei Peine gefunden wurde«, sagte Sanders, setzte sich und knöpfte die Jacke auf.

Frau Vogt hob aufmerksam das Kinn. »Ach ja. Üble Sache.« Sie mochte sechzig Jahre alt sein, färbte ihr Haar blond und trug es sicher seit vierzig Jahren so halblang wie jetzt.

»Ich hätte mich gern mit Herrn Klunker über den Stand der Dinge unterhalten.«

»Ich glaube, da gibt es von unserer Seite nichts Neues. Wir hatten – am Mittwoch war das, glaube ich – eine Besprechung in der Sache. Warum kommen Sie denn deshalb persönlich hierher?«, fragte sie skeptisch. »Ist der Fall … *brisant*?«

Sanders lächelte breit: »Nein, nein, der ist nicht brisant. Soll er aber auch nicht werden. Ich hatte nur den Eindruck, dass Herr Klunker … na, ich sage mal, nicht ganz bei der Sache ist.«

»Das kann schon sein. Der hat's mit der Schulter. Komisch, in seinem Alter. Außerdem bauen die gerade, und seine Frau ist schwanger. Vielleicht war er deshalb nicht ganz bei der Sache. Jetzt ist er wieder krankgeschrieben. Aber Sie kommen doch nicht extra am Freitagnachmittag von Hannover hierher, um über die Arbeit zu sprechen?« Jetzt war es mehr Spott, der zwischen ihren Worten aufblitzte.

»Natürlich nicht nur deshalb. Ich habe hier sowieso zu tun. Außerdem wollte ich mir den Fundort der Leiche in Peine ansehen.«

»So viel Einsatz? Das kennt man ja sonst nur aus dem Fernsehen.«

»Oh, Sie schauen Krimis?«

»Gelegentlich«, sagte sie und blickte auf ihre kleine goldene Armbanduhr. »Also, Herr Sanders, wie kann ich Ihnen helfen?«

»Ich wüsste gern, ob die Ermittlungen am Wohnort des Opfers schon etwas ergeben haben.«

»Am Wohnort? Wo ist der denn? Warten Sie, ich rufe mal die Daten auf«, sagte sie, setzte die Brille auf und klickte sich durch kleine virtuelle Stellagen voller Akten.

»Der war zuletzt in Magdeburg gemeldet.« Sanders beugte sich vor, und jetzt war er es, dem der Argwohn Falten in die Stirn trieb.

»Moment.« Es dauerte etwas, bis die Kommissarin das Material zu dem Fall gefunden hatte. »Wenn ich das richtig sehe, dann wurden die Ermittlungen noch nicht eingeleitet«, sagte sie mit einem schwachen, verlegenen Lächeln.

Sanders seufzte lautstark. »Dann würde ich Sie bitten, das doch jetzt mal zu tun, Frau Vogt. Ermittlungen bringen uns in der Aufklärung eines Falles manchmal ein Stück weiter.«

»Ich habe gleich Feierabend«, sagte sie spitz und blickte ihn streng über die Brille hinweg an. »Aber ich werde es natürlich an den Spätdienst weitergeben und alles Nötige veranlassen.«

»Ja, tun Sie das.« Sanders erhob sich. Er konnte nicht anders, er musste es sagen: »Ach, dass der Tote höchstwahrscheinlich gepfählt wurde, wissen Sie bereits?«

»Oh Gott, nein«, sagte Frau Vogt entrüstet und nahm die Brille wieder ab. »Das ist ja furchtbar.«

»Steht alles in den Akten. Sollte sich mal jemand drum kümmern. Ein schönes Wochenende wünsche ich Ihnen. Auf Wiedersehen.« Als er sich umdrehte und den Raum verließ, spürte er ihren stechenden Blick im Nacken.

»Mann, hat das lange gedauert«, sagte Ulli, als Carsten in den Wagen stieg. »Haben die den Schatzräuber gefangen?«

»Nein, haben die nicht. Die haben gar nichts gemacht.«

»Nix gemacht? Verstopfung, wa'?«

»Ja, so kann man das auch sagen.« Carsten lenkte den Wagen vom Parkplatz und, behindert von Baustellen und Feierabendverkehr, fuhren sie über die Ringstraßen in den Westen von Braunschweig. Stoppten bei einem Supermarkt, in dem es nicht nur alles gab, was ein WG-Kühlschrank brauchte, auch ein Strauß roter Rosen und eine Flasche Schampus lagen im Einkaufswagen.

Die Wohnung lag im dritten Stock eines Hauses, das wohl in den 1920er-Jahren erbaut sein mochte. Mit hohen Decken und ohne Fahrstuhl. Ulli keuchte hörbar, als sie vor der Tür standen.

»Ich glaube, du solltest mal ein bisschen Fitness treiben, Dicka, jetzt wo du eine Freundin hast«, sagte Carsten, während er den Schlüssel hervorzog und die Tür öffnete.

Sie packten die Lebensmittel aus, und als sie alles gerade verstaut hatten, klingelte es an der Tür. Ulli wollte öffnen, aber schon klickte das Schloss und Mandy stand im Flur. »Ich habe einen Bärenhunger«, sagte sie und stellte vier Sushi-Packungen auf den Küchentisch.

»Genau das richtige Essen, um abzuspecken, Dicka«, grinste Carsten, umarmte Mandy und küsste sie.

Ulli verzog das Gesicht und schob sich lieber eine Tiefkühlpizza in den Ofen, ehe er sich in seinem Zimmer vor den Fernseher setzte. Und sie vergaß.

Carsten und Mandy aßen das Sushi, sagten Ulli Bescheid und stellten den Herd aus, ehe die Pizza verbrannt war, zogen sich an und verließen die Wohnung, um noch ein bisschen durch den Kiez zu schlendern.

Mandy hatte den künstlichen Arm abgenommen, und so konnte sie sich eng an Carsten schmiegen, während sie in eine Seitenstraße einbogen, die nach ein paar Hundert Metern, nur mickrig erhellt, zwischen Schrebergärten entlangführte.

»Ich wünsche mir wirklich sehr, dass wir die kleine Gina finden«, sagte Mandy. »Hoffentlich führt die Beschreibung des Tankstellenmitarbeiters endlich zu einem Erfolg. Ein Kind … das ist so … erbärmlich. Da kann man echt dran verzweifeln.«

»Ja. Wie Bernd. Ich glaube, der tut das gerade.«

»Kein Wunder, wenn man jeden Tag mit Menschenhandel zu tun hat. Die Vorstellung, was die Opfer erdulden müssen, kann einen schon in den Wahnsinn treiben. Zumal wenn man die Fälle so hautnah miterleben muss wie wir.«

Sie gingen an einer Gartenanlage für gehbehinderte Menschen vorbei, deren Hochbeete und breite Wege in der Dunkelheit lagen. Aus Richtung einer Skaterbahn drangen Musik, Gelächter und Schreie.

»Was ist denn eigentlich bei der Befragung der Prostituierten rausgekommen?«

»Frau Kobjakow aus Weißrussland hat eine Speichelprobe zugelassen, das ja. Aber sie hat das Opfer auf dem Foto nicht erkannt, und ich glaube auch nicht, dass Blut und Sekret von ihr stammen. Carsten, ich glaube, dieser Ansatz führt in eine Sackgasse. Die Besitzerin des Clubs hat mir erzählt, dass Vampir-Rollenspiele nicht besonders nachgefragt werden.«

»Hm«, machte Carsten. »In welchem Zusammenhang werden denn sonst noch Menschen getötet, indem man ihnen einen Holzpflock durch das Herz treibt?«

»Ich denke, dass es eher irgendeine Form von Paralleljustiz war. Eine Hinrichtung im Mafiamilieu. Oder vielleicht die Strafaktion eines Familienclans oder eines Rockerclubs.«

»Oder einer Bande von Schleppern und Zuhältern, die ihre Opfer zur Prostitution gezwungen haben.«

Eine Weile gingen sie schweigend nebeneinander her, und jeder Schritt öffnete eine neue Tür zu einem möglichen Szenario. »Hast du mal über das Tatmotiv Rache nachgedacht?«, fragte Mandy schließlich.

»Wieso Rache?«

»Na, es kann doch sein, dass sich jemand an ihm gerächt hat. Ein Opfer.«

Sanders strich sich nachdenklich über den Nacken. »So zerfetzt, wie die Leiche aussieht, könnte das schon sein. An wen denkst du da konkret?«

»Prostituierte vielleicht. Missbrauchte Kinder, die inzwischen erwachsen geworden sind.«

»Nein, das glaube ich nicht. Wie sollten die denn herausfinden, wo ihr ehemaliger Peiniger sich aufhält?«

»Was weiß ich? Sie erkennen ihn zufällig auf der Straße. Oder jemand findet es für sie heraus.«

»Ein Philip Marlowe etwa?«

»Genau. Oder ein U-Boot bei der Polizei. Ein Gerechtigkeitsfanatiker, der die Schnauze voll hat von den sanften Justizbehörden. Dem ganz einfach die Opfer leidtun. Der käme doch leicht an die Adressen.«

»Der müsste schon ganz schön abgebrüht sein. Ein Polizeibeamter, der sich für Selbstjustiz einsetzt.«

»Das ist nur eine Sache der Überzeugung. Wenn sich solch ein Gedanke erst mal im Kopf festgesetzt hat, kann das in Fanatismus umschlagen. Und Fanatiker sind zu furchtbaren Dingen fähig.«

»Das wäre natürlich genauso möglich wie alles andere. Aber wir wissen einfach noch zu wenig über den Toten. Übrigens haben die Braunschweiger Kollegen noch keine Befragung am Wohnort des Opfers veranlasst, bei euch in Magdeburg.«

Mandy blieb stehen. »Was? Wieso?«

»Überlastet? Krank? Egal? Keine Ahnung, wieso. Ich habe das jetzt aber ins Rollen gebracht.«

»Gut, sonst hätte ich am Montag in Mag...«

»Nein, mein Schatz. Du hast genug getan«, säuselte er und drückte seine Lippen auf ihren Mund.

16 – Argentinien, Freitag, 14. Oktober, Nacht, -5 Stunden

Das »Matadero« der ehemaligen Gemeinde Epecuén reckte seinen Turm in die Dämmerung der Pampa. Zwischen dem verfallenen Gebäude und dem Ufer des Salzsees stand ein Wald blattloser, toter Bäume. Jeder Stamm war mit einer weißen Salzkruste umgeben, die glitzerte, wenn die Sonne darauf schien. Ein paar Hundert Meter weiter Richtung Ufer ragten die Ruinen des Kurortes aus dem karstigen, versalzenen Boden. Die Trümmer der wie durch ein furchtbares Erdbeben zerstörten Häuser bedeckten den Küstenstreifen, einige Mauerreste ragten schon wieder aus dem Wasser des Lago Epecuén heraus, andere lagen noch unter dem

Wasserspiegel. Vom Salz zerfressene Autowracks standen in den Straßen, kaum noch zu erkennende Möbel und Kinderspielzeug lagen herum und erzählten von der Katastrophe. Gestrüpp, Straßenlaternen, Geschäfte, Mobiliar, Schutt – alles war mit einer Kruste aus Salz bedeckt. Im Jahr 1985 hatte es nicht aufgehört zu regnen, und das Wasser des Sees war immer höher gestiegen. Immer höher, bis der Damm brach und der Ort verschluckt wurde. Erst fünfundzwanzig Jahre später sank der Wasserspiegel des Binnensees wieder und gab Villa Epecuén frei, »Die Stadt im Salz«. Surreal und bizarr lagen die gepökelten Ruinen am Rande des Sees in der trockenen Pampa der Provinz Buenos Aires in Argentinien.

Eine kleine, kräftige Frau mittleren Alters mit streng zurückgebundenem schwarzen Haar stieg aus dem Grand Cherokee Jeep. Antonia Mercedes da Silva wies ihren Fahrer an, das Licht zu löschen, und schaute auf die Ruine, auf der in großen Buchstaben immer noch ihr ehemaliger Zweck prangte: MATADERO – das Schlachthaus.

Wegen der einsetzenden Dunkelheit waren nur noch wenige Touristen in der kargen Gegend und auf den versalzenen Straßen unterwegs. Alle würde die hereinbrechende Nacht nicht verscheuchen. Und die würden in das »Matadero« gehen. Antonia da Silva hatte bereits ein paar andere Nobelkarossen ausgemacht. Ein Beweis dafür, dass es hier in dem alten Gemäuer um den Oktober-Vollmond herum etwas Besonderes gab. Sie befahl dem Bodyguard, ihr zu folgen, und gemeinsam betraten sie das halb verfallene Gebäude. Gingen vorbei an drei bewaffneten Wächtern, die aufpassten, dass keine verdeckten Ermittler und ungebetenen Gäste die obskure Shoppingtour störten.

Gespenstisch erhellten ein paar brennende Kerzen das Innere, warfen zuckende Schatten an die löchrigen Wände und wiesen den Weg durch ein großes Tor in einen Raum, über dem noch ein Teil des Daches lag, das die aufgehenden Sterne und den Mond abschirmte. Schulterhohe Betonmauern teilten die kleine Halle in mehrere Gassen, die alle am Ende auf eine große freie Fläche zuliefen; der Boden und die Wände mit zerbrochenen, ehemals weißen Fliesen bedeckt. Das war das Herz des Schlachthauses. Der Raum, in dem man die Tiere getötet hatte. An der Decke waren verrostete Metallschienen und Ketten angebracht, an denen noch der ein oder andere Fleischerhaken hing.

Genau hier hatten die Händler ihre Tische aufgebaut. Der weiße Schein ihrer Gaslaternen beleuchtete die Umgebung und die Ware. In diesem Jahr waren nur drei Händler gekommen, aber Antonia da Silva hoffte dennoch auf ein interessantes Objekt, das sie ihrer Sammlung zu Hause in Pergamino zufügen konnte. Der Preis spielte dabei keine Rolle. Als Rindfleischbaronin konnte sie sich einiges mehr leisten als andere. »Fotografiar prohibido! No photos!«, stand auf einem großen Schild.

Mit schwarzen Knopfaugen musterte sie die anderen Käufer. Es waren schon einige da, weil es sich herumgesprochen hatte, dass der, der zuerst kam, die besten Chancen hatte, etwas Besonders zu erstehen. Etwas Einmaliges vielleicht. So wie der schlanke Mann mit dem Vollbart und im Designeranzug. Oder der mit dem

Cowboyhut, wohlgenährt und mit einem runden roten Gesicht, der gerade auf den anderen Mann zuging und ihm lächelnd die Hand hinstreckte. Ein anderer, kräftiger Mann trat rasch dazwischen, wurde aber von dem Bärtigen mit einer flüchtigen Handbewegung zurückgehalten, wahrscheinlich einer der Bodyguards des Anzugträgers. Die beiden Männer schüttelten sich lachend die Hände; anscheinend kannten sie einander.

Antonia da Silva steckte die Hände in die Taschen der maßgeschneiderten kakifarbenen Trekkinghose, die sich eng an ihre ausladende Hüfte schmiegte, und schlenderte zu dem ersten Tisch hinüber. Präparierte Wolfs-, Bären-, Tiger- und Löwenköpfe lagen darauf, mit weit aufgerissenen Mäulern und blutigen Lefzen. Ein Stück weiter glubschten die toten Augen eines Menschen durch die Wand eines großen Glasgefäßes. Aus einem wächsernen hellen Gesicht heraus starrten sie sie an, breite Nase und tätowierte Ornamente auf den Wangen und der Stirn. Der Mund des Mannes war zugenäht. Der abgeschlagene Kopf schwebte in Alkohol. Neben dem Gefäß stand ein Schild: »Cacique/Chief Tuiavii/Samoa – † 1915«. Da Silva besaß schon einen abgeschlagenen Kopf in Alkohol und schlenderte weiter. Aber auch die beiden kindlichen Maya-Mumien weckten bei ihr keine Kauflust, und sie flanierte zum nächsten Tisch.

Auch darauf standen Gläser mit allerlei eingelegten Schlangen, Spinnen, Skorpionen und menschlichen Körperteilen. Hände, Augen, weibliche Brüste, Babys und Föten. Sie liebäugelte mit einem eingelegten halb erigierten männlichen Glied, das auf den Hoden tanzte, als sie den Glaszylinder in die Hand nahm. Sie fragte sich, wie man die Erektion hinbekommen hatte. Mit flüssigem Kunststoff vielleicht und hohem Druck. Interessant, aber erst wollte sie schauen, was es noch alles gab, und ging zum letzten Tisch.

Dort lagen auf Rahmen gespannte oder in Harz eingegossene moderne Tattoos in verschiedenen Größen, die allerlei Symbole, Ornamente und Bilder zeigten. Den teureren lagen Zertifikate bei, auf denen Fotos der Leichen abgebildet waren und die deren Geschlecht, Alter und Todesumstände verzeichneten. Daneben lagen einige mit Plastilin verarbeitete menschliche Gesichter, von denen nur neben zweien die Fotos der Menschen lagen, denen sie einst ihre Physiognomie verliehen hatten. Ein Gesicht hatte sie ebenfalls schon in ihrer Sammlung und schaute sich das nächste Angebot an, das aus diversen Skalps und Gruppen sortierter Schrumpfköpfe von Männern und Frauen bestand. Vor der größten Gruppe stand ein Schild, »Tsantsas – Amazonia – old – alto«, vor der nächsten kleineren »South Sea – today – actual«. Als Letztes in der Reihe lag nur ein einziger Kopf, und Antonia da Silva schaute auf das Schild, das endlich ihr Interesse weckte: »Alemania«, stand darauf. Sie fixierte den Händler und hob skeptisch-fragend das Kinn.

»Real«, brummte er, »Alemania. KZ. 250.000 Dollar.«

»Certificado?«

»Claro que si. Lógico, señora doctora.«

Sie atmete ein und wollte gerade anfangen zu feilschen, als plötzlich eine Stimme hinter ihr laut »Okay!« sagte und eine behaarte Faust mit erhobenem Daumen an ihrem Ohr vorbeisauste. »Deal!«

Der Leibwächter des Mannes im Anzug drängte sich an ihr vorbei, öffnete die Faust und schnitt mit der flachen Hand durch die Luft, um anzudeuten, dass es keine Diskussion darüber geben würde. Und die gab es auch nicht. Sie hatte einfach eine Sekunde zu lange gezögert. Antonia da Silva trat zur Seite, damit der Mann das Geschäft abwickeln konnte, während sein Chef sich zu ihr drehte, die Hand auf sein Herz legte und mit dem geneigten Kopf eine Verbeugung andeutete. »Excuse me, Madam, I am Sheik Abdul bin Nemsi Al Sur from Dubai. And this is Mr. D. C. Stone«, sagte er und wies auf den dicken Mann mit dem Cowboyhut. »I would like to give you a compensation for this ›not-deal‹.«

Auf dem Nachhauseweg nahm sie den Glaszylinder mit dem männlichen Glied zwischen die Knie und schaute es unbefriedigt an. Zu gerne hätte sie den Schrumpfkopf gehabt. Aber der Vorschlag, den die beiden Männer ihr als Ausgleich für die verpasste Chance gemacht hatten, der war wirklich äußerst interessant.

17 – Braunschweig, Samstag, 15. Oktober, früher Morgen

Es war nicht gerade die ruhigste Gegend von Braunschweig, die sie sich ausgesucht hatten. Carsten schaute auf die Uhr – null Uhr achtundfünfzig. Er hatte schon geschlafen, aber das Röhren getunter Autos hatte ihn aufgeweckt. Warum mussten die Idioten direkt hier vor diesem Fenster ein Rennen den Ring hinunter starten? Warum wurden solche Karren überhaupt zugelassen?

Mandy war durch den Lärm nicht aufgewacht, und im diffusen Licht der Straßenbeleuchtung sah er ihren Kopf auf dem Kissen liegen. Ihr Gesicht, die Nase mit dem kleinen Höcker, die tiefen Falten von der Nase am Mund vorbei, die sie manchmal missmutig erscheinen ließen. Aber Carsten wusste, sie waren durch ihr Lachen entstanden. Sie hatte sich das dunkelblonde Haar lang wachsen lassen, und Xenia hatte ihr vor Kurzem ein paar blonde Strähnen hineingefärbt. Sie hatte zugenommen und war nicht mehr ganz so dünn, wie er sie kennengelernt hatte.

Am Anfang war es eine Mischung aus Schuld und Mitleid, die er ihr gegenüber empfand. Schuldgefühle und Selbstvorwürfe, weil er nicht hatte verhindern können, dass der Verrückte auf sie geschossen hatte. Dass er Mandy überhaupt mit auf den Brocken genommen hatte. Er wusste, dass die Vorwürfe absurd waren. Wahrscheinlich projizierte er da die Gefühle hinein, wie er sie die Jahre nach Samirahs Tod mit sich herumgeschleppt hatte.

Gefunkt hatte es dann in einem Reha-Zentrum im Harz. Er hatte sie besucht, allein, ohne Ulli. Er hatte den Marlowe gemacht, und sie versuchte, ihn mit der Prothese in die Nase zu kneifen. Irgendwie lagen sie sich plötzlich in den Armen und küssten sich. Verwundert und zaghaft zuerst, dann immer leidenschaftlicher. Ließen sich auf das Bett des kleinen Zimmers fallen und knutschten herum wie Sechzehnjährige.

Ihre Lippen entdeckten erogene Zonen, die seit Jahren im Kälteschlaf gelegen hatten, und schmolzen das Eis, das dort lag. Erweckten uraltes Verlangen zu neuem Leben. Ein Verlangen, das sofort gestillt werden wollte. Aber daraus war dann nichts mehr geworden, denn plötzlich hatte er Samirahs Gesicht vor sich gesehen. Nur ganz kurz, aber es hatte gereicht, den Schmerz in seinem Herzen wieder aufflammen zu lassen und einen großen Teil der unbeschwerten Lust, die er gerade eben noch empfunden hatte, in staubtrockene Asche zu verwandeln.

Eine Woche später erst waren sie in Magdeburg zusammengekommen. Nicht so hektisch wie im Harz, aber dafür sehr intensiv und genauso leidenschaftlich. Er hatte nicht gedacht, dass er so etwas noch einmal erleben würde.

Carsten streichelte mit dem Zeigefinger über Mandys Wange. »Schlaf gut, mein Schatz«, flüsterte er, legte seinen Arm um sie, und bevor er wieder einschlief, mäanderten seine Gedanken durch die Erlebnisse der letzten Tage. Flossen an dem Toten von Peine vorbei, dem ein Holzpflock aus der Brust ragte. Plätscherten über den armen Bernd hinweg, dem alles zu viel wurde. Brachen sich an einer Gruppe wütender Frauen, die einen Mann erschlugen. Umspülten einen frustrierten Polizeibeamten, der ihnen die Adresse des Mannes verraten hatte. Platschten an einen verschlüsselten Ordner mit dem Namen *07-55-Kegelbrüder*. Versickerten schließlich in dieser absurden Vorstellung, und zurück blieb eine trockene, unendlich weite leblose schwarze Wüste, in der nur hin und wieder eine Fata Morgana ihr Unwesen trieb.

18 – Dortmund, Samstag, 15. Oktober, zur gleichen Zeit

Die Zeiger der alten Tutima Fliegeruhr der deutschen Wehrmacht zeigten ein paar Minuten nach ein Uhr. Der Wind klatschte Regen gegen die Autoscheiben. Draußen war es kalt geworden, und das Gebläse lief, um die Scheiben von innen freizuhalten. Es schaffte es nur bedingt, denn der Atem von zwei schweren Männern füllte den Innenraum. Stiernacken drehte langsam den Kopf und blickte zum Fahrer des Renault Kangoo rüber.

»Wie lange dauert das denn noch? Haben die nicht gesagt, der kommt hier immer raus?«

»Immer nac' Mitternac't«, erklang die tiefe Stimme des anderen Mannes. »Jedenfalls letzten drei Woc'en, haben die gesac't, mit Motorrad.«

»Ötz meinte, das sei ein Afghane?«

»Eigentlic' geht dic' nix an. Führer der Äfghän-Cännibäles. Wollen sic' hier breitmac'en.«

»Afghan-Cannibales? Nie gehört.«

»Sind noc' klein. Scheiß Straßengang, mehr nic'. Aber die wollen nic', dass die wac'sen und hier in Dortmund rummac'en, hab' ic' gehört.«

»Wehret den Anfängen, was? Den Scheiß kenn' ich …«

»Da kommt das scheiß Opfer.« Der Fahrer wies mit dem Finger an Stiernackens Kopf vorbei auf den Eingang eines Hauses, aus dem ein Mann in Motorradkluft und mit einem Helm in der Hand trat.

Die beiden Männer rutschten tiefer in die Sitze. Sie zogen sich die Sturmhauben über die Gesichter, als der Afghane auf einem Parkplatz hinter dem Haus verschwand. Dann huschten sie schleunigst aus dem

Wagen, lehnten die Türen nur an und liefen am Haus vorbei auf den Parkplatz. Die weichen Sohlen ihrer schwarzen Turnschuhe machten kaum Geräusche. Sie tauchten aus der Dunkelheit auf, als der Chef der Afghan-Cannibals gerade den Helm aufgesetzt hatte und breitbeinig über seiner Yamaha FZ-8 stand.

Weil er aus Braunschweig kam und ihn in Dortmund niemand kannte, erledigte Stiernacken die Arbeit für die Connection, während der andere die Umgebung im Auge behielt. Er rannte auf den Mann zu und schubste ihn einfach um. Das schwere Motorrad fiel auf ein Bein des Afghanen. Er lag auf dem Rücken, ruderte mit den Armen, aber ehe er sich befreien konnte, war Stiernacken über ihm. Kickte ihm mit dem Fuß in die Seite, gegen den Integralhelm, gegen die Schulter.

»Straßengang! Dass ich nicht lache!«, sagte er so laut, dass der Mann es hören konnte. »Jetzt ist Schluss mit lustig, Eselficker.« Aber dann fing der Kerl an zu schreien.

Stiernacken kniete sich auf einen der Arme, nahm einen Finger der behandschuhten Hand und knickte ihn nach hinten, bis er brach. Dann versuchte er, ihm den Helm vom Kopf zu ziehen, schaffte es aber nicht, weil der Typ sich hin und her warf wie ein Irrer. Stiernacken griff nach hinten an seinen Hosenbund und zog einen Totschläger hervor. Mit einer schnellen Bewegung aus dem Handgelenk heraus ließ er die Teleskopstange auseinandergleiten, als in einem Fenster des Hauses Licht aufflackerte.

Er schlug sofort zu, hektisch, schnell, immer wieder, aus dem Ellenbogen heraus, tack, tack, tack. Aber die kleine Eisenkugel konnte den Kunststoff des Motorradhelms nicht zerbrechen, peitschte nur kleine Krater hinein. Er drehte die Hand und hämmerte mit der dicken Seite des Griffs auf das Visier ein. Die flache Kegelspitze des Titangriffes zerschmetterte die Plastikscheibe, und er hämmerte immer weiter. Trieb die Splitter mit dem Titangriff in das Gesicht hinein, bis der Mann nur noch ein Blubbern von sich gab.

Stiernacken hielt inne, beugte sich vor und blickte in das blutige Gesicht. »Das ist nur eine Warnung, verstehst du. Das näxte Mal du tot. Tot, kleiner Pisser.« Er sprang auf, trat dem am Boden Liegenden noch einmal kräftig in die Weichteile und eilte zurück zum Renault, mit dem sie davonfuhren, noch ehe in der Ferne das Sirenengeheul eines Streifenwagens erklang.

Er machte es nicht nur für Geld, eine Hand wäscht die andere, so war das. Und außerdem machte es Spaß.

19 – Braunschweig, Samstag, 15. Oktober, Mittag

Mandy Kolwicz hatte sich durch den Baustellenparcours und das Ampelsystem von Braunschweig geschlängelt und parkte endlich neben dem Bahnhofsgebäude von 1960. Denkmalgeschützt, unten Glas und darüber ein langweiliges Muster aus Beton- und Natursteinplatten. Für die knapp fünf Kilometer hatte sie an diesem Samstagmittag fast eine halbe Stunde gebraucht. Aber Xenia wollte mit ihrem Gepäck nicht mit der Straßenbahn fahren, sondern von ihrer Mutter abgeholt werden.

Sie betrat die Bahnhofshalle durch den Seiteneingang, ging an dem großen Glaskasten vorbei, in dem für Geld eine Modelleisenbahn ihre Runden durch die Fantasielandschaft von Neuffen drehte, als ihr Telefon klingelte. Es war Xenia. Der Regionalzug stand jetzt kurz hinter Peine, bewegte sich kein Stück, und sie würde wohl mindestens fünfzehn Minuten später kommen.

Mandy hielt nach einer Sitzgelegenheit Ausschau, aber die wenigen Plätze waren alle belegt. Also schlenderte sie durch die Halle bis zu dem Drogeriemarkt und überlegte, ob der WG-Kühlschrank noch etwas brauchte. Nahm sich unter dem Gesurre der Myoprothese einen Einkaufskorb, spazierte zwischen den Regalen herum, packte schließlich Gemüsechips und Mangos ein.

An der Kasse vor ihr stand eine schlanke Frau, etwa so groß wie sie selbst und die dunkle Lockenmähne zu einem dicken Pferdeschwanz gebunden. Sie trug eine graue Jogginghose, rosa Turnschuhe, rosa Bomberjacke und eine Sonnenbrille. Hatte ein Smartphone am Ohr und telefonierte, während sie ihre Einkäufe auf den Kassentresen legte. »Echt, die hat schon wieder abgetrieben? Die scheiß Pillen sind auch nicht mehr das, was sie mal waren …« Die Kommissarin musste ihre Worte mit anhören, ob sie wollte oder nicht. »Was? Der wollte dir nur die Hälfte bezahlen? So ein Wichser! Und die Bullen haben die Arschmade gleich wieder laufen lassen, wetten? … Sag ich doch! … Ach nee, echt? … Dreißig wird die? Haha, wie 'ne Oma oder so!«

Plötzlich fühlte sich Mandy uralt. Im Dezember wurde sie fünfzig. Der Rücken tat ihr weh, die Füße, die

Knie, die Arme, sogar der, der nicht mehr da war. Der Nacken, die Hüfte – alles war irgendwie schon ziemlich verbraucht. Verschlissen. Abgenutzt. Dreißig, Mädchen!, dachte sie, werd' du erst mal so alt wie ich, dann sprechen wir uns wieder – wenn du dann überhaupt noch lebst, Süße.

Die junge Frau redete auch noch weiter in ihr Smartphone, als sie ihre EC-Karte in das Lesegerät steckte und die Einkäufe einpackte. »Was, heute Abend? Kleiner Umtrunk vor der Arbeit? Na klar komme ich dahin, aber immer ... um acht, okay, Bambi ... Nee, mein Kerl ist in Hamburg, hat er mir zumindest gesagt, weiß man ja nie wirklich, was die Pimper so treiben. Is' also kein Problem. Aber ich muss vorher noch was für den erledigen ... Ja, wegen der Hunde ... genau, der schwarze Mastino ... ja, wie 'n scheiß Tierpfleger, hahaha! Und du bist wieder dabei am Freitag, wenn die ...?«

Die Frau entfernte sich, und Mandy legte ihre Einkäufe auf den Tresen. Pimper, wenn sie jetzt die Tätigkeit, der die Frau nachging, erraten sollte, würde sie mit Horizontalgewerbe wahrscheinlich gar nicht so schiefliegen, dachte sie, hielt mit der summenden Prothese die Plastiktüte auf, packte die Einkäufe hinein und ging in den Bahnhof zurück.

Xenia kam eine halbe Stunde zu spät in Braunschweig an. Sie war braun gebrannt, gut gelaunt, umarmte ihre Mutter und gab ihr sogar einen Kuss.

Der Fiat schlängelte sich langsam zurück zum Cyriaksring, und Xenia erzählte von den Erlebnissen ihrer Spanienreise. Von Menschen, Landschaften und seltsamen Bräuchen. Der Stierkampf zum Beispiel sei immer mehr verpönt, und stattdessen werde das Stierspringen beliebter, denn dabei wurde der Stier nicht getötet.

20 – Braunschweig, Samstag, 15. Oktober, früher Abend

»Du bist der Captain meiner Seele!«, sang Donna laut und forsch, drückte auf den Knopf der Fernbedienung, Licht flammte auf, und ein großes Blechtor rumpelte langsam zur Seite. Sie fuhr auf den Hof der Friedrichshöhe 4, als Helene Fischer das letzte »Ohne dich« aus den Lautsprechern seufzte, und schaltete den Motor ab.

Der Mastino braucht Pflege, dachte sie, nahm das Pfefferspray in die Linke und murmelte »Scheißköter« vor sich hin. »Ich bin doch kein verdammter Tierpfleger oder so was.« Eine Party mit Drogen und ein paar Freiern in der alten Diskothek am Hafen wäre ihr fast lieber, dachte sie und warf die braunen Locken nach hinten.

Die Tür des schwarzen Opel Adam schnappte in das Schloss, und als Donna um das Auto herumging, sah sie Adolf im Hof sitzen. Er fixierte die schlanke Frau in den schwarzen Satin-Leggings und der rosa Bomberjacke, knurrte und begann zu bellen. Abrupt setzten die anderen Hunde ein und verwandelten die Stille des Abends in eine aggressive Kakofonie. Der Schäferhund sprang auf, schnellte auf sie zu, bis die Kette ganz gespannt war, und kläffte sie mit weit geöffnetem Maul böse an. Nein, mit Adolf wurde sie nicht warm. Der mochte niemanden außer Stiernacken. Seine Kette, die an der Wand der Garage angebracht war, reichte zum Glück nicht ganz bis zu der Gebäudezeile mit dem

Schuppen und den Zwingern, und so blieb ein Stück frei, das sie unbeschadet überqueren konnte.

»Na, beruhig dich doch mal, du blöder Hund!«, rief sie ihm zu und nahm die kleine Spraydose in die rechte Hand. »Adolf! Aus! Aus, hab ich gesagt, du Mistkröte!«, aber Adolf tat, als hätte er sie nicht gehört, und bellte gellend weiter. »Adolf! Aus! Leg dich!«, schrie sie ihn an, so wie es Stiernacken auch immer tat. »Leg dich hin, du Scheißvieh! Ab! Adolf, leg dich!« Er ging nicht ab und legte sich auch nicht hin, aber er hörte fast auf mit dem sinnlosen Gekläffe, knurrte und starrte sie an.

Donna holte tief Luft und setzte vorsichtig und unsicher einen Fuß vor den anderen. Man durfte keine Angst haben. »Die Hunde können deine Angst riechen«, sagte Stiernacken immer. »Und die sehen dir an, wenn du Schiss hast.« Aber in den hohen Plateau-Pumps konnte sie auf dem unebenen Pflaster des Hofes nicht forsch ausschreiten.

»Aus! Ja, so ist brav. Setz dich hin, doofer Kläffer. Sitz!« Und tatsächlich, jetzt setzte sich der große Schäferhund mit weit heraushängender Zunge knurrend auf die Hinterläufe, ohne sie aus den Augen zu lassen.

Nahe an der Wand des Schuppens ging sie in den Hof hinein. Ein Bewegungsmelder schaltete weitere Lichter ein, und der ganze Innenhof, das Hinterhaus, die Garage und die Zwinger wurden nun beleuchtet. Sie ging an den Gittertüren entlang, fixiert von den Kampfhunden, die sie mit starren Blicken und gefletschten Zähnen ankläfften. Erst als sie Blondie erreicht hatte, die angekettet den hinteren Teil des Grundstücks bewachte, wurden sie ruhiger.

Die Deutsche Schäferhündin schaute ihr neugierig entgegen. Die mochte sie, und als Donna ihr nahe genug war, kam sie ihr sogar ein Stück entgegen. Blondie war nicht so scharf abgerichtet wie Adolf und eigentlich nur dazu da, Stiernacken hin und wieder ein paar Welpen zu schenken, die er abrichtete und verkaufte, wenn sie männlich und stark waren, und erschlug, wenn sie es nicht waren oder weiblich. Sie tätschelte kurz den Hals des Tieres, Blondie schlabberte an ihrer Hand, dann ging sie weiter und drückte mit einem mulmigen Gefühl die am weitesten entfernte Pforte auf, die zu dem Mastino führte.

Die Luft war abgestanden, und nur das Licht der Hoflampen drang diffus in den Raum. Der schwarze Mastino lag zusammengekauert auf der alten Matratze, die man ihm hingelegt hatte. Ein großes dunkles Bündel, Donna konnte ihn in dem schummrigen Licht kaum erkennen. Er bewegte sich erst, als sie die Tür schloss. Sicherheitshalber, dachte sie und legte den Daumen auf den Hebel der kleinen Spraydose.

»Na, du Mastino, alles klar?«, sagte sie und erwartete natürlich keine Antwort. »Siehst toll aus, echt ey, du hast keinen Hunger, oder? Lüften könnte man hier mal. Stinkt wie in 'nem Pumakäfig, haha, der war gut, wa ...« Geplapper, um sich selbst Mut zu machen. Nur ein Grummeln hörte sie aus seiner Richtung, das zu einem leisen Knurren wurde. Sie trat an die Matratze heran, hockte sich davor hin. Erst schaute er sie nicht an, reckte sich dann, gähnte mit weit aufgerissenem Schlund, herausgestreckter Zunge und zeigte seine weißen Zähne.

Mit dem Handrücken tätschelte sie auch ihm den Hals, fuhr mit dem Daumen über das weiche Ohr. Er brummte leise und knabberte an ihren Fingern. So schien er ja sanft wie ein Schoßhündchen zu sein. Aber sie hatte ihn in der Arena gesehen. Ohne Gnade. Wie ein Fleischwolf. Ein echter Bluthund lag da vor ihr. Ein verletzter Bluthund. Mit einer angeheilten Wunde an der Schulter und einer an der Seite, die hatte genäht werden müssen. Wahrscheinlich von dem Tierarzt, den Stiernacken schon seit Jahren kannte, der kam, wenn Blondie geworfen hatte. Der die zwei oder drei Papiere für den reinen Stammbaum der Rasse ausfüllte und nie fragte, wo die anderen Welpen abgeblieben waren.

Mit der Linken fuhr sie ihm über die kleinen, harten Brustwarzen, den Bauch. Der Mastino braucht Pflege, so eine Scheiße, dachte sie und untersuchte die Wunden.

»Hast gut gekämpft, schwarzer Mastino«, flüsterte sie in der Hoffnung, dass ihre Stimme und das Streicheln ihn weiterhin besänftigten. »Bist so stark. Und jetzt hast du deine Wunden geleckt. Die sind doch ganz gut verheilt. Sie haben sich Gott sei Dank nicht entzündet, weil du ein großer starker Doggie bist. Und ich bin deine kleine Krankenschwester.«

Anscheinend genoss er ihre sanfte Stimme und das Kraulen, denn er holte in einer Art Luft, die wie ein Seufzen klang. Dann schaute er zu ihr, mit roten Augen und einem leerem Blick.

Ohne das Pfefferspray aus der Hand zu lassen, strich sie ihm über die Lende. »Na, Doggie, du musst noch einen Kampf bestehen, einen einzigen, dann ist Schluss«, flüsterte sie. Dann beugte sie sich hinunter. Schön war das nicht, dachte sie dabei, aber, ach Gott, was tat man nicht alles für Geld. War in Gedanken nur bei der Geburtstagsparty, zu der sie gleich gehen wollte.

Der Mastino verdrehte die Augen. Seine Nüstern weiteten sich. Er zog die Lefzen hoch. Entblößte die weißen Zähne. Sprang so plötzlich auf, dass ihr das Pfefferspray aus der Hand fiel.

21 – Köln/Berlin, Samstag, 15. Oktober, Nacht

Bisher lief heute alles genau nach Plan. Das Maschinchen schnurrte wie geschmiert. Es hatte kein Unwetter gegeben, die Strecke war frei, und die Zentrale hatte keine Informationen gefunkt, dass sich das in den nächsten eineinhalb Stunden ändern würde.

Lokführer Jörg Lehmann schaute auf die Anzeigen im Cockpit des ICE 947. Gerade hatte er den Schnellzug in Wolfsburg angehalten und war pünktlich um dreiundzwanzig Uhr fünf weitergebraust. Es sollte also eigentlich alles glattgehen, und ohne einen weiteren Zwischenhalt konnte er nun den letzten Streckenabschnitt bis nach Berlin zurücklegen, wo der Zug laut Fahrplan um null Uhr fünfundzwanzig ankommen sollte. Aber es war wie beim Fußball: Solange der Schiedsrichter das Spiel nicht abgepfiffen hatte, konnte noch alles Mögliche passieren. Schnell hob er die Faust und klopfte aus Mangel an Holz, der in dem modernen Führerstand herrschte, dreimal gegen seinen Kopf. Er wollte auf keinen Fall zu spät ankommen, denn am Bahnhof in Berlin wartete Mike auf ihn.

Das Einzige, was jetzt noch dazwischenkommen konnte, das aber niemand vorauszusagen im Stande wäre, war ein Unfall. Kein Lkw auf den Schienen – die ICE-Trassen waren nach höchsten Sicherheitsstandards gebaut –, sondern eine defekte Weiche, eine Entgleisung oder ein Radbruch. Aber zumindest die Lok war gerade erst aus der technischen Kontrolle gekommen, die war in Ordnung. Die Scheinwerfer erleuchteten den Schienenstrang, den Schotter, die Schwellen, die bei der Geschwindigkeit von hundertsechsundneunzig Stundenkilometern im Zwielicht zu einem grauen Band verschmolzen.

Mike. Seit drei Wochen waren sie zusammen. Standen noch ganz am Anfang einer vielleicht herrlich pompösen Beziehung. Am Anfang, die Zeit, wo es überall im Körper prickelt. Die Wochen, in der die Schmetterlinge im Bauch flittern und flattern, wenn man auch nur aneinander denkt. Wo im Kopf nicht viel drin ist außer Liebe, Verlangen und bedingungsloser Hingabe. Und das genossen sie beide in vollen Zügen. Jörg Lehmann musste über den Vergleich lächeln. Er schaute zur Uhr. Eine knappe Stunde noch, dann würden sie sich wieder in den Armen halten können. Wenn nichts dazwischenkam. Kein Unfall. Oder ein Selbstmord.

Lehmann schüttelte den Kopf. Nein, an so etwas wollte er gar nicht denken. Nein, nein. Zum Glück war er bisher davon verschont geblieben. Aber laut statistischen Berechnungen traf es jeden Lokführer dreimal in seinem Berufsleben. Er hatte die Kollegen gesehen, die trotz psychologischer Betreuung solch ein Erlebnis nicht verkrafteten und den Beruf wechseln mussten. Sie machten sich Vorwürfe, weil sie einen Menschen getötet hatten. Ein furchtbarer Gedanke. Du rast auf so ein Häufchen Elend zu, siehst es, drückst das Signalhorn, aber er geht nicht weg. Kommst ihm immer näher, versuchst eine Vollbremsung, egal was hinten im Zug passiert, ob sich da Leute den Hals brechen, aber der Lebensmüde geht nicht von den Gleisen, steht einfach da. Natürlich kannst du die Hunderte von Tonnen nicht zum Halten kriegen. Du erwischt ihn, und das Blut spritzt bis auf die Frontscheibe des Triebwagens. Wenn sie von Brücken sprangen, war es etwas besser. Das kam dann zu plötzlich. Er schüttelte den Kopf und versuchte, den furchtbaren Gedanken wieder loszuwerden.

Der Lokführer atmete tief ein. Heute Nacht würde das nicht passieren. Nicht heute Nacht, zwang er sich zu denken, drosselte vorschriftsmäßig die Geschwindigkeit, um den ICE durch den Bahnhof von Stendal nur rauschen zu lassen, nicht sausen. Die Straßenbrücken über den Schnelltrassen sind überall gut gesichert, mit hohen Zäunen und Netzen, die man als Selbstmörder erst einmal überwinden muss. Aber heute Nacht macht das keiner, weil ich glücklich bin, dachte er und zauberte ein Lächeln auf sein Gesicht. Heute passiert so etwas nicht, weil Micke auf mich wartet. Er erhöhte die Geschwindigkeit und fuhr auf eine ungesicherte Trassenunterführung zu, auf der der Güterverkehr über die ICE-Strecke geleitet wurde. Raste in den über hundert Meter langen Tunnel hinein. Hörte in dem engen Schacht das laute Rauschen seines Zuges. Sah im

Scheinwerferlicht das Ende der Unterführung. Und einen Menschen, der von oben runter auf die Schienen flog. Helles Gesicht, wirbelnde Arme und Beine. Ein dumpfes Geräusch, ein Rumsen, viel lauter, als er es sich vorgestellt hatte. Jörg Lehmann starrte wie paralysiert durch die gesprenkelte Frontscheibe auf den stetig dahingleitenden Schienenstrang. Löste reflexartig die Notbremsung aus. Oh Gott, dachte er, Mike, hilf mir! Und brüllte in das Kommunikationsmikrofon.

4. KAPITEL

22 – Hannover, Montag, 17. Oktober, Mittag

Kriminaloberkommissar Carsten Sanders saß mit einem Becher Tee an seinem Schreibtisch und hatte sich vorgenommen, diesen Montag nicht in die Kategorie *Frustrierend* abrutschen zu lassen. Das Wochenende in Braunschweig war im Großen und Ganzen entspannt gewesen, bis auf ein paar Reibereien mit Ulli, der lieber in Hannover geblieben wäre, und Xenia, die aufgedreht und übermüdet alle Erlebnisse ihrer Reise auf einmal erzählen wollte, dabei mit Freunden telefonierte, ihre Wäsche wusch und am Abend verschwunden war. Spät in der Nacht erst war sie zurückgekommen, und das nicht allein. Am Sonntagmittag verließ ein tätowierter junger Mann mit Dreadlocks und Piercings überall im Gesicht die Wohnung.

Leider war es am Sonntagabend schon wieder vorbei, Ulli und er mussten in das kalte, leere Haus in Langenhagen zurück. Aber der Aufenthalt in Braunschweig hatte die Batterien für die neue Woche aufgeladen.

Gerade eben hatte er als stellvertretender Leiter des 35. Dezernats Aufgaben verteilen müssen und begann nun, die neuen Mails durchzugehen, die seit der Sitzung heute Vormittag eingetroffen waren. Eine hatte im Betreff »07102016-PE-UbkT-m stehen und kam von Prof. Dr. Tekanaki, dem Leiter des Obduktionsteams der MHH:

»Zwischenbericht 3 zu 07102016-PE-UbkT-m:
1. Die Mikrostrukturanalyse der Zellulosebündel, die sich in den stichförmigen Verletzungen des Thorax fanden, hat ergeben, das es sich zweifelsfrei um das Holz der *Pinus* (Kiefer) handelt.«

Zweifelsfrei, dachte Sanders, das war doch mal was.

»Allerdings liegt das Material in einer so geringen Quantität vor, dass die Erbringung eines Herkunftsnachweises nicht erfolgen kann.«

Das fand er schade, griff zum Teebecher, setzte ihn an die Lippen, las über den Rand der Tasse blickend weiter.

»2. Weiterführende Ergebnisse der elektronenmikroskopischen Untersuchungen der mit an Sicherheit grenzender Wahrscheinlichkeit *ante mortem* zugefügten Verletzungen, hier die Schnittwunden an der rechten Hand (5,8 cm), im Bereich des Oberkörpers (2,8 cm), beide mit Touchiermarken an den darunterliegenden *Ossa brevia* bzw. *Osse plana,* und des 6,5 cm langen, ca. 8 mm tiefen, rissförmigen Schnittes am Hals mit Verletzung der *Carotis*, haben zwischen *Os triquetrum* und *Os trapezium* …«

Er trank, und sein Blick stolperte durch den Wortdschungel medizinischer Begriffe bis nach ganz unten zur Ergebniszusammenfassung:

»Alle *vulnera* (Wunden) weisen ähnliche Charakteristika in den Rändern auf, woraus man schließen kann, dass hier, im Gegensatz zu den *post mortem* entfernten Fingerspitzen und der Kopfschwarte, ein anderes Werkzeug eingesetzt wurde, das aber bei allen *ante-mortem*-Verletzungen dasselbe gewesen zu sein scheint. Der aufgefundene 7,8 mm mal 4,2 mm große spitzenförmige Splitter zwischen den Handwurzelknochen, der wohl während einer Abwehrbewegung des Opfers eingebracht wurde, besteht aus Chert (Hornstein), woraus wir ableiten, dass das große, grobe Instrument, mit dem das Opfer attackiert wurde, aus ebenjenem Material bestand, was auch zu den gerissenen Gewebeschichten der *vulnera* passt. Durch die Positionierung der Chert-Spitze zwischen den Knochen der Handwurzel ist ein zufälliger Einschluss nahezu auszuschließen.«

Chert? Hornstein? Was war das? Sanders gab die beiden Worte in die Suchleiste ein. Klickte, las. Dann lehnte er sich mit der Tasse auf dem Bauch weit in den Stuhl zurück und strich sich nachdenklich über das fliehende Kinn. Das passte jetzt wohl wirklich nicht mehr zu einem Motiv, das etwas mit Vampirismus zu tun hatte. Das passte zu gar nichts. Er überlegte kurz, ob er Neugebauer anrufen sollte, ließ es aber sein. Er konnte den armen Mann nicht jede Woche mit Fragen behelligen, auch wenn es sich um die abgebrochene Spitze eines Steinwerkzeugs in den Wunden eines Mordopfers handelte.

Gern hätte er sich jetzt mit jemandem darüber unterhalten. Mit Bernd vielleicht oder Mandy. Oder zumindest mit den Kollegen aus Braunschweig. Aber die würden den Obduktionsbericht wahrscheinlich erst gegen Ende der Woche lesen und sich dann vielleicht in der übernächsten mal melden, dachte er resigniert, als das Telefon klingelte.

»Polizeidirektion Braunschweig, Vogt. Mahlzeit, Herr Sanders.«

»Ach, Frau Vogt. Das ist aber schön, dass Sie anrufen. Was sagen Sie denn zu dem Zwischenbericht des Obduktionsteams?«

»Huch. Was für ein Bericht? Ich habe hier nichts bekommen.«

»Wirklich? Professor Tekanaki hat nichts zu Ihnen nach Braunschweig schicken lassen?«

»Nein, bisher nicht. Vielleicht glaubt er, das LKA ermittelt.«

Tut es ja auch, dachte Sanders. »Dann schicke ich Ihnen den Bericht gleich mal rüber. Ist der Herr Klunker wieder im Dienst?«

»Nein, leider nicht. Das wird wohl noch ein paar Wochen dauern mit seiner Schulter. Was hat denn die weitere Obduktion ergeben? Was musste der arme Kerl denn noch ertragen, außer gepfählt, gehäutet, angesägt und skalpiert zu werden?«

»Oh, da wurde eine Spitze aus Chert in den Handwurzelknochen gefunden«, sagte er und hatte mit an Gehässigkeit grenzender Absicht diesen Begriff gewählt.

»Was wurde da gefunden? Shirt?«

»Nein, Chert«, er buchstabierte das englische Wort, ließ sich alle Buchstaben auf der Zunge zergehen, und sagte dann noch einmal: »Tschört.«

»Ach so, Chert«, sagte Frau Vogt, »also Flint. Feuerstein. Das ist aber komisch.«

»Äh ... ja, genau. Feuerstein. Und das ist in der Tat seltsam. Von einem großen, groben Instrument oder Werkzeug, heißt es im Bericht. Was würden Sie denn denken, wie das dahingekommen sein könnte?«

»Da müsste ich mal meinen Mann fragen.«

»Ist der auch bei der Kripo?«

»Nein, der ist bei VW. Und Hobbyarchäologe. Sein Spezialgebiet ist das Paläolithikum, also die Altsteinzeit.«

»Interessant. Was, glauben Sie, würde er sagen, wenn Sie ihm erzählten, dass man in den Wunden eines Mordopfers eine Feuersteinspitze von einem großen Werkzeug gefunden hat?«

»Dann würde er wahrscheinlich sagen, dass nichts so absurd ist wie das Leben und was ich ihm immer für Geschichten auftische. Dann würde er lachen und sagen, wenn heutzutage jemand mit einem Steinwerkzeug Leute umbringt, hat er auf jeden Fall kein Problem damit, die Tatwaffe zu entsorgen.«

»Warum?«

»Weil man einen Faustkeil zum Beispiel einfach in ganz kleine Stücke zerschlagen kann, und die wirft man dann in die Oker und sonst wohin. Aber, Herr Sanders, ich habe Sie nicht angerufen, um über das Hobby meines Mannes zu plaudern.«

»Nein, aber es ist wirklich interessant«, sagte Sanders und schrieb *Faustkeil* auf einen Zettel.

»Ich wollte Ihnen nur kurz die Ergebnisse der Befragung mitteilen, die am Wohnort des Opfers durchgeführt wurden. Sie wollen doch immer alles so schnell wie möglich wissen. Da habe ich gedacht, ich rufe Sie an, bevor ich den Bericht ausformuliert habe und Ihnen schicken kann.«

»Das ist schön. Dann schießen Sie mal los.«

»Also, Herr Jamiro Džugi wohnte in Magdeburg in einer ehemaligen Plattenbausiedlung, wo kaum jemand den anderen kennt. Die Beamten, die die Nachbarn befragt haben, konnten nicht viel über ihn rauskriegen. Die wussten eigentlich nur, dass er ein dickes Motorrad fuhr, eine – Moment ... Honda Shadow, und einen BMW 318, älteres Modell, obwohl er Hartz-IV-Bezieher war. Beide Fahrzeuge standen noch vor dem Wohnhaus, sind jetzt aber in der kriminaltechnischen Untersuchung. Die genauen Angaben finden Sie in dem Bericht. Mir fiel nur auf, dass manche Nachbarn sagten, er hätte ab und an Besuch von anderen Motorradfahrern bekommen. Vielleicht gehörte er einem Rockerclub an. Außerdem wohl alle paar Wochen vom Fahrer eines grauen Porsche. Weil der immer so protzig über zwei Plätze hinweg geparkt hat, ist das einem Nachbarn aufgefallen. Der erste Buchstabe auf dem Kennzeichen lautete wahrscheinlich B, an den Rest konnte er sich nicht mehr erinnern. Ansonsten anonyme Gegend.«

»Moment«, Sanders schrieb *Rocker – organisierte Kriminalität* unter den *Faustkeil*, kramte in seiner Zettelwirtschaft, fand, was er suchte. »Haben die ein Fitnessstudio ausfindig machen können, in dem er Mitglied war?«

»Fitnessstudio?«

»Ja«, antwortete Carsten leicht gereizt. »Ein Bodybuilding- oder Boxverein vielleicht. Der Mann war gut durchtrainiert.«

»Davon ist mir nichts bekannt. Wir stehen ja noch ganz am Anfang der Ermittlungen, Herr Sanders. Aber die Wohnung wurde durchsucht, und es fanden sich Hinweise darauf, dass er in der rechten Szene aktiv war, Nazi-Symbole, Flugblätter und Fotos von den Mitgliedern des Nationalsozialistischen Untergrunds an den Wänden. Aber da gibt es noch keine sicheren Erkenntnisse. Da muss man erst abwarten, bis die zuständigen Herrschaften in Magdeburg mal in die Pötte kommen, wenn ich das mal so salopp sagen darf.«

»Na, eigentlich nicht. Bei Ihnen läuft ja auch nicht immer alles rund.«

»Das war nicht mein Verschulden, Herr Sanders.«

»Ich weiß, ich weiß, Frau Vogt. Vielen Dank jedenfalls für Ihren Anruf und die wertvollen Hinweise.«

Carsten legte auf und schrieb *Neonazi* auf seinen Zettel. Seufzte, stützte die Ellenbogen auf den Schreibtisch, legte das Kinn in die Hände, starrte auf die Zettelwirtschaft. Müsste man mal aufräumen, dachte er. Und das alles irgendwie ordnen. Ein Opferprofil zu erstellen, wäre auch nicht schlecht, und ein Tötungsszenario. Und man brauchte jemanden, der das alles koordinierte. Sein Blick wanderte hoch, zum Bildschirm. Eine weitere E-Mail mit dem Aktenzeichen zum Fall Džugi war eingetroffen. Von den Kollegen aus Bukarest. Er öffnete sie nicht, sondern presste die Handflächen auf die Schreibtischplatte.

Heute war Montag, der Anfang einer neuen Woche, und genau der richtige Tag, Entschlüsse zu fassen und umzusetzen. Er stieß sich vom Schreibtisch ab, erhob sich, verließ das Büro und ging zu König, dem Abteilungsleiter, um ihn zu bitten, offiziell die Ermittlungen des LKA Niedersachsen in dem Fall 07102016-PE-Ub-kT-m übernehmen zu dürfen.

Er durfte, und erst als er wieder zurück war, las er sich die Informationen aus Rumänien durch.

Jamiro Džugi sei in bitterarmen Verhältnissen in einem winzigen Dorf bei Boiţa aufgewachsen. Man habe seine kranke Mutter und seine Schwester ausfindig gemacht, die bei ihr wohne und sie pflege. Der Vater sei schon lange tot, genau wie der Bruder. Jamiro war bis zur achten Klasse in die Schule gegangen, hatte dann bei einem Bauern gearbeitet. Dieser Bauer hatte ihn wohl auf die *rechte* Bahn gebracht, die damit endete, dass er nach Sibiu gegangen war, dem früheren Hermannstadt, und dort Mitglied der »Eisernen Garde« wurde, einer in Rumänien verbotenen militant nationalistischen Organisation der Neuen Rechten. Hier trainierte er, lernte zu kämpfen und den Umgang mit Waffen und fiel zum ersten Mal auf, weil er an brutalen Überfällen auf Roma beteiligt war.

Er war öfter nach Deutschland gereist, und Ende 2012 habe er dann den Asylantrag gestellt, der ein Jahr später abgelehnt wurde, was aber irrelevant war, weil ab 2014 die in der EU uneingeschränkte Arbeitnehmerfreizügigkeit auch für Rumänen galt. Dass er selbst Roma war, wie er in seinem Asylantrag behauptet hatte, war gelogen. Er habe hin und wieder Geld nach Rumänien geschickt. Nicht viel, mal hundert, mal dreihundert Euro, aber das reichte, um die schlimmste Not zu lindern. Mutter und Schwester seien sehr erschüttert über den Tod ihres Sohnes und Bruders gewesen.

Sanders schaute nach, um was es sich bei der »Eisernen Garde« handelte, dann ergänzte er auf seinem Zettel *Neonazi* durch *ultrarechts,* und begann damit, einen Bericht über die bisherigen Ermittlungen und Thesen zu verfassen.

Am wahrscheinlichsten schien ein Mord im Umfeld des organisierten Verbrechens oder unter Rechtsextremisten. Rocker erschossen sich in Bandenkriegen mittlerweile auf offener Straße. So wie vor einiger Zeit einen Präsidenten der Hells Angels. Sechzehn Schüsse hatte man auf ihn abgegeben. Aber nur, weil Jamiro Džugi mal Besuch von Motorradfahrern bekommen hatte, hieß das noch lange nicht, dass er einer Rockerbande angehörte.

Der Kommissar drehte den Kopf und sah aus dem Fenster. Mit einem Feuersteinwerkzeug attackiert. Und einem Holzpflock getötet. Warum könnte ein Neonazi auf diese Art und Weise umgebracht worden sein? Als Strafaktion? Weil er aussteigen wollte?

Strafaktion? Plötzlich fiel ihm wieder die Theorie ein, die Mandy am Wochenende konstruiert hatte, es könne sich um den Racheakt eines oder mehrerer Opfer des Toten handeln. Und ein frustrierter Kriminalbeamter half ihnen, ihre ehemaligen Peiniger ausfindig zu machen. Das ist absurd, dachte er, legte trotzdem die Hand auf die Computermaus, klickte ein paarmal, und schon zeigte der Dateibrowser den geschützten Ordner *07-55-Kegelbrüder* von Bernd Janischke an. Der, solange

Carsten ihn kannte, noch nie kegeln gewesen war. Der niemals als Informant für Mörder agieren würde, oder? Nach einem Doppelklick forderte ein Eingabefenster ein Passwort. Das ist nicht richtig, was ich hier mache, dachte Sanders, aber nichts ist unmöglich, und versuchte es spontan mit »Justiz« und »Burn-out«. So kam er natürlich nicht weiter. Bei nächster Gelegenheit würde er Bernd einfach fragen, dachte er, schloss den Browser und schrieb weitere Fragen auf. Wo kam das Auto her, das bei Džugi gesehen wurde? Aus Berlin, Bochum, Braunschweig? Er wusste nichts über die rechte Szene in Braunschweig oder Magdeburg und stellte eine Anfrage an die Kollegen vom Dezernat für politisch motivierte Kriminalität.

Sanders hing über dem Schreibtisch und massierte sich die Stirn. Ein Holzpflock ... Leider war die DNS-Analyse der Frau aus Magdeburg noch nicht abgeschlossen. Ein Faustkeil ... wo bekam man den eigentlich her, wenn man einen haben wollte? Aus dem Internet, wo sonst, dachte er, gab in die Suchleiste beim größten Onlinehändler »Faustkeil« ein, und es wurden ihm sofort welche angeboten. Keine alten aus der Steinzeit. Sondern neu hergestellte, mit scharfen Kanten zum Schneiden und einer Spitze zum Zustechen. Einen Versuch war es wert, dachte er und griff zum Telefon, schrieb, telefonierte wieder, schrieb, und vielleicht morgen schon würde er wissen, wer in den letzten Monaten einen Faustkeil bei dem Versandhändler im Internet gekauft hatte.

23 – Russland, Montag, 17. Oktober, später Nachmittag, +1 Stunde

Das Geld, das Vladimir Rasumichin in die filmtechnische Ausbildung seines jungen Bodyguards investiert hatte, war nicht umsonst ausgegeben worden. Die Szene, in der der Stier eines seiner Hörner in den Kiefer des Matadors gebohrt hatte, zeichnete sich scharf auf dem großen Flachbildschirm ab. Besonders den Gesichtsausdruck des Mannes in dem Augenblick der Verwundung mochte er und hatte ihn sich schon viele Male angesehen.

Zufrieden beobachtete er seine kleine, feine Gästerunde. Wie fasziniert sie Gorditos Kampf und Tod beobachteten, während der köstliche Duft seines gegrillten Fleisches den Raum erfüllte.

»Liebe Freunde!«, sagte Rasumichin, während der Stier blutüberströmt in sich zusammensackte und der Matador aus der Arena getragen wurde. »Der Mann lebt noch, wie ich gehört habe. Der Stier nicht. Lasst uns auf ihn und sein Fleisch trinken! Möge es euch munden! Wásche sdarówje!«

»Na sdorówje!«, antworteten die Gäste, hoben die Wodkagläser, und dann wurde das Fleisch serviert.

Einer der Dollar-Zaren hob anerkennend erst die Augenbrauen, dann sein Glas und forderte die anderen acht Gäste auf, es ihm nachzutun. »Einmalig! Einmalig! Na sdorówje!«, rief er, und wieder erschütterte ein Toast den Raum. Rasumichin fühlte sich geehrt. Er bot den Reichen hier in seiner Villa bei Moskau ein wirklich eindrucksvolles, unvergessliches Seh- und Gourmeterlebnis, dachte er, als Fjodor Alekpaska, sein bester Freund noch aus den Jugendtagen in der Komsomol, sich zu ihm drehte. »Lieber Vladimir, sag, hast du schon mal etwas von dem Club Culture & Fairplay gehört?«

Vladimir Rasumichin tunkte ein Stück Weißbrot in den blutigen Saft auf seinem Teller. »Culture & Fairplay?«

Alekpaska nickte.

»Mh … warte.« Nachdenklich steckte er sich das tropfende Weißbrot in den Mund, kaute behäbig, schluckte und begann zu grinsen. »Ja. Ich glaube … ja, doch, ein Amerikaner hat davon gesprochen. In der Arena in Arjona, in Kolumbien«, sagte er und wies auf den großen Bildschirm.

»Dann weißt du ja, um was es da geht. Das nächste Event ist wohl schon bald. Vielleicht können wir hinfahren und es gemeinsam genießen? Was meinst du, hm?«

»Aber sehr gerne doch, mein lieber Fjodor. Der Amerikaner nannte mir den Ort, der wohl auch gut mit einer Yacht zu erreichen sei. Vielleicht nehmen wir meine kleine. Zufällig liegt die gerade in Lübeck. Das ist gar nicht so weit weg davon.«

»Ja, Vladimir, lass uns eine kleine Kreuzfahrt machen. Ganz spontan«, der Dollar-Zar griff zu seinem Glas.

»Das machen wir!« Die Männer prosteten sich lachend zu.

»Hm … ich weiß nicht mehr genau, wann es losgehen soll«, sagte Vladimir, nachdem er das Glas hinter sich geworfen hatte. »Kann sein, jetzt am Wochenende. Aber er hat mir seine Karte gegeben. Ich rufe nachher mal an. Es scheint einmalig zu sein, so etwas gibt es sonst nirgends, hat er gesagt, da werden …«

»Vladimir!«, unterbrach ihn ein Ruf aus der Runde. »Vladimir Rasumichin! Na sdorówje! Vielen Dank für dieses vorzügliche Fleisch und diesen wundervollen Nachmittag! Twajó sdarówje! Auf dein Wohl!«

Alle Gäste stimmten ein, und Rasumichin suhlte sich in der Anerkennung wie ein Hund im Aas.

24 – Hannover, Montag, 17. Oktober, später Nachmittag

Ullrich Sanders stand im Regen. Die große Kapuze seines blauen Plastikcapes fiel ihm tief in das Gesicht, und seine Brille war gesprenkelt von Wassertropfen.

»Wann – kommt – derdennendlich? Das – dauert – und – dauert – doofbeidemWetter«, hörte er die Stimme von Petra neben sich, ohne die Frau zu sehen. Hand in Hand standen sie an der Bushaltestelle zwischen den anderen gehandicapten Kollegen des Behinderten-Kaders der Keksfabrik, die in ihrem bunten Regenzeug aussahen wie eine Handvoll großer Smarties.

Lutz, ein älterer Mann in einer gelben Regenjacke, der auf der anderen Seite neben ihm stand, fragte: »Na, Ulli, na, heiratet ihr denn auch? Na, da müssta mich aba einladen, na jawoll.«

»Nee. Oder, Petra?«, sagte Ulli und zupfte an seiner Kapuze, um wenigstens ein bisschen was sehen zu können.

»Ja«, sagte Petra. »Nein – irgendwanneinmalschonvielleicht. Da – kommt – jaunserBusendlich! Tschüss – Ulli.«

Petra Wilhelmi ließ Ullis Hand los und drehte sich zu ihm. Er spitzte den Mund, sie spitzte den Mund, und dann küssten sie sich.

»Petra, tschüss, meine Liebe«, sagte er, so wie sein Bruder Carsten es immer zu seiner Freundin sagte.

Die Frau stieg mit den anderen in den Bus, und Ulli blieb alleine an der Bushaltestelle zurück, wo Carsten ihn abholen würde. Sie wollten noch in die Stadt fahren, um ein paar neue Hosen für Ulli zu kaufen. Die alten waren zum Teil kaputt oder zu klein geworden. Er überlegte, ob er sich die Wartezeit mit dem einen oder anderen Keks versüßen könnte, aber da fuhr sein Bruder auch schon in die Haltebucht.

Ulli zog sich das Regencape über den Kopf, öffnete die Tür, stopfte es ächzend in den Fußraum, bevor er selbst einstieg.

»Hi, Ulli. Wie war dein Tag?«, fragte Carsten, fuhr an und reihte sich in den Verkehr ein.

»Gut. Und deiner?«

»War okay.« Doch, er sollte ihn fragen, dachte Carsten. »Ulli, weißt du, was ein Faustkeil ist?«

»Vom Boxen, oder?«, sagte Ulli, ballte eine Faust und hielt sie hoch.

Er wusste es nicht. »Na, nicht ganz. Das ist ein bearbeiteter Stein, den die Urmenschen sich gemacht haben. So eine Art Messer und Hacke in einem, aber ohne Griff.«

Ulli lachte, ballte die andere Hand zur Faust und hob auch sie hoch. »Haha, Ugah–Ugah. Wie in Schnökkhingen.«

»Schnökkhingen?«

»Ja, Schnök-khin-gen. Ugah–Ugah! Wusch!«

»Was ist denn Schnökkhingen?«, fragte Carsten.

»Na, Schnökkhingen.«

»Aha«, Carsten schaltete Musik ein. Der Oldiesender spielte gerade einen wirklich uralten Song von den Hotlegs. *Neanderthal man*, ein verhaltener, leiser Gesang zu einem langsamen Trommelrhythmus: Bum–Tscha, Bum–Tscha, Bum–Tscha und dann ein Blockflötensolo. Ulkig und irgendwie psychedelisch.

»Haha, Ugah–Ugah. Wusch«, sagte Ulli und machte dazu eine weit ausholende Bewegung, als würde er etwas werfen.

»Und was ist ›Wusch‹?«

»Na, der Speer. Wusch.«

Jetzt dämmerte Carsten, was sein Bruder da meinte. Er hatte mal mit der Gruppe aus Braunschweig einen Ausflug in ein Steinzeit-Museum bei Schöningen gemacht. Dort hatte er wohl mit einem Speer werfen dürfen. »Du meinst die Schöninger Speere, oder?«

»Ja, Schnökkhingen. Wusch, der Speer, das war klasse.«

Carsten zog die Augenbrauen hoch. »Ach so, der Speer. Wo wollen wir denn mal nach ein paar Hosen für dich gucken?«

»Mir egal. Du, Carsten?«

Er wusste, wenn Ulli ein Gespräch so begann, wollte er ihn um etwas bitten. »Ja, Ullrich?«

»Am Wochenende, nä, kann da die Petra nich' zu uns kommen?«

»Du meinst mit nach Braunschweig?«

»Neeein«, sagte Ulli gedehnt. »Zu uns, nach Hause.«

»Aber da sind wir doch in Braunschweig.«

»Ja, du.«

»Ach so. Petra möchte *dich* am Wochenende besuchen. Dann kann ich ja Mandy fragen, ob sie mal wieder Lust hat, ein Wochenende in Langenhagen zu verbringen.«

»Nein, hihi, alleine.«

Carsten musste an einer Ampel halten und guckte Ulli groß an. »Wie, ich soll euch ganz alleine zu Hause lassen? Ich kenne Petra doch gar nicht. Wo wohnt die denn? Zu Hause? Oder in einem Heim?«

»Heim. Die kann ja mal kommen.«

»Hast du eine Telefonnummer von ihr? Dann kann ich da nachher mal anrufen.«

»Klar.«

»Und was hat sie für eine Behinderung?«

»Weiß nich'. Da ist was im Kopf nicht richtig.«

»Haha«, jetzt musste Carsten lachen. »Dann müssten doch fast alle Leute in einem Heim wohnen. Aber sie kann doch morgen Abend zum Essen kommen. Na, wie wäre das?«

Ulli strahlte über das ganze Gesicht und nickte nur.

25 – Argentinien, Montag, 17. Oktober, später Nachmittag, -5 Stunden

Antonia Mercedes da Silva saß an dem wuchtigen Schreibtisch aus schwerem Mahagoni, über den schon ihr Vater die endlosen Zahlenkolonnen der Firma hatte marschieren lassen. Viel Land, viel Vieh und ein Heer billiger Arbeiter, außerdem harte Bandagen für den blutigen Kampf mit der Konkurrenz und viel Einfluss auf die Politik, so war er auf eine nicht immer ganz saubere Art und Weise in den hohen Geldadel von Argentinien aufgestiegen.

Sie hatte das Geschäft zu einem Globalplayer weiterentwickelt und wurde dafür von allen Medien mit dem Titel »Rindfleischbaronin« geehrt. Da Silva schaute nachdenklich auf die Monitore. Wenn sich jemand einen spontanen Ausflug leisten konnte, dann war sie es.

Allein die Andeutungen, die Scheich Abdul bin Nemsi Al Sur auf dem Kuriositätenmarkt im ehemaligen Schlachthaus von Epecuén über das Event des Clubs Culture & Fairplay gemacht hatte, waren sehr interessant. »Einmaliges Erlebnis«, hatte er gesagt, »delizíös und von höchster Qualität. Lassen Sie sich überraschen.« Und als Entschädigung für das obskure Sammlerstück, das er ihr vor der Nase weggeschnappt hatte, hatte er sie eingeladen, mit ihm die nächste Veranstaltung zu besuchen. Es gäbe sogar ein adäquates Hotel in der Nähe, ein Ritz-Carlton, in einer Stadt, die sich selbst *Autostadt* nannte, hatte er gesagt. »Wenn Sie möchten, können wir zusammen zu dem Ort der Veranstaltung fahren. Schicken Sie mir einfach ein JA, und ich werde einen weiteren Platz buchen.« Bis Montag, hatte er gesagt, müsse er es wissen.

Da Silva öffnete einen normalen Browser auf dem mittleren der drei Monitore, die auf dem Schreibtisch standen. »Im Internet werden Sie darüber nichts finden«, hatte er gesagt. Sie versuchte es trotzdem. Zehn Minuten später wusste sie, der Mann hatte recht.

Sie rollte mit ihrem Stuhl nach hinten und stand auf. Schaute auf den von bunten Blumen geschmückten Park, der ihre Villa hier in dem beschaulichen Ort Pergamino umgab. Für ihren Mann war ein solches Event nichts. Fernando hielt absolut nichts von ihrem Hobby.

Er fand es geschmacklos, widerwärtig. Als sie ihm den eingelegten, halb erigierten Penis gezeigt hatte, war er blass geworden und hatte sich abgewendet.

Das wäre mal ein kleines Abenteuer im täglichen Einerlei, dachte sie, und obwohl sie nicht wirklich wusste, was sie erwartete, setzte sie sich wieder hin, schickte dem Scheich ein JA und buchte ein Zimmer im Ritz.

26 – Hannover, Dienstag, 18. Oktober, Morgen

Der gestrige Hosenkauf war erfolgreich über die Bühne gegangen, am Abend hatte Carsten mit Mandy telefoniert und ihr alles erzählt, auch, dass er jetzt offiziell die Ermittlungen des LKA im Fall des Toten aus Peine übernommen hatte, von der abgebrochenen Feuersteinspitze und von den Kollegen in Braunschweig. Mandy hingegen hatte im Fall der verschwundenen Gina Riekens einen Rückschlag erlitten. Die Wiener Kollegen hatten tatsächlich das Auto ausfindig gemacht, den Halter ermittelt und ihr mitgeteilt, dass das Mädchen seine Tochter war. Aber wenigstens war das Ergebnis des DNS-Abgleichs von Nika Kobjakow bereits eingetroffen.

Jetzt saß Kommissar Carsten Sanders wieder im Büro und las die Mail seiner Lieblingskollegin aus Magdeburg durch. Die Prostituierte, die auch Vampir-Spiele anbot, hatte mit dem toten Rumänen nichts zu tun. Schade, dachte er, aber das wäre auch zu einfach gewesen. Dann musste er schon los, zur allmorgendlichen Lage- und Einsatzbesprechung mit seinen Untergebenen des Dezernats 35 Abtlg. Organisierte Kriminalität und Menschenhandel des LKA Niedersachsen.

Neben den noch laufenden Ermittlungen in allen möglichen Fällen der OK, momentan insbesondere eines türkischen Rockerclubs und einer Bande von Schutzgelderpressern, die wahrscheinlich der russischen Mafia angehörten, überraschten die Kollegen Sanders mit Informationen über Jamiro Džugi. Denn der Name fand sich nicht nur als ehemaliger Asylbewerber in der entsprechenden Datenbank, auch die Ermittler der OK hatten ihn im Speicher.

»Ich habe da noch einiges über deinen Rumänen rausgefunden, Carsten«, sagte Kommissar Uwe Weinreich, ein gemütlicher Patron mit einem langen grauen Schnauzbart und einer der angenehmeren Kollegen. »Ich fasse zusammen: Jamiro D. verzeichnete drei Anzeigen wegen Körperverletzungen und Sachbeschädigung und zwei Platzverweise. Aus dem Muster der drei Taten, die zu den Anzeigen geführt haben, konnte ich folgende Rückschlüsse ziehen: 1. Er war höchstwahrscheinlich Mitglied einer weitverzweigten Tätergruppe, die im Taschen- und Einbruchdiebstahl tätig ist. Wohl ein eher unscheinbares, also ein nicht aktiv an Straftaten beteiligtes, sondern anscheinend für den Abtransport des Diebesgutes nach Osteuropa zuständiges Mitglied. 2. Vermute ich aufgrund der Straftaten eine Osmose in die Rotlichtkriminalität. Vielleicht stand er da noch am Anfang seiner Karriere, aber ich könnte mir vorstellen, dass er sich dort als *ausführendes Organ*, also als Mann fürs Grobe, Türsteher eventuell, profilieren wollte. Die entsprechende Konstitution dazu hatte er. Ich kann das natürlich nicht beweisen, aber das Profil legt mir diesen Schluss nahe.«

»Vielen Dank, Uwe«, sagte Sanders. »Übrigens wurde in der Wunde an der Hand die abgebrochene Spitze eines Steinwerkzeugs gefunden, vielleicht habt ihr das gelesen. Wir haben nun also sehr wahrscheinlich zwei verschiedene Tatwaffen. Womöglich einen sogenannten Faustkeil aus Feuerstein und einen Pflock aus Holz, oder ...«, sagte Carsten, und während er die Worte aussprach, hörte er plötzlich Ulli mit seinem albernen »Ugah–Ugah, wusch« und sah einen gedrungenen, kräftigen, in Felle gekleideten Mann mit wirrem Haar und dicken Überaugenwülsten, der einen Speer warf, »... oder vielleicht auch einen Speer. Aus Kiefernholz.«

»Ein Speer, nein, so was«, sagte Herr Blau grinsend, der seinem Namen gewöhnlich alle Ehre machte, und Carsten hatte sich schon gewundert, dass er heute im Dienst war. »Wer soll denn mit einem Holzspeer um sich werfen und den Kettenhund eines Zuhälters töten? Ein Neandertaler vielleicht?« Kommissar Blau gehörte nicht zu den angenehmen Kollegen. »Zu den Platzverweisen kann ich noch etwas sagen«, fuhr Blau fort, »die sind im Zusammenhang von HogeSa-Versammlungen ausgesprochen worden. Hooligans gegen Salafisten, falls Sie nicht wissen, was das Kürzel bedeutet. Hat ein Kollege vom Dezernat 42 mir gesteckt. Vielleicht ist er bei einem Streetfight umgekommen.«

»Aha«, sagte Sanders, zog die Augenbrauen hoch und notierte das Wort. »Das passt zu dem, was die Magdeburger ermittelt haben.«

Blau grinste verächtlich. »Die drüben haben ermittelt? Wirklich?«, fragte er mit triefendem Sarkasmus in der Stimme.

»Haben sie. Obwohl auch dort immer mal wieder jemand wegen Krankheit ausfällt, Herr Kommissar Blau. Hat sonst noch jemand Neuigkeiten zu dem Fall?«

Allgemeines Kopfschütteln war die Antwort auf Sanders' Frage. »Nein? Dann ist die Teamsitzung hiermit beendet.«

Carsten stand auf, ging in die Teeküche, um sich eine Bechersuppe aufzugießen, und überlegte, was sie heute Abend kochen könnten. Spaghetti vielleicht. À la Bolognese. Aber danach sah Ulli immer aus, als hätte er ein Kettensägenmassaker verübt. Nein, keine Nudeln für den Dicken, lieber was im Wok. Fisch, Gemüse und dazu Reis.

Er ging mit der Suppe in sein Büro, aß, schaute aus dem Fenster und dachte an einen hölzernen Speer, der nach Jamiro D. geschleudert wurde. Es hatte ein Kampf stattgefunden, das bestätigte die Obduktion. Vielleicht war das ein neues Spiel der verrückten Gewaltjunkies? Sich gegenseitig mit angespitzten Hölzern und Faustkeilen anzugreifen? Zuzutrauen wäre es ihnen. Aber im Allgemeinen schlugen sich die Typen nicht tot und skalpierten sich nicht. Wer am Boden lag und aufgab, war der Verlierer. Vielleicht pinkelte man ihn an, aber er wurde nicht umgebracht. Es sei denn, sie hatten die Regeln geändert.

Die Suppe schmeckte nicht, trotzdem aß er den Becher leer, weil er Hunger hatte. Heute Abend würde es etwas Leckereres geben. Möglicherweise hatte aber auch jemand den Kriminellen aus Rache umgebracht, wie Mandy gemeint hatte. Rotlichtkriminalität. Zwangsprostitution. Vielleicht war Džugi tiefer in dem Milieu verstrickt gewesen, als man ahnte. Rache. Ehemalige Opfer, die sich rächen. Und der Spitzel, der ihnen Informationen über ihren Peiniger verschaffte, war ein frustrierter Kriminalbeamter. Sanders setzte sich an den Schreibtisch und brachte den Computermonitor wieder zum Leuchten. Drei neue E-Mails waren eingetroffen, eine mit dem Aktenzeichen 07102016-PE-Ub-kT-m vom Kriminaltechnischen Institut, Dezernat 51 DNS-Analytik. Aber bevor er sie öffnete, holte er Bernds mit einem Passwort geschützten Ordner auf den Monitor, und dann rief er Bernd an. »Hallo, wie geht's dir?«

»Hallo«, hauchte der tonlos.

»Schlagen die Medikamente schon an?«

»Weiß ich nicht.«

»Du, ich habe da in deinem Account einen Ordner gefunden, der mit einem Passwort geschützt ist.«

Schweigen am anderen Ende.

»Du weißt, welchen ich meine?«

Mit kraftloser Stimme sagte Bernd leise: »*07-55-Kegelbrüder.*«

»Ich kann damit gar nichts anfangen. Haben wir in einem Fall *Kegelbrüder* ermittelt?«

»Nein.«

»Ist das etwas Persönliches?«

Wieder Schweigen. »Das solltest du eigentlich wissen«, flüsterte Bernd schließlich. »Aber das ist jetzt auch egal. Das Passwort ist *Geburtstag.*«

»Geburtstag? Ach …« Carsten rollte mit seinem Stuhl zurück. »Du meinst …? Also, da wäre ich jetzt wirklich nicht drauf gekommen. Bernd, das tut mir leid. Entschuldigung. Ich habe hier gerade so viel um die Ohren mit diesem Toten aus Peine …«

»Ja, Carsten, ich weiß«, sagte Bernd und legte auf.

Sanders gab trotzdem das Passwort ein. Nichts ist unmöglich. Der Ordner öffnete sich. Aber die Dateien enthielten die Planung für Bernds fünfundfünfzigsten Geburtstag nächstes Jahr im Juli, nichts anderes. Erleichtert atmete er auf. Zum Glück hatte er mit niemandem über die absurde Idee gesprochen, Bernd könne in den Fall Džugi verwickelt sein. Er nahm sich vor, Bernd bei der nächsten sich bietenden Gelegenheit zu besuchen. Wenn er nicht heute Abend würde kochen müssen, wäre er gleich nach dem Dienst zu ihm gefahren.

Carsten schloss den Ordner, klickte und tippte, öffnete die E-Mail vom Kriminaltechnischen Institut. Fast wäre er aufgesprungen und hätte »Heureka« geschrien. Es hatte tatsächlich einen Treffer zu Aktenzeichen 07102016-PE-UbkT-m gegeben. Jamiro Džugis DNS war in der Datenbank abgelegt. Seit 2015 schon. Als unbekannter Täter in einer schweren Körperverletzung in Braunschweig. An der Tatwaffe, einem Holzknüppel, konnte damals DNS sichergestellt werden, die jetzt zu dem Treffer geführt hatte. Ein anderer Mann, ein gewisser Jens Müller, war ebenfalls an der Tat beteiligt. Der konnte geschnappt werden, behauptete aber, er sei zufällig vorbeigekommen, habe dem Opfer nur helfen wollen, und dabei sei er mit dessen Blut in Berührung gekommen. Die Kollegen hatten ihm nicht geglaubt, da das Opfer mit höchster Wahrscheinlichkeit ein zahlungsunwilliger Freier gewesen war, der vermutlich bereits mehrfach wegen seiner Zahlungsmoral aufgefallen war und zu dem Vorfall geschwiegen hatte. Außerdem hatte sich das ganze Geschehen im örtlichen Rotlichtviertel, der Bruchstraße, abgespielt, und auch Jens Müller war kein Unbekannter. Aber das Verfahren wurde eingestellt.

Äußerst interessant, dachte Kommissar Carsten Sanders. Könnte doch sein, dass die sich kannten. Das Kennzeichen des Porsche vor dem Plattenbau von Džugi fing mit einem B an, vielleicht ging es weiter mit S ... BS für Braunschweig? Eine Nuance Nervosität machte sich in ihm breit. Ein leichtes Ziehen im Magen, ein paar Herzschläge pro Minute mehr. Er suchte in der Datenbank nach Jens Müller, fand dessen Profil, sein Vorstrafenregister und seine Adresse. »Dann werde ich morgen wohl nach Braunschweig fahren müssen«, murmelte er. Vormittags, solche Leute waren zu der Zeit am besten zu erreichen. Vielleicht hatte damals ein gewisser Herr Kriminalhauptkommissar Klunker den Mann vernommen? Und vielleicht konnte das ein Kriminaloberkommissar besser?

Petra Wilhelmi war eine kleine mollige Frau Ende dreißig. Sie hatte dunkle Haut, schwarzes krauses Haar, große weiße Augäpfel mit einer braunen Iris, eine breite Nase und volle Lippen. Ein grobporiges Gesicht mit einer fast schwarzen Warze neben der Nase und zwei Leberflecken auf der linken Wange. Carsten hatte leider vergessen, in ihrer Wohngruppe anzurufen, und fragte sie, ob sie dort Bescheid gesagt hatte, dass sie heute später nach Hause kommen würde.

»Ja – hab – ich – FrühdienstheuteMorgen«, sagte sie, und er glaubte ihr, obwohl sie mit den weißen Augäpfeln rollte und überall hinschaute, nur nicht zu ihm.

Sie schnibbelten alle zusammen das Gemüse klein. Carsten beobachtete sie dabei. Er ärgerte sich, dass er nicht angerufen hatte. Eigentlich hätte er sich über ihre Behinderung informieren müssen, denn manch ein geistig behinderter war zudem auch noch psychisch krank.

Ulli war super drauf. Half Petra, wenn ihr die Mohrrübe vom Schneidebrett rutschte, gab ihr lieber die Pilze zum Schneiden und die Zucchini. Gerade als das Öl im Wok heiß war und Carsten die ersten Zutaten zischend hineingegeben hatte, hielt Frau Wilhelmi ihm ihr Handy hin.

»Die – wollen – mitIhn'reden«, sagte sie und schielte zum Fenster.

»Wer?«, fragte er und schabte im Wok herum.

»Mei – ne – Wohn – gruppeFrauRoth.«

»Geht grade gar nicht! Ulli, mach du das mal.«

»Nee«, sagte Ulli, »die wollen 'n Normalen.«

»Das geht jetzt nicht, sonst verbrennt mir hier alles, ich rufe gleich zurück!«

Das tat er, nachdem das Gemüse gewokt war. Es war kein schönes Gespräch. Frau Roth hätte Petra Wilhelmi beinahe als vermisst gemeldet und zeterte, wie er dazu kommen würde, sie einfach mitzunehmen, man würde ihn doch gar nicht kennen, das sei schon fast wie eine

Entführung, und bei Frau Wilhelmi, da müsse man aufpassen. Sie regte sich erst ab, als er ihr sagte, dass er Kriminaloberkommissar sei und sie vielleicht mal in die Wohngruppen-Doku schauen sollte. Nach zwanzig Sekunden Schweigen und Papiergeraschel entschuldigte sich Frau Roth hölzern und sagte pampig: »Aber passen Sie auf, wenn sie ausrastet, oder auch sonst, die ist nicht so harmlos, wie sie aussieht. Wiederhören.«

Carsten legte auf und sah zu Ulli und seiner Freundin hinüber. Die saßen am Tisch, aßen und lachten. Alles war gut.

5. KAPITEL

27 – Hannover/Braunschweig, Mittwoch, 19. Oktober, Vormittag

Der Drucker spuckte erst das Foto von Jamiro Džugi aus, das in der Asylbewerber-Kartei abgelegt war, danach das seiner malträtierten Leiche. Carsten Sanders wollte beide Bilder mit nach Braunschweig nehmen, um Jens Müller, den eventuellen Mittäter der Schlägerei im Rotlichtviertel, damit zu konfrontieren. Vielleicht half der Schock dem Erinnerungsvermögen des Burschen auf die Sprünge. Wenn der kein total abgebrühter Hund war, verriet ihn vielleicht sein Mienenspiel, wenn er das Foto des skalpierten, toten Gesichts sah, das er lebend gekannt hatte. So etwas hatte Sanders in Vernehmungen und Verhören schon erlebt. Eine Lücke in der Fassade reichte manchmal aus, um die ganze Geschichte eines Verdächtigen bröckeln zu lassen. In diese Lücke konnte er stoßen und darin herumbohren und das Lügengebäude schließlich zum Einsturz bringen. Konnte. Wenn es gut lief. Tat es aber nicht immer.

Er druckte weitere Daten und die Adresse von Jens Müller aus, schaute noch einmal in sein Postfach, und auf seinem Gesicht breitete sich wieder ein Lächeln aus. Es war tatsächlich eine E-Mail des Versandhändlers eingetroffen. Er öffnete das Dokument im Anhang und schaute fasziniert auf die Liste der Kunden, die dort in den letzten Monaten Faustkeile gekauft hatten. Es waren insgesamt sechsundfünfzig Namen und Adressen. Aus dem Postleitzahlengebiet, das mit der 3 begann, waren insgesamt neun Bestellungen verzeichnet, davon vier in dem Bezirk 30--- und drei in der 38---. Eine aus Halberstadt und die beiden anderen aus Braunschweig.

Damit alle Faustkeil-Käufer befragt werden konnten, schrieb er einen Auftrag an die zuständige Koordinierungs-Dienststelle. Die weitere Recherche nach Anbietern und Käufern von neu geschlagenen Faustkeilen sollte die Lindberg vom Dezernat 22 erledigen, dem Servicecenter für Fahndung im LKA Niedersachsen. Nur die beiden Kunden aus Braunschweig würde er selber aufsuchen, und zwar heute noch.

Die Mörder waren keine Profis und hatten möglicherweise tatsächlich einen Faustkeil im Internet gekauft, um damit einen Mord zu begehen. Aber warum hatten die sich nicht einfach ein Messer aus der Küche geholt? Warum hatte der Holzpflock als Mordwaffe nicht ausgereicht? Warum hatten sie die Leiche derart verstümmelt?

Kommissar Carsten Sanders holte grübelnd seine Dienstpistole aus der Waffenkammer, und eine halbe Stunde später fuhr er auf der regengepeitschten A2 an einer nicht endenden Kolonne von Lkw vorbei zur Polizeidirektion von Braunschweig. Es war kalt geworden, und die Autofenster beschlugen von seinem Atem.

In Braunschweig angekommen, setzte er Frau Vogt über den neuesten Stand in Kenntnis und erzählte ihr, was er vorhatte.

»Jens Müller?«, sagte Frau Vogt und zog die Augenbrauen so hoch, dass sich sogar die vergoldete Brille nach oben bewegte. »Da ist Vorsicht geboten. Der ist brutal und kaltschnäuzig. Sein Spitzname ist Stiernacken, und der trifft es ziemlich gut. Unverschämter Kerl mit einer großen Portion Bauernschläue, und sein Anwalt ist der Prototyp eines Rechtsverdrehers.«

Sanders grinste und reckte das Kinn. »Manchmal ist die Polizei auch schlau.«

»Das haben schon ganz andere versucht. Leider hatten wir kaum mal verwertbare Beweise gegen ihn. Und wenn, dann hat sein Anwalt ihn bisher aus allen Strafverfahren rausgewunden.«

»Na, ich schau mir den Mann mal an«, sagte Sanders und ging Richtung Tür.

»Hüten Sie sich vor seinen Bullterriern, Mastinos und Schäferhunden, die sind alle abgerichtet. Tobias, also Herr Klunker, musste mal regelrecht fliehen.«

»Ich bin vorbereitet«, sagte Sanders und klopfte auf seine Pistole im Schulterholster.

»Hatten wir alles schon. Wenn Sie auf einen seiner Hunde schießen, ruft sein Anwalt die Tierschützer auf den Plan und macht so viel Wirbel in den Medien, dass Sie aus Disziplinarverfahren gar nicht mehr rauskommen. Obwohl die Kollegen zu zweit waren, wurde ein Ermittlungsverfahren gegen sie wegen versuchten Totschlags an Müller eingeleitet. So was macht sich in der Personalakte gar nicht gut.«

Sanders zuckte mit den Schultern, drehte sich um und machte sich auf den Weg zu Jens Müller, der etwas außerhalb wohnte.

28 – Braunschweig, Mittwoch, 19. Oktober, Vormittag

Es krachte. Laut und heftig. Erst hatte die Faust ihr Ziel gefunden, dann setzte er einen Sidekick mit dem Hacken nach und traf den Gegner genau dort, wo er es gewollt hatte, auf den Solarplexus. Die Wucht des Trittes ließ auch den Tretenden selbst straucheln. Gekonnt nutzte er den Schwung für eine Rolle rückwärts, raus aus der Reichweite des Gegners. Blieb am Boden hocken, um den Kontrahenten zu einem Angriff zu provozieren. Stützte sich mit der linken Hand ab, holte mit dem ganzen Körper Schwung, drehte sich in der Luft um seine Längsachse und trat aus der Hocke heraus mit einem weiteren Sidekick zu. Eine schwierige Fußtechnik, aber durch tägliches Training beherrschte Stiernacken sie nahezu perfekt. Die Kante seines Fußes prallte mit einer Geschwindigkeit von fast hundertsiebzig Stundenkilometern und einer Kraft von nahezu sechshundert Kilo auf das Ziel. Einem Menschen hätte er mit diesem Tritt ein paar Rippen gebrochen und innere Verletzungen zugefügt, und auch den Punching Dummy erschütterte der Angriff so sehr, dass zwei der dicken Schrauben aus der Verankerung am Boden gerissen wurden.

»Verdammte Scheiße, nicht schon wieder!«, brüllte Stiernacken, reckte sich, schüttelte den halb geschorenen Kopf hin und her, und das Eiserne Kreuz, das in seinen Nacken tätowiert war, erzitterte. Draußen begannen die Hunde zu bellen. »Linkes Drecksvieh!« Wütend schlug er in Triolen auf den Kopf des Dummys ein, als die Funkklingel sich mit Blaulicht und Martinshorn meldete. »Fuck!«, sagte er, und ein letzter gewaltiger Schlag warf die Plastikpuppe so weit nach hinten, dass sie ganz aus dem Boden gerissen wurde und krachend umfiel. Er ging zu der Klingel rüber, die mit der Gegensprechanlage und der Kamera gekoppelt war. Da stand ein Mann in einem dunkelblauen Mantel, mit kurzen schwarzen Haaren, an den Schläfen grau durchsetzt, und einem fliehenden Kinn.

Sieht aus wie 'n Vertreter, dachte Stiernacken und drückte die Taste für die Gegensprechanlage. »Was is'n los?«

»Kommissar Sanders, Landeskriminalamt Niedersachsen. Ich möchte mit Herrn Jens Müller sprechen.«

Stiernacken fuhr zurück. Ach du Scheiße, ein Schoßhündchen vom Landeskriminalamt? Er überlegte, ob er sich verleugnen sollte, aber dann würde der Arsch immer wieder kommen, das kannte er von diesen kleinen, nervigen Wadenbeißern. So lange, bis er endlich mit ihnen gesprochen hatte.

»Komme gleich«, sagte er und schaltete die Sprechanlage ab, nahm eine Wasserflasche in die Hand und lehnte sich an den Tisch. Mit Hündchen vom LKA hatte er es noch nie zu tun gehabt. Ein verächtliches Grinsen zog über sein Gesicht. Die Fiffis hier in Braunschweig kannte er, und die kannten ihn. Er setzte die Flasche an, trank in langen Zügen und mit geschlossenen Augen. Leugnen, Lügen, Schweigen. Sei freundlich und erzähle nichts. Lass den Sesselfurzer reden. Die Hunde im Hof kläfften.

Stiernacken zog sich eine weiße Thor-Steinar-Sportjacke über den Reichsadler auf seinem verschwitzten Rücken, zog den Reißverschluss zu, nahm sich eine Banane und verließ das Hinterhaus, in dem er sich in der einen Hälfte ein Trainingsstudio mit verschiedenen Gerätschaften eingerichtet hatte.

Auf dem Hof breiteten sich Pfützen aus. Es hatte zu regnen aufgehört. Stiernacken ging langsam an den Zwingern vorbei. Auch der schwarze Mastino bellte, dumpf und tief. »Ruhig, Püppchen«, sagte er, »ist bloß ein kleiner mieser Pinscher. Reg dich ab.« Blondie stand knurrend mitten im Hof, Adolf und die anderen Hunde lärmten weiter.

»Adolf, aus!«, befahl er und klopfte dem Schäferhund die bebende Flanke. »Sitz!« Der Hund gehorchte ihm, und das Kläffen ging in ein hohes Jaulen über. Er riss die Banane auf, biss hinein und schlenderte zu dem hohen, schwarzen Metalltor hinüber.

Sanders hörte Hundegebell und wartete vor der Tür, die in einem über zwei Meter hohen Tor aus gefalztem, schwarzem Blech eingelassen war, das an eine ebenso hohe Mauer anschloss. Das gesamte Anwesen auf der Friedrichshöhe schien davon umgeben zu sein. Keine Möglichkeit, von außen auf das Gelände zu blicken.

»Guten Tag«, sagte er, als die Tür endlich unter einem metallischen Knarren geöffnet wurde. Hielt dem großen, bulligen Mann mit dem kantigen Gesicht und der Banane in der Hand seine Dienstmarke hin.

»Tach«, erwiderte der und sah sie sich genau an.

»Sie sind Jens Müller?«

»Ja«, sagte der Mann, schaute auf, dann wieder hinunter auf die Marke. »Warum kommt ein Hannoveraner Bulle zu mir und kein Braunschweiger?«

»Es geht um ein Kapitalverbrechen, da sind die Kompetenzen irrelevant.«

»Kapitalverbrechen? Was denn für ein Kapitalverbrechen?« Lässig steckte er eine Hand in die Tasche der Camouflage-Cargo-Hose.

»Genau dazu würde ich Ihnen gerne ein paar Fragen stellen«, sagte Sanders und dachte nicht einmal daran, um Einlass zu bitten. Konnte aber einen Wimpernschlag lang an der breiten Schulter vorbei in den Hof blicken – ein Schäferhund, angekettet, knurrend, gefletschte Zähne; halb vom Tor verdeckt das dynamische Heck eines flachen Autos, grau, vor einer Mauer aus Ziegelsteinen, gelb – dann war die breite Schulter von Müller wieder da.

Der Mann biss in die Banane, kaute langsam. »Dann schießen Sie mal los.«

»Es geht um … diesen Mann hier. Jamiro Džugi. Stammt aus Rumänien und wohnt in Magdeburg. Kennen Sie den?«

Sanders hielt ihm das Foto des lebenden Džugi hin. Müller nahm es und schaute es an, während seine Kiefer mahlten und Sanders sein Gesicht beobachtete.

»Nein. Kenn' ich nicht. Nie gesehen. Was ist denn mit dem?«, fragte Stiernacken, ohne den Blick zu heben.

»Ganz sicher?«

»Tausend Prozent.« Müller gab ihm das Bild zurück.

»Jetzt sieht er so aus«, sagte Sanders und streckte ihm das Foto des toten Džugi hin.

Müller wollte gerade wieder von der Banane abbeißen, hielt aber mit offenem Mund inne. »Ach du Scheiße«, sagte er und schaute auf das starre, von der Skalpierung halb zerrissene Gesicht. »Der is' tot, wa?«

»Ja, der ist tot.«

»Sieht echt übel aus.«

»Seine Leiche wurde bei Peine gefunden. Zweifelsfrei ermordet. Auf eine ziemlich widerwärtige Art und Weise.«

Müller biss unbeeindruckt das letzte Stück von der Banane ab, fragte mit vollem Mund: »He, warum zeigen Sie mir das eigentlich?«

»Das wollte ich gerade sagen. Sie beide waren in eine Schlägerei auf der Bruchstraße verwickelt.«

»Schlägerei? Bruchstraße? Hm ... Entschuldigung, Herr Kommissar, da müssen Sie mir schon auf die Sprünge helfen.«

»Ein Mann wurde krankenhausreif geschlagen. Sie wurden gefasst, der andere konnte entkommen. Das ist der tote Mann auf dem Foto.«

»Ich wurde gefasst?« Müller richtete sich auf. »Moment mal! Ich habe dem Mann geholfen! Das Verfahren ist schon lange abgeschlossen!« Er schmiss die Bananenschale auf den Boden und beugte sich drohend vor. »Fragen Sie doch mal den Staatsanwalt.«

»Jetzt können Sie sich also erinnern, das ist schön, Herr Müller«, sagte Sanders. »Wir wissen doch alle, dass Sie sich kannten, auch wenn Sie möchten, dass wir das anders sehen, weil das nicht stimmt.«

»Nein, ich kannte den Typen nicht! Wollen Sie sagen, dass ich lüge, oder was?«

»Nein, nein, Herr Müller, natürlich nicht. Ich wollte nur wissen, wann Sie ihn das letzte Mal gesehen haben …«

»Ich habe ihn noch nie gesehen! Verstehen Sie das vielleicht mal, oder was?«

»… und wo das gewesen ist.«

Stiernacken warf sich in die Brust. Er überragte Sanders um die Länge eines halben Kopfes. »Ich–kenne–den–Mann–nicht! Capito! Geht das vielleicht mal in Ihren Beamtenschädel rein! Gespräch beendet! Alles andere nur mit meinem Anwalt!«, schnauzte er und warf scheppernd die Tür zu, dass das ganze Blechtor wackelte.

»Danke, Herr Müller!«, rief Sanders, »Sie haben mir sehr geholfen!«, trat ein paar Schritte zurück, suchte die Kamera, fand sie, klein und unscheinbar neben einem Scheinwerfer oberhalb des linken Scharniers, mit dem das Tor an der daran anschließenden Mauer angebracht war. Er hielt das Foto, das den toten Jamiro Džugi zeigte, in die Linse. Wartete ein paar Sekunden. Sagte: »Das lass ich Ihnen mal da«, und warf es in den Briefkasten.

Stiernacken stapfte über den Hof zurück in das Studio und hämmerte auf den Sandsack ein, der von der Decke hing. Die Töle hatte ihn in die Wade gebissen. So ein Drecksköter. Aber der arrogante Schnösel wusste nichts. *Ermordet. Auf eine ziemlich widerwärtige Art und Weise.* »Gar nichts!«, brüllte er. Stand sogar im Internet, dass die im Dunkeln tappen.

Er hörte auf, den Sandsack zu verprügeln, trat wütend gegen den am Boden liegenden Punching Dummy und verließ das Hinterhaus. Ging über den Hof in das Wohnhaus auf der Friedrichshöhe. Ein paar Minuten später saß er vorm Monitor und schaute sich die Videoaufnahme seines Gesprächs mit dem Kommissar an. Die Kamera hatte den Hundesohn gut erfasst, während er selbst nur halb zu sehen war, als er sich wütend etwas nach vorn beugte. Wie hieß der Clown? Sanders? Ja, Sanders hatte er gesagt. Er schrieb es auf, und als er wieder auf den Monitor schaute, blickte er direkt in die toten Augen von Jamiro Džugi.

Stiernacken schlug auf den Schreibtisch. Verfickte Schweinescheiße!, dachte er. Wer zum Teufel war dieser scheiß Psycho-Bulle? Dann hackte er auf die Tastatur ein. Sanders. Er suchte auf der Seite des LKA Niedersachsen. Sanders. Im Internet. Er fand nichts. So kam er erst mal nicht weiter. Er fuhr sich mit beiden Händen über die Stoppeln am Hinterkopf. Faltete sie zusammen, sodass sie das Eiserne Kreuz bedeckten. Er würde mit Ötz darüber reden, heute Abend. Er stand auf und ging zum Aquarium rüber, schaute auf die Piranhas, die ihre kleinen scharfen Zähne zeigten. Vielleicht mussten sie die Hannover-Connection aktivieren, eine Hand wäscht die andere, dachte er, griff in den Käfig neben dem Aquarium, packte eine der quiekenden, zappelnden Spielmäuse am Schwanz und tunkte sie wie einen Teebeutel in das Wasserbecken hoch und runter, bis die Raubfische kamen.

Nach dem Spiel rief er Dr. Arndt an, seinen Rechtsanwalt. Vielleicht konnte man den Bullen drankriegen, wegen übler Nachrede oder Verleumdung. Dr. Arndt fiel immer etwas ein. Dann bekam er auch den Vornamen des Clowns. Aber so was konnte lange dauern, und sie mussten schnell handeln, verdammt. Es waren nur noch zwei Tage, die ihn von über einer Million Euro trennten. Er griff zum Smartphone. Anwaltsgespräche durften zum Glück noch nicht abgehört werden. Die Sekretärin stellte ihn durch. »Heil Hitler, Reichsbürger«, sagte Stiernacken und schilderte seinem Anwalt die Sache mit dem Clown.

29 – Braunschweig, Mittwoch, 19. Oktober, Mittag

Für die knapp sechzehn Kilometer von der Friedrichshöhe ganz im Süden von Braunschweig bis zu der Adresse im Norden, die auf der Kundenliste des Versandhändlers stand, brauchte Kommissar Carsten Sanders laut Navi eine halbe Stunde. Die Helgolandstraße 79 lag in der Schuntersiedlung, einem Wohngebiet, das nach einem kleinen Fluss benannt war, der dahinter entlangfloss. Käuferin von gleich zwei Faustkeilen war eine Selma Erdal.

Es würde noch eine Weile dauern, bis er die Stadt ohne das Navi würde befahren können. Auf der von den Braunschweigern Tangente genannten Schnellstraße staute sich der Verkehr wegen einer Baustelle. Der Himmel war grau, es regnete, der Lkw vor ihm stank nach verbranntem Diesel.

Vielleicht hatte er Jens Müller ein bisschen aus der Reserve locken können. Zuhälter, rechtsradikal, Schlägertyp. Kerle wie der hatten nicht nur aus Spaß Nazi-Symbole auf den Fäusten tätowiert. Die hatten Dreck am Stecken, keine Frage, aber auch wenig Gewissen. Wut war meist das Einzige, was solche Leute gut konnten. Und genau die hatte er wecken wollen, denn Wut hemmt das logische Denken und derjenige macht Fehler.

Der Lastwagen spie eine Wolke schwarzen Qualms aus, als er ein paar Meter vorrollte; Carsten setzte den Blinker nach links, noch ein paar Meter, vielleicht ging es jetzt zügiger … nein.

Sanders war sich sicher, dass Müller Džugi gekannt hatte. Beide waren sie in den gleichen Bereichen aktiv, und der Rumäne war in Braunschweig aufgetaucht. Wenn er innerhalb eines Bandenkrieges ermordet worden war, stellte sich natürlich die Frage, auf welcher Seite Müller stand. Auf der des Opfers oder der der Täter? War seine Wut vielleicht durch die Angst hervorgerufen worden, dass ihm das Gleiche passieren konnte? Ermordet, skalpiert und gehäutet? Angst hatte er, das sah man an den Sicherheitsvorkehrungen und den Hunden, die er sich hielt. Und eine Hausdurchsuchung würde wahrscheinlich ein ziemlich großes Waffenarsenal zutage fördern. Wie alle Verbrecher seiner Sorte hatte er nur vor Rivalen Angst und nicht vor Polizei und Justiz.

Der Lkw gab erneut Gas, rollte an, zog links rüber, fuhr, blieb nicht stehen, fuhr weiter, in die Baustelle ein. Sanders folgte ihm.

Er war überzeugt, dass Müller seinen Besuch aufgezeichnet hatte. Falls der eine Anzeige gegen ihn wegen falscher Beschuldigung erstatten wollte, konnte sein

Anwalt das Material ruhig ansehen und versuchen, ihm daraus einen Strick zu drehen, es würde ihm nicht gelingen. Er hatte ihn nicht beschuldigt, lediglich seine Frage zu Ende formuliert.

Nach der Baustelle begann der Verkehr endlich wieder normal zu fließen, keine zehn Minuten später hatte er die Siedlung erreicht und bog in die Helgolandstraße ein, suchte die Nummer 79, fand das in zartem Rosa angestrichene, zweistöckige Mehrfamilienhaus aus den 1950er-Jahren, in dem Selma Erdal wohnte. Er stellte seinen Wagen gegenüber einer Reihe Garagen ab. Der Regen war in ein Nieseln übergegangen, winzige Tropfen, die vom Wind überallhin geweht wurden. Die Haustür war nicht verschlossen. *Erdal* stand an der Wohnungstür unten rechts.

Eine kleine, korpulente Frau öffnete und schaute ihn skeptisch an. Das schwarze Haar nachlässig zu einem Knoten gebunden, in einem geblümten Kittel und mit Puschen in Form von Tigertatzen. Würzige Essensgerüche zogen durch den Hausflur.

»Sind Sie Frau Selma Erdal?«, fragte Sanders und hielt seine Ausweismarke hoch. Die Frau schaute sie nur flüchtig an und nickte mit einem unverhohlen skeptischen Blick.

»Sanders, Kriminalpolizei. Nein, erschrecken Sie nicht, es ist nichts passiert, ich möchte Ihnen nur ein paar Fragen stellen. Reine Routine.«

»Kriminalpolizei? Wie war Ihr Name?«

»Sanders. Carsten Sanders, Kriminaloberkommissar.«

»Ach nein, ein Kommissar«, das Gesicht der Frau hellte sich auf. »Das ist ja wie in einem Krimi. Kommen

Sie doch herein, ich koche gerade. Mein Mann kommt nämlich gleich von der Arbeit.«

Sanders betrat die Wohnung und folgte der Frau in eine enge Küche, im Flur hing die türkische Fahne, darunter das Foto eines Mannes mit hängenden Wangen, Schnauzbart und den hochmütigen Gesichtszügen eines Despoten. Sie stellte sich an den Herd und wendete Köfte, die in einer Pfanne vor sich hin brutzelten, dann begann sie Salat zu schneiden.

»Setzen Sie sich doch. Möchten Sie einen Tee?«

Sanders setzte sich auf einen der beiden Stühle, die an einem mit Geschirr und Kochgeräten vollgestellten kleinen Tisch auf Besucher warteten, und sagte: »Nein danke, das ist nett. Frau Erdal, in einem Fall, den wir gerade bearbeiten, haben wir von einem großen Internet-Versandhaus eine Liste von Kunden bekommen, die dort in letzter Zeit Feuersteinwerkzeuge bestellt haben, sogenannte Faustkeile. Dabei war auch Ihr Name.«

»Ach, die Feuersteinmesser. Die hat unsere Tochter gekauft. Für die Schule. Die haben gut funktioniert, glaubt man gar nicht, aber wir haben das ausprobiert, ging durch das kuzu bacaği wie Butter.«

»Äh, durch das was?«

»Kuzu bacaği, Keule vom Lamm.«

»Wirklich? Sie haben das ausprobiert?« Sanders zog seinen Notizblock und einen Kugelschreiber aus der Tasche seines Mantels.

»Na klar. Da konnte man das Fleisch mit schneiden, ganz gut sogar.«

»Okay. Und Ihre Tochter … wie heißt sie denn?«

»Ayla Erdal. Sie geht in die 7. Klasse der Nibelungen-Realschule.«

Sanders schrieb. »Und wie heißt die Klassenlehrerin oder der -lehrer?«

»Das ist die Frau Rautmann. Die ist ganz nett.«

Sanders schrieb den Namen auf. »Und wo sind diese Faustkeile jetzt?«

»In der Schule, wo sonst? Die Lehrerin hat Ayla das Geld dafür gegeben und die Steinmesser als Unterrichtsmaterial behalten.«

»Aha. Gut. Und das war auch schon alles, Frau Erdal. Vielen Dank, dass Sie sich die Zeit genommen haben.«

»Möchten Sie eine Köfte probieren? Ich glaube … ja, die sind gerade fertig.«

»Nein, nein, lassen Sie mal«, sagte er, stand auf, steckte Block und Schreiber weg.

»Worum geht es denn in Ihrem Kriminalfall?«

»Ähm, wissen Sie, ich darf darüber nicht reden. Laufende Ermittlungen und so.«

»Ach, verstehe.« Frau Erdal wischte sich die Hände an ihrem Kittel ab und brachte ihn zur Tür.

»Ich wünsche Ihnen noch einen schönen Tag. Auf Wiedersehen.«

»Auf Wiedersehen, Herr Kommissar. Da habe ich ja was zu erzählen, wenn die alle wieder da sind.«

Im Auto tippte Sanders die zweite Adresse in das Navi ein, Reuchlinstraße 12, um einen Herrn Horst Osterloh zu besuchen. Eine unscheinbare Straße am Stadtrand im Westen von Braunschweig. Ein gepflegtes Einfamilienhaus mit akkuratem Vorgarten, paradierenden Gartenzwergen und exakt geschnittener Hecke. Die Tür wurde von einem bärtigen, vielleicht fünfundsiebzigjährigen, behäbigen Mann mit schlohweißem Haar geöffnet.

Nachdem Sanders seine Marke vorgezeigt hatte, wurde er eingelassen und beflissen in ein Zimmer geführt, das einem aufgeräumten Salon aus der Kaiserzeit glich. Braune Mustertapete, schwere Möbel aus dunklem Holz, ein Lesesessel neben einer Stehlampe mit einem großen fransigen Lampenschirm. An den Wänden Fotos von Kaiser Wilhelm, seiner Familie, Soldaten und Frauen in weißen Kleidern mit filigranen Sonnenschirmen. In hohen Glasvitrinen lagen Fossilien, Mineralien und Artefakte, wie in einem Museum. Daneben stand eine Schaufensterpuppe in preußischer Paradeuniform, mit Repetiergewehr, Säbel und Pistole.

»Bitte setzen Sie sich doch«, sagte Osterloh, wies auf ein ausladendes Biedermeier-Kanapee und ließ sich in einem Sessel gegenüber nieder. »Wie kann ich Ihnen denn helfen, Herr Kriminaloberkommissar Sanders? Möchten Sie auch eine Zigarre?«, fragte er, öffnete eine kleine hölzerne Kiste und hielt sie Sanders hin.

»Nein danke, ich rauche nicht. Was mich zu Ihnen führt, ist die Kundenliste eines Versandhändlers.«

»Soso.« Osterloh knipste mit einem Zigarrenschneider das Mundstück der Zigarre ab. »Datenschutz gibt es in dieser *Republik* wohl gar nicht mehr, was?«

»Nicht, wenn es um ein Kapitalverbrechen geht.«

»Oh, es ist jemand zu Tode gekommen? Das ist natürlich etwas anderes. Mord oder Totschlag?«

»Dazu darf ich nichts sagen«, erwiderte Sanders.

»Aus ermittlungstaktischen Gründen, verstehe«, sagte Osterloh und paffte die Zigarre an.

Sanders nickte. »Also, meine Fragen: Sie haben vor etwa zwei Monaten einen Faustkeil gekauft. Warum? Und könnten Sie mir das Steinwerkzeug bitte zeigen?«

Osterloh hüllte sich paffend in eine Rauchwolke. »Oh«, sagte er, »es geht um den Faustkeil? Donnerlüttchen! Wurde da jemand mit einem Faustkeil erschlagen? Das wäre dann wohl der erste Mord seit Zigtausenden von Jahren mit solch einer Waffe. Wenn sich unsere Altvordern überhaupt damit malträtiert haben. Sie wollen ihn sehen? Ich denke mal, das lässt sich machen.« Er platzierte die Zigarre in einen großen Aschenbecher aus grüner Jade, erhob sich umständlich aus dem Sessel und öffnete eine Schublade einer der Vitrinen.

»Gekauft habe ich ihn zum Vergleichen. Hier, sehen Sie. Ein sehr schönes Stück. Sehr schön geschlagen. Perfekt.« Er reichte Sanders das Werkzeug aus dem graublauen Feuerstein, etwas größer als eine Hand.

Der Kommissar strich mit den Fingern über die scharfen Kanten des tropfenförmigen Schneidgeräts. Die Spitze war nicht abgebrochen. Er umschloss das dickere Ende mit der Hand. Fuhr mit dem Instrument durch die Luft.

»Und der hier«, sagte der Steinesammler und hielt ihm einen zweiten Faustkeil hin. »Der ist echt. Mittel-Acheuléen, Homo erectus, etwa 300.000 Jahre vor heute. Das Schweizer Messer des Altpaläolithikums. Man kann damit schneiden, bohren, schaben, aber auch hacken, wie mit einem Beil. So.« Er nahm das schlanke Ende des Keils in die Faust, und das dicke Ende schaute daraus hervor wie die Schneide einer Axt. »Natürlich umwickelten sie es dann mit einem Lederlappen, um sich an den scharfen Schneidekanten nicht zu verletzen. Im Notfall konnten die vielleicht auch damit werfen. Das muss grausame Wunden gerissen haben, ähem ...«, der alte Mann räusperte sich.

Risswunden. Sanders starrte auf das Artefakt. Risswunden. Wer hatte das Wort benutzt? Neugebauer? Oder hatte er es im Obduktionsbericht gelesen? Ja, genau. Die Risswunde am Hals von Jamiro Džugi könnte durch eine Art Säge verursacht worden sein, vermuteten die Rechtsmediziner. Mit dem Daumen glitt er über die durch die Retusche gezackte Schneide. »Was für grausame Wunden?«, fragte er und blickte Osterloh genau an.

»Na, ich mein ja nur«, sagte der alte Mann, senkte die Augenlider, nahm sich wieder die Zigarre vor. »Wenn man sich das so vorstellt, geworfen und mit den scharfen Schneiden rundum?« Er paffte und hüllte sich in den blauen Dunst, als wolle er sich verstecken.

»Aha.« Sanders legte das Werkzeug auf den Tisch zurück.

»Also, bin ich jetzt von der Liste der Verdächtigen gestrichen?«, fragte Osterloh.

»Ich denke schon«, log Sanders.

Im Wagen schrieb er kurz auf, was der Steinesammler gesagt hatte, dann suchte er ein Restaurant auf, weil er wirklich hungrig war.

Eine Dreiviertelstunde später fuhr er mit einer Lasagne im Bauch zur Polizeidirektion zurück, um mit der

Kollegin Vogt die Ergebnisse seiner Recherchen zu besprechen.

»Einen Horst Osterloh ... mit h am Ende ...« Frau Vogt starrte auf den Monitor. »Nein. Nein ... ich kann hier nichts über den finden«, sagte sie und wendete sich wieder Sanders zu.

»Gut.« Aber von der Liste streiche ich ihn nicht, dachte er. »Ich hätte gern, dass in der Schule des Mädchens nachgefragt wird. Ob sie wirklich Faustkeile für den Geschichtsunterricht brauchte. Das kommt mir doch etwas seltsam vor, dass die Lehrerin die Feuersteine nicht selber gekauft hat.«

Frau Vogt lächelte. »Manchmal gehört zu einem Projekt, dass sich die Kinder auch um das Material dafür kümmern müssen. Aber da hätten Sie gleich selbst vorbeifahren können und sie fragen. Die Schule ist ganz in der Nähe der Schuntersiedlung, und die Ferien sind bereits zu Ende. Mit dem Auto sind das keine drei Minuten.«

»Oh, das wusste ich nicht.«

»Kein Problem, ich erledige das. Wie war es mit dem Müller?«

»Er behauptet weiterhin, Jamiro D. nicht zu kennen.«

»Was zu erwarten war. Ich hoffe, es gab keine ... Komplikationen?«

»Nein. Aber er scheint mir überaus ängstlich zu sein.«

»Ängstlich? Der? Also, das kann ich mir nicht so richtig vorstellen.«

»Nicht vor der Polizei. Aber die hohe Mauer, Kameras und Scheinwerfer, Wachhunde. Der hat Angst, glauben Sie mir«, sagte Sanders.

30 – zur gleichen Zeit

Der schwarze Mastino stieß ein leises Knurren aus und drehte sich auf den Rücken. Er hatte seine Wunden geleckt. So wie er es immer getan hatte. Nach jeder Verletzung. Zumindest, wenn er sie erreichen konnte. Als er abgerichtet wurde, hatten sie ihm auf Teile seines Körpers geschlagen und Wunden beigebracht, die er nicht hatte erreichen können. Den Rücken, den Hinterkopf, immer wieder den Kopf. Mit Knüppeln, Peitschen und Ketten hatten sie alles Sanfte aus ihm rausgeprügelt, alles Behutsame, alles Gutmütige. Bis nur noch ein jaulender schwarzer Klumpen muskelbepacktes, blutiges Fleisch übrig war. Aber auch das Jaulen war ihnen zu viel gewesen, und sie schlugen ihn weiter, bis aus dem schwarzen Klumpen eine hohläugige, seelenlose Bestie geworden war. Eine Kampfmaschine, deren Zorn man nach Belieben ein- und ausschalten konnte.

Die Wunden schmerzten nicht mehr. Der schwarze Mastino erhob sich, schüttelte sich wach und trottete in die Ecke, wo das Wasser stand. Wasser. Die Menschen hier wussten gar nicht, wie kostbar Wasser sein konnte, wenn man keines bekam. Hier hatte er immer genug zu trinken. Und genug Fleisch. Hier hatte er es gut.

Er machte sich über die Reste der letzten Mahlzeit her. Sogar diese Reste waren besser und mehr als das, was er früher bekommen hatte. Es war noch viel dran am Knochen. Und ein anderes Stück Fleisch, das er noch gar nicht angerührt hatte. Er schlug die Zähne hinein. Was für eine glückliche Zeit. Der Mastino legte den Kopf in den Nacken, jaulte leise in hohen Tönen, wie der Wolf, der in ihm schlummerte.

31 – Hannover, Mittwoch, 19. Oktober, früher Abend

Ein Stau und dichter Verkehr auf der A2 ließen Carsten Sanders fast eine Stunde später nach Hause kommen als üblich. Gut, dass die Bandprobe auf morgen verschoben war, sonst würde es jetzt hektisch werden, dachte er, als er mit seinem Bruder beim Abendbrot saß.

»Gehst du morgen üben, oder?«, fragte Ulli und pustete in seinen heißen Kakao.

»Klar. Wir müssen endlich an dem Programm für unser Weihnachtskonzert proben.«

»Petra kommt dann mal her, oder?« Ulli starrte in den Becher und kaute mit Hasenzähnen auf der Unterlippe herum. Vom Dampf beschlug seine dicke Brille.

»Du willst sie einladen, wenn ich nicht da bin, oder? Hm …« Das war eigentlich keine schlechte Idee, ein paar Stunden zum Ausprobieren, wie es lief, bevor er die beiden ein ganzes Wochenende in dem Haus alleine ließ. »Wenn sie in ihrer Wohngruppe Bescheid sagt, denke ich, geht das in Ordnung. Dann seid ihr endlich mal alleine, was?«

Ulli nickte und grinste nur. Nach dem Essen setzte er sich vor den Fernseher und zappte durch die Programme, während Carsten in sein Zimmer ging und Mandy anrief.

»Deine Vampir-Theorie hast du nun endgültig ad acta gelegt?« Mandy lümmelte mit einer Decke über den

Beinen auf dem Sofa, versuchte, mit der surrenden Prothese Mohrrübenstifte zu greifen und in eine Schale mit Kräuterfrischkäse zu dippen.

»Ja, eigentlich schon. Irgendwie passt das in dem Zusammenhang nicht. Aber wenn ich ehrlich bin …«

»Genau, sei ehrlich, Schatz, dann ist es einfacher.« Endlich hatte sie mit den künstlichen Fingern eines der Stäbchen packen können und tunkte es in die Schale.

»Was ist dann einfacher?«

»Das Gefühl zu überwinden, man hätte versagt. Oh, Mann …! Jetzt ist mir … verdammt!«

»Was ist dir?«

»Ein Stückchen Mohrrübe runtergefallen!«

»Ist doch nicht schlimm.«

»Doch! Da war Frischkäse dran! Was meinst du, wie ich jetzt aussehe! Warte …« Sie machte den Roboterarm lang, angelte sirrend nach einer Packung Taschentücher, stellte das Telefon auf laut und legte es neben sich.

»Du hast jetzt aber nicht das Gefühl, dass du versagt hast, oder?«, schnarrte Carstens Stimme daraus hervor, während sie versuchte, ein Tuch herauszuziehen. Aber die künstliche Hand hatte die Packung so fest gepackt, dass sie ganz zerknüllt wurde und Mandy es nicht schaffte. »Was ist das denn jetzt …!« Sie versuchte, die Metallfinger von der Packung zu lösen. Aber es funktionierte nicht. Sie umklammerten die Packung, quetschten sie wie eine stählerne Faust zusammen. »Nun kommt schon. Lasst los«, murmelte sie. »Versagt? Nein, die Prothese versagt gerade. Warte … » Sie konzentrierte sich, versuchte mit aller Willenskraft, die Myoprothese zu öffnen, aber es ging nicht. »Blödes Ding. Ich muss den Resetknopf drücken.« Sie fuhr mit der Hand unter die Achsel, fand den Druckknopf aus weichem Gummi zwischen den Metallverstrebungen und drückte darauf. Die Faust öffnete sich und ließ die Packung fallen. Endlich konnte sie mit den echten Fingern eines der Tücher herausschütteln.

»Geschafft«, sagte sie und begann, die weißen Flecken auf Hose, Strickjacke und Decke wegzuwischen. »Ich muss wohl wieder in die Werkstatt damit. Also, die Vampir-Theorie …«

»Ist so ziemlich vom Tisch. Die passt nicht mehr. Ob die Käufer der Faustkeile uns weiterbringen, weiß ich noch nicht. Aber dieser Nazi-Zuhälter aus Braunschweig, der steckt da irgendwie mit drin. Er kennt den Toten, da bin ich mir sicher. Aber ich weiß nicht, *wie* er in dessen Tod verwickelt ist.«

»Wieso bist du dir sicher?«

»Er hat das Foto des toten Jamiro nicht in die Hand genommen. Meinen Ausweis und das Foto, das ihn lebend zeigt, schon. Ich glaube, ich habe ihn ein bisschen wütend gemacht. Der Kerl hat eine Menge Dreck am Stecken, wurde bisher aber kaum mal zur Rechenschaft gezogen. Es scheint mir, als ob die Kollegen in Braunschweig Angst vor ihm haben.«

»Vielleicht zu Recht. Dann solltest du auch ein bisschen auf dich aufpassen.« Mandy warf das verschmutzte Taschentuch auf die *Magdeburger Volksstimme*, die auf dem Couchtisch lag.

»Das werde ich, mein Schatz. Wie geht es eigentlich Xenia? Ich wollte schon bei ihr vorbeischauen, aber dann war es doch zu spät.«

»Gut, denke ich. Du weißt doch, die macht ihr Ding.«

»Ach, übrigens, Ulli hat eine Freundin.«

»Was, ehrlich? Wer ist sie? Woher denn? Du musst mir alles erzählen!«, sagte Mandy, schnallte ihren künstlichen Arm ab und begann, die Druckstellen an der Schulter mit Wundsalbe einzureiben, während Carsten ihr von Petra Wilhelmi erzählte.

32 – Braunschweig, Mittwoch, 19. Oktober, zur gleichen Zeit

Ein schwarzer Opel Adam peste über die Pfälzer Straße. Überschüttete mit dumpf dröhnenden Bässen den Ort Veltenhof, bog ein paarmal ab, bis er das Gebiet des Braunschweiger Hafens erreicht hatte. Haufen aus verrostetem Schrott säumten den Weg und die Eisenbahnschienen, auf denen braune Güterwagen herumstanden, die scheinbar seit Jahren nicht mehr bewegt worden waren. Die Scheinwerfer des Autos schälten Lastwagen aus der Düsternis, die vor barackenähnlichen Lagerhäusern parkten, heruntergekommene Verwaltungsgebäude aus roten Backsteinen und ein paar Bäume, an denen die Blätter welkten, aber immer noch ziemlich grün waren in diesem milden Herbst.

Ein Verladekran an der Kaimauer wurde von grellem Licht angestrahlt und hob jaulend dicke Bündel mit Plastikrohren aus einem Lastschiff. Der Wagen fuhr an der Stirnseite des Hafenbeckens vorbei auf einen sandigen Parkplatz, auf dem ein paar Anhänger mit Motoryachten herumstanden, von denen einige wohl seit

Jahren kein Wasser mehr unter dem Kiel gehabt hatten. Zwischen den platten Reifen der Anhänger wuchs Unkraut, und die ehemals weißen Bäuche der Boote hatten mit der Zeit grüne Schatten bekommen, in die das von den zerknautschten Planen ablaufende Regenwasser schwarze Streifen gemalt hatte.

Der kleine Opel hielt neben einem schwarzen Amarok, die Lichter erloschen, der Motor erstarb, und nur noch das Dröhnen der Musik erfüllte die Dunkelheit. »Du bist der Captain meiner Seele.« Irgendwie hatte der Song es zu einem Wurm in Donnas Ohren geschafft. Obwohl sie schon zu spät war, sang sie ihn bis zu Ende mit, zog dann erst den Zündschlüssel ab. Stieg aus und zerrte den knappen roten Lacklederrock, der im Autositz immer hochrutschte, herunter, bis er die Strapse wieder bedeckte, die die grobmaschigen Strümpfe hielten, und stöckelte zu der ehemaligen Diskothek hinüber. Die kannte sie noch unter dem Namen *Rote Perle*. Ein niedriges Gebäude zwischen zwei Abstellgleisen, das sich unter Bäumen versteckte.

Ein Anmachschuppen, in dem sie viel Erfahrung gesammelt hatte, bis ihm vor ein paar Jahren die Lizenz entzogen wurde. Stiernacken und Ötztürk hatten dann die Disse mit allem, was darin war, übernommen und den Club *Rote Rose* gegründet. Ein Clubraum, den man privat für besondere Spielchen mieten konnte. Mit Mädchen oder Jungs, für Sadomaso oder Sodomie, Sekt und Kaviar oder einfachen Gruppensex mit immer neuen Mädchen und bis zum Umfallen. Ob »Hundesalon« oder »Dildo-Party«, hier hatte sie schon so manchen Euro verdient. Aber gegen das, was sie jetzt für ihren

Spezialjob bekam, waren das alles nur Peanuts gewesen. Jetzt erst kam sie ihrem Traum von einem eigenen LARPB wirklich näher.

Donna umrundete eine Pfütze, ging vorsichtig, damit ihre Schuhe nicht allzu dreckig wurden, stand schließlich vor der Tür mit dem Bullauge und drückte auf die Klingel. Stiernacken öffnete. Groß, massig und grantig.

»Biste auch schon da, ja!«, schnauzte er und schmiss die Tür hinter ihr in das Schloss.

Super Laune, dachte sie und stapfte den Gang mit der Rosentapete hinunter, der in die Diskothek führte, auf einen roten Vorhang zu, der eine barbusige Geisha zeigte. Bisher war er vor einem Dogfight immer ganz gut drauf, die Ruhe in Person, nicht so nervös wie der scheiß Türke.

Sie schob den Vorhang zur Seite und schaute über eine niedrige Mauer hinweg auf die Tanzfläche. Auf das dahinterliegende Podest mit der Balustrade, auf die Tabledance-Stangen in den Ecken. Rechts die Galerie, von der aus man alles überblicken konnte, darunter die Separées. Teile des Bauzauns lagen noch auf der Tanzfläche herum, waren noch nicht aufgebaut. Sie schaute hoch zur Decke, an der zwischen der Lichtanlage große Haken installiert waren. Daran konnte man allerlei Dinge aufhängen. Ein paarmal hatte sie selbst daran gehangen, die Arme und Beine an dicken Gummibändern, eines um die Brust gewickelt, das Gesicht einen Meter über dem Boden schwebend, und jeder Gast hatte mit ihr spielen können, wie er wollte, als sei sie eine Schaukel oder so was.

Sie wendete sich nach links und stöckelte in Richtung Theke. Ötztürk saß halb auf einem der Barhocker, mit verschränkten Armen, klein und bullig. Vor ihm lag ein Smartphone und schickte ein blaues Leuchten in den nur von einigen Wandleuchten schummrig erhellten Raum. »Hat sich die Dame auch mal herbemüht, ja. Seit einer halben Stunde warten wir hier!«

Donna ging hinter den Tresen und stellte ihre Tasche darauf. »Was ist denn los? Schlecht geschissen, oder was?« Sie strich die dicken schwarzen Locken nach hinten, nahm ein Glas und goss Tonic Water hinein.

Stiernacken stellte sich an die Kopfseite des Tresens, zog die Ärmel seiner schwarzen Jacke hoch, sodass seine muskelbepackten, tätowierten Unterarme zu sehen waren, und stützte die Ellenbogen auf. Legte die Hände zusammen. Ließ sie einander kneten. Der tätowierte Stacheldraht, die 88, das H A S S auf den Knöcheln, der SS-Totenkopf und das Hakenkreuz auf den Handrücken, alles bewegte sich unentwegt.

»Willst du auch?«, fragte Donna.

Er nickte. Sie nahm ein weiteres Glas, füllte es und stellte es vor ihn hin.

»So'n Bulle war da«, sagte Ötz.

»Wo? Hier?«, fragte sie spitz.

»Nein, bei mir«, brummte Stiernacken.

Sie schaute zu ihm.»Welcher Bulle?«

»Keine Ahnung. Kannte ich nicht. Vom Landeskriminalamt, nicht aus Braunschweig.«

»Wegen Džugi?«, fragte Donna und blickte von einem zum anderen. »Na klar wegen Džugi! Verdammte Scheiße! Ihr habt ihn …!«

»Halt die Fresse!«, schrie Ötz sie an. »Jetzt is' es, wie es is'!«

»Jaja, schon gut, ey. Ich weiß. Aber was ist denn los? Das war doch nur ein kleiner Bulle.«

»Nein! War er eben nicht. Der Typ war penetrant. Als wäre er psycho oder so was. Als hätte er irgendwas gewittert. Hier, das hat er mir dagelassen!«, sagte Stiernacken und schlug klatschend eine Hand auf den Tresen, auf dem das Foto von Jamiro Džugi lag, schob es in Donnas Richtung. Sie nahm es, schaute es sich an, warf es dann wie eine Spielkarte in die Mitte.

»*Ermordet, auf eine ziemlich widerwärtige Art und Weise*, hat der Wichser gesagt. Als wüsste er was. Auch Dr. Arndt meinte: Vorsicht.«

»So welche können gefährlich sein«, sagte Ötz. »Wie hieß der noch mal?«

»Sanders. Sah aus wie'n Clown. Am liebsten würde ich der Schwuchtel die Fresse einschlagen.«

»Na, das lass mal lieber. Da könntest du schlafende Hunde wecken«, sagte Ötz, als sich sein Handy meldete. »Außerdem wird nichts so heiß gegessen, wie es gekocht wird. Wenn wir den Dogfight übermorgen absagen, dann ist nicht nur die alte Schabracke stocksauer.«

Nein, nicht nur die, dachte Donna.

»Wir ziehen das durch. Ist ja sowieso das letzte Mal. Und übrigens wieder ausverkauft, meinte die Alte«, sagte Ötz und nahm das Gespräch entgegen. Rutschte vom Stuhl und ging mit dem Telefon am Ohr auf die Tanzfläche in Richtung Galerie.

Donna legte Stiernacken die Hand auf den kompakten Oberarm. Fühlte durch den Stoff des schwarzen Blousons seine stahlharten Muskeln. »Der Pitbull schafft das?«, fragte sie.

Er hob das Glas, ihre Hand rutschte herunter. »Was is'n das für 'ne blöde Frage«, sagte er ärgerlich und trank. »Ist mit dem Mastino alles klar?«

Noch ehe Donna antworten konnte, hörten sie Ötz laut fluchen. »*Eşek Amcik!* Hühnerscheiße! Der Hurensohn war bei euch?«

Donna und Stiernacken schauten zu ihm. Er hatte sich umgedreht und sah sie an, während er weiter telefonierte. »Was wollte der? … Wegen der Feuersteinmesser? … Du hast deiner Mutter doch gesagt, ihr braucht die für die Schule … Ja, das kann ich verstehen, dass du jetzt Angst hast, aber das brauchst du nicht, *kiz* … nein, wenn die deswegen Stunk macht, rede ich mit ihr, versprochen.« Ötz legte auf und trat an die Theke. »Der Bulle war heute auch bei meiner Schwester. Gib mir einen Whisky!«

»Ja, und?« Donna holte den Whisky und ein Glas.

»Sag du es ihr, Stiernacken. Alter, was ist das für ein Bulle?«

»Diese Faustkeile. Die hat Ötz über seine Nichte im Internet besorgt.«

Donna knallte das Glas vor Ötz auf den Tresen. »Ich hab von Anfang an gesagt, dass das eine Scheißidee war!«

»Ach, halt's Maul. Was weißt du schon!«

»Ich regele das.« Stiernacken holte tief Luft, richtete sich auf, warf sich in die Brust. »Ich glaube, wir sollten uns jetzt alle mal wieder ein bisschen entspannen. Ist doch gar nichts passiert.«

»Du hast recht. Die Bullen können uns sowieso nichts. Prost!«, sagte Ötz und hob sein Glas.

Stiernacken wendete sich an Donna. »Was war nun mit dem Mastino? Wie geht's dem? Wenn der Bluthund ausfällt, *dann* haben wir ein Problem.«

»Das fehlte jetzt noch, dass der Köter …«, setzte Ötz an, brach aber ab, und auch er schaute die schlanke Frau in der rosafarbenen Bomberjacke an. Ein paar glitzernde Ketten lagen zwischen ihren Brüsten.

»Kein Problem. Dem schwarzen Teufel geht's gut. Der frisst mir aus der Hand. Aber der Schweinehund hat mich gebissen. Hier, seht ihr?« Donna trat zurück und zog den Rock hoch. Winkelte das Bein ab und zeigte ihnen die Stelle an der Innenseite ihres rosenberankten Oberschenkels, zwischen Slip, Straps und dem Spitzenrand des Strumpfes. Ötz glotzte mit einem lüstern-verachtenden Blick zwischen Begehren und tiefster Abscheu darauf. Wenn er ein Mercedes Cabriolet der S-Klasse angesehen hätte, wäre sein Ausdruck nur Begehren gewesen. Donna zog den Rock wieder hinunter. »Auch in die Titten und hier am Hals«, sie drehte den Kopf zur Seite. »Hat mächtig geackert, der Rüde. Aber meistens gehorcht er mir aufs Wort.«

»Dafür wirst du ziemlich gut bezahlt«, sagte Ötz, und sein Blick mutierte zu purer Verachtung.

Stiernacken beugte sich vor und umfasste Donnas Kinn. »Ich bin wirklich stolz auf dich, Mädel«, säuselte er. Zog sie zu sich und küsste sie, die unter seinen Händen und seinem Lob dahinschmolz, bis er sie wieder entließ.

»Also, machen wir weiter, Leute. Donna, du checkst, was wir an Getränken und so brauchen. Komm, Ötz, wir bauen den Zaun auf. Der Freitag ist nicht mehr weit.« Er klatschte in die Hände und dann Ötz auf den

Rücken, wie damals vor einem Fight auf dem Schulhof, als plötzlich das Horst-Wessel-Lied aus Stiernackens Smartphone schepperte. Neunzehn Uhr dreiunddreißig. Der große Mann stand stramm. Hob den rechten Arm zum Hitlergruß und sang mit: »Die Fahne hoch – die Reihen fest geschlossen! SA marschiert mit ruhig festem Schritt!« Eine Strophe, immer nur eine Strophe. Als sie verklungen war, schrie er: »Heil Hitler, mein Führer!«, und dreimal: »Sieg Heil!«, wobei er den Arm im Rhythmus an- und abwinkelte. Das tat er jeden Abend. Und die wenigen, die sich bisher darüber lustig gemacht oder gar aufgeregt hatten, die taten das nie wieder.

Dann schufteten sie eine Stunde, bis alles bereit war. Donna fuhr zur Arbeit, Ötz zu seiner Schwester und Stiernacken in die Stadt, parkte irgendwo und führte ein paar Telefonate auf einem Prepaid-Handy mit der Hannover-Connection. Stellte Fragen, die ihm aber erst am nächsten Tag beantwortet werden konnten. Fuhr auf die Friedrichshöhe, googelte, trank und kiffte ein bisschen. Zog nervös ein paar Lines und befahl eines seiner Mädchen zu sich.

6. KAPITEL

33 – München, Donnerstag, 20. Oktober, Vormittag

Das große Stück Fleisch war mitsamt dem Knochen aus dem Oberschenkel zwischen Kniegelenk und Becken herausgesägt. Es war so gut durchgegart, dass es fast von selbst von dem Knochen fiel, der noch darin steckte. Gut gewürzt, die Haut schön knackig, das Fett gallertartig, und der Fleischsaft lief heraus. Das Gemüse bestand aus langen, dünnen Fäden gekochten säuerlichen Weißkohls, und dazu gab es einen grünlichen Brei aus Kartoffeln und Erbsen. Gar nicht schlecht für ein Essen, das nicht chinesisch war.

Xui Chenglong packte den Knochen, schlug die großen, vorstehenden Zähne in die Haxe, kaute laut schmatzend und saugend das Fleisch. Einige Gäste, die an den Nachbartischen des rustikalen Restaurants frühstückten, schauten pikiert zu ihm rüber. Aber er bemerkte es nicht. Zu sehr war er in der Vorstellung vertieft, es wäre ein humaner Leckerbissen, den er da gerade aß.

Er war heute früh auf dem Franz-Josef-Strauß-Flughafen in München gelandet, hatte sich kurz aufs Ohr gelegt, aber nicht schlafen können, auch weil sein Magen knurrte, und so aß er jetzt, es war noch nicht einmal zehn Uhr, eine Schweinshaxe. Nur eine Schweinshaxe. Aber eine gute, obwohl das Restaurant klein war und fast nur aus Holz bestand, die Tisch- und Stuhlbeine gar aus Ästen, wie sie gewachsen waren, aber es war im Internet von einigen seiner Landsleute mit »Sehr gut« bewertet worden. Dem konnte er sich nur anschließen. Wegen des Flughafens, den er für seine Firma, die Großreederei »China Ocean Shipping Company«, gekauft hatte, war er mehrfach in Deutschland gewesen und hatte schon sehr verschiedene Qualitäten von Schweinshaxen serviert bekommen.

Nach dem Essen verließ er das Lokal, sah sich ein wenig die Stadt an, machte keine zweihundert Selfies, ging zur Bank und zu Western Union, wurde schließlich doch müde und kehrte ins Hotel zurück. Für die Fahrt nach Braunschweig hatte er sich einen Maserati reserviert. Mit dem würde er heute Nacht über die deutschen Autobahnen preschen, so ziemlich die einzigen auf der Welt, die Abschnitte ohne Tempolimit hatten. Einmal im Leben wollte er dreihundert Stundenkilometer schnell fahren. Er rechnet mit viereinhalb Stunden Fahrzeit für die knapp sechshundert Kilometer.

Im Hotel aktivierte er den Tablet-PC und recherchierte zum wiederholten Male nach »Culture & Fairplay« und »Mr. D. C. Stone«. Aber es gab einfach keine Treffer. Das Internet kannte den Club nicht. Alles, die Anmeldung, die Anzahlung in Höhe von fünfzig Prozent des Eintrittspreises sowie die Angabe von Adresse, Termin und den Regularien, war ohne Hilfe des World Wide

Web erfolgt. Die zweite Hälfte des Eintritts musste in Bargeld, Gold, Schmuck oder Uhren direkt vor Ort bezahlt werden. Etwas Verbotenes exklusiv und ein wenig verrucht zu genießen, das war es wert. Und vielleicht, hatte der Amerikaner ihm den Mund wässrig gemacht, könne er sogar eine einzigartige kulinarische Köstlichkeit genießen.

34 – Hannover, Donnerstag, 20. Oktober, zur gleichen Zeit

Carsten Sanders saß am Schreibtisch und schaute auf die DIN-A4-Blätter, die auf seinem Schreibtisch herumlagen, als sei ein kräftiger Windstoß darüber hinweggeweht. Thesen, Theorien, Analysen, viele Fragen, aber nur wenige Antworten zu dem Fall Džugi hatte er darauf gekritzelt. Er hielt die noch recht dünne Akte 07102016-PE-UbkT-m in der Hand und blätterte darin herum, las hier und dort etwas nach, blätterte weiter, bis er sie schließlich auf den Tisch warf und sich zurücklehnte.

Morgen würde er sich Jens Müller noch einmal zur Brust nehmen und dann in Braunschweig ein ruhiges Wochenende mit Mandy verbringen. Hoffentlich ruhig. Er musste noch den Nachbarn Bescheid sagen, damit sie ein Auge auf Ullrich und seine Freundin hatten, wenn sie das Wochenende allein im Haus verbrachten. Auch Andrea, eine Freundin aus alten Tagen, wollte er bitten, am Samstag nach den beiden zu sehen. Er runzelte die Stirn, schüttelte den Kopf und schalt sich selbst einen Narren. Warum immer diese Angst um Ulli? War das normal oder übertrieb er? Wäre er genauso ängstlich, wenn er Kinder hätte? Vielleicht wurde aus Ulli und Petra ein Paar? Vielleicht würden sie versuchen, endlich ein selbstbestimmtes Leben zu führen? Möglichkeiten dafür gab es, aber, aber … Es war müßig, jetzt schon darüber nachzudenken. Er blickte wieder auf den Schreibtisch.

Jens Müller. Er hatte das Gefühl, ihn ein bisschen aus der Deckung hervorgelockt zu haben. Aber da musste noch mehr kommen. Anscheinend hatte der Mann die Polizei in Braunschweig einschüchtern können. Zumindest Kommissar Klunker. Oder geschmiert? Klunker baute gerade ein Haus. In Zeiten wie diesen finanziell keine leichte Sache. Aber so etwas auch nur zu denken, wäre ohne einen einzigen Beweis vermessen, dumm und gefährlich. Er kannte den Kollegen Klunker nicht einmal.

Sanders schaute sich wieder die Fotos vom Fundort und von der Leiche an. Die Täter waren keine Profis, aber skrupellos und äußerst brutal. Was hatte das Opfer getan, damit es solch eine Strafe erhielt?

Jens Müller. Er rief sich das Bild des großen kantigen Mannes in Erinnerung. In eine weiße Trainingsjacke und eine Armeehose gekleidet, hatte er vor ihm gestanden. Lässig. Und eine Banane gegessen. Dann war er aber nicht mehr lässig, sondern ärgerlich geworden, weil er, Carsten, ihm die falsche Frage gestellt hatte. Müller hatte die Bananenschale weggeworfen und dabei seinen Oberkörper zur Seite bewegt. Da hatte Carsten noch einen Blick in den Hof werfen können. Auf das halb verdeckte dynamische Heck eines flachen grauen Wagens. Auf ein glänzendes Auspuffrohr, das Fragment eines Heckspoilers und ein paar Buchstaben, vielleicht C–H–E.

Carsten Sanders lehnte sich zurück und klopfte mit beiden Zeigefingern einen Rhythmus auf der Schreibtischplatte. Ein Porsche. Vielleicht war das der Wagen, der dem Nachbarn von Džugi in Magdeburg aufgefallen war, der Wagen, der immer so protzig geparkt hatte und dessen Kennzeichen mit einem B anfing? Das würde er ihn morgen fragen, dachte er. In dem Moment klingelte das Telefon. Das Display zeigte die Nummer vom LKA Sachsen-Anhalt aus Magdeburg an, Mandys Nummer.

»Carsten, du glaubst es nicht!«, sagte sie aufgeregt. »Vorhin habe ich eine Information von unserer DNS-Analysestelle bekommen. Du errätst nie, was für einen Treffer die da gelandet haben!«

Carsten runzelte die Stirn. »Wenn du mich so fragst, sicherlich nicht.«

»Halt dich fest: Die haben eine Übereinstimmung gefunden. Mit den Sekretspuren an Džugis Geschlechtsteil!«

»Was! Ist das sicher?«

»So sicher, wie eine DNS-Analyse sein kann.«

»Von wem! Wer ist die Frau?«

»Ich habe natürlich gleich beim Erkennungsdienst angerufen. Tja, das ist leider der Haken. Die wissen, nicht wer sie ist.«

»Aber … woher stammt denn das genetische Material der Frau?«

»Ein Suizid. Vergangenes Wochenende. In der Nacht von Samstag auf Sonntag hat sie sich vor einen Zug geworfen. Ist wohl von einer Brücke aus auf die ICE-Strecke bei Stendal gesprungen. Weil sie bisher nicht identifiziert werden konnte, wurde die Analysestelle eingeschaltet.«

»Nicht identifizierbar? So schlimm?«

»Es wurde lediglich eine Extremität, das rechte Bein, relativ unzerstört gefunden. Meterweit entfernt. Und ein größeres Fragment des Brustkorbes. Der Rest ist … na, kannst du dir ja vorstellen.«

Aber das wollte er gar nicht. »Das war kein Suizid.«

»Das war auch mein erster Gedanke. Aber es wird sehr schwer werden, das zu beweisen.«

»Die Gerichtsmediziner sollen alles, was sie von der Frau gefunden haben, obduzieren.«

»Genau das werde ich jetzt veranlassen.«

»Wir müssen unbedingt wissen, wer sie ist. Dann kommen wir auch in dem Fall Džugi weiter.«

»Ganz genau«, sagte Mandy.

Carsten hatte sich bereits umgezogen und packte gerade oben im Flur die Bassgitarre ein, als Ulli und Petra unten das Haus betraten.

»Is' – dein – Bruderda?«, hörte er die eintönige Sprachmelodie von Petra. Ohne Höhen und Tiefen sprach sie die Worte nur auf einem Ton aus. Die ersten Silben eines Satzes kamen abgehackt, während die letzten ohne Pause aus ihrem Mund polterten.

»Ja, aber nee, der macht gleich Bendprobe«, drang die Antwort von Ulli die Treppe hoch. Dann ein Schnaufen, Hantieren mit Schuhen und Jacken und ein Kichern von beiden.

»Hör – auf – duSpeckbacke«, sagte Petra.

Interessant. Carsten wusste nicht, dass Ulli von den Arbeitskollegen so genannt wurde.

»Nee, Schokobäbie. Scho-ko-kobäbie. Scho-ko-ko ko-ko-ko-bäbie«, sang Ulli schnarrend.

Das war sicher der Spitzname, den die anderen Petra gegeben hatten. Wieder ertönte das Kichern und verklang, als sie in die Küche gingen.

Carsten überlegte, ob er Ulli sagen sollte, dass das eigentlich nicht in Ordnung war, einen dunkelhäutigen Menschen so zu nennen. Aber es würde nicht leicht werden, ihm das plausibel zu erklären. Er ging die Treppe runter, stellte die Gitarre in den Flur, betrat die Küche und begrüßte die beiden. Ulli stürmte, so schnell es seine Leibesfülle zuließ, auf ihn los und umarmte ihn.

»Hi, Ulli, wie war dein Tag?«

»Super, und deiner?«

»Nicht super, aber gut«, sagte Carsten, klopfte seinem Bruder auf den Rücken und schaute zu Petra rüber. »Hallo, Frau Wilhelmi.«

Die kleine runde Frau kam schnell auf die beiden zu, legte ihnen je einen Arm um die Hüften und drückte ihren Kopf zwischen sie. »Petra – ichbinPetrafürSiejetzt«, sagte sie.

»Das ist schön.« Carsten wurde es etwas zu eng, und er machte sich von den beiden los. »Dann sag du aber auch Carsten und du zu mir. Weiß deine Wohngruppe, dass du heute später kommst?«

»Ja – hab – ich – FrühdienstgesagtheuteMorgen.«

»Hoffentlich ist das dieses Mal bis zum Spätdienst durchgedrungen. Ich fahre dich dann nachher rum. So, es wäre vielleicht am besten, wenn ich euch was zu

Essen bestelle. Was wollt ihr denn? Pizza, Currywurst, Gyros oder was vom Asiaten?«

»Güross!«, riefen beide wie aus einem Mund. Na, das klappt ja schon mal ganz gut, dachte Carsten und rief den Bringdienst an.

Danach sagte er: »Das Essen kommt in einer halben, Dreiviertelstunde. Hier … im Kühlschrank sind Tomaten, Eisbergsalat und Gurke. Damit könnt ihr euch einen Salat machen. Vielleicht mit dem Dressing hier«, er nahm eine Flasche aus dem Türfach und stellte sie auf den Tisch. »Ich lade euch ein.« Er zog sein Portemonnaie aus der Hose und legte einen Schein neben das Dressing auf den Tisch. »Jetzt muss ich aber los.« Er warf einen Blick durch die Küche, streifte Petra und schaute dann Ulli an. »Ihr macht keinen Blödsinn. Keine Kerzen und keine laute Musik, und wenn was dreckig ist, macht ihr es wieder sauber, okay, Dicka?«

»Klar. Tschüss«, sagte Ulli.

Petra winkte ihm zu. »Dicka – hahahaDickaDicka.«

»Tschüss«, sagte Carsten, zog sich Schuhe und Jacke an, nahm die Bassgitarre und verließ das Haus. Es sind gerade mal drei Stunden, dachte er. »Was kann da schon passieren?«, fragte fröhlich das optimistische Stimmchen. »Alles, meine Liebe«, antwortete leise das pessimistische und hielt ängstlich ein Messer hoch. »Die ist nicht so harmlos, wie sie aussieht«, schnippte auch noch die Betreuerin dazwischen.

Seufzend schaltete Carsten die Scheinwerfer ein, gab Gas, fuhr durch Langenhagen, querte bei Vinnhorst den Mittellandkanal und fuhr weiter zum Übungsraum.

Als Carsten die Haustür geschlossen hatte, sagte Ulli zu Petra: »Warte mal«, und hastete schnaufend nach oben in sein Zimmer. Er hatte sich eine Überraschung für sie ausgedacht, und die wollte er ihr jetzt präsentieren. Aber dazu brauchte er ein paar Minuten.

Petra summte vor sich hin. Es war keine wirkliche Melodie, nur mit geschlossenen Lippen stakkatoartig hervorgebrachte Laute, »mh – mhmh – mh«, mal hoch, mal tief, während sie sich mit weißen rollenden Augäpfeln in der Küche umsah: Tisch. Stühle. Lampe. Schränke. Herd. Arbeitsplatte. Abwaschbecken. Sie öffnete einen Hängeschrank: Tassen. Teller. Gläser. Ließ ihn offen. Was wohl in den Schubladen war? Summend trat sie näher heran und zog die erste auf: Messer. Gabeln. Löffel. Eine Schere. Kochlöffel. Küchenmesser. Sie ließ die Schublade ausgefahren, öffnete die nächste: Backpapier. Alufolie. Frischhaltefolie. Gefrierbeutel. Gummibänder. Ein Korkenzieher. Ein Feuerzeug. Auch die Lade ließ sie offen, zog die dritte auf: Schneebesen. Verschieden große Kellen. Pfannenwender. Ein paar lange Messer. Eines nahm sie in die Hand. Legte es wieder zurück. Nahm ein größeres. Legte es wieder zurück. Nahm das größte mit einer geriffelten Schneide. Hielt es in der Faust und starrte sekundenlang darauf. Dann drehte sie sich um. Schaute abwechselnd auf den Tisch. Auf das Messer in ihrer Hand, summte, ging zum Kühlschrank und öffnete ihn. Schaute hinein, summte mit dem Messer in der Faust ein paar abgehackte Töne. Sah den grünen Salatkopf in einem Fach liegen. Sie wollte danach greifen, hatte aber noch das Messer in der Hand und stieß mit der Klinge gegen die Kante des oberen Kühlschrankbodens. Summte, legte es auf die Arbeitsplatte und holte den Salat heraus. Schaute ihn an, legte ihn auf die Arbeitsplatte neben das Messer. Drückte die Kühlschranktür zu. Bückte sich und zog eine der Rollschubladen auf: Schüsseln. Schalen. Näpfe. Sie nahm eine weiße Plastikschüssel heraus und schloss die Schublade mit solchem Schwung, dass das Geschirr darin herumpolterte. Summte, trat zum Abwaschbecken, neben dem ein großes Schneidebrett lag. Nahm es sich, ging damit zu dem Salat zurück. Griff wieder nach dem Messer. Setzte es an und begann zu schneiden, bis plötzlich ein dicker blau-roter Klops in die Küche hopste.

»Supermän! Hier is Supermän! Petra! Dein Supermän!«

Petra schaute auf und sah Ulli in der Küche stehen. Die Fäuste in die Seiten gestemmt, sodass der rote Superman-Umhang auf seinem Rücken weit abstand und ihn noch breiter machte, als er ohnehin war. Das speckige Kinn hoch erhoben, auf der Nase die dunkle Brille, auf dem Kopf eine schwarze Plastikperücke mit der Superman-Tolle, die sich auf seiner breiten Stirn kringelte wie ein Wurm. In einen blauen Ganzkörperanzug aus Stretch gepresst, an dem sein Hüftspeck hervorquoll wie eine überfüllte Bockwurst. Auf der Brust ein großes rotes S auf gelbem Grund, eine aufgedruckte rote Unterhose und rote Stiefel an den Füßen.

Petra riss die Augen auf und hob das Messer. »Was – ist – dasdennDicka?«

»Für Hellowien«, sagte Ulli, bewegte die Ellenbogen, sodass der dünne rote Umhang hin und her wehte. »Is' doch bald. Hast du auch 'n Kostüm? Du musst als Supergörl gehen.« Er stieß eine fleischige blaue Faust in die Luft. »Dann können wir zusammen fliiii...!«, rief er und stürzte auf Petra und das Messer in ihrer Hand zu.

35 – Braunschweig, Donnerstag, 20. Oktober, zur gleichen Zeit

»Tolle Aussicht. Ich mag die Stadt. Und das nicht nur, weil der Führer hier Deutscher wurde.« Stiernacken stand am Fenster im siebzehnten Stock eines Wohnturms im Atrium-Center am Bahnhof und schaute über den südwestlichen Teil von Braunschweig hinweg. Die Lichterketten der Straßenbeleuchtung glitzerten. Aus gardinenlosen Fenstern eines kleinen Wohngebietes mit alten Häusern unterhalb der Hochhäuser erleuchtete gelber Schein den Oktoberabend. Antennen und Schornsteine zeichneten sich als dunkle Silhouetten ab, dahinter die schwarzen Kronen der Bäume im Bürgerpark und einige beleuchtete Fenster in den Bürogebäuden an der Theodor-Heuss-Straße. »Aber ich würde gern mal für länger raus und ein bisschen mehr von der Welt sehen. Mit dem Bike einmal quer durch die Staaten, so was.« Er lächelte verschmitzt und blickte auf ein Hochhaus, das in vielleicht zwei Kilometern Luftlinie Entfernung einsam hinter dem Park aufragte, einige Fenster waren erleuchtet und erzeugten ein wirres Muster gelber Pixel.

»Mach doch. Du musst ja nicht gleich für Monate in der Welt rumgondeln, nur so ein paar Wochen. Du musst ja nicht untertauchen. Wir machen schließlich nichts Verbotenes oder so.« Donna räkelte sich mit einem violetten Staubwedel auf dem Sofa. Im Fernsehen stritten sich tätowierte Muskelprotze mit billig aussehenden Blondinen aggressiv und äußerst hip über nichts. Sie trug ein Häubchen, ein schwarzes Kleidchen mit weißer Schürze, Netzstrümpfe und einen roten Ouvert Slip. Der Freier kam in einer halben Stunde. Robert aus Helmstedt. Jeden dritten Donnerstag im Monat pünktlich um zwanzig Uhr stand er vor ihrer Tür. Sie putzte dann für ihn eine Stunde lang ihre Wohnung und bekam auch noch Geld dafür.

»Das geht nicht. Trotz der Million. Man darf das Geschäft nicht so lange schleifen lassen. Dann sind nicht nur die Mädchen weg, auch die Connections. Zwei, vielleicht auch mal drei Wochen sind drin, aber ich würde gern mal länger wohin. Da wohnt der Nigger jetzt?« Stiernacken stieß das kantige Kinn in die Richtung des Pixel-Hochhauses. »Ist wohl besser als bei mir im Hinterhaus. Könnt ihr euch ja fast zuwinken, hehe.«

»Das ist nicht lustig, Mann. Der Mastino is' irre. Wie der ein' anstarrt, wie ein echter Killer. Sagt nichts, lacht nie. Da kann man sich echt einscheißen, der ist irgendwie unheimlich. Deshalb …« Donna sprach den Satz nicht zu Ende, ließ den Staubwedel durch die Luft fahren wie einen Scheibenwischer, und die Federn tanzten im Luftzug.

Stiernacken drehte sich um: »Unheimlich? Schwachsinn. Hauptsache, du hast den im Griff. Was hast du ihm außer 'nem neuen Pass noch versprochen?«

»Dass er mein Held ist. Und wenn er den Ausweis hat, will er mich heiraten und …«

»Heiraten? Hahaha! Saugut!«

»Ja, dann darf er in Deutschland bleiben. Und hunderttausend.«

»Hunderttausend? Für einen Dogfight? Und die schwarze Dumpfbacke glaubt dir das?«

»Klar. Besonders helle is' der nicht. Aber ich hab ihn von der Straße geholt. Der macht das.«

»Wenigstens etwas. Aber behalte ihn im Auge. Gib ihm Geld, besorg ihm Drogen, tu, was er will. Wir brauchen das Opfer morgen halbwegs gesund und munter, sonst wird die alte Schabracke sauer. *Fairplay* und so.« Er ging zu Donna rüber, setzte sich neben sie und schlang den tätowierten Stacheldraht, die 88, den H A S S und das Hakenkreuz um ihren Hals. »Und du bleibst bei deinen Plänen?«, fragte er und küsste die dunklen Locken über ihrem Ohr.

»Ja, klar«, sagte sie. »Ich werd Chef. Ich werde ein LARPB aufmachen. Vielleicht an der Schweizer Grenze, und den Geldsäcken geben, was sie wollen. Oder in Spanien oder Tschechien oder so, mal sehen. Was ist denn eigentlich mit dem Bullen?«

»Keine Angst, der Clown wird uns erst mal in Ruhe lassen. Wir können den Dogfight durchziehen.«

»Das hast du seeeehr gut gemacht, mein Süßer«, sagte Donna und streichelte mit dem Wedel über sein Gesicht. »Dann müssen nur das Gold und die Klunker verkauft werden, und dann ist es vorbei.«

»Das macht Ötz.« Stiernacken versuchte, mit den Zähnen eine der Federn zu erhaschen, die Donna immer wieder wegzog. Klapp, machte es, und klapp, als er mit zurückgezogenen Lippen in die Luft biss.

»Und wenn der uns bescheißt?«

Klapp. »Der bescheißt uns nicht, Süße.« Klapp.

Donna nahm den Wedel weg. Sie drehte den Kopf und blickte Stiernacken direkt an. Ihre braunen Augen in seine blauen. »Was, wenn der Mastino stärker ist als der Pitbull?«

Sofort zog er die Augenbrauen zusammen. »Warum meinst du immer, der schafft das nicht! Was soll das?«, sagte er zornig, nahm seinen Arm von ihr und stieß sie mit einem Schlag gegen die Schulter von sich. »Der ist nicht besser als der Pitbull! Niemand ist das!«

»Komm wieder runter, Mann. Manchmal gibt es echt krasse Zufälle. Er könnte im Blut ausrutschen oder so.«

»Dann steht er wieder auf, ganz einfach!«

»Und wenn nicht?« Sie beugte sich nach vorn, stützte die Ellenbogen auf die nackten Knie und wischte mit dem Wedel auf dem Couchtisch herum.

»Mädel! Was soll der Quatsch?«

»Der Bastard könnte ihn zufällig da packen, wo es richtig wehtut. Ich mein ja nur …«

»Hör auf, so 'n Scheiß zu labern!« Er knetete seine Finger, dass die Knochen knackten.

»Mann, Hauptsache, der Pitbull gewinnt. Und ich will nachher nicht mit Ötz über meine Kohle streiten müssen.«

»Ötz ist okay«, sagte er und ballte eine Hand zur Faust, die er mit der anderen Pranke umschloss.

»Ja, zu dir.«

»Ich kenn den seit tausend Jahren.«

Donna lehnte sich zurück. »Ich hab Angst«, sagte sie und ließ den Wedel durch ihre Hand gleiten. Blickte auf das Spiel der violett gefärbten Federn.

»Du hast Angst? Das glaub ich dir nicht.«

»Der bringt mich um, und dann gehört ihm alles. Fast vier Mille, Mann, ey, das ist kein Pappenstiel. Ich will eine Versicherung. Auch für dich.«

»Eine Versicherung?«

Sie hielt den Wedel wie eine Pistole und machte »Pschu«.

Stiernacken schob das Kinn vor. »Ach, jetzt klickert's, du willst 'ne Wumme?«

Plötzlich schepperten Posaunen und Trompeten los. Stiernacken sprang auf, riss den rechten Arm hoch. Neunzehn Uhr dreiunddreißig. »Die Fahne hoch …«

Als der Spuk vorbei war, stand er lächelnd vor ihr. »Schlaue Idee. Sollst du haben, Putze«, sagte er. »Aber mach bloß kein' Scheiß damit.«

Zwanzig Minuten später bretterte er mit fast siebzig Stundenkilometern über die Kreuzung Celler Straße/Güldenstraße. Er beugte sich vor, bis die Kamera in dem Starenkasten aufblitzte und ein Foto von ihm schoss.

36 – Hannover, zur gleichen Zeit

Knapp eine Autostunde weiter westlich hielt Petra das lange, geriffelte Messer hoch wie eine Fackel.

»Fliiiiegen«, rief Ulli, stürzte auf sie zu, seine blaue Superman-Fliegefaust glitt an ihrem linken Ohr vorbei und beschrieb einen Bogen. Sein dicker Unterarm legte sich in ihren Nacken, umschlang ihn, und er zog die kleine Frau zu sich heran. Drückte ihr Gesicht gegen das rote S auf seiner Brust. Durch den Schwung streifte die Schneide des Messers sein Ohr, berührte die steife Plastikperücke und verschob sie so, dass die Tolle seine Brille berührte.

»Fliiiiegen! Wir beide!«, sagte Ulli und küsste die schwarzen Löckchen auf ihrem Kopf.

»Das – das – geht – nichtmitSupermän«, nuschelte Petra mit platter Nase.

Ulli ließ sie los und schaute ihr in die großen rollenden Augen. »Warum?«

»Halo – wien – ist – Hor – rorMonsterSpinnenHexen.«

»Mmh«, sagte Ulli und verzog schmollend die wulstigen Lippen. »Egal. Mach ich trotzdem. Supermän. Dein Supermän!«

Petra schaute zu ihm hoch. »Mein – Super – mänisttolltolltoll«, sagte sie und spitzte den Mund. Ulli umarmte sie, schloss die Augen und drückte seine Lippen auf ihre. Aber plötzlich drängte sich etwas Weiches dazwischen. Schlüpfte in seinen Mund hinein. Bewegte sich hierhin und dahin. Umkreiste seine Zungenspitze. Er öffnete die Augen und schaute in Petras dunkles Gesicht. Sie hatte die Lider gesenkt. Sie flackerten leicht, und sie schnaufte leise durch die Nase. Und irgendwie entstand auf einmal ein wohliges Kitzeln in seinem Mund. Ein Prickeln. Ihm wurde warm. Das war ein Zungenkuss. Der vierte oder fünfte in seinem Leben. Das Prickeln breitete sich aus. Zuerst in seinem Kopf, wurde zu einer Welle, wogte durch seine Brust, durchs Herz, durch den Bauch, bis hinunter zwischen die Beine. Petra drückte ihren Körper gegen seinen, und Ulli hatte das Gefühl, dass er gleich wirklich abheben würde, als es plötzlich an der Haustür klingelte.

»Oh, oh«, stammelte er und machte sich los. »Oh, oh. Oh, oh. Das Essen. Ich geh ma'.«

Petra schaute ihn an. Mit großen, weißen Augäpfeln und einem breiten Lächeln. »Ja – geh«, sagte sie, wies mit dem Messer zur Tür, »und – dann – machen – wir'sunsgemütlich.«

Ulli drehte sich flott um, der rote Umhang flatterte ihm hinterher. Er eilte in den Flur, vergaß das Geld und öffnete die Haustür. Eine große kräftige blonde Frau stand da. Roter Mund, spitzes Kinn, geschwungene Augenbrauen, starres Gesicht. Die schaute ihn aus merkwürdigen Augen an.

»Alte Scheiße«, sagte sie, ohne den Mund zu öffnen. Die Stimme war dumpf und tief. »Wo is' Carsten Sanders?«

»Bendprobe. Güross?«, fragte Ulli, und irgendwie kam ihm die Frau komisch vor.

»Auc' gut«, sagte sie und hob die rechte Hand. Die steckte in einem Latexhandschuh und hielt einen Schlagstock. Vierzig Zentimeter Stahl und Gummi. Der erste Schlag traf Ullrich am Kopf in Höhe des linken Jochbeins. Er riss ihm die Plastikperücke vom Kopf, und seine Brille wirbelte davon. Die Haut platzte auf. Blut quoll aus der Wunde. Er wurde herumgeschleudert, hielt sich aber noch auf den Beinen und taumelte mit wehendem Umhang nach hinten in den Flur. Die Frau folgte ihm mit einem großen Schritt, holte Schwung und trat ihm in den blauen Hintern. Schuhe mit Stahlkappen, aber die Speckschicht milderte die Wucht. Jetzt erst stürzte er zu Boden. Schlug mit dem Kopf auf. Die Frau schloss mit einem Tritt nach hinten die Tür, beugte sich nach vorn und prügelte mit kurzen schnellen Schlägen auf Ullis Körper ein, sodass ihr übernatürlich glänzendes blondes Haar durch die Luft flog. Traf dumpf klatschend Schulter, Kopf und Hals, ehe Ulli die Arme heben konnte, um sich zu schützen.

»Ey, du gehirnamputierter Super-Fettsack«, sagte die Frau mit der tiefen Stimme, ohne die Lippen zu bewegen. Richtete sich auf und trat ihm in die Seite. »Sag dem Bullen, er soll seinen verdammten Hannoveraner Schwanz aus Braunschweig raushalten!«, wieder ein Tritt mit der Stahlkappe. »Wenn der sic' da noc'mal blicken lässt, kriegst du Euthanasie, du scheiß Super-Mongo!« Wieder ein Tritt. »Hast du das kapiert? Hast du das kapiert, Fettwanst?«, fragte sie, ohne die Lippen zu bewegen, beugte sich vor und schlug wieder zu, weit ausholend diesmal und kräftiger.

Automatisch winkelte Ullrich die Beine an, jetzt erst begann er zu schreien. »Hilfe! Hilfe!«

»Halt deine Fresse, du Hirni!« Wieder ein Schlag in Richtung Kopf. Ulli riss die Arme hoch. Gab seinen Unterleib frei. Die Frau hob das Bein, winkelte das Knie an und trat von oben senkrecht nach unten, als wenn sie einen trockenen Ast für das Lagerfeuer zerbrechen wollte. Und mit genau so einem knackenden Geräusch zerbrach Ullis unterste Rippe.

Die kräftige blonde Frau zögerte. Sie war sich nicht sicher, ob der Behinderte sie wirklich verstanden hatte. »Was sollst du ihm sagen, Mongo?«, fragte sie ohne Mienenspiel. Aber Ullrich antwortete nicht mehr. Da nahm sie plötzlich eine Bewegung wahr und hörte eine Frauenstimme.

»Nicht – Schwanz – in – Braunschweigsollermachen! Iiiiih! Iiiiih!« Petra stand kreischend in der Küchentür. Das Messer in der Hand. Stapfte von einem Bein auf das andere, wusste nicht, was sie tun sollte, traute sich nicht in den Flur.

»Fuck. Is hier 'n ganzes Nest voller Gehirnkrüppel?«, knirschte der unbewegliche Mund.

»Ulliiiih!«, kreischte Petra. »Ulliiih – gehdawegdu-Arschloch!« Und dann raste die kleine dicke Frau los, durch den Flur auf die große blonde Frau zu. Das Messer mit der Hand fest umklammernd und vorgestreckt wie ein Degen, schrie sie: »Ulliiiih!« Die Blonde wich tatsächlich zurück. Mit versteinerter Miene. Petra kreischte. Rannte. Stieß das Messer nach vorn. Stolperte über Ulli. Fiel der Länge nach auf den Boden. Hielt eisern das Messer fest. Kreischte und schwang es auf dem Bauch liegend gegen die Beine der Frau. Bis die Stiefelspitze mit der Stahlkappe ihre Hand zerquetschte. Durch die Wucht des Trittes brachen einige Fingerknochen. Das Messer flog davon. Petra kreischte. Die Frau ging in die Hocke, griff in Petras Haare, riss ihren Kopf hoch. Petra hörte auf zu schreien. »Alte Scheiße, bist du hässlic'«, sagte das starre Gesicht der blonden Frau, ohne die Lippen zu bewegen. Sie holte weit aus, und dann traf der mit Gummi ummantelte Stahlkern des Schlagstockes Petras Kopf direkt über dem Ohr.

Das mit dem Messer hätte schiefgehen können, dachte er, steckte den blutigen Schlagstock in eine Tüte und ging zügig die mäßig erleuchtete Straße hinunter. Zog mit einem flappenden Geräusch die Latexhandschuhe von den Händen, ließ sie in die Tüte fallen. Ging auf der dunkleren Straßenseite, gegenüber den Laternen. Bog in einen schmalen Fußweg ein, entfernte sich immer weiter vom Tatort, erreichte die Grenze zwischen den Einfamilienhäusern und Wohnblöcken mit Mietwohnungen, nahm die Frauenmaske mit den blonden Haaren und dem geschlossenen Mund ab, stopfte sie ebenfalls in die Tüte. Die Springerstiefel würde er später sorgfältig putzen, die Tüte samt Inhalt verbrennen.

Das war der Fettsack, den er im Internet auf dem Foto zusammen mit dem Bullen gesehen hatte. Auf der Seite von dem Café, wo sich die Dettschen trafen. Er grinste. Egal, der war genauso gut wie der Bulle selbst, schätzte er. Als Superman, der Spast! Schade, dass er das niemandem erzählen durfte.

Die Hannover-Connection hatte gute Arbeit geleistet, Adresse, Fotos und Infos über verschlüsselte E-Mails geschickt. Alles war glattgegangen. Netter kleiner Auftrag. Eine Hand wäscht die andere. Er grinste, stieg in den Renault und fuhr nach Dortmund zurück.

37 – Hannover, zur gleichen Zeit

Sie hatten ohne den Gitarristen mehrere Varianten versucht, aber der *frustratingly monday* klang immer noch nicht gut. So wie Ulli es auch schon gesagt hatte, *tingly, tingly, tingly,* das nervte, und es war – frustrierend.

»Das wird nix mehr. Machen wir Schluss für heute«, sagte der Drummer und schaute auf die Uhr. »Ist schon nach neun.«

Alle nickten und begannen ihre Sachen einzupacken. Carsten stöpselte das Kabel aus seinem blau schimmernden *Sandberg Panther Special* und legte ihn in den Koffer. Die anderen hatten sich schon lange abgewöhnt, darüber zu witzeln, dass er in Braunschweig gebaut worden war und trotzdem einen schönen Sound produzierte.

»Dann hoffe ich mal, dass zu Hause alles in Ordnung ist«, sagte Uns-Rainer. Carsten hatte ihnen in der Pause von Ullrichs Date erzählt.

»Och, ich glaube, die beiden kommen ganz gut miteinander aus.« Carsten schaute auf sein Smartphone. »Huch. Was ist das denn?« Drei Nachrichten auf der Mailbox, von immer der gleichen Nummer. Einer LKA-Nummer. Wenn er sich recht erinnerte, die von der Lindberg. »Was will die denn von mir?«, murmelte er und wählte die Mailbox an.

»Wie haben die … also *die* denn eigentlich Spaß?«, fragte der Keyboarder.

»Na, ich denke, so wie du und ich«, sagte der Drummer.

Uns-Rainer schaltete die Gesangsanlage aus. »Der Fortpflanzungswille ist dem Menschen immanent und …«

»Ach du Scheiße … Oh Gott! … Nein!« In Sekunden war Carsten weiß geworden, riss die Augen auf und begann zu zittern. Das Adrenalin leistete ganze Arbeit. Die anderen verstummten. Auch er wurde still. Hörte, was das Handy ihm sagte. Digitalisierte Worte von einem Server irgendwo. »Nein!«, schrie er wieder, als die erste Nachricht zu Ende war. Konnte nicht stillstehen, lief umher, drehte sich, aktivierte die nächste Nachricht. Fuhr hilflos mit der Faust durch die Luft, stampfte mit dem Fuß. »Diese Schweine!«, sagte er. »Diese miesen Schweine!« Dann die letzte. Nahm das Telefon vom Ohr.

Alle schauten ihn an, warteten, dass er ihnen sagte, was los war. »Die haben Ulli überfallen!«, schrie er. »Dieser Dreckskerl!! Das Schwein kauf ich mir! Den mach ich so was von platt ...! Das war eine Kollegin aus dem Amt. Er liegt im Krankenhaus. Seine Freundin auch.«

»Schwer verletzt?«, fragte Uns-Rainer.

»Ja.« Carsten drückte die Rückruftaste und presste das Smartphone ans Ohr.

»Hallo? Frau Lindberg? Sanders hier ... Ja ... ja ... Wo? In welchem Krankenhaus? ... im Clemi. Und wie schwer ...? Bei Bewusstsein? Gut ... und die Petra, die Frau Wilhelmi ... ach, den Namen hatten Sie noch gar nicht ... in einer Wohngruppe in Linden, Charlottenstraße 99, glaube ich ... die Spurensicherung ist ...? Okay, danke, Frau Lindberg.«

Er zog sich die Jacke an und eilte zur Tür.

»Du weißt, wer das getan hat?«, fragte der Drummer.

»Ich glaube ... ein Zuhälter aus Braunschweig! Ich fahr sofort ins Krankenhaus.«

»Soll ich mitkommen?« Uns-Rainer grapschte sich seinen Ledermantel.

»Nein, ist okay, brauchst du nicht«, sagte Carsten und rannte zu seinem Auto.

Er musste sich ausweisen, um auf der Notaufnahme bis zu Ullrich und Petra durchgelassen zu werden. Ein junger Krankenpfleger brachte ihn in das richtige Zimmer. Ulli lag da, ohne Brille, mit einem halb rasierten Schädel und einer langen genähten Platzwunde auf der Kopfhaut. Große gelbbraune Flecken von Desinfektionsmittel im Gesicht und auf den Armen, die regungslos neben ihm auf der Decke lagen. Einige Wunden waren mit Klammerpflastern verklebt. Die beginnenden Schwellungen blähten sein Gesicht auf. Morgen früh würde er aussehen wie ein Monster.

Petra sah nur etwas besser aus. Auch sie hatte eine große Platzwunde an der linken Kopfseite, aber keine weiteren Klammerpflaster. Ihre rechte Hand war mit Drähten verspannt und ruhte mit einer Schiene fixiert neben ihrem Körper auf der Matratze. Sie hatte die Augen geschlossen, als schliefe sie.

»Ihr Bruder hat einen Bruch der untersten rechten Rippe erlitten und eine Gehirnerschütterung. Außerdem ist sein linkes Jochbein angebrochen. Er hat mehrere Platzwunden und viele Prellungen erlitten, aber seine Leibesfülle hat vermutlich die Schläge und Tritte gemildert, sodass es keine inneren Verletzungen gab. Frau …«, der Pfleger schaute auf das Datenblatt, »… Wilhelmi hat weniger abgekriegt. Eine große Platzwunde an der linken Schläfe, und zwei Finger der rechten Hand sind gebrochen.«

Ulli hatte die Augen geöffnet, blickte starr an die Zimmerdecke und bewegte sich keinen Millimeter. Er trug ein krankenhauseigenes Nachthemd, ebenso wie Petra.

»Danke.« Carsten trat zwischen die beiden Betten und legte seine Hand auf die seines Bruders. »Na, Dicka. Wie geht's dir?«

»Scheiße. Mist«, nuschelte Ulli.

»Hast du Schmerzen?«

»Ja.«

»Leider mussten wir das Superman-Kostüm aufschneiden«, sagte der Pfleger. »Es ist nicht mehr zu gebrauchen. Die Kleider von Frau Wilhelmi sind in einem Plastikbeutel dort im Schrank.« Er wandte sich zur Tür. »In etwa einer Stunde werden die beiden auf Station gebracht. Fragen Sie morgen an der Rezeption, wohin genau. Auf Wiedersehen«, sagte er und ging.

»Warum hast du denn deinen Superman-Dress getragen?«, fragte Carsten.

Ullis Stimme war leise und tonlos. »Überraschung. Für Petra.«

Carsten drehte sich zu dem anderen Bett: »Und? Gelungen?«

Petra lag mit geschlossenen Augen da, sagte nichts. Bewegte sich nicht. Stand anscheinend immer noch unter dem Schock des Überfalls.

Er wandte sich wieder an seinen Bruder, nahm dessen Hand in seine. »Ulli, kannst du dich daran erinnern, was passiert ist?«

»Ich hab nichts gemacht«, schnarrte Ulli. »Ich hab nichts gemacht«, und begann den Kopf hin und her zu drehen. »Ich hab nichts gemacht. Ich hab nichts gemacht.«

Carsten drückte seine Hand. »Ich weiß, Ulli. Ulli, ist gut«, sagte er, aber Ulli hörte nicht auf zu beteuern, dass er nichts gemacht hatte. »Ist gut jetzt … Ich weiß … Ulli! Ich glaube dir.« Endlich hörte Ulli auf, den Satz zu wiederholen und seinen Kopf zu drehen. »Ist gut«, sagte

Carsten beschwichtigend. »Ist gut, du hast nichts falsch gemacht. Alles ist gut, Ulli, ehrlich.«

»Nee«, sagte Ulli, und die ersten Tränen liefen aus seinen geschwollenen Augen über die dicken Wangen. »Nee, nee, nee ... nichts ... ist gut«, schluchzte er. »Das Güross ... Die Frau ... hat mich geschlagen ... geschlagen, geschlagen, geschlagen ...« Er weinte. Greinend, wimmernd und laut wie ein Kind. Es war lange her, dass Carsten ihn so hatte weinen sehen. Er hielt es kaum aus. Es war seine Schuld. Er war schuld, dass sein Bruder hier im Krankenhaus lag. Grün und blau geschlagen, mit gebrochenen Knochen und verletzter Seele.

»Es tut mir so leid, Ulli, Mann, ich ...« Und dann liefen auch ihm Tränen aus den Augen. Er schluchzte. Trocknete sie mit dem Handrücken ab. Schniefte. Wartete, bis Ulli sich etwas beruhigt hatte. Ganz einfach, die Fragen mussten ganz einfach sein.

»Es hat an der Tür geklingelt?«

»Mhm«, bejahte Ulli mit geschlossenen Lippen.

»Du bist hin, hast sie aufgemacht und ...«

»Ich hab keine Schuld, ich hab keine Schuld, hab keine Schuld«, schluchzte Ulli.

»Nein, nein, du hast keine Schuld, Dicka, nein, das hast du nicht, ist gut, ist ja gut.« So ging es nicht. Er musste seine Fragen sensibler stellen. Kein *Du*, keine Schuld.

»Hätte ja sein können, dass es das Gyros war, oder?«

»Mhm«, brummte Ulli mit geschlossenem Mund.

»War es aber nicht.«

»Äh-äh«, bestätigte Ulli und drehte den Kopf einmal hin und her.

»Es war eine Frau?«

Ulli hob die Augenbrauen und zuckte mit den Schultern.

»Es hätte auch ein Mann sein können?«

Wieder nur ein Schulterzucken.

»Auf jeden Fall hatte sie kein Gyros dabei.«

»Äh–äh.«

»Und war groß.«

»Mhm.«

»Und hatte schwarzes Haar.«

»Äh–äh.«

»Blondes Haar.«

»Mhm.«

»Hat sie etwas gesagt?«

Ulli legte Falten in die Stirn. Dachte nach. Sagte: »Alte Scheiße. Mhm«, machte er und nickte. »Alte Scheiße.«

»Mehr nicht?«

»Weiß nicht … die hat … mich … geschlagen … geschlagen, geschlagen, geschlagen …« Wieder drehte er den Kopf hin und her.

»Ja, ist gut. Ulli, Ulli, okay, okay, ruhig.« Carsten strich über Ullis Hand. Er wurde wieder ruhiger. Sagte nichts mehr. Weinte, aber leise jetzt. Hörte nicht mehr auf.

»Okay, Ulli«, sagte Carsten irgendwann und stand auf. »Ich werde jetzt gehen. Ich komme morgen wieder. Morgen Vormittag. Versuch ein bisschen zu schlafen, ja?« Er schaute zu Petra. Sie hatte die Lider geschlossen, die ganze Zeit. Hatte keinen Laut von sich gegeben. Er strich auch über ihren Handrücken und ging.

Carsten parkte den Audi vor der Garage. Still und dunkel stand das Haus da, nichts deutete auf einen Überfall hin. Er schloss die Haustür auf, und erst hier sah er die Spuren des Kampfes. Das Blut auf den Fliesen. Ullis Brille meterweit entfernt in der Nähe der Toilette. Ein paar Sachen, die von der Garderobe gefallen waren.

Er trat über die Blutspuren hinweg, ging in die Küche und sah die offenen Schubladen. Den halb aufgeschnittenen Salatkopf, die Schüssel daneben. Dann ging er ins Wohnzimmer, stellte den Bass in die Ecke, setzte sich aufs Sofa und nahm den Kopf zwischen die Hände. Wiegte sich vor und zurück, ermahnte sich, ruhig zu bleiben und keine voreiligen Schlüsse zu ziehen, aber wenn das der Müller gewesen war, dann …

Am wichtigsten war, dass Ulli keinen psychischen Schaden zurückbehalten würde, und Petra natürlich genauso wenig. Ein Überfall in den eigenen vier Wänden war besonders schlimm für die Opfer. Manch einer brauchte Jahre, um so etwas zu verkraften. Andere schafften das nie. Seufzend nahm er die Hände vom Kopf, griff zum Telefon, schaute auf die Uhr, halb elf, suchte in den gespeicherten Nummern und rief die Kollegen des für Langenhagen zuständigen Reviers an.

»Tut mir sehr leid, das mit Ihrem Bruder, Herr Oberkommissar Sanders«, sagte der leitende Beamte der Nachtschicht und las ihm geduldig den Bericht vor:

Um neunzehn Uhr achtundvierzig war der Anruf in der Notrufzentrale erfolgt, getätigt von dem Mitarbeiter des Restaurant *Elektra*, der zwei bestellte Essen liefern wollte. Die Haustüre war nur angelehnt gewesen, er hatte geklingelt, dann ein Stöhnen gehört, die

Tür aufgedrückt und sofort die Notrufzentrale angerufen. Der erste Streifenwagen war circa zwölf Minuten nach dem Anruf vor Ort gewesen, in der Zeit leistete der Mann Erste Hilfe, die dann von den Beamten übernommen wurde. Die beiden Opfer waren zwar bei Bewusstsein, aber die Frau konnte sich gar nicht artikulieren. Der Mann sagte seinen Namen, wiederholte dann aber immer nur ein paar Sätze wie: »Ich hab nichts gemacht. Die hat mich geschlagen. Der hat mich geschlagen.« Er konnte nicht sagen, ob es sich um einen Täter oder eine Täterin gehandelt hatte, nur dass es eine einzelne, große, recht kräftige Person mit blonden Haaren war. Nachdem der Rettungswagen eingetroffen war, hatten die Kollegen die Personalien des Zeugen aufgenommen und ihn seiner Arbeit nachgehen lassen. Sie befragten die Bewohner der umliegenden Häuser, aber niemand hatte etwas gesehen oder gehört. Aufgrund der mageren Personenbeschreibung hielten die Streifenwagenbesatzungen in der Nähe nur nach einem großen, kräftigen, blonden Menschen Ausschau, wurden aber bisher nicht fündig. Die Spurensicherung war, kurz nachdem die Geschädigten abtransportiert wurden, eingetroffen. Es wurde ein Messer gefunden, das aber anscheinend nicht zum Einsatz gekommen war. Der komplette Bericht der Spusi stehe natürlich noch aus.

»Sie können da anrufen, Herr Oberkommissar«, sagte der Schichtleiter und gab Carsten die Durchwahl. Der bedankte sich und legte auf. Dann stand er nervös auf und untersuchte den Flur, pedantisch, Zentimeter für Zentimeter. Holte sein Smartphone und machte Fotos.

Es war nach elf, als er Mandy anrief, ihr alles erzählte und sie ihn versuchte zu beruhigen.

»Carsten, du hast keinen Beweis, dass es der Mann aus Braunschweig war. Es gibt eine Menge Verrückte heutzutage. Vielleicht war es schlicht Zufall.«

»Kann sein, glaub ich aber nicht. Was ich glaube, ist, dass die beiden sich kannten. Wenn ich das richtig gesehen habe, fährt der wohl einen grauen Porsche. Ich habe ihm das Foto des toten Džugi gezeigt. Das hat ihn geärgert.«

»Reine Spekulation. Vielleicht wünschst du dir, dass es so ist.«

»Ich will Jens Müller morgen sehen. Ich will ihm Auge in Auge gegenüberstehen, wenn er lügt.«

»Gut«, sagt Mandy. »Ich komme mit. Ich mache früher Feierabend, und wir treffen uns gegen sechzehn Uhr in der Polizeidirektion Braunschweig. Wenn es noch nicht zu spät ist, fahren wir nach Hannover und kümmern uns um Ullrich und seine Freundin.«

Es war nach Mitternacht, als Carsten im Flur stand und sich noch einmal die angetrockneten Blutspuren ansah. Er würde sie erst später wegwischen, vielleicht war eine Spur des Täters dabei?

38 – München/Wolfsburg, Mitternacht

Der rote Maserati GranTurismo MC Stradale bockte wie ein wildes Pferd. Xui Chenglong bewegte das Gaspedal nur ein paar Millimeter, und sofort spürte er die Kraft der vierhundertsechzig PS im ganzen Körper. Nicht als sei er nur der Herrscher über diese immense Kraft, sondern als würde er sie wirklich in sich aufnehmen können, strömte sie ihm durch jede Faser und in jeden Nerv hinein. Er bekam eine Gänsehaut nach der anderen. Das war genau das, was er sich gewünscht hatte. Und verdient natürlich. Immerhin hatte er durch geschicktes Verhandeln der »COSCo« den ersten eigenen Flugplatz weltweit beschert. Dieser Erfolg seiner Arbeit wurde genau in diesem Moment transformiert. Materialisierte sich genau jetzt in diesem italienischen Spitzenprodukt. Wieder drückte er das Gaspedal etwas durch. Die Vibrationen des Autos erzeugten in ihm fast einen sexuellen Genuss.

Endlich sprang die Ampel auf Grün. Die Reifen kreischten, der Motor brüllte, Chenglong schrie, und in einer grauen Wolke raste der Wagen davon in die Nacht. Auf die Autobahn und dann immer Richtung Norden. Er wünschte sich so sehr, dass er die dreihundert Stundenkilometer ausfahren konnte. Die Uhr im Armaturenbrett zeigte Mitternacht. Dann könnte er das Hotel Steigenberger in Braunschweig gegen vier Uhr früh erreichen und hätte den ganzen Tag Zeit, sich auszuruhen, bevor er am Abend das Special Event genießen konnte. Bei dem es vielleicht sogar eine exquisite Gaumenfreude geben würde, nicht nur etwas für Auge und Hirn. Er kreischte und lachte, und seine Stimme wurde eins mit dem Brüllen des Motors.

Der Jetlag machte ihr zu schaffen, und schlaflos wälzte sich Antonia Mercedes da Silva im Bett herum. Am Abend hatte sie mit dem Scheich aus Dubai im

Drei-Sterne-Restaurant *Aqua* des Ritz-Carlton Wolfsburg gegessen und entzückend gestaltete Kulinaritäten genossen, zu denen er sie selbstverständlich eingeladen hatte. Dann hatten sie noch eine Weile in der Bar gesessen, geplauscht, und wieder machte er Andeutungen über die beeindruckende Show, die sie am nächsten Tag erwartete. Er hatte ihr ein Blatt Papier überreicht, das mit *Culture & Fairplay – Rules and Standards* überschrieben war. Allerlei Dinge waren darin geregelt. Unter anderem wurde um eine diskrete Anreise gebeten und darum, besondere Getränke selbst mitzubringen. Dringend empfohlen wurde, eine Maske zu tragen, falls jemand das absolute Fotografierverbot missachtete. Wie in einem Swingerclub, dachte sie, würden alle Männer wie Zorros aussehen und die Frauen wie in einer Opernaufführung, nur sie nicht, denn der Scheich hatte ihr einen Niqab mitgebracht, einen großen schwarzen Kopfschleier, mit einem Schlitz, der die Augen frei ließ. Wenn denn außer ihr und dem Personal überhaupt Frauen da wären.

Da Silva drehte sich herum und spielte mit dem Gedanken, sich zur Entspannung einen Callboy kommen zu lassen. Aber wahrscheinlich gab es so spontan und kurz nach Mitternacht hier in der Provinz gar keinen. Also stand sie auf, ging ins Bad, füllte ein Glas mit Wasser und nahm eine Schlaftablette aus ihrem Beautycase. Sie hatte ein Club-Zimmer genommen, mit Aussicht in Richtung des Volkswagen Kraftwerks und des kleinen Hafenbeckens davor. Mit dem Glas in der Hand stand sie vor dem bodentiefen Fenster und schaute auf die vier hohen beleuchteten Schornsteine aus roten Backsteinen und auf das spiegelnde Wasser. Ein schwarz-weißes spärlich beleuchtetes kleines Motorschiff glitt langsam über den Kanal, der, wenn sie das richtig verstanden hatte, nicht einmal einen Namen hatte. Trieb vor dem Hafenbecken, fuhr wieder an und verschwand nach links aus ihrem Blickfeld. Da Silva schluckte die Tablette und ging wieder ins Bett. Archaisch sollte die Veranstaltung sein, hatte Scheich Abdul gesagt. Es wurde Zeit, dass sie ein wenig Schlaf bekam.

Das kleine Hafenbecken zwischen den Schornsteinen und dem Ritz-Carlton war abgesperrt. Vladimir Rasumichin ärgerte sich, dass sie mit der *Awdotja* nicht hineinfahren und dort übernachten konnten. Lustlos schoss er ein paar Fotos, steckte das Smartphone in die Bauchtasche seines grauen ZSKA-Moskau-Kapuzenpullovers, ging wieder in das Ruderhaus der Motoryacht und setzte sich ärgerlich neben Fjodor Alekpaska, den alten Freund noch aus den Jugendtagen in der Komsomol. Seit heute Morgen waren sie unterwegs. Hatten keine kleine Kreuzfahrt gemacht, waren nicht einmal durch die Betten deutscher Flüsse gefahren, sondern nur auf Kanälen die hundertachtzig Kilometer von Lübeck nach Wolfsburg. Langweilig war das. Trostlos langweilig und Schleusen, Schleusen, Schleusen. Da hatten nur ein paar Gläserchen Wodka geholfen. Auch weil die *Awdotja* mit ihren gerade mal elfeinhalb Metern wirklich das mickrigste Schiff in der Flotte von Fjodor Alekpaska war. Die kleine finnische Angelyacht war fast zwanzig Jahre alt, und Vladimir dachte, dass

Fjodor sie längst abgestoßen oder zumindest versenkt hätte. Jetzt wusste er es besser. Und erinnerte sich, wie sie vor Jahren, als der Kahn noch neu war, damit von Petersburg nach Tallin geschippert waren. Schon damals hatte er die Yacht lächerlich gefunden. Während er und andere aufstrebende Millionäre sich strahlend weiße Vierzig-Meter-Yachten in Griechenland kauften, hatte Fjodor Alekpaska ein Schifflein erstanden, das eher aussah wie ein Schlepper, lediglich zwei Kabinen hatte und nur eine einzige Dusche. »Bisschen angeln in der *Baltiyskoye more,* Vladimir, und viel Spaß in *Estoniya*«, hatte Fjodor damals gesagt.

Jetzt sagte er: »Wir sind gleich da, Vladimir, gleich.«

»Das sagst du seit einer Stunde, mein lieber Freund.«

»Der Hafen ist gleich da vorn, laut Karte. Keinen Kilometer mehr. Schau, das ist die *Autostadt*«, er zeigte nach Backbord in die Dunkelheit.

»Schön«, sagte Vladimir. »Gewaltig«, und dann goss er sich und Fjodor noch einen Wodka ein. Er schaute auf die Uhr. Null Uhr siebzehn. Die Veranstaltung heute Abend sollte wirklich außergewöhnlich sein, sonst würde er sich über die vergeudete Zeit ziemlich ärgern.

39 – Braunschweig, Donnerstag, 20. Oktober, Mitternacht

Hussein Ali Muhammed kauerte satt auf dem Sofa, hatte Lammkoteletts gegessen, Chips und Schokolade, und blickte auf den neuen Flatbildschirm. Riesige rosa Gesichter einer deutschen Seifenoper sagten Dinge, die er nicht verstand. Er gähnte herzhaft, zeigte seine weißen Zähne, kratzte sich über die fast verheilte Wunde an der Schulter. Brach ein großes Stück von der Trauben-Nuss-Schokolade ab, griff zur Fernbedienung und schaltete auf einen Nachrichtensender um, auf dem Arabisch gesprochen wurde. Auch wenn er die Bildunterschriften nicht lesen konnte, verstand er doch wenigstens ein wenig von dem, was gesagt wurde. Er sah die ewigen Bilder des Krieges, Tod und Zerstörung überall. Bis vor einem Jahr war er selbst ein Teil davon gewesen. Das war nun vorbei, und er dankte Allah in jedem Gebet dafür, dass er die Flucht überlebt hatte. Dass er ihm ein neues Leben geschenkt hatte.

Die Flucht. Hussein schaltete weiter, beugte sich vor und griff nach dem Whisky. Über Land, übers Meer, nach Deutschland. Die Flasche hatte fast hundert Euro gekostet. Es war wie Balsam gegen die destillierte Hundepisse, die er früher getrunken hatte. Die anderen in den Unterkünften. Den Heimen. Familien. Aus Syrien. Männer aus Afghanistan. Iraker, Nordafrikaner, Afrikaner, so wie er. Es kam zu Streitereien. Er hatte zugeschlagen. Mit einem Stuhl. Rasend, hemmungslos, ohne Erbarmen. Musste wieder fliehen. Aber dann war Donna aufgetaucht wie eine Blume in der Wüste. Wie eine Oase der Glückseligkeit.

Und er dankte Allah auch für die Frau. Die ihm begegnet war, vor dem Schloss mitten in der Stadt. Die ihm ein Versteck besorgt hatte. Die ihn Doggie nannte und ihm den *Job* vermittelt hatte. Für mehr Geld, als er es sich jemals hätte erträumen können. Und für neue Papiere, die er aber noch nicht bekommen hatte. Die ihn immer wieder besuchte und freiwillig mit ihm schlief.

Sie sagte, sie hätte keine Familie, und vielleicht war sie eine Prostituierte. Das konnte man bei vielen Frauen hier in Europa nicht so genau sagen. Sobald er die neuen Papiere hatte, würde er sie heiraten. Dann hatte er keine Probleme mehr mit den deutschen Ämtern und konnte auf einen Asylantrag scheißen. Wie Donna es immer sagte: »Scheiß drauf, Doggie!«

Er stellte das Glas wieder auf den Tisch, zappte weiter, in einen Sender mit Autos. Nahm das Butterfly-Messer in die Hand, ließ es rotieren, mehrmals auf- und zuschnappen. Der alte Mann in dem Secondhandshop hatte düster geguckt, als er es hatte haben wollen, es ihm schließlich aber doch verkauft. Doppelt so teuer, als es dran gestanden hatte. Hussein lupfte die Bünde von der Trainings- und Unterhose, legte das Messer in die Leiste und ließ die Bünde zurückschnappen. Dann stand er auf, zog die Trainingshose ganz aus und ging ein paar Schritte auf und ab. In dem grauen Slip war die Kontur des Messers gut zu sehen. Dann fiel es auf den Boden. Er hob es auf, legte es wieder auf den Tisch zurück. Eigentlich brauchte er es nicht gegen einen Hund, dachte er. Ein Hund war kein Problem, und irgendeine Waffe würden sie ihm schon geben. Er trank das Glas leer. Vielleicht wieder einen angespitzten Stock und einen scharfen Stein. Er schaltete den Fernseher ab und legte sich hin.

Ein Schrei spät in der Nacht ließ ihn aufschrecken.

Schweißgebadet und atemlos.

Hatte er den kehligen Ruf eines Muezzins gehört?

Die Todesschreie seiner Schwester?

Waren es Schüsse gewesen?

Oder wieder das dumpfe Hacken der Machete, die den Kopf von den Schultern seines Vaters schlug?

Oder hatte er Stimmen gehört? War da jemand an der Tür? Hatte es geklingelt? Geklopft?

Gelähmt vor Angst, lag er im Bett und lauschte angestrengt in die Dunkelheit. Das Summen und Pfeifen in seinen Ohren wurde immer lauter. Plötzlich merkte er, dass er nicht mehr atmete. Schnappend versuchte er, Luft in seine Lungen zu bekommen. Aber es ging nicht. Er konnte nicht atmen. Er bekam keine Luft. Er bekam keine Luft mehr!

Er erstickte!

Weil sie den Strick um seinen Hals immer fester zuzogen!

Sie waren hier! Sie hatten ihn verfolgt! Sie hatten ihn gefunden! Jetzt würden sie ihn erwürgen!

Er griff sich an seinen Hals. Der Strick! Strampelte mit den Beinen. Macht den Strick los! Wie einen tollwütigen Hund hatten sie ihn mit der Schlinge um den Hals durch das Dorf gezerrt. Er konnte nicht atmen! In Todesangst hatte er versucht sich loszureißen, so wie er jetzt panisch seinen Körper im Bett herumwirbelte. Hatten das Seil über einen Ast des großen Baobabs auf dem Dorfplatz geworfen. Ihn daran hochgezogen. Um dann lachend und grölend loszulassen, und er fiel ….

Fiel aus dem Bett heraus und landete krachend auf dem Boden. Der Sturz löste seine Verkrampfung, und endlich konnte er röcheln. Ächzen. Atmen. Luft holen.

Zitternd erhob er sich auf Hände und Knie. Begann, seinen Kopf gegen die Kante des Bettes zu schlagen. Bumm.

Konzentrierte sich nur auf die Schläge. Bumm. Bumm. Bumm.

Und mit jeder Erschütterung seines gepeinigten Gehirns wurden auch die grausamen Bilder erschüttert.

Von seiner sterbenden Mutter. Bumm.

Dem furchtbaren Gesicht seines gefolterten Bruders. Bumm.

Dem Geruch nach brennendem Menschenfleisch. Bumm.

Und dem schlüpfrigen Gefühl von Blut an seinen Händen. Bumm.

Bis sein Kopf ganz leer und nur noch der grenzenlose Reflex zum Überleben darin war. Der ihn genau das tun ließ, was sie wollten. Zerstören. Bumm. Zerhacken. Bumm. Töten. Bumm. Töten. Bumm. Töten. Bumm. Töten. Bumm.

Als der Wahn vorbei war, lag er keuchend vor dem Bett und horchte in die Dunkelheit. Aber durch das ewige Pfeifen und Summen in seinen Ohren nahm er nicht einmal das Rauschen der Autos auf der Tangente wahr oder das Rattern der Züge von der nahen Trasse.

Es war vorbei.

Er war geflohen.

Er war in Deutschland.

Er war sicher. Konnte atmen. Blickte sich um. Blutete an der Stirn. Er saß auf dem Boden. Starrte ins Leere. Starrte. Und irgendwann dümpelte er in das erlösende, empfindungslose schwarze Vakuum hinüber.

7. KAPITEL

40 – Hannover/Braunschweig, Freitag, 21. Oktober, Krankenhaus

Noch vor dem Frühstück rief Carsten Sanders in der Keksfabrik an und entschuldigte seinen Bruder bei der Betreuerin. Nach dem Frühstück packte er eine Tasche mit Sachen für ihn und fuhr an diesem Freitagmorgen nicht gleich zur Arbeit, sondern ins Clementinenhaus in der Lützerodestraße. An der Rezeption fragte er nach seinem Bruder und Petra. Man hatte sie in getrennten Räumen, aber auf dem gleichen Flur untergebracht. Schnell fand er Ullrichs Zimmer, klopfte an, öffnete. Vier Betten, nur eins war nicht belegt. Petra saß neben Ullis Bett auf einem Stuhl, das Frühstückstablett auf dem Schoß, der Morgenmantel voller Krümel, mit Kaffee und Marmelade bekleckert. Ihre geschiente Hand lag unbeweglich auf der Bettdecke.

»Guten Morgen«, sagte Carsten, nickte den anderen Patienten zu, stellte die Tasche auf den Boden und setzte sich Petra gegenüber auf die Bettkante. »Na, Ulli, wie war die Nacht?«

»Mist. Tut alles weh, und deine?« Er sah wirklich aus wie ein Monster. Mit mit schwarzen Schorfflecken gesprenkelter und vernähter Kopfwunde, zugeschwollenen veilchenblauen Augen, Blutergüssen im Gesicht und am Hals lag er da und versuchte sich nicht zu bewegen.

»Ging so. Das glaube ich, dass dir alles wehtut. Und dir, Petra?«

»Tut – weh – ja – aberkannnachhergehen«, sagte sie und ließ die weißen Augäpfel rollen.

»Holt dich jemand ab?«

»Ja – von – derWohngruppedieIngrid.«

Carsten nestelte in der Innentasche seiner grauen Cabanjacke. »Ulli, ich hab dir deine Brille mitgebracht.« Er beugte sich vor und setzte sie auf seine Nase.

»Ist die heile geblieben, wa?« Ulli reckte den Hals und lugte mit dem weniger verquollenen Auge durch das dicke Glas. »Hastu bei meine Arbeit angerufen?«

»Ja, das habe ich schon gemacht. Und im *Café Down* auch. Andrea ruf ich nachher noch an. Vielleicht hat sie Zeit und schaut heute Nachmittag mal rein. Und ein paar Anziehsachen habe ich dir mitgebracht und dein Telefon. Du, Ulli, ich ...« Carsten zögerte und klopfte mit den Händen die Jackentaschen ab. »Ich muss dich ... euch noch mal was wegen gestern fragen. Ist das okay?«

Ulli starrte ihn durch die Brille an, nickte leicht und machte »mhm«, ohne den Mund zu öffnen.

»Ja.« Auch Petra nickte.

Carsten zog einen Stift und das kleine Notizheft aus einer Brusttasche. »Gestern wart ihr euch ja nicht sicher, ob der Täter ein Mann oder eine Frau war. Was sagt ihr heute?«

»Sah aus wie 'ne Frau«, sagte Ulli. »Alte Scheiße, der hatte 'ne Maske auf. Keine Ahnung.«

»Maske«, sagte Petra und nickte.

»Also ein großer Mann mit einer Frauenmaske vorm Gesicht?«

Auch Ulli nickte. »Hab gedacht, Güross kommt. Und dann …«

»Wie groß war er denn? So groß wie ich? Oder größer als ich?«

»Größer, glaub ich. Mindestens.«

»Und kräftiger, also breiter als ich?«

»Glaub ich auch, ja.«

Petra nickte.

Carsten schrieb. »Hat er noch irgendwas gesagt?«

»Nee«, Ullis Mund verzog sich. Aus seinen zugeschwollenen Augen quollen Tränen hervor. »Nee, nur geschlagen. Der hat mich dann geschlagen! Geschlagen! Mit 'nem Knüppel!«

Carsten legte ihm die Hand auf den Arm. »Ist gut, Ulli«, sagte er. »Ist ja gut. Hier bist du sicher.«

Petra legte ihre gesunde Hand auf Ullis Linke. »Doch – Ulli – derhatwasgesagt«, meinte sie leise.

Carsten hob den Kopf und blickte sie an. Ihre großen Augen huschten unstet hin und her, blieben dann aber für eine Sekunde auf Carstens Gesicht hängen, bevor sie weiterrollten: »Nicht – Schwanz – in – Braun – schweigsollstdustecken.«

»Was? Was soll ich?«

»Dein' – Schwanz – aus – Braunschweigraushatergesagt.«

Klar. Jetzt war alles ganz klar. Der Überfall war kein Zufall. Bebend schrieb Carsten auf, was Petra gesagt hatte. »Du darfst das nicht vergessen, Petra. Einer meiner Kollegen wird dich besuchen, heute oder morgen, dem musst du das Gleiche sagen. Das ist ganz wichtig.«

Petra nickte. »Mach – ich – jajaganzbestimmt.«

»Das ist gut.« Carsten stand auf. »Ich werde jetzt ins Büro fahren und heute Nachmittag nach Braunschweig. Mandy und ich kommen dann am Abend zurück, und wenn es noch nicht zu spät ist, werden wir dich noch besuchen. Ansonsten morgen Vormittag. Tschüss, Ulli, tschüss, Petra.« Bevor er sich umdrehte und das Krankenzimmer verließ, sah er, wie Petra Ulli mit der gesunden Hand die Tränen wegwischte.

Carsten konnte sich kaum auf die Arbeit konzentrieren. Zum ersten Mal in seinem Arbeitsleben war er privat in einen Fall involviert. Verbissen schwor er sich, Müller zu jagen. So lange, bis der im Knast saß.

Er versuchte, Bernd zu erreichen, aber der nahm nicht ab. Dann rief er im *Café Down* an und Mandy, um ein bisschen runterzukommen. Erzählte ihr von dem Beweis, dass der Überfall ihm gegolten hatte, und wenn sie mit der gesunden Linken eine Waffe hätte führen können, hätte er seine Freundin gebeten, sie mit nach Braunschweig zu bringen.

Gegen halb drei gab er sich schriftlich die Anweisung, nach Braunschweig zu fahren, um dringenden Fragen im Fall 07102016-PE-UbkT-m nachzugehen. Schrieb eine Aktennotiz darüber, informierte kurz den Kollegen Weinreich über den Einsatz, bevor er in die Waffenkammer ging.

Es war ein trüber Tag ohne Sonne. Über dem Land lastete schwere, feuchte Herbstluft. Autos und Lkw wirbelten winzige Tropfen auf, sodass Carsten Sanders gezwungen war, ab und zu die Scheibenwaschanlage zu betätigen, um den Durchblick zu behalten. Kurz vor Braunschweig rief Mandy an, die auf der anderen Seite der Stadt in einen Stau geraten war und wahrscheinlich eine halbe Stunde länger brauchen würde.

Er stellte seinen Audi auf dem Parkplatz vor dem großen gläsernen U der Polizeidirektion ab und nahm forsch den Weg zur Kriminalinspektion.

»Guten Tag, Frau Vogt«, begrüßte er die Kommissarin. »Gut, dass Sie noch da sind. Herr Klunker ist …«

»Hallo, Herr Sanders«, antwortete sie. »Nein, nein, das dauert noch mit seiner Schulter. Aber ich muss heute sowieso länger bleiben. War eine ganze Menge los die Woche.«

Carsten setzte sich auf den Besucherstuhl neben dem Schreibtisch. »Sie hatten wohl recht mit Ihrer Einschätzung von Jens Müller.«

Sie fixierte ihn über den Rand ihrer goldfarbenen Brille hinweg. »Inwiefern?«

Carsten erzählte ihr, was passiert war.

»Oh, das tut mir sehr leid, Herr Sanders. Aber ich hatte Sie ja gewarnt, bei dem Mann ist Vorsicht geboten. Und jetzt wollen Sie ihn noch einmal aufsuchen?«

»Natürlich«, sagte Sanders. »Ich möchte ihm in die Augen sehen, wenn er lügt.«

»Gehen Sie über den Dienstweg. Das ist sicherer.«

»Dienstweg?« Carsten beugte sich vor. »Soll Herr Kollege Klunker das etwa machen? Da kann ich ja bis zum

Sankt-Nimmerleins-Tag warten. Müller lacht sich doch ins Fäustchen über eine *Befragung* in der Sache.«

»Gewalt erzeugt Gegengewalt, Herr Sanders. Das haben Sie doch gerade erlebt.«

Carsten nickte. »Das ist genau das, Frau Vogt.«

Sie nahm die Brille ab und wies mit einem Bügel auf Sanders. »Sie wollen ihn noch weiter provozieren?«

»Wenn es geht, ja. Das scheint hier wohl sonst keiner zu machen.«

»Sie wissen nicht viel über den Mann. Ich kann Ihnen da ein paar Dinge ...«

Carsten unterbrach sie mit einer schnellen Handbewegung. »Genug. Manchmal ist Wissen auch eine Last. Ich weiß, dass es ihm am liebsten ist, wenn man ihn mit Samthandschuhen anfasst. Ich möchte es jetzt aber mal mit der Kneifzange versuchen.«

»Das erste Ergebnis dieser Strategie liegt bereits im Krankenhaus. Sind Sie verheiratet, Herr Sanders? Haben Sie Kinder? Geschwister? Wo leben Ihre Eltern? Warten Sie lieber ab, bis Sie was Hieb- und Stichfestes gegen ihn in der Hand haben. Und dann machen Sie das nicht persönlich, sondern lassen den Polizeiapparat arbeiten, dazu ist er ja da.«

»Nein, ich bin nicht verheiratet, und ich habe auch keine Kinder und keine weiteren Geschwister, meine Mutter ist tot, und mein Vater lebt irgendwo in Thailand. Sie sehen, Frau Vogt, ich bin genau der Richtige, der dem Idioten mal die Leviten lesen sollte.«

»Na, wenn Sie das so wollen. Aber sagen Sie nicht, man hätte Sie nicht gewarnt. Sie wollen ihn also aus der Reserve locken?«

»Provozieren, wie Sie gesagt haben. Er kann nicht besonders dicke Nerven haben, wenn das Foto eines toten Mannes ihn schon zu so einer Dummheit treibt. Wer Gewalt ausüben will, muss seine Deckung verlassen.«

Frau Vogt zog die Augenbrauen hoch, seufzte. »Ihr Kunde«, sagte sie und setzte wieder die Brille auf. »Sie sollten aber Zeugen mitnehmen, je mehr, desto besser. Ich kann Ihnen einen Streifenwagen der BePo hinzuziehen.«

»Das wäre nicht schlecht. Außerdem wird noch eine Kollegin vom LKA Sachsen-Anhalt dazustoßen. Aber vielleicht ist der Herr auch gar nicht zu Hause.«

»Aus Magdeburg? Warum das denn?«

»Ach … sie hat mich bereits bei den Ermittlungen bezüglich der Identität von Jamiro D. unterstützt, und wir denken, Müller ist in irgendeiner Art Netzwerk organisiert, das länderübergreifende Polizeiarbeit erfordert.«

»Ich glaube, in mehr als einem Netzwerk – Hooligans, Neonazis, Rocker, Menschenhändler. Suchen Sie sich eines aus. Das sind natürlich nur Vermutungen, beweisen lässt sich das alles nicht. Möchten Sie einen Kaffee, solange Sie auf die Kollegin warten?«

»Sehr gerne.« Sanders zog die Jacke aus und hängte sie über den Stuhl.

Frau Vogt stand auf. »Kommen Sie. Ich zeige Ihnen, wo die Teeküche ist.«

Er folgte Frau Vogt hinaus auf den Flur, in eine lichtdurchflutete Nische, in die eine Küchenzeile eingebaut war. Tische und Stühle erinnerten eher an ein Café als an einen Raum in einem Amt.

»Schön haben Sie es hier.« Carsten schaute sich um.

»Ist ja auch noch nicht so alt. Möchten Sie Milch und Zucker?«

»Bitte nur Milch. Ach, was mir da einfällt, haben die Kollegen mit den Lehrkräften der Schule gesprochen, die Ayla Erdal besucht? Wegen der Faustkeile?«

Kommissarin Vogt sah auf ihre Armbanduhr. »Wenn nichts dazwischengekommen ist, müsste das heute Nachmittag passieren.«

»Vielleicht könnten Sie die Kollegen mal anrufen, ob es da schon ein Ergebnis gibt?«

»Ich glaube, die haben heute dreizehn oder vierzehn Befragungen durchzuführen. Wenn jeder sie mit seinem speziellen Fall nerven würde, kämen sie damit nicht durch. Wir warten wohl besser, bis sie wieder im Hause sind. Es ist ja keine Gefahr im Verzug. Hier, bitte.« Sie reichte ihm einen gefüllten Kaffeebecher mit der Aufschrift »Mumme-Meile 2015«, was immer das sein mochte.

»Da haben Sie wohl recht. Vielen Dank«, sagte er und nahm den Kaffee entgegen.

Dann kehrten sie an den Schreibtisch von Frau Vogt zurück.

»Wo ist denn der Arbeitsplatz von Kommissar Klunker? Dann kann ich auch noch das ein oder andere erledigen, bevor die Kollegin aus Magdeburg da ist.«

»Gleich da drüben.« Frau Vogt wies mit dem Kinn nach links und nestelte an einer Packung Schokoladenkekse. »Möchten Sie auch einen?« Aber Sanders lehnte ab, ging zu dem Schreibtisch rüber und startete den Computer.

Eine viertel Stunde später betrat Mandy das Büro. Frau Vogt schaute etwas verwundert drein, als sie ihr die linke Hand mit den Worten hinhielt: »Die Rechte ist eine Prothese, wissen Sie, das fühlt sich nicht schön an. Mandy Kolwicz, LKA Sachsen-Anhalt, guten Tag«, aber noch mehr wunderte sie sich, als die Frau Kommissar Sanders einen Kuss auf die Stirn gab.

41 – Braunschweig, Friedrichshöhe

Der Streifenwagen mit den beiden Beamten der Bereitschaftspolizei fuhr ihnen voraus durch den dichten Freitagnachmittagsverkehr. Über die Straßen des östlichen Rings, am Bahnhof vorbei und auf die Tangente Richtung Süden bis zur Ausfahrt Rüningen-Süd und dann auf die Friedrichshöhe. Hinter dem Gasthaus bogen sie rechts ab, hatten nach ein paar Hundert Metern das ummauerte Domizil von Jens Müller erreicht und parkten direkt davor auf dem Fuß- und Radweg.

Der Oberkommissar aus Hannover hatte die Polizisten instruiert, was zu tun war. Sie sollten nur die Situation absichern und beobachten. Leider war noch keiner von ihnen mit einer Körperkamera ausgerüstet. Niemand wusste im Voraus, was bei einem Einsatz passieren konnte, deshalb waren sie auf alles vorbereitet. Hatten Schutzwesten angelegt, nahmen Pfefferspray und Schlagstöcke aus dem Streifenwagen mit und überprüften vorsichtshalber ihre Schusswaffen.

Auch Sanders fuhr mit der Hand unter die graue Cabanjacke, berührte den Griff seiner Dienstwaffe, ob sie noch da war, wo sie hingehörte, im Schulterholster nämlich. Fingerte nach der ledernen Sicherungsschlaufe und öffnete mit einem leisen Klick den Druckknopf.

Kolwicz ließ ihre Tasche im Auto liegen. Sie stieg aus und schaute sich um. Lediglich ein Nachbar zur rechten Seite grenzte an das Grundstück, auf der anderen und gegenüber befanden sich nur Felder.

»Na, der hat sich aber eine abgelegene Gegend ausgesucht. Und gut gesichert das Ganze.« Sie schlug die Autotür zu. Wie auf ein Signal hin brach plötzlich ein tosendes Hundegebell los.

»Der hat sicher große Angst vor Einbrechern«, sagte Carsten und ging um das Auto herum zu Mandy. »Ein ganz großer Angsthase ist das.«

»Deshalb auch die vielen Hunde.« Wind wehte von den Feldern herüber. Mandy knöpfte sich den Trenchcoat zu, während Sanders an das hohe Tor trat und auf die Klingel drückte, links und rechts flankiert von den beiden Polizisten. Die Hunde kläfften noch ungestümer. Sonst tat sich nichts. Sanders klingelte noch einmal. Schaute in die Kamera. Sie warteten. Die Hunde bellten und jaulten. Wieder drückte er auf den Knopf. Dann auf die Klinke der Tür in dem schwarzen Blechtor. Die Tür war nicht verschlossen. Er drückte sie auf. Und starrte in das aufgerissene Maul eines schwarzen Mastinos, der wütend losbellte. Noch ehe er die Tür wieder schließen konnte, stieß der Kopf des Kampfhundes vor und schnappte kläffend nach ihm. Sanders zuckte vor den gefletschten Zähnen zurück, aber wäre der Hund nicht durch eine Leine zurückgehalten worden, wäre er ihm an die Kehle gesprungen.

»Ruhig, Püppchen! Ist doch nur ein Bulle.« Der kompakte Mann am anderen Ende der Leine versuchte nicht wirklich, den Hund zu beruhigen. »Herr Polizist, begehen Sie bitte keinen Hausfriedensbruch!«, sagte er laut, um das Hundegebell zu übertönen. »Oder haben Sie einen gerichtlichen Durchsuchungsbeschluss? Ich glaube nicht, denn dann hätten Sie sicher mehr Schutzpolizisten mitgebracht!«

»Guten Tag, Herr Müller!« Sanders hielt ihm seine Dienstmarke hin. »Nein, ich habe noch keinen rechtswirksamen Befehl, Ihr Haus und Grund zu durchsuchen. Ich wollte mich nur kurz mit Ihnen unterhalten.« Auch Kolwicz zeigte ihre Marke, aber niemand schaute darauf.

»Püppchen! Aus! Sitz!«, brüllte Stiernacken. Aber noch war der Kampfhund nicht bereit, seine Empörung über den ungebetenen Besucher zu unterdrücken, und kläffte weiter. »Worüber denn?«

»Über die Sache in Hannover.«

»Aus jetzt! Püppchen! Sitz!« Endlich beruhigte sich der schwarze Hund, schnappte und knurrte jaulend und tat so, als würde er sich hinsetzen. »In Hannover? Was für eine Sache?«

»Gibt's Probleme?« Hinter Jens Müller tauchte ein Mann auf. Genauso groß wie er, aber womöglich noch breiter. Vollbart, gepflegte Koteletten, flacher Irokesenschnitt, Tätowierungen im Gesicht, Lederjacke, Kutte.

»Nee, Bomber. Alles is' gut.«

Der Mann verschränkte die Arme vor der gewaltigen Brust und taxierte Kolwicz, grinsend, frech, überheblich. »Deine neue Pussy? Fängste jetzt schon was mit Omas an, hör mal?«

Stiernacken lachte dreckig. »Nee, nee. Also, Kommissar, was wollen Sie?«

Sanders' Blutdruck stieg, es wurde ihm warm in der Jacke, und er merkte, wie seine Hände zu zittern begannen. Aber er zwang sich zu einem Lächeln und sagte: »Hatte ich doch schon gesagt. Wegen der Sache gestern in Hannover.«

»Wie? War Fußball, oder was? Haben die Roten wieder 'n Arschtritt gekriegt?«

Bomber lachte, tief und männlich.

Unvermittelt sprang der Mastino auf und schnappte erneut nach Sanders. Der zuckte einen Schritt zurück. »Sie können auch zu uns auf das Revier kommen! Wenn Ihnen das lieber ist.«

»Püppchen! Sitz!« Der Hund gehorchte knurrend. »Herr Polizist, ich weiß von keiner Sache in Hannover. Was soll denn da losgewesen sein? Wollen Sie mir schon wieder mit einer falschen Anschuldigung drohen?« Er drehte sich etwas zur Seite, schaute an Sanders vorbei und direkt einen der Polizisten an. »Das hat er schon einmal gemacht. Schön, dass da jetzt mal Zeugen dabei sind.« Hinter Müller tauchte noch ein Mann auf. Kleiner als er, mit langem Schnauzbart, einem Basecap mit »Wrestling U.S.A.«-Aufdruck und einer Sonnenbrille vor den Augen, obwohl das wirklich nicht nötig war.

»Also, Kommissar, wie lautet denn heute Ihre Unterstellung?«

Sanders legte den Kopf in den Nacken. »Gestern Nacht wurden im Hannoveraner Ortsteil Langenhagen ein Mann und eine Frau in ihrem Haus überfallen und misshandelt. Der Mann schwebt noch in Lebensgefahr. Wenn er stirbt, wird es eine Mordanklage geben. Anscheinend galt der Überfall mir, weil ich zufällig im gleichen Haus wohne. Der Täter hinterließ die Botschaft, ich soll mich aus den Angelegenheiten eines gewissen Mannes aus Braunschweig raushalten. Wir gehen davon aus, dass Sie das waren.«

Kolwicz fixierte Jens Müller. Der hatte den Blick gesenkt, hinab zu dem schwarzen Hund, strich ihm über den Nacken, während Sanders redete und pokerte. Kein Augenaufschlag des Mannes sollte ihr entgehen. Kein unkontrolliertes Zucken eines Gesichtsmuskels. Keine ungewöhnliche Kopfhaltung. Keine …

»Hä?«, sagte Stiernacken, funkelte Sanders an, und jede verräterische Mikromimik wurde von einem rasant aufkeimenden Zorn vertrieben. Der Kampfhund reagierte sofort, sprang auf und fing wieder an zu kläffen. Die anderen Hunde folgten seinem Beispiel.

»Sie kommen hierher, begehen fast einen Hausfriedensbruch und beschuldigen mich eines Überfalls, den ich gar nicht gemacht haben kann!«, brüllte Stiernacken. »Kommissar Clown wieder voll auf dem falschen Dampfer! Was soll das? Eine falsche Anschuldigung nach der anderen! Ich hätte Lust, das an die ganz große Glocke zu hängen! Internet, Zeitungen, die geiern doch danach, dass ihr was falsch macht! Und dann gibt's Zoff, Alter! Dann können Sie Ihren Hut nehmen und werden nach Tötensen versetzt! So sieht das aus!«

»Ich habe Sie nicht beschuldigt, Herr Müller! Das denken Sie nur! Mein Satz war ja noch nicht beendet! Dass Sie das waren, der damit gemeint war!«, schrie Sanders durch den Lärm der Hunde, wich wieder Püppchens zuschnappendem Maul aus und stand jetzt dicht neben Kolwicz.

»Ach, Mister Klugscheißer persönlich am Apparat, was? Ich habe keine Ahnung, wer da irgendwelche Leute in Hannover überfallen hat! Aus, Püppchen! Und es ist mir auch verdammt noch mal so was von egal! Aber wenn Sie es genau wissen wollen, Kommissar, dann sage ich Ihnen was: Ich wurde gestern Abend geblitzt. Auf der Celler Straße. Da kann ich ja wohl schlecht in Hannover gewesen sein. Und jetzt hau'n Sie ab, Mann! Bevor sich der Hund losreißt! Ich kann ihn kaum noch hal...«

Stiernacken trat einen Schritt vor. Der Mastino spürte das Nachlassen des Zuges an seinem Halsband und sprang hoch, schnappte, zielte auf Sanders' Kehle. Der zuckte zurück, aber im gleichen Augenblick schwang Kolwicz mit einer schnellen Drehung ihres Oberkörpers den künstlichen Arm nach vorn. Die pendelnde stählerne Faust traf den schwarzen Mastino an der Schnauze. Sein Kopf wurde zur Seite geschleudert, der Angriff war gescheitert. Aber noch im Flug drehte der muskelbepackte Hund sich blitzschnell herum und schnappte nach der Hand, die ihn getroffen hatte. Erwischte die Spitze ihres kleinen Fingers und biss zu. Seine Zähne rutschten am Metall der Greifkuppe ab, rissen aber einen Fetzen der Silikonhaut heraus. Der Hund landete auf allen vieren, zerrte an der Leine, kläffte laut, wütend, im Stakkato. Beide Polizisten hatten die Hände an den Griffen ihrer Pistolen.

Carsten hatte viel zu spät reagiert. Er warf Mandy einen kurzen Blick zu, erschrocken, tadelnd und dankbar zugleich, den sie mit einem Zucken ihrer linken Schulter beantwortete.

»Na, na, wer wird denn da meinen Hund schlagen! Wenn das mal nicht ein Fall für den Tierschutz ist! Ich glaube, ich werde da mal eine Meldung machen müssen!«, schrie Stiernacken in den Lärm hinein. »Hier, Bomber, halt mal das Püppchen. Ich muss mir mal die Dienstnummern dieser Kriminalbeamten aufschreiben.« Er gab dem Mann die Leine und zog ein Blatt Papier und einen Kugelschreiber aus der Beintasche seiner Camouflage-Cargohose.

»Zeigen Sie noch mal Ihre Dienstmarken«, blaffte er und sah genau zu, wie Kolwicz mit der Linken in die Hosentasche der verwaschenen Jeans griff. Zog die Stirn kraus, blickte auf ihre Rechte, die bewegungslos an ihrer Seite hing. Und jetzt sah er, dass es keine echte Hand war, keine echte Haut.

»Jungs! Jetzt stellen die bei der Kripo schon Krüppel ein. Zeigen Sie mal her, Ihre Hundemarke, aber so, dass ich es auch sehen kann. Ein bisschen höher bitte, ja.«

Kolwicz hielt ihm die Marke hin, soweit das Kettchen daran es zuließ.

»Haben Sie die vorhin überhaupt vorgezeigt? Ich kann mich da gar nicht dran erinnern. Soweit ich weiß, sind Sie dazu verpflichtet. Na, das wird dann mein Rechtsanwalt mit in die Anzeige gegen Sie reinschreiben. So, und jetzt möchte ich mal Ihre Nummer sehen.«

Kolwicz befand sich Stiernacken fast gegenüber, der aufrecht und mit erhobenem Kinn in der Türfüllung stand, einen Kopf größer als sie und abwartend mit dem Kugelschreiber gegen den Zettel in seiner Hand klopfte. Das Kettchen reichte nicht weit genug.

»So geht das aber nicht. Ich kann ja die Nummer gar nicht erkennen«, sagte Stiernacken.

»Dann kommen Sie doch ein Stück näher.«

»Unverschämtheit! Nächster Punkt der Anzeige: verweigerte auch auf Nachfrage das Zeigen der Dienstmarke. Oha. Da kommt aber ganz schön was zusammen. Wir leben zum Glück in einem Rechtsstaat, der gilt auch für Behinderte. Das sollten Sie als Staatsdiener eigentlich wissen.«

Kolwicz seufzte und verdrehte die Augen. Eine Vorstellung, wie sie mit der Prothese hantierte, würde sie dem Kerl nicht liefern. Sie steckte die Marke wieder in die Hosentasche, löste den kleinen Karabinerhaken, mit dem das Kettchen an einer Gürtelschlaufe befestigt war, zog das Messingplättchen wieder hervor und hielt es dem Mann vor das Gesicht.

»Soso, interessant. Kriminalpolizei Sachsen-Anhalt. Auch das wird mein Anwalt überprüfen müssen, ob das so rechtens ist, wir sind hier schließlich in Niedersachsen«, sagte er und schrieb die Dienstnummer auf. »So, und jetzt zeigt mir der Kriminalmeister noch einmal seine Marke.«

Sanders trat vor und hielt sie ihm so hin, dass Stiernacken nichts zu beanstanden hatte.

»Na, da ist ja einiges zusammengekommen. Dann wünsche ich den Herren noch einen schönen Tag.« Er trat zurück und schlug die Tür zu.

Als Püppchen schon in dem Käfig auf der Pritsche des Amarok saß, standen Stiernacken, Bomber und

Fetzer, der Mann mit dem Wrestling-Cap, vor dem Schreibtisch. »Lebensgefahr, brrrrr, da krieg ich aber Angst«, sagte Fetzer, schob das Cap nach hinten und glotzte auch auf den Monitor, auf dem Stiernacken die Videoaufnahme abspielte. Besonders die Szene, in der der Bulle zurückschreckte und die Krüpplige mit dem Buckel den Hund schlug, führte zu einem Heiterkeitsausbruch.

»Hahaha! Super. Aber ... guckt euch den Blick an; wenn mich nicht alles täuscht, sind das mehr als Kollegen«, sagte Stiernacken.

Bomber machte mit der Linken eine Faust und schlug mit der flachen rechten Hand mehrmals auf das Loch von Daumen und Zeigefinger, sodass ein hohles Klatschen zu hören war.

»Höhö«, sagte Fetzer. »Muss man nur rausfinden, wie die heißt, wo die wohnt und so.«

Stiernacken stand auf. »Jau. Das werde ich. Kein Problem.«

Dann mussten sie aber auch schon mit den Hunden los zum Hafen.

42 – Braunschweig, Polizeidirektion

»Die Hunde sind alle angemeldet. Und es gibt doch keine Rasseliste in Niedersachsen. Da lässt der Müller sich nicht lumpen.«

Sanders und Kolwicz saßen mit versteinerten Mienen vor dem Schreibtisch von Frau Vogt, nachdem sie ihr eine kurze Zusammenfassung der Befragung gegeben hatten.

»Der Kerl ist wirklich unverschämt«, sagte Mandy. »Kaltschnäuzig. Respektlos. Ein echter Kotzbrocken.«

»Hatte ich Ihnen ja gesagt.« Frau Vogt fasste ihre Brille mit beiden Händen und setzte sie bedächtig ab. »Sein Anwalt wird jetzt eine Menge Wind machen, der sich aber bald wieder legen wird. Konsequenzen brauchen Sie nicht zu fürchten, wir kennen unsere Pappenheimer. Es kostet uns viel Zeit, Geld und Mühe, aber es wird alles abgeschmettert oder im Sande verlaufen. So, wie Sie es schildern, und mit den beiden Beamten im Rücken sollte es keine Probleme geben.«

Sanders schnaufte durch die Nase. »Er hat gesagt, er wurde geblitzt. Auf der Celler Straße. Ich würde das gern überprüfen.«

»Das wird schon stimmen. Ich glaube, auf die Art hat er sich schon einmal ein Alibi verschafft. Ich kann die Kollegen von der Verkehrsüberwachung entsprechend anweisen. Das dauert aber, vielleicht eine Stunde oder länger. Übrigens ist das Ergebnis der Befragung in der Schule der Ayla Erdal jetzt eingetroffen. Warten Sie, ich zeige Ihnen, wo Sie es finden.« Kommissarin Vogt stand auf und ging zu dem Arbeitsplatz von Klunker.

Sanders folgten ihr. »Und? Wie ist es?«

»Ich habe noch nicht reingeschaut. Lesen Sie selbst.« Frau Vogt klickte ihnen den UbkT-Ordner an, ging wieder an ihren Schreibtisch zurück und telefonierte wegen des Fotos der Verkehrsüberwachung aus dem Blitzer an der Celler Straße/Ecke Güldenstraße.

Sanders und Kolwicz beugten sich vor, suchten das aktuelle Dokument heraus, öffneten es, lasen beide.

Befragung im Fall 07102016-PE-UbkT-m, Weisung von LKA-NDS, KOK Sanders, durchgeführt von POM K. Seifert und PM H. Böhme /
Zeit: 21.10.2016, 15:45 /
Ort: Nibelungen-Realschule, Ortwinstraße 2, 38112 Braunschweig /
Befragte: Fr. Rautmann (Klassenlehrerin), Fr. Zitkowski (Geschichtslehrerin) /
Frau R. konnte zu der Frage keine konkrete Antwort geben und verwies auf die Geschichtslehrerin Frau Z. /
Laut der Auskunft von Frau Z. steht Frühgeschichte in der Klasse der Ayla E. in diesem Schulhalbjahr weder auf dem regulären Stundenplan noch wurde solch ein Stoff als AG oder Projekt angeboten. Außerdem sind im Fundus der Schule derartige Artefakte wie Faustkeile und ähnliche Steinwerkzeuge als Unterrichtsmaterial vorhanden und brauchen nicht angekauft zu werden. /

»Dann besuchen wir jetzt mal die Familie Erdal.« Mandy rollte mit dem Bürostuhl zurück und stand auf. »Frau Vogt, sind Sie nachher noch da, wenn wir zurückkommen?«

»Nein, ich werde jetzt gehen. Wenn die Fotos aus dem Blitzgerät eintreffen, finden Sie sie hier …« Sie schrieb den Pfad auf. »Wenn es nicht klappen sollte, wenden Sie sich an die Spätschicht. Hauptkommissar Oppermann leitet die heute. Ein schönes Wochenende wünsche ich Ihnen.«

»Ihnen auch, Frau Vogt. Und vielen Dank für Ihre Hilfe«, sagte Carsten und verließ gemeinsam mit Mandy die Polizeidirektion.

Sie fuhren mit Sanders' Audi die Berliner Straße durch die Rushhour entlang Richtung Stadt. Carsten biss die Zähne zusammen. Immer wieder. Die Kontraktion der Kaumuskeln ließ kleine Hügel auf seinen Wangen entstehen, auch an den Schläfen bewegte sich die Haut.

»Hoffentlich sind die ein bisschen netter«, sagte Mandy und fummelte an dem Silikonfetzen, der von ihrem kleinen Metallfinger herunterhing.

»Auf jeden Fall. So was Unverschämtes wie dieses Zuhälterschwein …«, zischte Carsten, stellte sich vor, wie jemand den Haarschopf von Müller packte, um ihn zu skalpieren. Er seufzte und sprach etwas ruhiger weiter. »Frau Erdal schien mir ganz normal zu sein.«

Summend hob Mandy den Finger hoch. »Ich hätte mir ein Pflaster drum machen sollen.«

»Wieso? Blutet's?«

»Guter Witz.« Sie lachte. Lachen tat gut. Sie versuchte, den Fetzen so abzureißen, dass nicht noch mehr Metall freigelegt wurde. Es gelang ihr nicht. »Mist, jetzt ist der Silikonhandschuh vollkommen ruiniert.« Sie drehte mit einem surrenden Geräusch die künstliche Hand so, dass Carsten das metallische Glänzen sehen konnte.

»Cool, wie bei Terminator«, brummte er mit zuckendem Mundwinkel.

Auf der Hans-Sommer-Straße mussten sie an einer Ampel warten. Carsten schlug auf das Lenkrad und zischte: »Dieser Dreckskerl …«

Mandy legte ihm die Hand auf den Oberschenkel. »Carsten, ich weiß, wie wütend du bist. Aber wir müssen jetzt vor allem eines tun: professionell arbeiten. Und mit Bedacht vorgehen.«

Noch einmal schlug er auf das Steuer. »Das Schlimmste ist, dass solche Verbrecher damit sogar durchkommen ...«

Es war kurz vor halb sieben, als sie in der fortschreitenden Dämmerung in die Schuntersiedlung einbogen, die Helgolandstraße entlangfuhren und gegenüber einer Reihe Garagen vor dem rosafarbenen Mehrfamilienhaus parkten, in dem die Familie Erdal wohnte. Carsten Sanders drückte auf den Klingelknopf Parterre rechts. Es dauerte nicht lange, bis die Tür geöffnet wurde.

»Guten Abend, Frau Erdal«, sagte Sanders zu der korpulenten, kleinen Frau. »Das ist Kriminalkommissarin Kolwicz ...« Mandy hielt ihre Dienstmarke hoch. »Ich muss Sie leider noch einmal stören.«

»Sie stören doch nicht, Herr ... Sanders war doch Ihr Name, nicht?«

»Genau. Wir hätten gern mal mit Ihrer Tochter Ayla gesprochen.«

»Wegen dieser Steinzeitmesser? Ich hatte Ihnen doch gesagt, dass sie die für die Schule gekauft hat.« Eine Sorgenfalte runzelte ihre Stirn.

»Wir haben ihre Lehrerinnen gefragt, und die haben ausgesagt, dass sie die nicht für die Schule gebraucht hat, weil Frühgeschichte gerade nicht auf dem Lehrplan steht. Jetzt würden wir sie gerne mal darum bitten, uns diese Faustkeile zu zeigen.«

»Und dann sind Sie uns auch schon wieder los, Frau Erdal«, sagt Kolwicz.

»Was?« Das Weiß um die dunklen Augen der Frau wurde groß. »Da machen Sie mich jetzt aber auch neugierig, Herr Kommissar. Kommen Sie rein. Das muss man doch nicht hier draußen besprechen.«

Sie traten in den engen Flur der kleinen Wohnung. Kolwicz schloss die Eingangstür, und Frau Erdal öffnete eine Zimmertür neben der türkischen Fahne über dem düsteren Portrait des Schnauzbärtigen.

»Ayla«, sagte sie unwirsch in das Zimmer hinein. »Komm mal her! Die Polizei will mit dir reden.«

Aus dem Zimmer kam eine leise Stimme.

»Sie betet noch das ›Maghrib‹. Ach, kommen Sie doch mit ins Wohnzimmer«, sagte Frau Erdal, ging den Flur entlang in einen großen Raum am Ende. »Mein Mann müsste auch gleich da sein. Er ist mit unserem Sohn beim Fußball. Möchten Sie vielleicht einen Tee? Oder einen Kaffee?«

»Nein, danke. Wir sind gleich wieder verschwunden. Wie lange dauert denn ihr Gebet?« Kolwicz setzte sich auf das Sofa. Der Fernseher lief. Frau Erdal schaltete den Ton leiser und setzte sich in einen Sessel. Sanders ließ sich ihr gegenüber nieder.

»Sie ist gleich fertig. Fünf Minuten vielleicht«, sagte Selma Erdal. »Möchten Sie wirklich nichts?« Wieder verneinten die beiden, und dann stand Ayla Erdal auf einmal in der Wohnzimmertür. Etwas größer als ihre Mutter, aber hager, in schlackernden Jeans und mit einem dunklen Tuch um Kopf und Kinn, das ihr helles Gesicht noch schmaler erscheinen ließ. »Hallo.« Sie guckte Sanders nicht an, nur Kolwicz und ihre Mutter.

»Ayla, was hast du mit den Steinmessern gemacht? Ich dachte, du brauchtest die für die Schule«, fragte die Mutter.

»Hab' ich doch auch«, sagte das Mädchen trotzig.

»Das stimmt nicht, Ayla.« Kolwicz winkelte mit summenden Motoren die Prothese an, drehte die künstliche Hand und legte sie sich mit der Innenfläche nach oben in ihren Schoß. Das Metall des entblößten kleinen Fingers blinkte auf. Beide, Mutter und Tochter, starrten darauf. »Wir haben mit deiner Klassenlehrerin Frau Rautmann gesprochen und mit deiner Geschichtslehrerin Frau Zitkowski. Sie haben beide gesagt, dass Steinzeit nicht auf dem Unterrichtsplan deines Jahrgangs stand.«

»Wir wissen, dass du zwei Faustkeile bestellt hast. Kannst du uns die bitte mal zeigen?«, fragte Sanders streng.

»Das … das war gar nicht für mich«, stammelte Ayla, schaute nur auf Mandys Schoß. »Das war für … Laura. Aus der 6.3. … die hatten die Steinzeit durchgenommen.«

Sanders erhob seine Stimme. »Ayla, wir können das sofort nachprüfen«, sagte er laut und beugte sich in ihre Richtung. Das Mädchen schaute ihn nicht an. »Wo sind die Faustkeile? Und ich würde dir raten, die Wahrheit zu sagen. Du ahnst nicht, was alles passieren kann, wenn du uns weiterhin anlügst.«

»Ayla! Du hast auch mich angelogen! Sag endlich die Wahrheit! Sonst kriegst du zwei Tage Handyverbot! Oder drei!«, sagte die Mutter schrill.

»Nein, *anne*! Das kannst du nicht machen!« Ayla ballte die Hände zu Fäusten und blickte flehend zu ihrer Mutter.

»Und ob ich das kann! Und zwar sofort!« Selma Erdal stand schnell auf und wollte an ihrer Tochter vorbeilaufen, um das Handy aus deren Zimmer zu holen, aber Ayla klammerte sich an ihrem Arm fest und wimmerte: »Nein, Mama, nein! Ich sag's ja schon! Die waren für *amca* Faruk.«

»Was? Warum das denn? Warum kauft der sich nicht selbst welche?«, keifte Frau Erdal, schüttelte ihre Tochter hin und her, sodass deren Kopftuch verrutschte und ein paar schwarze Haarsträhnen befreit in der Luft herumwedelten.

»Anne!«, rief Ayla. »Mein Kopftuch! Nein, bitte ...«

»Dein Kopftuch interessiert mich gerade überhaupt nicht, *kiz bebek*! Warum kauft sich Faruk nicht selbst Feuersteinmesser im Internet? Warum hast du die für ihn gekauft? Und das auch noch auf meinen Namen! Was hat er dir dafür gegeben? Rede schon!«

Jetzt fing Ayla an zu weinen und sank auf die Knie. Sie hielt sich beide Hände vor das Gesicht, wiegte ihren Körper vor und zurück und schluchzte. Ihre Mutter stand mit in die Hüften gestemmten Fäusten neben ihr. »Ich weiß nicht. Er sagte, die haben ihm sein Konto gesperrt. Die waren eine Überraschung für einen Freund, der sich für die Steinzeit interessiert, hat er gesagt«, krächzte es leise hinter den Händen hervor. »Und dass alles in Ordnung ist. Aber ich sollte dir das nicht sagen, weil du dann nur wieder denkst, er macht was Blödes, und es der *anneanne* sagst, obwohl alles in Ordnung ist.«

»Jaja, für *amca* Faruk ist immer alles in schönster Ordnung. Als er das Auto von deinem *dede* kaputtgefahren hat. Und als er die Firma von deinem *baba* bankrott gemacht hat, alles war immer in Ordnung.«

Jetzt hatte auch Frau Erdal Tränen in den Augen, und ihre Hände sanken kraftlos an ihren runden Hüften hinab.

Carsten und Mandy schauten gebannt auf die Szenerie auf dem Wohnzimmerteppich vor ihnen. Sie nickten einander kurz zu, und Kolwicz fragte: »Wer ist denn Faruk?«

Selma Erdal schaute sie an und blinzelte eine Träne weg. »Mein ältester Bruder. Faruk Ötztürk. Der ist ja eigentlich ganz lieb, wissen Sie, aber manchmal macht er so dumme Sachen.«

Kolwicz ließ ihre Myoprothese surren, bewegte den künstlichen Arm nach vorne und legte die Hand auf den Couchtisch. Mutter und Tochter schauten ihn an. »Ein böser Unfall. Seitdem muss ich dieses Ding hier tragen. Wo wohnt denn der Faruk?«

Frau Erdal konnte die Augen nicht abwenden. »Am Anger 12 C. Was denn für ein Unfall?«

»Mit dem Fahrrad. Ein Lastwagen ist darüber gefahren. Es war furchtbar.«

»Tat das sehr weh?«

»Oh ja«, sagte Kolwicz. »Das können Sie glauben. Und auch jetzt noch.«

»Phantomschmerzen heißt das, nicht?«

»Ganz genau.« Sie erhob sich, und auch Sanders stand auf. »Vielen Dank für Ihre Zeit. Und auch dir, Ayla, dass du so ehrlich warst.«

Selma Erdal brachte sie zur Tür. »Ich hoffe nur, dass er nicht wieder was Dummes gemacht hat.«

»Ach, mit Feuersteinmessern kann man nicht viel Schlimmes anrichten«, log Sanders und trat in den

Hausflur. Sie verabschiedeten sich, und hinter ihnen wurde die Wohnungstür verschlossen.

Eine viertel Stunde später hielten sie vor einem Wohnblock aus den 1970er-Jahren, der allem Anschein nach Eigentumswohnungen enthielt. Vier Stockwerke hoch und mit einer schrägen Fassade, an die sich Balkone in südliche Richtung schmiegten wie die Decks achtern auf einem Schiff. Die Eingänge lagen dazwischen. Sie suchten die Klingelschilder ab, fanden das ausgeblichene von Faruk Ötztürk. Sanders drückte auf den Knopf. Mehrmals, aber es wurde nicht geöffnet, und sie fuhren zurück in die Polizeidirektion, um das Alibi von Jens Müller zu überprüfen und vielleicht noch etwas über Ötztürk herauszufinden.

43 – Braunschweig, Mittellandkanal

Das kleine Sportboot *Nathan* lag im Hafen des »Braunschweiger Motorboot Clubs«, unweit von Watenbüttel am Nordufer des Mittellandkanals, der zu dieser Jahreszeit nur noch wenige Yachten beherbergte.

Ötz hatte ein Taxi genommen, um zu dem kleinen Hafen zu fahren. Er hatte das schnittige Motorboot mit der offenen Kajüte durch das absenkbare Hafentor gelenkt, war etwa zweieinhalb Kilometer den Mittellandkanal entlang nach Osten gebraust und bog gerade in den leeren Braunschweiger Hafen ein, als sein Handy klingelte. Er nahm das Gas weg, und die *Nathan* glitt mit einem leise vor sich hin blubbernden Außenborder durch das Hafenbecken, an dem die stählernen Kräne ihre rostbraunen Hälse in den dunklen Himmel reckten wie Dinosaurier. Er schaute auf den Bildschirm.

Es war seine Schwester. Sie sprach laut und schnell.

Verdammt! Seine Nichte hatte alles ausgeplaudert. Dümmer als eine Ziege war die. Nach dem Gespräch fuhr er sich durch das kurze schwarze Haar und schaute auf die Uhr des Smartphones. Es war kurz nach sieben. Und Freitag. Normale Bullen würden jetzt Feierabend machen und erst morgen oder Montag bei ihm auftauchen. Aber dieser Typ vom LKA? Der schien nicht normal zu sein. Wahrscheinlich steht der gerade vor meiner Tür, dachte er, gab wieder Gas und lenkte das Boot bis an das Ende des Beckens. Es war ärgerlich, aber egal. Er ließ das Boot gegen die Spundwand an der Stirnseite des Hafens stoßen.

Stiernacken stand oben auf der Böschung und blickte zu Ötz hinunter. »Dachte schon, du bist abgesoffen«, sagte er. Neben ihm stand das Püppchen mit einem Maulkorb. »Die Gäste treffen bereits ein. Du musst dich unbedingt mit an die Kasse stellen.«

»Der Bulle war schon wieder bei Selma. Ayla hat gequatscht.«

Stiernacken lachte auf und zerrte an der Kette, obwohl der Mastino ganz ruhig dasaß und auf das Wasser schaute. »Na und? Bei mir war der auch schon wieder. Mit zwei Mann und seiner Tusse. Der kann uns gar nichts. Haste die scheiß Steine eben zerkloppt und weggeschmissen, als ich die nicht haben wollte. Dann können die von mir aus die ganze Stadt durchsuchen, wenn sie die unbedingt haben wollen. Musste ja nicht sagen, dass wir die hier in den Kanal geworfen haben. Die Alte, mit der er da war, hat eine Prothese, wie ein Cyborg. Sah aus, als wär' der Clown ihr Stecher.«

»Alles egal. Hauptsache, wir können das jetzt hier heute Abend durchziehen.« Ötz rammte einen großen Erdnagel in die Böschung und machte das Boot daran fest.

»Klar. Was haben wir denn gemacht? Nichts haben wir gemacht. Glaub mir, die wissen nichts vom Dogfight und der *Roten Rose.* Dafür haben wir doch gesorgt«, sagte Stiernacken, und sie gingen über den Parkplatz, auf dem ein paar Boote auf Anhängern vor sich hin gammelten, rüber zu der alten Diskothek. Zwischen den Bootstrailern standen Motorräder. Weiter hinten ein Amarok und ein grüner Mazda Pick-up. Der Mastino witterte den Schäferhund und fing unter dem Maulkorb an zu bellen.

Bomber und Fetzer mit dem Wrestling-Cap standen an der Tür herum. Ötz klatschte sie ab. »Du meinst Klunker? Von dem hab ich seit Wochen nichts gehört. Vielleicht sollte man dem mal wieder einen Besuch abstatten und nicht dem vom LKA.«

»Können wir machen, bevor ich abhaue. Die Gästeliste liegt an der Kasse«, sagte Stiernacken.

Bomber wich dem Mastino aus und hielt Stiernacken ein paar Geldscheine hin. »So 'n Schlitzauge ist schon durch. Schencklock heißt der oder so ähnlich, aus China hat er gesagt. Hab' ihm 'ne Panzerknacker-Maske gegeben.«

Stiernacken nahm das Geld, sie betraten die *Rote Rose,* und Ötz trat hinter einen Stehtisch, der in dem Gang mit der Rosentapete stand. »Donna ist noch nicht da?«, fragte er und schaute sich die Liste an.

»Nein. Aber keine Sorge, die kommen auf jeden Fall. Ich hab ihr gesagt, die soll den Mastino richtig aussaugen, damit er schön schlapp ist. Dann gehen wir uns mal warm machen, was, Püppchen?«, sagte Stiernacken, legte das Geld in die Kasse und ging mit dem Kampfhund auf den Vorhang mit der barbusigen Geisha zu in die Diskothek hinein.

Bambi war da; züchtig in Rock und Bluse gekleidet, hantierte sie an der Bar, die blonden Haare am Hinterkopf zusammengebunden, riesige braune Augen, die durch die Schminke noch größer wirkten. Ein Mann in einem dunklen Anzug, mit glänzendem schwarzen Haar, großen Zähnen und müden Mandelaugen saß am anderen Ende der Theke und schlürfte an einem Drink.

Stiernacken nickte ihm zu und ging mit dem Hund an der Kette über die Tanzfläche zum Hintereingang, als plötzlich blecherne Posaunen ertönten. Er blieb abrupt stehen. Kerzengerade und stramm. Ein schauerlicher Männerchor begann zu singen, und mit einer rauen Stimme grölte Stiernacken laut und ungehalten mit: »Die Fahne hoch, die Reihen fest geschlossen …«

Xui Chenglong drehte verwundert das runde Gesicht und schaute auf die Tanzfläche, von der ein furchtbarer Gesang ertönte. Der Mann, der ihm eben zugenickt hatte, stand mit dem zum Hitlergruß erhobenen rechten Arm mitten auf der Tanzfläche, sang und grölte: »Sieg! Heil!« Wow, dachte Chenglong, das fängt doch gut an. Er setzte die Panzerknacker-Maske auf, schaute wieder Bambi auf den leckeren Hintern und, wenn sich die Gelegenheit ergab, in die unglaublich großen Augen und zog sich genussvoll eine *Line* in die Nase, während sich die *Rote Rose* langsam mit Gästen füllte. Aus Deutschland, Europa und der ganzen Welt kamen sie hierher, um ein Spiel zu erleben, von dem es hieß, es lohne den weiten Weg. Außerdem aber hoffte er auf ein einmaliges kulinarisches Erlebnis.

44 – Braunschweig, Polizeidirektion

Als Mandy und Carsten das Großraumbüro der Kripo Braunschweig betraten, wurden sie von einem älteren, schnauzbärtigen Mann begrüßt, dessen grauer Rollkragenpullover sich stramm über einen so dicken Bauch spannte, dass es aussah, als wäre er hochschwanger.

»Hauptkommissar Peter Oppermann«, sagte er, und dann hörte er sich an, was die beiden zu sagen hatten, unterbrach sie aber, bevor sie fertig waren. »Ich muss Ihnen leider sagen, dass ich in dem Fall gar nicht eingearbeitet bin. Frau Vogt hat mir zwar einiges erzählt, und ich habe auch ein paar Berichte dazu gelesen, aber das meiste fehlt mir. Es geht also um die Leiche des unbekannten Toten bei Peine? Der so furchtbar zugerichtet war, dass dem Klunker ein bisschen schlecht geworden ist?«, fragte er mit auf dem Bauch gefalteten Händen.

Kolwicz und Sanders nickten dem Ranghöheren zu.

»Nachdem Sie Anfang der Woche die Leitung der Ermittlungen übernommen haben, wurde hier kaum noch darüber gesprochen. Und es gab hier auch keine

Fallbesprechung oder eine Spurenkonferenz. Das haben Sie sicher in Hannover gemacht.«

Carsten räusperte sich verlegen. »Das haben wir im LKA gemacht. Aber die Berichte hätten Sie doch …«

Mandy unterbrach ihn. »Wir hatten einen schweren Tag, Herr Oppermann«, sagte sie. Und dann erzählte sie dem Hauptkommissar rasch, was passiert war. Ohne es auszuschmücken. Ohne Kraftausdrücke und fast ohne wütend zu werden.

»Ich fasse das mal zusammen: Sie gehen also von einer Art Hinrichtung im Menschenhandel oder einem mafiaähnlichen Milieu aus und sind nun auf der Suche nach den Tatwaffen, insbesondere dem Feuersteinmesser. Sie vermuten, dass der Getötete mit dem einschlägig bekannten Jens Müller in Verbindung stand. Sie haben dem Müller das gesagt, und daraufhin wurde Ihr Bruder in Ihrem Haus überfallen.«

»Ganz genau«, sagte Kolwicz. »Nun möchten wir gern die Aussage des Jens Müller überprüfen, ob er wirklich geblitzt wurde.«

»Und wir möchten etwas über einen gewissen Faruk Ötztürk recherchieren«, fügte Sanders hinzu.

»Ötztürk? Der Sozius von Müller? Was hat der denn damit zu tun?«

»Was? Die beiden kennen sich?«, fragten Sanders und Kolwicz wie aus einem Mund.

»Sicher«, der Hauptkommissar nickte bedächtig. »Und wir kennen hier unsere – ich will mal sagen – kleinkriminellen Dauerkunden. Die haben in der Vergangenheit hin und wieder windige Geschäfte zusammen gemacht, nichts Großes und meines Wissens nach alles nur so halb illegal. Die hatten mal eine Diskothek, dann mal ein Stundenhotel, einen Autohandel und so weiter. Mussten das alles wieder dichtmachen, weil das nicht lief oder es … Scherereien mit anderen Luden gab oder mit dem Fiskus. Bis auf ein paar Kleinigkeiten konnten wir denen aber bisher nie etwas gerichtsfest nachweisen. Wie sind Sie denn auf Ötztürk gekommen?«

»Anscheinend hat er von seiner Nichte über das Internet Faustkeile kaufen lassen.«

»Oh. So weit sind Sie schon in Ihren Ermittlungen?«

»Ja, der Versandhändler war sehr kooperativ«, sagte Sanders. »Diese Faustkeile suchen wir.«

Kolwicz spielte wieder mit dem Silikonfetzen an dem kleinen Metallfinger. »Darüber wollten wir mit Herrn Ötztürk sprechen, aber er war leider nicht zu Hause. Jetzt möchten wir ein wenig mehr über ihn wissen.«

Oppermann blickte auf die Uhr. »Hat das nicht Zeit bis Montag? Wollen Sie denn nicht nach Hause gehen? Sie müssen doch noch eine ganze Ecke fahren. Sie beide.«

Mandy schaute zu Carsten rüber. Sein Bart stoppelte bereits. Er sah müde und mitgenommen aus. Sicher war er genauso hungrig wie sie. Aber wenn es nur ein wenig Erfolg versprach, würde er die ganze Nacht hier sitzen, um dem Schläger, der seinen Bruder ins Krankenhaus geprügelt hatte, etwas näherzukommen.

»Nett, dass Sie das sagen, Herr Oppermann. Aber wir werden noch ein bisschen weitermachen.«

Das Telefon auf dem Schreibtisch des Hauptkommissars klingelte. »Wenn man persönlich involviert ist, sollte man den Fall abgeben. Sie wissen, wie das vor Gericht ist.« Er nahm den Hörer ab.

»Ja, aber es brennt unter den Nägeln«, sagte Carsten und stand auf.

»*Ich* bin nicht persönlich betroffen.« Auch Mandy erhob sich. »Und vielleicht ist das alles nur heiße Luft, aber dann ersparen wir den Kollegen viel unnütze Arbeit.«

Sie gingen wieder an den Arbeitsplatz von Klunker, weckten den Computer auf und suchten im Intranet nach dem Account der Verkehrsüberwachung. Dann nach dem Verzeichnis in der entsprechenden Datenbank, in dem die Fotos aus den stationären Anlagen der Stadt Braunschweig gespeichert wurden. Es war einfach, denn sie wussten den Ort, Kreuzung Celler Straße/Güldenstraße, und die Zeit, gestern etwa zwischen neunzehn und zwanzig Uhr. Ziemlich genau vor vierundzwanzig Stunden.

Es ging schnell, und es gab keinen Zweifel. Das kantige Gesicht von Jens Müller war klar und deutlich auf den Fotos zu erkennen. In einem samtgrauen Porsche, vorschriftsmäßig angeschnallt, schaute er in die Kamera, als er mit 69,54 Km/h geblitzt wurde. Ein hieb- und stichfestes Alibi für dreißig Euro.

Mandy lehnte sich zurück. »Zumindest damit hat er nicht gelogen.«

»Der Mistkerl! Dann hat er jemanden beauftragt!« Carsten stützte den Ellenbogen auf den Schreibtisch. Nagte mit den Zähnen am Daumennagel. Glotzte auf das Foto. Müller – Ötztürk – Džugi. Alle drei kannten sich. Müller war in Magdeburg. Ötztürk besorgte Faustkeile. Džugi war tot.

»Das werden wir wahrscheinlich nie erfahren, Carsten. Dann müsstest du seine Kommunikationsdaten analysieren lassen. Und dafür kriegst du bei einer Bagatelle wie Körperverletzung keinen richterlichen Beschluss.«

»Ich weiß ... ich weiß.« Carsten massierte sich mit beiden Händen die Schläfen. Müller – Ötztürk – Džugi. Fehlte die tote Frau, von der die DNS an Džugi stammte. Vielleicht war sie eine der Prostituierten von Müller? »Den nehme ich auseinander. Den sezier ich nach allen Regeln der Kriminalistik.«

»Okay, Marlowe«, Mandy lächelte schwach. »Kümmern wir uns jetzt erst mal um den Komplizen.«

»Nein, das war nicht Marlowe. Das war ich.« Carsten lächelte nicht, tippte nur verbissen und suchte in verschiedenen polizeilichen Datenbanken nach Faruk Ötztürk.

45 – Braunschweig, *Rote Rose*

Der schwarze Opel Adam hoppelte über die Bahnschienen der Hafenstraße und rollte auf den unbefestigten Parkplatz vor der *Roten Rose.* »Keiner ist feeehlerfrei – was ist denn schoooon dabei!«, sangen Helene Fischer und Donna im Duett. Hinter ihr hielt ein Taxi vor dem Gebäude, und sie sah Bomber und Fetzer den Eingang bewachen. Sie schaute sich um, aber es war kaum noch ein freier Platz zwischen den anderen Autos zu entdecken, die allesamt größer und teurer waren als ihrer.

Zwei wie Bankräuber mit Nylonstrümpfen maskierte Männer, einer in brauner Lederjacke, der andere in einem grauen Hoody mit rotem ZSKA-Moskau-Aufdruck, kamen mit Wodkaflaschen in den Händen vom Kai herangelaufen. Die Aufbauten von zwei, drei Motoryachten, die an der Spundwand lagen, ragten über den Wall hinaus, und ein niederländischer, ein deutscher und ein russischer Wimpel flatterten einträglich im Wind. Donna ließ die Männer vorbei, bevor sie an den Autos und den Bootstrailern entlangfuhr und sich einen Platz an der Seite der Diskothek suchte. Neben Stiernackens Amarok kam der Wagen mit den Vorderrädern in einer Pfütze zum Stehen.

Sie schaltete den Motor aus, angelte sich eine Zigarette aus der Packung und hielt sie dem Mann neben ihr hin. »Willst du auch eine, Doggie?«

Hussein Ali Muhammed starrte durch die Windschutzscheibe, wie er es die ganze Fahrt über getan hatte, und schüttelte kaum sichtbar den Kopf.

»Na, dann nicht«, sagte Donna und entflammte das Feuerzeug. »Wird schon«, sagte sie aufmunternd mit der Kippe im Mund und steckte sie an. »Hey«, sie stieß den Rauch aus und knuffte ihn gegen die Schulter. »Wir schaffen das. Wirst schon sehen. Ist doch 'n Klacks für dich, Großer, gegen 'n doofen Pitbull. Und morgen beginnt für dich ein ganz neues Leben.« Sie rubbelte kurz an seinem Ohrläppchen. »Glaub mir, tomorow you'll never walk alone.« Fuhr ihm durch das krause Haar. »Du kriegst einen neuen Pass. Wir heiraten.« Keine Reaktion. Ein Hund hätte sie wenigstens angesehen. Dann stopfte sie das Feuerzeug in ihre Handtasche, würgte Helene ab und stieg aus. »Ich bin gleich wieder da, Schatz.« Schlug die Tür zu. Der Schäferhund in dem Käfig auf der Pritsche des Amarok begann dumpf zu knurren, was schließlich in ein hysterisches, von einem Maulkorb gedämpftes Kläffen überging.

Donnas Stiefel blieben einigermaßen sauber, als sie zum Seiteneingang der Diskothek rüberging. Die auberginefarbige Lederleggings saß hauteng, und die weiße Felljacke endete kurz über ihrem Hintern. Sie hatte die dunklen Haare streng nach hinten gekämmt und zu einem langen Zopf geflochten, bis auf drei Strähnen, die ihr ins Gesicht hingen, was sie immer ein bisschen aussehen ließ wie Angelina Jolie als Lara Croft. Am linken, angewinkelten Arm baumelte ihre Handtasche, und darüber steckte die Zigarette zwischen den Fingern. Sie warf sie fort, als sie die angelehnte Seitentür zum Lager der *Roten Rose* öffnete. Donna durchquerte den Raum, machte eine weitere Tür auf, die in das Getränkelager hinter der Theke führte, stieg eine Treppe hoch und stand schließlich in einem großen Büro. In einer Ecke war ein mannshoher Spiegel angebracht, ein Spinning-Bike und eine Hantelbank standen daneben. Stiernacken saß davor auf dem Boden und machte Dehnübungen. Muskelpakete traten auf der glänzenden Haut seines nackten Oberkörpers hervor, umspannten die Arme, saßen wie Stahltaue in seinem Nacken. Der Reichsadler wirkte auf dieser fleischigen Landschaft wie ein Relief, nicht wie eine Bild.

»Ah, Prinzesschen, immer aufm letzten Drücker. Hast du den Nigger mitgebracht?«, fragte er und stieß mit der Stirn gegen sein rechtes Knie, das vom braun-grün bedruckten Stoff der Cargohose umspannt wurde.

»Klar. Hast du meine Versicherung mitgebracht?«

Er erhob sich federnd, boxte in die Luft. Stand plötzlich auf einem Bein. Mit zur Seite geneigtem Oberkörper schoss ein Fuß vor. Genau auf Donnas Kehle zu. Der Hacken seines linken Turnschuhs stoppte nur wenige Zentimeter davor. Er war so schnell, dass sie erst erschrocken zurückzuckte, als er den High Kick längst ausgeführt hatte. Wenn er gewollt hätte, hätte er ihr den Knorpel des Kehlkopfes in die Luftröhre getreten. »Hab ich, Mädel«, sagte er, zog das Bein zurück und ging zu seinem Rucksack.

Auf dem Boden lagen zwei gedrehte Eisenstangen mit je einem angeschweißten Haken am Ende, wie sie früher für Baustellenabsperrungen benutzt wurden. Ein Haken war glatt, der andere spitz zugeschliffen. Donna trat mit dem Fuß dagegen. Es klirrte leise. »Damit macht ihr das heute?«

»Nette Spielzeuge, was?«, fragte Stiernacken und zog eine Pistole aus dem Rucksack.

»Ach, die alte Brünner«, sagte Donna und griff danach.

Stiernacken zog die Waffe weg, und ihre Hand fasste ins Leere. »Na, na, na, nicht so hastig. Hier entsichert man …«, er tat es. Und richtete den Lauf auf ihre Stirn. »Und hier drückt man ab.« Er grinste.

Donnas Gesichte versteinerte.

Sie sah, wie sich der Hahn nach hinten spannte.

Er tat es. Er drückte ab. Es klickte.

»Haha. Ist natürlich nicht geladen, die Kleine«, sagte er. »Hier, nimm mal.« Jetzt hielt er ihr die Pistole mit dem Griff voran hin. Donna nahm sie, wog sie in der Hand, zielte auf einen seiner Pokale, die er als Kickboxer erhalten hatte, und zog mehrmals den Abzug durch.

»Hier wird sie gesichert und ...«

Donna unterbrach ihn. »Ich weiß noch, wie das geht. Hast du mir doch alles schon mal gezeigt. Ich hab ja noch kein Alzheimer.«

»Vorsicht ist die Mutter der Porzellankiste«, sagte er, fischte das Magazin aus dem Rucksack und gab es ihr.

Sie schob es in den Griff, ließ es einrasten, zog den Schlitten durch. »Und jetzt ist sie geladen und scharf wie Nachbars Lumpi«, sagte sie, legte den Sicherungshebel um und steckte die Pistole in ihre Handtasche.

Stiernacken ging wieder zum Spiegel rüber, glitt zu Boden, grätschte die Beine weit auseinander, stützte sich mit einer Hand ab und machte mehrere einarmige Liegestütze, während Donna zu einem Fenster trat, durch das man vom Büro aus in die Diskothek hineinsehen konnte. Bambi und Ötz arbeiteten hinter der Theke. Fast alle Plätze waren besetzt. Eine seriös gekleidete unkenntliche Gästeschar von Zorros, Panzerknackern, Harlekinen, Phantomen der Oper, Batmans, Bankräubern, schwarzen Latex-Köpfen, SM-Ledermasken; auf der Galerie saß sogar eine muslimisch verschleierte Frau neben einem adretten als Pharao maskierten Mann.

»Gut voll da unten. Und jeder zahlt fünfzigtausend Tacken.«

»Jau. Schade, dass es das letzte Mal ist.«

»Wo zieht der Zirkus dann hin?«

»Keine Ahnung. Das weiß wohl nicht mal die alte Schabracke.« Er schaute auf seine Tutima Fliegeruhr. »Is' ja schon nach acht. Dann werde ich mal meinen Mastino holen, und du holst deinen. Bring das Opfer hier hoch, beschäftige ihn ein bisschen, bis er dran ist.«

Stiernacken erhob sich, schnappte sich die Eisenstangen, seine Latexmaske und ging ihr voran mit nacktem Oberkörper die Treppe runter.

46 – Braunschweig, Polizeidirektion

In etwas mehr als sechs Kilometern Luftlinie Entfernung saßen Carsten und Mandy vor dem Bildschirm und lasen konzentriert die Einträge durch, die in den Datenbanken und im World Wide Web über Faruk Ötztürk zu finden waren. Sie fingen mit den älteren an. Transportunternehmer, Autohändler, Inhaber oder Geschäftsführer verschiedener Diskotheken waren die offiziellen Beschäftigungen, denen er in den letzten Jahren nachgegangen war. Anscheinend allesamt ohne viel Erfolg, aber immer hatte er hochpreisige Autos gefahren, wie einige Einträge der Verkehrsüberwachung vermuten ließen. Ein paar Verurteilungen wegen Körperverletzung waren verzeichnet, Anzeigen wegen einer Schutzgelderpressung und eine wegen Hehlerei, aber vieles war schon aus dem Register gelöscht, weil es zu lange her war, und sie konnten nicht mehr erfahren, worum genau es dabei gegangen war.

Mandys Magen knurrte. »Wir sollten uns demnächst mal um etwas zu essen kümmern«, sagte sie.

»Ja, du hast recht. Wie wäre es, wenn wir uns auf dem Nachhauseweg was besorgen?«, antwortete Carsten und klickte ein weiteres Dokument auf, das die Intranet-Suchmaschine aufgelistet hatte. Die kurze Notiz einer Streife der Schutzpolizei aus der Polizeistation

Wenden, datiert vom Freitag, den 18.3.2016, gegen vierzehn Uhr:

> Ort: Braunschweig, Hafenstraße in Höhe Nr. 44 J
> Streife: PK D. Schaper und POM N. Hundertmark, Polizeistation Wenden
> Einsatzgrund: Anruf einer Mitarbeiterin der ansässigen Städtischen Hafenbetriebsgesellschaft, Frau Susanne Jahn, wegen des Angriffs durch einen »Kampfhund« und einer darauffolgenden Beleidigung durch den Besitzer.
> Hergang: Frau Jahn vertrat sich während ihrer Mittagspause die Beine am Hafenbecken. Auf der Hafenstraße wurde sie von einem großen schwarzen Hund attackiert, der einen Maulkorb trug und sich angeleint in der Obhut eines Mannes befand. Dabei wurde durch den Speichel des Hundes ihr Rock beschmutzt. Als sie den Mann bat, den Hund zu zügeln, und ihn wegen der Reinigung des Kleidungsstückes nach seinem Namen fragte, beschimpfte er sie als »Hure« und verschwand auf dem Gelände der ehemaligen Diskothek *Rote Perle.* Frau Jahn ging in ihr Büro zurück und rief im Revier Wenden an.
> Einsatz: Der Mann wurde von der Streife auf dem Gelände angetroffen. Er konnte sich mit einem Personalausweis als Faruk Ötztürk ausweisen. Der Hund war angeleint und trug einen Maulkorb und gehörte laut der Auskunft Ötztürks zu der Rasse Mastino. Sein Name sei »Püppchen«. Der Besitzer sei aber zurzeit im Urlaub, und er führe den Hund nur aus. Weiter sagte Ötztürk aus, die Frau habe mutwillig nach dem Hund getreten, wobei sie wohl mit ihrem Rock den Maulkorb gestreift habe. Dass er die Frau beleidigt hätte, sei eine Lüge. Da hier Aussage gegen Aussage stand und keine Anzeige erstattet wurde, wurden keine weiteren Schritte unternommen.

Allerdings machten Gegenstände auf dem Gelände und unmittelbar neben der ehemaligen Diskothek (u. a. Getränkekisten, gefüllte Müllsäcke) den Eindruck, als würden hier Aktivitäten stattfinden. Dazu konnte oder wollte Ötztürk keine Angaben machen. Eine Überprüfung der Liegenschaft seitens der zuständigen Behörde ist einzuleiten.

gez. POM N. Hundertmark

»Hm.« Sanders zog die Stirn kraus. »Püppchen. Das war der Hund von Jens Müller, keine Frage. Was machen die in einer Diskothek am Hafen?«

»Braunschweig hat einen Hafen? Das war mir gar nicht bewusst.«

»Am Mittellandkanal. Wenn ich ein Motorboot hätte, könnte ich von Hannover damit zu dir nach Magdeburg fahren. Über Peine und Braunschweig …« Vor seinem inneren Auge fuhr ein Frachtschiff den Kanal entlang, an der Bucht, wo er mit Ulli gewesen war, ein Schiff, kein Boot, bei Peine, da, wo man die Leiche von Jamiro Džugi gefunden hatte.

»Das ginge wahrscheinlich manchmal schneller als über die Autobahn.«

»Das glaube ich nicht. Der Kanal macht einen weiten Bogen über Wolfsburg.«

»Schade«, sagte Mandy und öffnete das nächste Dokument. Es war etwa zwei Monate später, vom Sonntag, den 29.5.2016, ca. null Uhr fünfundvierzig:

Ort: Braunschweig, Hafenstraße in Höhe Nr. 44 J

Streife: POK G. Hecht und POM N. Hundertmark/Polizeikommissariat Nord

Einsatzgrund: Notruf Herr Peter Heuer, Kapitän des Binnenfrachters *Loreley*, der die Hilferufe einer Frau gehört hat.
Hergang: Kp. Heuer lag in der Nacht mit seinem Schiff am Kai des Braunschweiger Hafens und wartete auf die Entladung am folgenden Werktag (Montag). Als er in der Nacht auf dem Deck stand und eine Zigarette rauchte, hörte er vom Ufer her die Hilfeschreie einer Frau, während die Matrosen Henning Wagner und Andreas Stieg in ihren Kojen lagen und schliefen. Wegen der Dunkelheit und des unbekannten Geländes wollte Heuer nicht selbst nachsehen und tätigte den Notruf.
Einsatz: Nachdem der Anrufer sich am Kai bemerkbar gemacht hatte, fuhr die Streife in die Hafenstraße und stellte das Einsatzfahrzeug vor dem Grundstück der Nummer 44 J ab, auf dem das Gebäude einer ehemaligen Diskothek steht. Zu Fuß wurde die nähere Umgebung, insbesondere zwischen mehreren dort abgestellten und teilw. beladenen Bootsanhängern (Trailern) und Personenkraftwagen, mit Taschenlampen abgesucht.
Es wurde nichts Auffälliges gefunden, und die Streife wandte sich dem Eingang der ehemaligen Diskothek zu, aus der Licht und Musik drangen. Auf ihr Klingeln hin wurde die Tür von einem Herrn Faruk Ötztürk geöffnet, der sich auswies und die Beamten einließ. Er informierte sie darüber, dass es sich bei der laufenden Veranstaltung in seinen Räumen nicht um eine öffentliche handele, sondern um eine private Feier. Auf intensives Verlangen zeigte er den Antrag für eine vorläufige Betreiberlizenz einer Diskothek namens *Rote Rose* vor, die noch nicht vollständig erteilt wurde, da noch einige Sanierungsarbeiten (Fluchttür, Brandschutztür) ausstehen. Antragsteller ist Hr. Jens Müller.

Die beiden Einsatzkräfte überzeugten sich mit einer Durchsicht der Diskothek, dass es wohl keine gewalttätigen Auseinandersetzungen gegeben hat, bemerkten aber das Flair einer »Nachtbar« mit vermutlich entsprechenden sexuellen Angeboten. Eine Beobachtung der Diskothek in unregelmäßigen Abständen, zumindest aber eine Überprüfung der Liegenschaft, ist m. E. angebracht.
Gez. POM N. Hundertmark

»Soso, die betreiben da anscheinend einen Puff«, sagte Carsten.

»Klar, was soll ein Zuhälter denn sonst machen? Jetzt würde mich aber mal interessieren ... Herr Oppermann!«, rief Mandy durch das Büro. »Kennen Sie die Diskothek *Rote Rose* am Hafen?«

Der Hauptkommissar reckte den Hals und schaute am Monitor vorbei zu ihnen. »*Rote Rose* am Hafen? Nein. Hm ... ich glaube, es gab dort mal eine, die hieß *Rote Perle,* die ist aber schon länger dicht, vielleicht meinen Sie die?«

»Ja, danke«, sagte Mandy, drehte sich wieder zu Carsten und nuschelte. »Er weiß es nicht. Ich denke mal, der Laden wurde nicht beobachtet.«

»Vielleicht kam es bisher gar nicht zur Eröffnung«, sagte Carsten und schrieb »Rote Rose Braunschweig« in die Suchleiste. Aber es gab bis auf einige Blumengeschäfte und die Vergabe von ehrenden Rosensträußen an Institutionen oder Einzelpersonen keinen Hinweis auf ein Bordell oder Ähnliches. Sie scrollten über zehn Seiten durch. Dann erst entdeckten sie einen interessanten Eintrag, klickten darauf. Eine große rote Rose erschien auf dem Monitor. Darunter stand: »Tritt ein und hab Spaß! Anfragen: mail-roterose-bs@techmail.com«, sonst nichts. Nach ein paar weiteren Klicks wussten sie, techmail.com war ein Freemailanbieter mit Sitz auf den Bahamas. Das konnte Wochen oder Monate dauern, bis man dort Auskünfte bekam.

»Da sollte morgen die IT-Abteilung eine verdeckte Anfrage hinschicken«, sagte Mandy und machte eine entsprechende Notiz.

Anders sah es aus, als Carsten »Rote Perle« eingab. Da fand sich einiges. Auch einen Club in der Hafenstraße in Braunschweig und eine Frau, die unter diesem Namen ihren Körper anbot.

»Der letzte Eintrag hier ist von 2014.«

»Da hat wohl die *Perle* dichtgemacht.«

Carsten schloss den Tab, und sie suchten weiter im Intranet und in den Verzeichnissen und Datenbanken der Kripo und der Stadt Braunschweig, zu denen sie Zugang hatten. Aber es fand sich nichts über ein Etablissement, das sich *Rote Rose* nannte.

Mandy lehnte sich zurück und massierte sich den Nacken. »Also, ich habe jetzt echt Hunger …« Ihr Telefon klingelte. »Hallo, Xenia«, sagte sie und stand auf, während Carsten sich noch einmal die Polizeiberichte durchlas.

»Ja, wir sind hier noch beschäftigt … auf Mörderjagd? Nein, nein, das ist was Internes. Aber jetzt sind wir fertig … was? Der hat dir ein Geschenk gemacht? Was denn?« Mutter und Tochter sprachen eine Weile miteinander, bis Mandy sagte: »Ja, Xenia, wir kommen so in einer halben Stunde … Nein, nach Hannover fahren wir heute nicht mehr. Sollen wir dir auch was zu essen … ah, du hast schon … vegan, ja, das ist auch in Ordnung. Also, bis gleich. Und dann musst du mir unbedingt von der Uni erzählen. Tschüss.«

Als sie sich umdrehte, hatte Carsten ebenfalls ein Telefon am Ohr. Aber es war der Hörer eines Diensttelefons. »Vielen Dank. Wiederhören«, sagte er und legte auf. »Das war ein Kollege vom Kommissariat Nord.«

»Ach, Schatz, lass uns nach Hause fahren, ja?«

»Den Laden gibt es wohl noch. Außerdem ist Polizeiobermeisterin Hundertmark jetzt im Dienst.«

»Und das ist …? Ach, die war doch bei den Einsätzen dabei und hat die Berichte geschrieben, richtig?«

»Genau«, sagte Carsten und schaltete den Computer ab.

»Schön. Ich habe Hunger.«

»Ich auch. Wir holen uns was und fahren kurz hin.«

»Wohin? Es ist schon nach acht.«

»Zur *Roten Rose*.«

»Carsten, ich …«

»Ich muss unbedingt diesen Ötztürk wegen der Faustkeile befragen. Wahrscheinlich hält er sich jetzt da auf. Mandy, ich muss das tun«, sagte Carsten trotzig wie ein kleiner Junge. »Du kannst schon vorfahren. Ich komme dann nach.«

Mandy ging zu ihm und strich ihm über das kurze dunkle Haar. »Das werde ich natürlich nicht, das weißt du ganz genau.«

Sie zogen Trenchcoat und Jacke an, wünschten Hauptkommissar Oppermann und den anderen Kollegen eine ruhige Schicht und verließen das Gebäude der Polizeidirektion Braunschweig.

8. KAPITEL

47 – *Rote Rose*

Sie schossen mit den Kalaschnikows in die Köpfe der gefangenen Männer. Er musste sie töten, wenn er selbst überleben wollte. Nur diese Wahl hatte er: die oder ich. Dann zwangen sie die Jungen, ihre eigenen Brüder zu ermorden. Trieben die Frauen und Mädchen zusammen, fesselten sie und führten sie in langen Reihen als Sklavinnen davon.

Der Geruch von Blut und Tod. Das Rattern der Maschinengewehre. Das Zischen der Granate, wenn sie die Panzerfaust verließ. Das Krachen des berstenden Betons. Die Schreie der Verwundeten. Das Aufheulen der Motoren der Pick-ups. Die Gebete in der Moschee. Das hasserfüllte Brüllen des Predigers.

Das Summen und Pfeifen in seinem Kopf wurde nicht weniger. Er starrte auf das Armaturenbrett. Beugte sich nach vorn und schlug mit den Fäusten gegen seine Stirn. Bis endlich andere Bilder kamen. Donna. Die lächelte. Ihn streichelte. Ihm Geld gab. Viel Geld. Und eine Ahnung von Leben.

Sie hatten ihm gesagt, sie würden sich um alles kümmern. Er würde neue Papiere bekommen. Er würde

Donna heiraten und in Deutschland bleiben können. Nur noch einmal sollte er töten. Einen Hund diesmal. Dann wäre es vorbei, und er würde sein Geld bekommen.

Hussein Ali Muhammed setzte sich auf und streckte die Arme nach vorn, dass seine Knochen knackten. Tastete nach der Wunde an der Seite. Sie war trocken, mit wenig verkrustetem Schorf darauf. Blickte aus dem Fenster in die grüne Dunkelheit der tropfenden Büsche. Wasser. So viel Wasser. Überall Wasser und grüne Bäume. *Wälder* nannten die Menschen sie hier, wie das Wort dafür in der Sprache seiner Väter lautete, hatte er vergessen. So vieles hatte er vergessen. Einfach vergessen.

Als Donna die Beifahrertür öffnete, drehte Hussein den Kopf und stierte sie an.

»Na komm, schwarzer Mastino«, sagte sie. Das Weiß in seinen Augen war von roten Adern durchzogen. Die geweitete Pupille in der braunen Iris schien sie in sich hineinzusaugen. Er sagte nichts. Zeigte kein Mienenspiel. Knurrte nur leise.

Sie hielt seinem Blick nicht stand, der in ihr immer ein unangenehmes, dumpfes Gefühl der Angst auslöste, und spielte mit dem Riemen ihrer Handtasche, in der die Pistole steckte. Griffbereit, falls der Pitbull versagte. Endlich stieg der Kerl aus, gerade, als Ötz einen der jungen Schäferhunde aus dem Käfig holte, der auf einem grünen Pick-up stand. Die Kette klirrte, und der Hund knurrte unter seinem Maulkorb. Das wird bestimmt ein spannender Kampf, dachte Donna.

»Das kämpfen?«, fragte Hussein und wies mit dem Kinn auf die beiden.

Donna schüttelte den Kopf. »Nee, gegen 'nen Pitbull. Der ist aber schon hinten. Das schaffst du doch mit links, Großer.«

»Waffe?«

»Eisenstange.« Donna schlug die Autotür zu.

»Eissensstang?«, fragte Hussein.

»Ja, Mann. Knüppel. Aus Eisen«, sagte sie und bewegte den angewinkelten Arm von oben nach unten, als würde sie mit einem Stock zuschlagen.

Ötz winkte Hussein zu, grinste ihn an. »Hey, Alter. Schön, dass du da bist«, sagte er und brachte den an der Kette zerrenden, geifernden Hund hinter das Haus zum Notausgang.

»Komm, Doggie.« Donna hakte sich bei Hussein unter und ging mit ihm wieder zurück zu der Seitentür in den Lagerraum. Die Treppe hoch und in das Büro.

Es war nur mäßig erleuchtet. Donna goss sich Cola ein, schluckte eine kleine rosa Pille, zog die Felljacke aus und warf sich in einen der Cocktailsessel. »Na, komm mal her, Süßer.« Sie spreizte die Beine und legte eine Hand in den Schritt.

»Nee«, sagte Hussein und trat an das Fenster, durch das man in die Diskothek sehen konnte. Hinter der Theke stand eine Frau mit einer Federmaske, die er vom vorherigen Mal kannte, die mit den großen Augen. An der Theke saßen ein paar wie Bankräuber maskierte Männer, einer mit großen vorstehenden Schneidezähnen und ein Mann in einem grauen Kapuzenpullover mit einem roten Aufdruck, die sich zuprosteten. An der hinteren Wand standen Tische erhöht auf einem von einem Geländer umgebenen Podest, an denen weitere maskierte Menschen saßen, und auf einer Galerie ganz rechts entdeckte er sogar eine Muslima in einem Niqab, die sich mit einem Mann unterhielt, der die goldene Totenmaske eines Pharaos trug.

Die Tanzfläche war leer und zur Bar hin mit einem hohen Gitter abgesperrt. Nur bunte Lichter tanzten darauf hin und her, Laserpointer sprangen auf und ab, und Spiegelkugeln drehten sich an der Decke zu der leisen Musik, von der man hier oben nur das Stampfen der Bässe hörte.

»Nun komm schon«, sagte Donna und zündete sich eine Zigarette an, aber Hussein bewegte sich nicht.

Die Musik verebbte. Ein Mann mit einer grinsenden, schwarz-weißen Anonymous-Maske und einem Mikrofon in der Hand trat auf die Tanzfläche. Aber er erkannte ihn, das war der, den sie Ötz nannten. Der sprach zu den Leuten, so wie er es das letzte Mal auch getan hatte. Hussein verstand die Worte nicht, nur einen Ausdruck, den Ötz öfter sagte: Culture & Fairplay. Dann gab es Applaus, er verließ die Tanzfläche, und ein muskelbepackter Hüne mit nacktem Oberkörper kam aus einer Tür in der hintersten Ecke. Nur mit einer Armeehose und schwarzen Turnschuhen bekleidet. Seinen Kopf umschloss eine Maske aus schwarzem, glänzendem Latex, die die Augen, den grinsenden Mund und das kantige Kinn frei ließ. Er führte den Schäferhund auf die Tanzfläche, stellte sich in die Mitte und drehte sich mit erhobenen Armen ein paarmal um die eigene Achse. Zeigte seine Nazi-Tattoos. Ließ die Muskeln spielen, auf der Brust und auf dem Rücken. Die Gäste jubelten, der Hund kläffte unter seinem Maulkorb. Auch diesen Mann kannte er.

Dann ging Stiernacken in die Ecke, und Ötz betrat wieder die Tanzfläche. Auch er hatte nun einen Hund mit einem Maulkorb an der Kette, auch er versuchte zu posen, erntete aber nicht den Applaus, den Stiernacken bekommen hatte.

Die Hunde stiegen hoch, nur gehalten von den Ketten. Blafften und kläfften sich wütend an, dass der Schaum nur so unter den Maulkörben hervorstob. Die beiden Männer gingen aufeinander zu, und die Hunde kamen sich immer näher, bellten und zerrten an den Ketten, heulten auf. Die Gäste klatschten, schlossen hastig Wetten ab. Die Männer ließen die Hunde sich fast berühren. Mit blauwütigen Augen geiferten sie einander an. Wurden zurückgezogen. Geschlagen. Getreten. Wieder losgelassen. Zurückgezogen. Jeder in seine Ecke. Stiernacken stellte sich breitbeinig über den zornigen Schäferhund, Ötz über den rasenden Mastino. Sie nahmen ihnen die Maulkörbe ab. Brüllten beide gleichzeitig: »Los! Fass! Fass!«, und ließen die Ketten los. Wie abgeschossene Pfeile stürmten die Hunde aufeinander los. Außer sich vor Wut und Schmerz. Mit weit zurückgezogenen Lefzen und entblößten Fangzähnen kämpften sie auf Leben und Tod, während die Menge aufgeputscht vom Adrenalin und gierig nach Blut grölte wie bei einem Spiel.

Hussein drehte sich um. Den Rest kannte er. Die Schreie des Mordens konnten nur übertönt werden durch die Schreie der Lust. So hatten sie es ihm eingebläut. Er stellte sich vor den Sessel und zog seine Jogginghose hinunter. Donna sog an der Zigarette, steckte sie in das Colaglas, wo sie zischend erlosch, und machte sich ein letztes Mal an die spitzenmäßig bezahlte Arbeit.

48 – Polizeikommissariat Nord

Der dunkelblaue Audi A4 von Carsten Sanders hatte am Rebenring vor einem hell erleuchteten asiatischen Imbiss gestanden, der der Bezeichnung »schnell« vollauf gerecht wurde. Wok-Gemüse, Reis und Erdnusssoße waren fix serviert und fast ebenso schnell gegessen, und zurück blieb nur der Geruch des heißen Öls, der in den Kleidern hängen blieb. Ein wenig gelassener als noch kurze Zeit zuvor waren sie wieder in den Wagen gestiegen, hatten die Anweisungen des Navis bis zum Polizeikommissariat Nord in die Guntherstraße befolgt, das gleich hinter dem Eintrachtstadion lag. Hatten das Auto auf dem Besucherparkplatz abgestellt und betraten jetzt das zweistöckige Gebäude durch den Haupteingang.

Polizeiobermeisterin Nadine Hundertmark stand mit einem Kaffee in der Hand an einem Stehtisch im Flur vor dem Sozialraum. Eine mittelgroße Frau in Uniform, mit kurzen blonden Haaren, einer rot gerahmten Brille auf der Nase und vielleicht Ende zwanzig. Die Schutzweste ließ sie kräftiger erscheinen, als sie in Wirklichkeit war.

Sanders und Kolwicz stellten sich vor und zeigten ihre Marken. Besuch vom Landeskriminalamt bekamen die Polizisten hier selten, von gleich zwei verschiedenen Ämtern schon gar nicht. Frau Hundertmark lächelte sie an. »Wie kann ich Ihnen denn helfen?«

»Wir wüssten gern etwas über die Betreiber einer Diskothek am Hafen. Die *Rote Rose,* früher mal *Rote Perle*«, sagte Kolwicz.

»Ach, die *Rote Rose.*« Das Lächeln der Polizistin erstarb. »Schön, dass sich endlich mal jemand dafür interessiert. Und dann gleich zwei LKA-Kommissare. Na, ich kann mir schon denken, warum. Das ist eher ein Club als eine Diskothek.«

»Wie meinen Sie das?«

»Die ist meines Wissens nicht öffentlich zugänglich. Die Räumlichkeit kann man wohl nur privat mieten.«

»Also für geschlossene Veranstaltungen wie Firmenfeiern, Geburtstage und so was?«

Die Polizistin nickte mit Falten in der Stirn. »Ja.«

»Sie haben den ›Club‹ in der Vergangenheit in Ihren Berichten mehrfach erwähnt«, Sanders schaute auf seinen Notizblock. »*Eine Beobachtung der Diskothek in unregelmäßigen Abständen ist angebracht,* haben Sie geschrieben, weil Sie dort eine *Nachtbar* vermuteten.«

»Ja, das habe ich. Aber es gab diesbezüglich nie eine offizielle Anweisung zur Beobachtung. Na, vielleicht ist das irgendwo im *System* hängen geblieben. Aber es gab ja dort auch bisher keine weiteren relevanten Vorkommnisse.« Die Polizistin blickte auf den Tisch und schob mit der Hand Blätter zusammen. Kolwicz beobachtete sie genau.

»Aber Sie haben ein ungutes Gefühl bei der Sache?«, fragte sie.

»Ich weiß ja nicht, warum Sie ermitteln, aber sexuelle Ausbeutung macht doch immer ungute Gefühle, oder? Zumindest bei normalen Menschen. Man weiß ja, dass viele Frauen dazu gezwungen werden, wie Sklaven. Und verdienen tun immer nur Männer, die Zuhälter.«

»Da haben Sie recht. Wer weiß das besser als wir? Und Sie meinen, so etwas passiert in der *Roten Rose* auch?«

»Wir wissen doch gar nicht, was die da machen. Und ob das alles legal ist. Das wurde bisher doch gar nicht kontrolliert. Die können da machen, was sie wollen. Vielleicht veranstalten die Hundekämpfe, was weiß ich.«

»Gibt es darauf Hinweise?« Mandy blickte der Frau direkt in das Gesicht. Die blauen Augen hinter der rot geränderten Brille waren ruhig auf ihre eigenen gerichtet, ihre Mundwinkel hoben sich etwas, als sie antwortete: »Nein, nein. Das habe ich eben nur so als Beispiel gesagt.«

Sanders fragte: »Ihrem Verdacht wurde also nicht nachgegangen?«

»Nein, bisher nicht.«

»Und es gab in der jüngeren Vergangenheit keine weiteren Auffälligkeiten?«

»Nein. Aber da wohnt ja auch niemand. Das ist eine ziemlich einsame Gegend. Manchmal fahren wir auf Streife dort vorbei. Ab und an stehen Pkw davor, obere Mittelklasse und höher. Aber es gab ja bisher keinen Anlass und wie gesagt keine Order, näher hinzuschauen.«

»Sie sind einem der Betreiber öfter begegnet, einem gewissen Faruk Ötztürk?«

»Oh ja. Mit einem wirklich unangenehmen Hund. Ach, daher kam vielleicht mein Gedanke mit den Hundekämpfen.«

»Das verstehe ich«, sagte Kolwicz. »Wir durften bereits seine Bekanntschaft machen. Das ist kein Schoßhund. Sehen Sie ...« Die Elektromotoren der Prothese surrten leise, als sie die Hand hob, um der Kollegin die abgerissene Silikonhaut am kleinen Finger zu zeigen.

»Sie haben eine Prothese? Ich dachte, Sie hätten einen Buck... also ... etwas mit der Wirbelsäule.«

»Nein, da sind die Batterien und Motoren drin. Wenn das ein echter Finger gewesen wäre, hätte das wohl genäht werden müssen.«

»Waren Sie in der *Roten Rose*?«, fragte die Polizistin und hob erwartungsvoll das Kinn.

»Nein, wir haben einen gewissen Jens Müller aufgesucht.«

»Jens Müller, Jens Müller …«, murmelte Nadine Hundertmark und schob mit dem Mittelfinger die Brille den Nasenrücken hoch.

Sanders schaute wieder auf seinen Notizblock. »Das ist der Mitbesitzer des Clubs.«

»Ach ja, stimmt. Den habe ich aber noch nie gesehen.«

»Wissen Sie vielleicht, ob dort heute Abend was los ist? Wir würden Herrn Ötztürk gerne ein paar Fragen stellen und haben ihn in seiner Wohnung nicht angetroffen.«

»Das weiß ich nicht. Meine Kollegen und ich, wir haben zwar noch einiges zu erledigen, dünne Personaldecke und so, deshalb muss ich ja auch Überstunden machen an einem Freitagabend, eigentlich wäre ich längst zu Hause, aber wir können da natürlich gerne mal vorbeischauen«, sagte die Polizistin und lächelte knapp.

»Lassen Sie nur. Wir fahren selbst hin. Und wenn Herr Ötztürk dort ist, können wir ihn gleich persönlich befragen. Wie kommen wir denn da am besten hin?«

»Ach, das ist ganz einfach.« Jetzt lächelte Frau Hundertmark wirklich. »Die Hamburger Straße rechts runter, am Stadion vorbei und dann links in das Industriegebiet Hansestraße. Da ist der Hafen schon ausgeschildert, nach etwa eineinhalb Kilometern in die Ernst-Böhme-Straße und dann die Erste rechts, da ist ein

Motorradladen auf der Ecke, das ist die Hafenstraße. Die macht einen leichten Bogen nach links. Nach etwa fünfhundert Metern liegt rechts ein Imbiss, der aber schon lange nicht mehr in Betrieb ist. Da parken Sie am besten, weil der Platz vor dem Club nicht befestigt ist. Sie gehen ein paar Meter, über die Bahnschienen, und das Gebäude liegt gleich gegenüber der Stirnseite des Hafenbeckens, etwas zurückversetzt, aber das sehen Sie dann schon. Davor stehen oft Anhänger mit Booten rum.«

Sanders hatte eifrig mitgeschrieben. »Ich denke, das werden wir finden«, sagte er und wollte den Block wegstecken.

»Wenn was ist, können Sie mich ja einfach anrufen, und wir sind in maximal zehn Minuten da. Ich gebe Ihnen mal meine Handynummer.«

»Sehr nett. Vielen Dank, Frau Hundertmark«, sagte Kolwicz, während Sanders die Ziffernfolge aufschrieb.

»Gern geschehen. Wird Zeit, dass sich mal jemand um den Laden kümmert. Viel Erfolg.«

Sanders und Kolwicz verabschiedeten sich, verließen das Kommissariat Nord und stiegen ins Auto.

»Gib mir mal dein Smartphone und die Nummer«, sagte Mandy, während Carsten den Motor startete. Es surrte leise, als sie das Telefon zwischen die Metallfinger der Myoprothese nahm.

49 – *Rote Rose*

Es waren doch mehr Frauen da, um sich das blutige Spektakel anzusehen, als Antonia Mercedes da Silva angenommen hatte. Sie saß auf einer Galerie, von wo aus man das ganze Etablissement überblicken konnte. Eine schäbige Diskothek, die sie lieber nicht im Tageslicht sehen wollte. Es stank nach Rauch, Alkohol und billigem Parfüm. Und die »Show« hatte sie bisher auch nicht überzeugen können. Ein ganz hübscher German Shepherd, der von einem Mastino zerfleischt wurde. Ein Dogfight. Toll. Das konnte sie zu Hause auch haben. Einige Gäste hatten Wetten abgeschlossen und feuerten die Hunde an. Schließlich war der Schäferhund unterlegen und in weniger als fünfzehn Minuten tot. Aber der Kerl, der ihn in die Arena gebracht hatte, der Muskelmann mit dem trainierten Körper und dem großen Hakenkreuz-Tattoo auf dem Rücken, der interessierte sie.

Nun war der Kampf beendet. Aber auch der schwarze Kampfhund hatte einiges abbekommen. Der Kerl mit der Anonymous-Maske brachte ihn mit einer zerrissenen Lefze, einem halb abgebissenen Ohr und einer klaffenden Wunde im Nacken humpelnd und zitternd wieder direkt an der Galerie vorbei, schob einen schwarzen Vorhang zur Seite, hinter dem sich anscheinend eine Tür nach draußen verbarg, denn sie hatte während des langweiligen Hundekampfes bemerkt, dass er von einem Luftzug leicht hin und her bewegt wurde. Der Durchtrainierte in der Armeehose schleifte den toten Shepherd an den Hinterbeinen über die Tanzfläche hinter sich her und hinterließ dabei eine Blutspur. Er grinste breit, und im Kontrast zu der schwarz glänzenden Kopfmaske schienen seine weißen Zähne zu leuchten. Als er an ihr vorbeikam, konnte sie seine prallen Muskelpakete sehen. Da Silva bemerkte, dass sie das mehr erregte als der Hundekampf eben. Sie fragte sich, ob vielleicht die Möglichkeit bestände, den Kerl zu mieten? Da musste sich doch was machen lassen, wenn Geld keine Rolle spielte.

Sie griff nach ihrem Sektglas und lüpfte den Schleier des Niqabs, um trinken zu können. Aber bevor sie das Glas an den Mund geführt hatte, hob auch Scheich Abdul seines und stieß mit ihr an.

»A toast to death«, drang seine Stimme dumpf unter der Pharaomaske hervor, und hell klirrten die Gläser.

Donna lag in dem Cocktailsessel und fischte ein Papiertaschentuch aus einer Tasche ihrer Felljacke. Sie wischte ihre Scheide trocken, stopfte das Taschentuch zu der Kippe in das Colaglas, stand auf und zog Slip und Hose hoch. Sie musste hopsen, damit sie den Reißverschluss hochziehen konnte, so eng war die Hose.

Hussein lag halb nackt und keuchend auf dem Rücken am Boden. Ein Arm über den Augen. »Happy, happy«, japste er. »Donna, Donna, Donna …«

»Is' ja schon gut, Doggie. Du warst echt toll.« Sie ging zum Fenster rüber, strich sich das Haupthaar glatt, ließ den Lara-Croft-Zopf durch die rechte Hand gleiten. Stiernacken schleifte soeben den toten Schäferhund von der Tanzfläche zum Hinterausgang.

»Wir müssen dann wohl mal los.« Sie drehte sich um, stöckelte zu ihrer Tasche rüber. »Hier, und steh endlich auf.« Sie warf ihm eine rote Sturmhaube zu.

Hussein wischte mit der Hand über sein nasses Schamhaar, dann über Mund und Kinn und atmete hörbar ein. »Donna«, sagte er noch einmal.

Sie kickte ihn in die Seite. »Nu los, fauler Hund, hoch mit dir.«

Er erhob sich, zog Unter- und Jogginghose hoch, setzte die Haube auf den Kopf und zog sie über das Gesicht.

»Ha, 'n Schwarzer mit 'nem roten Kopp. Sieht man auch nicht alle Tage. Dann kann's ja losgehen jetze.«

Hussein hob die gedrehte Eisenstange mit dem stumpfen Haken am Ende auf. Er wog sie in der Hand, dann ließ er sie durch die Luft sausen. Machte einen Ausfallschritt und knallte sie auf die Hantelbank.

»Ich sag doch, das wird ein leichtes Spiel für dich.«

»Dogfight«, sagte Hussein. »Okay.«

Donna steckte ihren Kopf durch einen grauen Loopschal, wie Lara Croft ihn in »Rise of the Tomb Raider« trug, und setzte sich eine Sonnenbrille mit großen runden Gläsern auf, zog die Felljacke an und stellte sich vor den Spiegel. Wieder ließ sie den dunklen Zopf durch die Finger gleiten und legte ihn dann nach vorn über ihre Schulter. Sie hob das Kinn und fand, sie sah wirklich ein bisschen aus wie Lara Croft.

Hussein umarmte sie von hinten und küsste ihren Nacken. »Meine Frau«, brummte er mit seiner tiefen melodischen Stimme.

Hinter der Sonnenbrille verdrehte Donna die Augen. »Jetzt aber los«, sagte sie, stieß seine Arme weg, griff die Handtasche. Er folgte ihr, mit der Eisenstange in der einen Hand, während er die andere an die Nase führte und daran roch, durch das Büro und die Treppe hinunter.

»UUAAAAHH!«, brüllte er, schwang die Stange und reckte die vernarbte Brust, als sie durch das Getränkelager in Richtung Theke gingen. Dann verstummte er. Sie betraten die Diskothek, gingen an den Männern vorbei, die mit Nylonstrümpfen maskiert an der Bar saßen und Wodka tranken. Stellten sich an das Geländer der drei Stufen, die auf das Podest führten, auf dem die Tische der Zuschauer standen. Dann erstrahlte die *Rote Rose* in einem Gewitter aus flirrenden bunten Lichtern und weißen Stroboskopblitzen, erzitterte von dröhnenden Posaunen, Trompeten und Flöten.

Anonymous stand mit dem Mikrofon am Rand der Tanzfläche. Wartete, bis die hochdramatischen ersten neunzig Sekunden von Wagners »Ritt der Walküren« verklungen waren. Trat mit dem Einsatz der Streicher in den Ring, hob das Mikrofon, als sie immer leiser wurden und eine Gitarre die ersten abgehackten Akkorde von »Highway To Hell« durch die Boxen in die Diskothek jagte.

»Ladyyys and Gentlemaaan! Culture aaand fairplaaayyy!«, rief er. »Welcome tooo Germany! Welcome tooo Braunschweig!«, mit lang gezogenen Vokalen wie ein Stadionsprecher. Ötz war stolz auf das Intro, das er eigens für diese Veranstaltungen zusammengeschnitten hatte.

Einige aus der maskierten Zuschauermenge kannten das bereits und fingen an zu jubeln. Ötz sprach abgehackt weiter, in holprigem Englisch, heizte die Menge an, sprach von Blut, Spiel und toten Hunden, bis er schließlich mit einer weit ausladenden Geste in Richtung der Theke wies. »And! Here! Is! – Mister Mastinooo!«

Hussein flankte über das Geländer in die Arena hinein. Er hörte den harten Rock von AC/DC, das Geschrei der Gaffer, sah die Maskengesichter, das Blut auf dem Boden.

»Ex. Child. Soooldier from Sooomaliaaa!« Er lief zu Hussein rüber, packte sein Handgelenk und riss es hoch. »And! The! Winner! Of! The last! Fiiiiiiiight!«, rief Ötz in das Mikrofon im Duett mit Bon Scott.

Hussein stand da, mit gesenktem Kopf, ließ die Eisenstange locker an der Seite herunterbaumeln. Hörte nicht auf die Worte, die Anonymous schrie. Dachte an den Pitbull, den er auf dem Hof von Stiernacken gesehen hatte. Sie wollten einen Kampf Mann gegen Hund. Den sollten sie kriegen, dachte er. Hunde waren gefährlich. Gefährlicher als ein Mensch. Rasend schnell. Ohne Waffe kaum zu besiegen. Er musste den Pitbull gleich mit dem ersten Schlag gut treffen. Am besten auf die Schnauze.

Ötz wechselte das Mikrofon von der rechten in die linke Hand. »And! On! The! Other! Siiide! – Pitbuuull!«, grunzte er und zeigte zu der Seite, wo sich der Hintereingang befand. Hussein hob nicht den Kopf, sondern drehte nur die Augäpfel nach oben und blickte durch die Löcher der roten Sturmhaube an Ötz vorbei auf die andere Seite der Arena.

Stiernacken betrat die Tanzfläche. Auch er hielt eine Eisenstange in den Händen, hob sie hoch in die Luft, grinste breit unter seiner schwarzen Kopfmaske. Aber wo blieb der Hund?, fragte sich Hussein, während Stiernacken gemächlich posend über die Tanzfläche stolzierte, den Reichsadler zucken ließ und den Eisenstab herumwirbelte wie ein Schwert. Er grölte die letzte Zeilen des Liedes mit: »I'm on the highway to hell! I'm on the highway to hell! – And I'm going dooown ...« Dann Stille. In die Ötz mit tiefer Stimme rief: »And now – Ladys and Gentleman! Here is: the game – of – blood – and deaeaeaeath!« Dann verzog er sich in Richtung Bar, ging an Hussein vorbei, der mit erhobenem Kinn dastand, und sprang ebenfalls über das Geländer. Nickte Donna zu, die auf einem Stuhl neben der Treppe saß und durch das Gitter des Bauzauns schaute. Ötz trat hinter die Theke, schickte Bambi und Fetzer raus, vor die Tür, damit die zu ihrem eigenen Schutz nicht sahen, was jetzt kam. Außerdem hatten sie nicht bezahlt.

Stiernacken ließ sich noch eine Runde lang als Pitbull beklatschen. Hussein stand immer noch mit gesenktem Kopf da. Es wird kein Hund kommen, dachte er. Der Pitbull war ein Mensch. Stiernacken. Der ihm Geld gegeben hatte. Der ihm neue Papiere versprochen hatte. Bei dem er gewohnt hatte. Gegen den sollte er kämpfen? Hilfesuchend blickte er zur Seite. Sah Donna auf dem Stuhl hinter dem Geländer der Treppe sitzen. Vermummt mit einem grauen Schal und der runden Sonnenbrille vor den Augen. Eine Hand ruhte zwischen ihren Beinen und hielt eine Pistole. Sie zog den Schal herunter, lächelte mit diesen Lippen, die ihn wahnsinnig machten. Sie spitzte ihren Mund und küsste die Luft. Winkte ihm dabei verschwörerisch mit der Waffe zu. Er verstand. Sie würde ihn beschützen. In seinen Ohren begann es zu summen. Er würde nicht sterben. Er würde töten.

Der Pitbull umrundete langsam den Mastino. Ließ ihn nicht aus den Augen. Begann leise »Nigger, Nigger« zu rufen. Mit erhobenen Armen, gefletschten Zähnen und durch die Luft zischender Stange forderte er das Gekreische der Gäste heraus. Schrie immer lauter: »Nigger! Nigger!« Schlug mehrmals im Rhythmus seines Rufes gegen den Bauzaun. Es schepperte laut und steigerte noch das Keifen der Gäste. Die das Wort aufgriffen und es mit ihm zusammen grölten wie die Mitglieder einer monströsen Sekte, die einem grausamen Kult huldigten. Plötzlich wirbelte er herum und versetzte dem Mastino einen Tritt gegen die Brust.

Hussein taumelte nach hinten, und beinahe hätte er seine Waffe verloren. Er hob den Kopf. Verkrampfte die Hände um die Stange. Öffnete den Mund. Brüllte, um das Zischen und Pfeifen in seinen Ohren zu übertönen. So wie sie gebrüllt hatten, als sie die Dörfer überfielen, Hände und Füße abhackten, Schädel einschlugen. Töten war das Einzige, was er wirklich gelernt hatte. Wie eine Machete schwang er die Stange auf den Kopf des großen Mannes zu, der vor ihm stand. Mit einem trockenen *Klong!* trafen sich die gedrehten Eisen in der Luft, und der Ruf der Menge erstarb.

50 – Hafen

Mit der exakten Wegbeschreibung von Polizeiobermeisterin Hundertmark war es kein Problem gewesen, die Hafenstraße zu finden. Sanders und Kolwicz waren an dem Laden für Motorradtechnik und Bekleidung rechts abgebogen und hatten den Audi vor dem ehemaligen Imbiss neben einem roten BMW M4 Coupé und einem silberfarbenen Hummer H3 abgestellt.

Mandy hatte ihre Handtasche im Auto gelassen, die Tür zugeschlagen. Ein kalter Wind wehte vom Hafen herüber. »Kannst du mir mal bitte den Mantel zubinden?«, hatte sie gefragt, und Carsten hatte es getan, nicht ohne ihr danach einen Kuss auf die Wange zu drücken. Dann hatte er sein Telefon hervorgezogen und gesagt: »Schalte du deins auch stumm. Sicher ist sicher.«

Sie machten sich auf den Weg durch den leichten Nieselregen hindurch, vorbei an einem großen Verladekran, überquerten die Bahnschienen und sahen die Aufbauten einiger Motoryachten, die an der Stirnseite des Hafenbeckens am Kai lagen.

Carsten trat bis an den abschüssigen Graswall heran. Drei Yachten und zwei Motorboote waren dort festgemacht.

Sie gingen weiter, bis sie die sandige Stellfläche mit den Bootsanhängern erreicht hatten und den Eingang zur *Roten Rose* zwischen den Kronen einiger niedriger Bäume sahen. Noch immer hingen grüne, vom Regenwasser nasse Blätter an den Ästen und verdeckten einen Teil des zweistöckigen Gebäudes, an das sich auf der linken Seite ein flacher Anbau schmiegte. Ein Lichtschimmer drang durch ein Bullauge, das in der Tür eingelassen war. Die mit Planen abgedeckten Bootstrailer und Autos lagen im Dunkeln. Es gab keine Straßenlaternen. Das einzige Licht, das den Ort etwas erhellte, kam vom Streulicht zweier Scheinwerfer, die den Verladekai am Hafen beleuchteten, und von dem halben Mond, der sich hin und wieder zwischen die Wolken drängte. Sie traten in den Schatten eines Baumes und beobachteten den Eingang. Auf einmal öffnete sich die

Tür. Im Schein des herausflutenden Lichts sahen sie den Mann, der am Nachmittag auch bei Jens Müller gewesen war. Der mit der Biker-Kutte und dem flachen Irokesenschnitt. Er zündete sich eine Zigarette an, pustete den Rauch in die Luft und schaute ihm hinterher.

»Bomber hat der Müller den, glaube ich, genannt«, flüsterte Mandy.

»Kann sein«, brummte Sanders. »Habe ich mir nicht gemerkt. Ungemütlicher Typ.«

»Die sind alle ungemütlich, und das Wetter auch. Also, lass uns hingehen, fragen, ob Ötztürk da ist, und dann nichts wie weg hier«, zischte sie.

Carsten ballte die Hände in den Jackentaschen zu Fäusten. »Vielleicht ist das da der Schläger, der Ulli verprügelt hat. Wenn wir den direkt fragen, sagt er natürlich, dass Ötztürk nicht da ist. Darauf wette ich«, sagte er tonlos.

»Okay, was schlägst du vor? Sollen wir wie Winnetou durch das Gebüsch schleichen und durch ein Fenster auf der Rückseite in die Hütte gucken?«

»Die Idee ist nicht schlecht. Du hast dieses Pack erlebt. Wenn wir hingehen und fragen, werden sie nur sagen, dass das eine private Veranstaltung ist und ob sie mal den richterlichen Beschluss sehen könnten. Uns umschauen dürfen wir aber«, flüsterte Sanders trotzig.

»Auf einem Privatgelände? Obwohl, ich sehe keinen Zaun und keine Hinweisschilder«, sagte Mandy leise.

»Genau. Man kann gar nicht sehen, wo das Privatgelände anfängt. Also, schauen wir mal. Ich bin echt gespannt, was die da drin machen.« Carsten zog die Hände aus den Jackentaschen, tastete ganz kurz mit der rechten Hand an seine linke Seite und spürte die feste Beule, die die Dienstwaffe dort entstehen ließ.

Im Schatten der Bäume zogen sie sich ein paar Schritte zurück und schlichen dann geduckt im Schutz der geparkten Autos zu den Bootstrailern rüber. Schlüpften dazwischen hindurch, gerieten in eine große Pfütze, gingen vorsichtig und leise hinter den Anhängern weiter in das Dunkel hinein.

Als sie die Höhe des Eingangs erreicht hatten, blieben sie stehen und beobachteten Bomber zwischen den hellen Planen zweier abgedeckter Boote hindurch, wie er vor dem Gebäude stand und rauchte. Plötzlich öffnete sich die Tür wieder. Licht und lauter Jubel drangen in die Nacht hinaus. Zwei Personen gesellten sich zu ihm. Ein Mann mit einem Baseballcap und eine Frau. Im Schein des Lichts sahen sie, dass sie eine Karnevalsmaske mit weißen Federn trug. Sie nahm sie ab, bevor sie eine Zigarette aus der Schachtel zog, die Bomber ihr hinhielt. Der Wind trug nicht nur den Rauch in die Richtung zwischen die mit Planen abgedeckten Boote, wo Sanders und Kolwicz sich verborgen hielten, sondern auch die Worte, die die Frau sagte: »Boah ey, das ist mir echt zu ekelig.«

Der Mann mit dem Baseballcap strich ihr über das Haar und sagte etwas, das die beiden Kommissare nicht verstanden, der Rest ging in dem schallenden Gelächter der drei unter.

»Den kennen wir doch auch von heute Nachmittag«, hauchte Sanders. Sie huschten weiter, an dem letzten Bootsanhänger vorbei, blieben vor der bulligen Motorhaube eines schwarzen Amarok stehen.

»Was immer das sein mag, auf jeden Fall ist es der Frau zu ekelig, was die da drin machen«, flüsterte Sanders.

»Wir wissen ja nicht, was die für einen Ekelfaktor hat«, hauchte Kolwicz. »Sie trug eine Maske, war aber nicht aufreizend angezogen. Vielleicht arbeitet sie hier nur im Service.«

»Oder als Putzfrau.«

»Als Putzfrau, klar, einer muss ja die Schweinerei wegmachen ...«, zischte sie und schaute an dem großen Pick-up vorbei auf den Flachdach-Anbau an der Seite des Gebäudes. »So langsam werde ich aber auch neugierig. Vielleicht ist die Tür da nicht verschlossen.«

»Vielleicht. Aber zumindest kann ich mal durch das Fenster sehen.« Sanders huschte zu einem Müllcontainer aus Plastik hinüber, der an der Wand zwischen einem schwach erhellten Fenster und der Tür stand. Ging in die Hocke. Verharrte. Horchte. Bewegte sich schnell auf die graue Tür zu. Legte das Ohr gegen das metallene Türblatt. Hörte nichts. Legte die Hand auf den Knauf. Rüttelte daran. Aber die Tür ging nicht auf. Wahrscheinlich konnte man sie nur von innen öffnen wie eine Fluchttür. Er zog sich wieder hinter die Mülltonne zurück, spähte durch das Fenster in den Anbau hinein. Aus einer offen stehenden Zwischentür drang ein schwacher Lichtschein. Er konnte einige rote Sessel und ein paar Tische sehen. In dem Raum, aus dem das Licht schien, waren Getränkekisten an der Wand aufgestapelt.

Carsten drehte sich um und wollte wieder zu Mandy zurücklaufen, als eine laute Stimme vom Eingang der Diskothek her um die Ecke des Anbaus drang. Schnell duckte er sich wieder hinter den Container. Der mit dem Baseballcap kam hinter der Ecke hervor. Vor Anspannung hörte Carsten für ein paar Sekunden auf zu atmen.

Der Mann sang laut, tief und falsch: »I'm on the highway to hell. Bam, bam. Highway to hell. Bam, bam«, schlenderte mit der Hand am Hosenstall auf die Bootsanhänger zu, stellte sich breitbeinig davor, und schon pladderte es laut gegen eine der Planen.

Als er wieder davongestapft war, huschte Sanders zum Amarok zurück.

»Das hätte schiefgehen können«, flüsterte Mandy.

»Alles okay. Falls die uns entdecken, spielen wir das Liebespaar«, sagte Carsten leise und kauerte sich neben ihr hin. »Die Tür kann man von außen nur mit einem Schlüssel öffnen. Durch das Fenster habe ich nichts gesehen. Das scheinen nur Lagerräume zu sein.«

»Also los, schauen wir uns die Rückseite der Hütte an, bevor wir vollkommen durchnässt sind.«

Sie erhoben sich, schlichen in dem stärker werdenden Nieselregen an einem Opel Adam vorbei, einem Pick-up, noch zwei anderen Pkw und einem Motorrad, bis sie die hintere Ecke des Anbaus erreicht hatten. Ein mit Gehwegplatten gepflasterter Weg führte um die *Rote Rose* herum und endete unter einer Überdachung, unter der eine weiße Neonröhre ihr kaltes Licht in die ungemütliche Nacht schickte. Die Rückseite der Diskothek bestand aus einer fensterlosen Mauer, an der allerlei Kram lehnte. Bretter, aufgeschichtete Steine, ein Sandhaufen, Gartengeräte, lange, angespitzte Rundhölzer, eine Schubkarre, aufgeweichte Pappkartons, Bauschutt und Blumentöpfe, die größtenteils zerschlagen waren. Auf der linken Seite begrenzte triefendes Buschwerk das Grundstück zu einem Strang schräg verlaufender Bahnschienen hin.

»Da ist bestimmt noch eine Tür«, wisperte Mandy.

Unter dem Vordach standen Kisten, Kästen, Klappstühle und ein Gartentisch. Konzentriert lauschten sie auf verdächtige Geräusche. Schlichen vorsichtig weiter, bis sie abrupt stehen blieben, als ein lautes, vielstimmiges »Uohhhh!« aus der Richtung der vollgestellten Überdachung erscholl.

Sie schauten sich an, zuckten beide mit den Schultern, gingen weiter, bis sie endlich unter dem Plastikdach standen. Und die Hintertür sahen. Sie schien nur angelehnt zu sein, denn wieder ertönte aus der Richtung das Gegröle. Ein überraschender, anerkennender Ausruf. Wie die Fans in einem Fußballstadion ihn unisono ausstießen, wenn ein Spieler ihrer Mannschaft im Alleingang über das halbe Spielfeld peste, den Ball abschoss, der dann aber leider über das Tor hinwegflog.

Plötzlich wurde der Ausruf vom Knurren eines Hundes abgelöst, das in ein leises, eher wie ein Husten klingendes Bellen überging. Es kam aus einer der großen Holzkisten, die unter der Überdachung standen und deren eine Seite mit einem Gitter verschlossen war. Sie bückten sich und schauten hinein. Ein schwarzer Hund lag darin und blickte sie mit leeren Augen erschöpft und abwesend an. Sein Fell war nass und struppig. Eine Lefze hing aufgerissen herab, über der Nase waren blutige Kratzer, und ein Ohr baumelte ausgefranst am Kopf. Wieder knurrte er leise und blaffte hustend.

Mandy huschte aus dem Blickfeld des verletzten Hundes und zog Carsten mit sich.

»Das war vielleicht Püppchen, der Mastino von heute Nachmittag«, flüsterte Carsten. »Anscheinend veranstalten die hier wirklich Hundekämpfe. Na, denen werden wir das Handwerk …«, weiter kam er nicht, denn Mandy kniff ihm in den Arm und wies auf eine graue Plastikwanne, die neben der Hundekiste auf dem Boden stand. Darin lag ein Schäferhund. Blutüberströmt. Tot.

Erneut erscholl das vielstimmige Gebrüll, aber gleich darauf gefolgt von abgehackten Rufen, einem anfeuernden, rhythmischen »Ah! Ah! Ah!«.

Mandy schaute in die Plastikwanne. »Diese … Diese …« Ihr fiel keine passende Bezeichnung ein. Schweigend zog sie das Smartphone hervor, schaltete den Blitz aus und machte ein Foto von dem toten Hund.

Carsten schaute den Weg hinunter, den sie gekommen waren. Nichts rührte sich. Er drehte sich herum und fixierte die Hintertür. Anscheinend war sie neu eingebaut, denn sie war an den Zargen noch nicht verputzt, und grobe Bauschaumwürste quollen dazwischen hervor. Und tatsächlich war sie nicht ganz zugezogen. Dann entdeckte er die Kamera, die darüber angebracht war. Sanft stieß er gegen Mandys Technikbuckel. Als sie ihn ansah, wies er auf die Kamera. Sekundenlang starrten sie beide darauf.

»Vielleicht kontrolliert gerade niemand den Monitor. Sonst wären die doch schon längst hier«, raunte Carsten.

»Aber sie haben uns gefilmt, wie wir illegal auf dem Grundstück rumstöbern. Das gibt eine Anklage wegen Hausfriedensbruch, da kannst du sicher sein. Es sei denn … warte mal …« Mandy ging direkt auf die Kamera zu. Als sie darunterstand, drehte sie sich lächelnd zu Carsten um. »Schau mal«, sagte sie leise und zeigte in die Luft. »Die ist gar nicht angeschlossen. Da hängt noch das zusammengerollte Kabel herunter.«

Wieder erklang das »Uohhhh!« hinter der Tür. Und plötzlich wusste Carsten Sanders, an was ihn dieser Schrei noch erinnerte. Genauso schrie eine Menge auf, wenn der wütende Stier durch das rote Tuch des Toreros ins Leere lief.

»Das klingt wie bei einem Stierkampf«, flüsterte er und zog am Knauf der Stahltür. Das Blatt ließ sich nur schwer öffnen, machte aber glücklicherweise kein Geräusch. Anscheinend war der automatische Schließer noch nicht richtig eingestellt. Er zog die Tür etwas auf, und sie schauten auf einen schwarzen Vorhang, etwa eine Armlänge entfernt. Warme verbrauchte Luft schlug ihnen entgegen. Zigarettenrauch vermischt mit Alkohol, Parfüm und menschlichen Ausdünstungen.

Sie hörten ein metallisches *Klong, Klong,* einen unterdrückten Schrei, wieder den Ausruf der Menge hinter dem Vorhang, gefolgt von dem rhythmischen »Ah! Ah! Ah!«.

Carsten streckte die Hand aus und zog den Vorhang etwas zur Seite. Sie steckten die Köpfe ganz nah zusammen und schauten in das Innere der Diskothek. Sahen ein niedriges quadratisches Podest mit einer Pool-Dance-Stange darauf. Sahen maskierte Leute an Tischen sitzen, die alle gebannt nach rechts auf die Tanzfläche starrten. Konnten aber selber von ihrem Standpunkt aus nicht sehen, was die da so faszinierte. Sanders und Kolwicz schauten sich an, nickten sich zu, und dann betraten sie die *Rote Rose.*

51 – *Rote Rose*

Die Wetten waren abgeschlossen, die Musik verklungen, die glitzernden Lichter erloschen, zwei grelle Spots aufgeflammt, und es war still geworden in der *Roten Rose*. Alle Gäste starrten durch ihre Masken hindurch gebannt auf die hell ausgeleuchtete Tanzfläche, auf der sich zwei vollkommen unterschiedliche Männer mit nackten Oberkörpern in einer absurden Choreografie umeinander bewegten. Trat der Große in der Armeehose vor, ging der Kleinere in der grauen Jogginghose zurück. Hüpfte der Weiße nach links, sprang der Schwarze nach rechts. Hob das trainierte Muskelpaket seine Waffe, tat es der behände Schlanke auch. Stach der mit der schwarzen Kopfmaske zu, wirbelte der mit der roten Sturmhaube zur Seite.

Kling, Klong schlugen die Eisenstangen in der Stille aufeinander. Stiernacken hatte einen Angriff nach dem anderen gestartet. Ließ die Stange von oben auf seinen Gegner niedersausen. Hieb gegen seine Schultern, Arme und Hände. Packte den angeschweißten Bügel und stach direkt zu wie mit einem Schwert. Aber immer wand Hussein sich flink aus dem Gefahrenbereich, und Stiernackens Streiche gingen ins Leere, oder Hussein parierte die Schläge geschickt. Dann trafen sich die Eisenstangen klirrend in der Luft.

Lange genug herumgealbert, dachte Stiernacken und setzte zu einer Finte an. Packte den Metallstab am unteren Ende mit beiden Händen und holte zu einem wuchtigen Schlag gegen den Kopf seines Gegners aus. Der hob seine Waffe, um ihn abzufangen. Aber Stiernacken führte den Hieb nicht aus. Ließ die Eisenstange seitlich durch die Luft flirren und riss ein Bein hoch. Die Flieh- und Rotationskräfte summierten sich mit der seiner Muskeln, und in einer einzigen, fließenden Bewegung traf der Sidekick Husseins rechte Gesichtshälfte. Sein Kopf wurde zur Seite geschleudert. Die Unterlippe platzte auf. Der Oberkörper wirbelte herum, das Becken. Er konnte sich nicht auf den Beinen halten, ging zu Boden, fiel auf die Seite, rollte sich blitzschnell herum und kauerte schließlich auf den Knien am Boden. Blut quoll hervor, floss über die dunklen Lippen, die Gäste begrüßten es mit einem kollektiven Aufschrei. Er bewegte den Unterkiefer, ließ die Zähne aufeinanderschlagen. Anscheinend war der Knochen heil geblieben. Unter der Sturmhaube rollten die rot geäderten Augen und ließen Stiernacken nicht aus dem Blick.

Der Mann mit der glänzenden Latexmaske hob die Arme, umrundete grinsend und drohend den am Boden Knienden mit der roten Sturmhaube, taxierte ihn dabei wie die Schlange das Kaninchen. Der Aufschrei der Menge war in verhaltenen Jubel übergegangen.

Die Männer auf den Barhockern hatten der Theke den Rücken zugedreht und schauten gebannt in die Kampfarena. Als der Weiße den Schwarzen gegen den Kopf trat, war Xui Chenglong schreiend aufgesprungen und an den Bauzaun gelaufen. Krallte seine Hände in das Gitter und drückte seine Stirn dagegen, um alles ganz genau sehen zu können. Der Speed im Gehirn machte ihn hemmungslos, und voller Aufregung schrie er im Stakkato »Ah! Ah! Ah!« und glaubte schon das Blut, das Fleisch des Schwarzen in seinem eigenen

Mund zu schmecken, während die beiden Männer mit den Strumpfmasken, die neben ihm an der Theke gesessen hatten, ebenfalls an den Zaun getreten waren.

Nach der Attacke stießen sie ihre Wodkaflaschen gegeneinander und tranken. Vladimir Rasumichin ärgerte sich ein bisschen, dass er seinen Kameramann hatte zu Hause lassen müssen. Aber sein Freund Fjodor Alekpaska hatte gesagt, man könne Trophäen kaufen. Deshalb hoffte er, dass der Schwarze gewann, weil der Weiße so schöne Tattoos hatte. Der Adler mit dem Hakenkreuz würde höllisch teuer sein. Aber er musste ihn haben – ein Reichsadler-Hakenkreuz-Tattoo von einem echten deutschen Nazi! Das würde die Freunde daheim in Moskau mächtig beeindrucken. Leider sah es im Moment nicht so aus, als würde der Landser den Kampf verlieren. Der Afrikaner hatte bedauerlicherweise keine Hautbilder, von ihm könnte man höchstens ein paar Narben, die Ohren oder den Skalp kaufen. Aber wer gab schon Geld für krauses schwarzes Haar aus?

»Na, Vladimir Rasumichin«, sagte Alekpaska trunken, »habe ich dir zu viel versprochen? Is' das ein Spektakel?« Dabei ließ er seinen Kopf so kreisen, dass der Zipfel des Nylons seiner Strumpfmaske herumgewirbelt wurde wie der Bommel auf dem Fes eines orientalischen Oud-Spielers.

»Es is' nicht schlecht, Fjodor. Es is' nicht schlecht«, antwortete Vladimir mit schwerer Zunge.

»Was heißt *nicht schlecht*? Er blutet, was ist daran *nicht schlecht*? Es ist besser als Wrestling.«

»Das is' wie ein Mixed-Martial-Arts-Kampf. Bloß mit einer Waffe.«

»Eben. Mit einer Waffe. Was meinst du, was die damit anstellen?« Alekpaska fuhr sich mit dem Daumen über die Kehle.

»Aber der kleine *Niegjer* hat keine Chance. Es is' wie David gegen Goliath.«

Alekpaska lachte aus vollem Hals. »Und sag, Vladimir, wer hat da gewonnen?«

»Aaach ja, hahaha«, Vladimir stimmte in das Lachen ein. »Komm, lass uns trinken, mein Freund.« Sie stießen abermals die Flaschen zusammen, während sich auf der Galerie eine mit einem Niqab verschleierte Frau ein Opernglas an die Augen hielt.

Antonia Mercedes da Silva schaute sich den muskulösen Körper des Weißen an, wie er mit erhobenen Armen seinen am Boden kauernden Gegner umkreiste. Irgendwer hatte angefangen, rhythmische Rufe auszustoßen, in die immer mehr der maskierten Gäste einstimmten und die den Pitbull zu einem weiteren Angriff anstachelten. Dummes Rindvieh, dachte da Silva und nahm rasch das kleine Fernglas herunter, um die ihrer Meinung nach bevorstehende Attacke im Ganzen genießen zu können. Wenn du so weitermachst, wirst du sterben, Pitbull. Du unterschätzt den Kindersoldaten. Und was mache ich dann?

Stiernackens Angriff kam nicht nur für da Silva vorhersehbar. Auch Hussein ahnte ihn. Der angeschliffene Haken der durch die Luft zischenden Eisenstange knallte hart auf die Stelle der Tanzfläche, auf der eben noch der rot Maskierte gekniet hatte.

»Uohhhh!«, schrie die Menge. Der Schlag war so heftig ausgeführt, dass der Haken sich verbog und die angeschliffene Spitze nicht mehr nach vorn wies, sondern auf die Eisenstange, und aus dem U eher ein P geworden war.

Wieder belauerten sich die beiden so ungleichen Männer, zitternd vom Adrenalin im Blut und dem teuflischen Willen zu töten. Suchte der eine in der Deckung des anderen eine Lücke. Schlugen mit den Eisenstangen aufeinander ein, dass es nur so krachte und das Eisen verbog. Brachten sich Wunden bei, wenn die scharfen Kanten der Eisenstäbe die Haut aufrissen. Der Boden der Arena wurde langsam schlüpfrig von dem Blut.

Hussein bekam es als Erster zu spüren. Er rutschte aus. Ging in einer Grätsche zu Boden. Verlor seine Waffe. Stiernacken schlug sofort mit hackenden Bewegungen auf den am Boden Liegenden ein, der aber den wuchtigen Schlägen flink auswich. Die Gaffer begleiteten jeden Schlag mit einem Ausruf, bis das Eisen des Pitbulls endlich sein Ziel gefunden hatte. Den Schädel unter der roten Sturmhaube. Stiernacken platzierte einen Treffer, der ihm den Sieg bringen würde.

Die Kopfhaut des Mastinos platzte auf. Sofort quoll Blut aus der Wunde heraus und sickerte durch den Stoff der Sturmhaube, floss über den Hals, die Schulter. Durch den Schlag war er etwas benommen, drehte und wand sich aber instinktiv am Boden hin und her wie ein Aal. Stillstand bedeutete den Tod. Stiernacken stand mit gefletschten Zähnen über ihm. Trat ihm in die Nieren und dann direkt von oben auf den Solarplexus. Hussein stockte der Atem, und er hörte auf sich zu winden, rang röchelnd nach Luft.

Stiernacken hatte die erhobene Eisenstange mit beiden Händen so umklammert, dass er Hussein damit durchbohren würde, wie man einen Vampir mit einem Holzpflock pfählte. Er wollte es machen wie in einem Film. Drückte sein Opfer mit dem Fuß zu Boden. Trat noch einmal zu. Schaute grinsend auf und hoffte, die Leute würden mit nach unten gerichteten Daumen den Tod des Afrikaners fordern. Aber er sah nur die durch die Masken starren Gesichter der Reichen, die ohne Ausdruck zu ihnen in die Manege starrten. Von irgendwo erschollen vereinzelte Rufe in fremden Sprachen, die alles Mögliche bedeuten konnten. Stiernacken war sich nicht sicher, ob er den Nigger jetzt schon töten sollte. Die Reichen wollten ihr Spiel.

Hussein sah das rote Blut. Sein Blut. Von den Tritten blieb ihm die Luft weg. »Töte!«, hörte er die Stimme des Mannes, der die Islamisten-Miliz angeführt hatte. »Töte die Ungläubigen!« Und er gehorchte. Rollte sich in dem Augenblick zur Seite, als der Druck auf seiner Brust nachließ und Stiernacken den Fuß hob, um erneut zuzutreten.

Wieder krachte die Eisenstange des Pitbulls auf den Boden der Tanzfläche, und wieder wurde die Aktion des Mastinos mit einem Aufschrei belohnt. Hussein glitt auf seine Waffe zu, packte sie, schnellte mit einer Rolle vorwärts aus dem Gefahrenbereich, kam wieder auf die Füße, wich nicht mehr aus, sondern sprang direkt auf den Pitbull zu.

Stiernacken knallte ihm das Eisen auf die Schulter, aber Hussein spürte keinen Schmerz mehr. Schwang die Stange und ließ sie wie eine Machete gegen den

Oberarm seines überraschten Gegners sausen. Und gegen den Hals, gegen den Kopf, der von der schwarz glänzenden Maske umschlossen wurde, auf die Schulter und rammte ihm die Spitze gegen die Brust, wo sie an einer Rippe abrutschte, einen Fetzen Haut und Muskelfleisch abschälte und die tätowierten roten SS-Runen zerriss. Die Gäste begleiteten die kurzen, hektischen Schläge wieder mit dem explosiv ausgestoßenen Geschrei. Zwei Kopftreffer schickten den Riesen halb betäubt zu Boden. Er verlor seine Waffe. »Uohhhh!«, grunzte die Menge. Der Kleinere stand jetzt über ihm. Bis auf ein paar vereinzelte Rufe verstummte das Gejohle der Gäste, und sie starrten gebannt auf die beiden Männer in der Arena. Alle waren sich sicher: Jetzt würden sie das zu sehen bekommen, wofür sie bezahlt hatten.

»Schade um das SS-Tattoo!«, schrie Vladimir Rasumichin. »Aber der Reichsadler, der gehört mir! Töte ihn, *Niegjer*!« Der Oligarch grinste und beugte sich weit vor, um alles ganz genau sehen zu können.

»Schlachte ihn! Schlachte ihn!«, schrie Xui Chenglong. Der Manager der China Ocean Shipping Company hing am Zaun, und es war ihm völlig egal, ob hier jemand Chinesisch verstand oder nicht.

»Hornochse!«, schrie da Silva. Die Rindfleischbaronin schüttelte enttäuscht den Kopf, verdrehte ärgerlich die Augen und sah einen unmaskierten Mann in einer grauen Jacke und eine unmaskierte Frau in einem Trenchcoat, die den schwarzen Vorhang zur Seite geschoben hatten und in die Arena glotzten. Auf den vom Blut und Schweiß glänzenden Mastino mit der roten Sturmhaube und den blutüberströmten Pitbull mit der Kopfmaske, der stöhnend am Boden lag. Der Mann öffnete die beiden oberen Knöpfe der Jacke und fasste hinein, die Frau hatte ein Smartphone in der Hand. Da Silva runzelte unter dem Niqab die Stirn, schaute durch den Sehschlitz aber schnell wieder in die Arena. Sie wollte nicht eine Sekunde von dem blutigen Spiel verpassen, denn der Schwarze holte aus, um dem Weißen in der nächsten Zehntelsekunde mit dem an der Eisenstange angeschweißten U wie mit einer Axt das Gesicht zu zertrümmern. Und immer wieder würde er zuschlagen, bis dem Pitbull das Gehirn aus Nase und Ohren lief und die Gäste in frenetischen Jubel ausbrachen. Aber plötzlich hallten peitschende Schüsse durch die *Rote Rose.*

52 – *Rote Rose*

Es dauerte ein paar Augenblicke, bis Sanders und Kolwicz die Situation erfasst hatten, die sich ihnen bot, nachdem sie den schwarzen Stoff des Vorhangs zur Seite geschoben und die Diskothek betreten hatten. Drei, vier Schritte hatten sie sich an ein paar Treppenstufen vorbeigeschoben, die auf ein Podest führten. Darauf standen maskierte Menschen, die sich jubelnd über das Geländer lehnten. Über ihnen streckten sich klatschende Hände und geballte Fäuste über die Balustrade einer Galerie in die Luft. Die Konzentration aller Anwesenden war starr auf die beiden Männer in der hell erleuchteten Arena gerichtet. Auch sie waren maskiert, sprangen mit nackten, blutüberströmten Oberkörpern umeinander und schlugen mit Eisenstangen aufeinander ein. Und im Takt der Schläge ließ der tobende Beifall der Zuschauer die *Rote Rose* in einem Schauer des Grauens erzittern.

»Das ... das ist ein Menschenkampf! Carsten, die lassen Menschen kämpfen! Nicht nur Hunde!« Die Erkenntnis ließ Mandy taumeln. Sie schüttelte den Kopf, als sei die Wirklichkeit ein Albtraum, den man auf diese Art wieder loswerden könnte. Schnappte nach Luft, unterdrückte den Brechreiz. Konnte dem Reflex nicht widerstehen, sich klein zu machen, sich hinter Carsten zu verstecken. Wollte weg, raus aus dieser Hölle. Aber Carsten hielt sie zurück. »Ruf Hundertmark an! Sofort!«, hörte sie seine Stimme durch das tosende Geschrei der Menge hindurch. Sah sein verzerrtes Gesicht. Der Befehl gab ihr Kraft. Sie konnte etwas tun. Sie konnten beide etwas tun. Vielleicht den Tod eines weiteren Menschen verhindern.

Sie zog das Telefon aus der Manteltasche. Steckte es fest zwischen die Metallfinger der Prothese, während Sanders' Hand in der Jacke verschwand. Wischte, tippte mit den zitternden Fingerspitzen. Rief die Kollegen herbei. Alle, alle, alle sollten sie kommen! Sofort! Zur *Roten Rose*! In die Hafenstraße! »Es geht um Leben und Tod!«, sagte sie laut und hastig in das Telefon, während Carsten mit gezogener Pistole neben ihr stand, auf die Tanzfläche starrte und versuchte nachzudenken.

Der Große mit der schwarzen Kopfmaske musste zwei furchtbare Schläge einstecken, ging zu Boden, verlor seine Waffe, kam anscheinend nicht mehr hoch. Sein Kontrahent mit der roten Sturmhaube sprang zu ihm. Aus dem abgehackten Geschrei wurde ein kollektiv ausgestoßener, kehliger Laut, gefolgt von anerkennendem Applaus. Und dann wurde es still in dem Saal, bis auf vereinzelte Rufe in fremden Sprachen, die Carsten und Mandy nicht verstanden. Eine knisternde Anspannung lag in der Luft. Der rot Maskierte hob ohne zu zögern die krumme Eisenstange, um damit auf den Kopf des am Boden liegenden Mannes einzuschlagen, Sanders seine Pistole. Er würde nicht auf den Mann schießen können, ohne die Gaffer dahinter zu gefährden. Er wollte rufen, einen Warnschuss in die Luft abfeuern und hoffen, dass das genügte, um den Schläger zu stoppen. Aber noch bevor er den Mund öffnen konnte, zerriss das harte, trockene Knallen einer abgefeuerten Waffe die Stille.

Der erste Schuss, den Donna abgab, traf Hussein in die Lendenwirbelsäule. Durch den Rückstoß der Pistole ging der zweite zu hoch, und die Kugel zischte über seinen Kopf hinweg quer durch die Diskothek, begleitet vom erschreckten Aufschrei der Gäste. Der schwarze Mastino sackte zusammen, als hätte ihn jemand mit einer Sense von den Füßen gehauen. Sie drückte noch einmal ab und traf ihn in die Brust. Er fiel nach vorn, halb auf Stiernacken drauf, und erst da sah sie über die Tanzfläche hinweg am Hinterausgang die beiden einzigen Menschen in der Diskothek, die nicht maskiert waren. Unter der Galerie standen sie und starrten zu ihr herüber. Und sie zog wieder den Abzug durch. Sie hatte keine Zeit zu zielen. Sie schoss einfach. Es ging wie von selbst. Dann sprang sie auf.

Auf der Galerie über Sanders und Kolwicz stürzte eine Frau in einem Niqab vom Stuhl. Der schwarze Gesichtsschleier war zerfetzt und mit Blut und Knochenstücken gesprenkelt. Scheich Abdul bin Nemsi Al Sur warf sich fluchend zu Boden. So war der erste Culture & Fairplay, den er hier miterlebt hatte, nicht abgelaufen. Da hatte es einen sauberen Kampf gegeben. Very basic, mit einem hölzernen Speer und einem Faustkeil wie in der Steinzeit, bis einer der beiden Männer den anderen aufgespießt hatte. Keine unfairen Schusswaffen. Er rutschte ganz nach hinten und drückte sich zitternd an die Wand, während Antonia Mercedes da Silva ihren letzten Atemzug tat. Wenn man ein einziges Mal ohne Bodyguard unterwegs war, dachte der Scheich. Legte die Arme über die Tutanchamun-Maske und biss die Zähne zusammen. Er hörte lautes Rufen, das wie *Police!* klang, und wieder peitschte ein Schuss durch die Diskothek. »Das wird nicht ohne Folgen bleiben, Mister Stone«, zischte er. Und blieb bebend liegen.

»Halt! Polizei! Waffe weg!«, schrie Sanders. Ein weiterer Schuss fiel. Er duckte sich. Das Projektil traf mit einem *Kling* die Pool-Dance-Stange und sauste flirrend davon. Auf der anderen Seite sah er, wie eine Frau in einer hellen kurzen Jacke, mit langem Zopf und Sonnenbrille aufsprang. Noch ehe sich eine allgemeine Panik unter den Gaffern der Diskothek ausbreiten konnte, rief er: »Halt! Stehen bleiben! Polizei!«, und schoss in die Luft, als sie davonhetzte.

»Du bleibst hier, Mandy«, sagte Sanders, und sein Ton duldete keine Widerrede. »Mach Fotos! Fotografiere den ganzen Abschaum hier! Die will bestimmt durch die Seitentür abhauen! Ich laufe außen rum und fang sie ab!«, rief er ihr in dem immer lauter werdenden Tumult zu. Und schon war er hinter dem schwarzen Vorhang verschwunden.

Kolwicz kauerte sich hinter das quadratische Podest mit der Pool-Dance-Stange und fotografierte das beginnende Chaos der Flucht. Maskierte Menschen, die auf die Tanzfläche sprangen und auf Blutlachen ausrutschten. Schwenkte zu den Kämpfern rüber. Aber die beiden am Boden liegenden leblosen Körper wurden von den fliehenden Gästen verdeckt. Sie ging um das Podest herum auf die Tanzfläche, um einen besseren Überblick zu haben. Hielt das Smartphone hoch in der linken Hand und schaute dabei auf das Display. Versuchte, es so ruhig wie möglich zu halten. Fotografierte. Sah auf dem Bildschirm, wie der rot Maskierte sich im grellen Schein der Scheinwerfer aufbäumte. Also war er nicht tot, zum Glück. Aber dann sah sie, dass es nicht er selber war, der sich bewegt hatte.

Es war der, auf dem er lag, der lebte. Der mit der schwarzen Kopfmaske, der jetzt unter ihm hervorkroch. Der den erschlafften Körper zur Seite warf. Sich langsam und taumelnd erhob. Er stützte sich auf die Knie. Fasste sich mit beiden Händen an den Kopf. Schüttelte sich. Richtete sich wankend auf. Schaute umher. Drehte Kolwicz den Rücken zu, suchte vielleicht die Frau, die geflohen war. Im grellen Licht sah sie auf seinem Rücken einen blutverschmierten Reichsadler auf einem Hakenkreuz hocken. Sie fotografierte. Einige Gäste hatten den Bauzaun zur Seite geschoben und quetschten sich durch den Spalt zum Ausgang der *Roten Rose*. Die Tanzfläche leerte sich. Dann schaute der Kämpfer mit der schwarzen Maske in ihre Richtung. Erkannte sie anscheinend. Fletschte die Zähne. Leckte anzüglich mit der Zunge in der Luft herum und kam schneller auf sie zu, als sie es für möglich gehalten hätte.

Kolwicz drehte sich zu hastig um und rutschte auf dem glatten Boden aus. Fiel hin. Konnte sich mit dem Roboterarm zwar nicht so schnell abstützen, aber dafür tat der Sturz auch nicht weh. Sie hielt das Smartphone an ihren Körper gepresst, als der Hüne schon vor ihr stand.

»Ach, die behinderte Bullenschlampe«, grunzte Stiernacken lallend. »Filmen ist hier total verboten. Dann mach ich mal von meinem Hausrecht Gebrauch.« Und jetzt erst wusste sie mit Sicherheit, wer er war. Er hob den Fuß, um ihr das Telefon aus der Hand zu treten. Aber sie klammerte sich daran fest wie eine Todkranke an dem seidenen Faden des Lebens.

53 – Hafen

Mit der Waffe in der Hand rannte Carsten Sanders den vom Regen nassen Weg an der Rückseite der *Roten Rose* entlang, den sie vor ein paar Minuten gekommen waren. Hastete um die Ecke des Gebäudes. Verlangsamte seinen Schritt, als er sah, dass die Seitentür noch verschlossen war. Trat an das schwach erleuchtete Fenster neben dem Müllcontainer. Schaute wieder in den Raum mit den roten Sesseln und durch die Zwischentür. Sah die aufgestapelten Getränkekisten. Er fragte sich, ob die

Zielperson vielleicht doch den Weg nach vorne hinaus gewählt hatte. Wollte sich gerade zurückziehen und um die Ecke schauen, hinter der vorhin der Pinkler hervorgekommen war, als ein kleiner bulliger Mann in der Zwischentür auftauchte, das Gesicht von einer Anonymous-Maske bedeckt.

Er trug eine Geldkassette in der Hand, eilte in den Anbau, und gleich hinter ihm tauchte die Frau in der weißen Felljacke auf. Sie war größer als der Mann und hielt die Pistole so, dass es aussah, als würde sie ihn damit vor sich her treiben. Dann wurde die Stahltür auch schon aufgerissen. Sanders ging hinter dem Container in Deckung. Ein Lichtschein zerschlug die Dunkelheit, Stimmengewirr und Schreie die Stille.

»Los, Mann!«, keifte die Frau. »Und verlier bloß die Kohle nicht!«

»Du Hure! Warum hast du geschossen? Warum?« Der Mann riss sich die Maske vom Gesicht und warf sie fort.

»Damit dein Freund überlebt, du Arschloch! Und die Siegerkohle einsacken kann! Ist das so schwer zu verstehen, Ötztürk, oder was?«

»*Eşek amcik*! Du bist doch blöder wie Hühnerscheiße! Das war *unfair*!«, brüllte der Mann und rannte los, vorbei an den Autos.

Auch die Frau begann zu laufen.

Kommissar Sanders stand hinter dem Container, die Pistole im Anschlag. Ötztürk. Das war Ötztürk.

»Unfair? Ich hab ihm die Haut gerettet! Unfair waren diese Typen, die da plötzlich aufgetaucht sind! Wer …?«

»Halt!«, brüllte Sanders. »Polizei! Stehen bleiben! Und runter m...!« Die letzten Worte konnte er nicht mehr aussprechen. Die Frau hob sofort die Waffe, er zuckte zur Seite, sie schoss in seine Richtung, mit einem dumpfen Ton durchschlug die Kugel die Plastikwände des Containers. Sanders' Herz raste. Mit dem Rücken glitt er am Container hinunter zu Boden. Saß mit dem Hintern im Dreck. Versuchte, die Todesangst niederzukämpfen. Lass sie nicht entkommen! Lass sie nicht entkommen!, hämmerte es in ihm, pochte es in seinen Schläfen. Wegen Ötztürk waren Mandy und er überhaupt hierhergekommen. Er atmete tief ein. Und noch einmal. Atmen. Fasste die Pistole mit beiden Händen. Zitterte dermaßen, dass er niemals einen gezielten Schuss würde abgeben können. Atmete noch einmal ruckartig ein. Stemmte sich vom Boden hoch. Sah die beiden an den Bootstrailern entlangrennen. »Halt! Oder ich schieße!«, brüllte er wieder. Sie blieben nicht stehen. Er feuerte in die Luft. Sie rannten weiter Richtung Hafenbecken. Er setzte ihnen nach. Lief an der Ecke vorbei auf den sandigen Parkplatz. Sah zu seiner Linken die ersten Personen aus der *Roten Rose* flüchten. Erkannte die Frau und die beiden Türsteher, wie sie zu ihren Motorrädern hetzten. Als er wieder nach vorne schaute, waren Ötztürk und die Frau mit der Waffe verschwunden. Er hielt seine Pistole mit beiden Händen, die Mündung gen Himmel gerichtet, lief auf die Stelle zu, wo er die beiden zuletzt gesehen hatte. Eilte vorsichtig weiter über den Parkplatz, bis er schließlich auf der Hafenstraße stand. Schaute nach rechts, konnte dort aber keine Bewegung feststellen. Blickte zur anderen Seite, von wo Mandy und er gekommen waren, aber auch hier bewegte sich nichts. Dann hörte er das Aufblubbern eines Motors vor sich.

Sanders rannte die paar Schritte bis zu der zum Hafenbecken abfallenden Böschung. Eines der Motorboote trieb von der Böschung weg in das Hafenbecken hinein. Der Motor heulte auf, und es glitt auf einem immer größer werdenden weißen Schaumteppich durch die Nacht davon, zur Hafenausfahrt.

Sanders trat zornig mit dem Fuß auf, schrie »Mist! Verdammt!« über das Wasser den Fliehenden hinterher. Vor ihm dümpelte ein kleines braunes Holzboot mit einem Außenbordmotor. Er wollte hineinspringen, aber er musste zu Mandy zurück. Durfte sie dort in dem Chaos nicht allein lassen, dachte er, als er die Sirenen der ersten Einsatzwagen hörte. Gleich wären die Kollegen bei ihr. Alles war gut. Das Motorboot mit Ötztürk und der Frau hatte den Mittellandkanal erreicht, bog in westliche Richtung ab. Er stopfte die Pistole in das Schulterholster, riss den kleinen Enterhaken, mit dem das Boot festgemacht war, aus der Böschung, stieg ein, fasste den Griff der Startleine des Motors, vielleicht sprang er ja gar nicht an, riss sie ruckartig zurück, aber der Motor war sofort da. Er stieß sich von der Kaimauer ab, drehte am Griff, gab Gas und fuhr den beiden hinterher, raus aus dem Hafen, auf den Kanal, in Richtung Peine.

54 – *Rote Rose*

Mandy Kolwicz lag auf dem Rücken und stieß sich mit den Füßen ab, um dem Tritt des Mannes mit der Kopfmaske auszuweichen und aus dem Gefahrenbereich herauszukommen. Rutschte mit dem Trenchcoat über das Blut auf der Tanzfläche, als sie sich einen halben Meter nach hinten katapultierte. Stiernackens Tritt erwischte sie unterhalb der letzten Rippe. Ihr blieb die Luft weg. Sie konnte nicht aufstehen. Musste auf dem Rücken liegen bleiben, in der linken Hand das Telefon, die Prothese ausgestreckt und in einem für einen menschlichen Arm unmöglichen Winkel unbeweglich neben ihr.

»Gib mir das Telefon«, grunzte Stiernacken, ging in die Hocke und grapschte danach.

Sie zog es weg und presste es gegen ihre Brust. Sah seine blutunterlaufenen Augen in den runden Löchern der schwarzen Maske. In dem großen ovalen Ausschnitt darunter, der Nasenspitze, Mund und das kantige Kinn frei ließ, die in Blut schwimmenden Zähne in seinem aufgeschlagenen Mund. Die Wunden, Prellungen und Risse auf seinem Körper, die mit dunklem Rot verschmierten Tattoos, die bebenden Muskelpakete auf seiner Brust. Er drückte ihr das rechte Knie auf den Bauch. Stützte sein Gewicht darauf. Sie konnte nicht weg. Spürte den Druck des Knies. Spürte, wie sich ihr Magen zusammenzog. Sie war wehrlos. Lag auf dem Technikbuckel wie ein Käfer auf dem Rücken, konnte nur mit den Beinen strampeln und den linken Arm hin und her schleudern.

»Gib mir das Telefon, Schlampe!« Wieder griff er zu. Wieder ins Leere.

Er schnaufte. Blut und Rotz liefen ihm aus der Nase. »Du willst spielen? Okay, Krüppelnutte, spielen wir«, sagte er und streckte eine Hand aus. Aber er versuchte nicht noch einmal, nach dem Smartphone zu greifen, sondern zog den Trenchcoat zur Seite und legte ihr eine Pranke auf die Brust. Fuhr erst über die rechte, dann über die linke, streichelte sie, tastete nach der Brustwarze.

Mandy wand sich vor Ekel, aber er bohrte nur das Knie stärker in sie, quetschte ihre Brust, bis sie wieder ruhiger lag. Sie hielt das Telefon mit der Linken fest umklammert. Überlegte, es ihm an den Kopf zu knallen. Vor Anspannung bewegten sich die Finger der Prothese wie von selbst, wurden die Nerven stimuliert. Aber dann würde er zurückschlagen. Sie musste es ihm geben. Es blieb ihr keine Wahl. Er war ein Mann. Jünger und tausendmal stärker als sie und mit einem Arm mehr.

»Das gefällt dir wohl, was?«, grunzte er. »Stell dir einfach vor, ich bin dein Freund Carsten, der Bulle«, und seine Hand glitt wieder auf die andere Brust. Kniff zu, unerwartet und hart. »Gib mir endlich das scheiß Telefon!«, schrie er plötzlich. »Sonst mach ich eine Etage tiefer weiter! Gib's her!«

Es musste aufhören. Sofort. »Hol's dir doch, Arschloch«, sagte Kolwicz und legte das Handy neben sich auf den Boden. Jetzt hatte sie ihre Hand frei. Aber sie hatte keine Waffe, kein Messer im Stiefelschaft und keinen Revolver im Trenchcoat. Sie hatte nur einen Arm und eine Prothese.

»Na, geht doch«, sagte er und ließ ihre Brust los. Stützte sich mit der linken Hand vom Boden ab, mit dem Knie von ihrem Bauch. Beugte sich mit einem abgespreizten Bein über sie, um sich das Telefon zu holen.

Er hörte das Surren der Motoren nicht, die die Seilzüge betätigten. Der künstliche Arm bewegte sich. Der

Ellenbogen winkelte sich an, stellte den Unterarm auf. Die stählerne Hand öffnete sich, der Arm bewegte sich nach oben. Die künstlichen Finger umklammerten seine Hoden. Und dann ließ Kolwicz die Prothese mit dem höchsten Druck zugreifen, den sie aufbauen konnte. Alle fünf Stahlfinger schlossen sich wie der Polypgreifer eines Baggers auf einem Schrottplatz und pressten sein Geschlecht so lange zusammen, bis sie den Reset-Knopf drücken würde.

Stiernacken bemerkte die Attacke erst, als es zu spät war. Seine roten Augen quollen fast aus den Höhlen. Mit dicken Backen zog er sich von Kolwicz zurück. Hockte nach Luft ringend da und starrte auf die Prothese, die ihn im wahrsten Sinn des Wortes bei den Eiern hatte. Dann schrie er auf, laut und lange: »Lass los! Lass los!« Ballte eine Faust und schlug auf den künstlichen Arm ein. Sprang zurück. Riss den Arm und die Kommissarin an seinen Hoden mit sich. Prügelte nach Luft schnappend auf die Prothese ein. Packte sie mit beiden Händen. Zerrte mit aller Kraft daran. Und endlich riss der Arm genau da ab, wo er es bei einem Unfall tun sollte. Glitt aus dem Ärmel des Trenchcoats heraus, aber die Stahlfinger öffneten sich nicht. Stiernacken sprang auf und hopste vor Schmerz auf der Tanzfläche umher.

Kolwicz nahm ihr Smartphone und rappelte sich vom Boden auf. In der Diskothek war das Chaos der Flucht abgeebbt, nur ein paar Gäste irrten ängstlich zwischen umgestürzten Tischen und Stühlen herum oder saßen wehklagend am Boden zwischen umgerissenen Teilen des Bauzauns. Sie schoss ein paar Fotos von Jens Müller, wie er da voller Schmerzen mit ihrem künstlichen Arm zwischen seinen Beinen kämpfte. Ihre Mundwinkel hoben sich im Anflug eines Lächelns. Aber sie pustete es mit einem hämischen »Pfff« davon. Sie hatte ein ganz anderes Problem. Wo war Carsten?

Polizeiobermeisterin Hundertmark lächelte nicht über den halb nackten, mit Blut besudelten, maskierten Mann, als sie mit gezogener Pistole über die glitschige Tanzfläche auf Kolwicz zueilte.

»Haben Sie draußen meinen Kollegen gesehen?«, fragte Mandy hastig.

»Nein. Da ist alles voller Leute, die in alle Richtungen weglaufen. Manche maskiert. Die Kollegen versuchen, sie aufzuhalten. Angeblich wurde hier drin geschossen. Was ist denn nur passiert, um Gottes willen?«, fragte sie und schaute sich mit vorgehaltener Waffe um.

»Sie hatten den richtigen Riecher«, sagte Kolwicz. »Kommen Sie mit!« Drehte sich um und stürmte auf den Hinterausgang zu. Wischte den Vorhang zur Seite. Stieß die Tür auf.

Rannte an der Wanne mit dem toten Hund vorbei.

Um das Haus herum.

Am Amarok vorbei.

Um die Ecke.

Sah das blau blitzende Lichtermeer. Hörte weitere Sirenen. Menschen liefen herum. Polizisten hielten welche fest, andere lagen am Boden, einige starteten Autos, fuhren krachend ineinander, touchierten Einsatzwagen. »Carsten!«, schrie Mandy, obwohl das in dem Chaos sinnlos war. »Carsten!« Sie drehte sich um sich selbst, sodass der leere Ärmel des Trenchcoats durch die Luft flog. Sah Polizeiobermeisterin Hundertmark, die ihre Pistole zurück in das Holster steckte. »Carsten!« Ihr Herz raste. Rief immer wieder seinen Namen. Lief zwischen die Bootstrailer. Schrie. Bis die Polizistin sie an den Schultern packte, sie schüttelte, ihr ins Gesicht schaute und sagte: »Beruhigen Sie sich, Kriminalobermeisterin Kolwicz. Bitte. Wir werden ihn finden. Was war hier los? Wir brauchen jemand, der den Einsatz leitet. Dringend.«

»Jajaja.« Mandy holte tief Luft. »Fragen Sie nicht, hören Sie nur zu!« Dann setzte sie die Polizistin kurz und knapp in Kenntnis. Über den zerfleischten Hund, die auf Leben und Tod kämpfenden Männer, die skrupellosen Zuschauer, die Schüsse und die Flucht der Schützin. Über Kommissar Sanders, der die Verfolgung aufgenommen habe und nun verschwunden sei. Man müsse in dem Gebäude nach weiteren Verletzten suchen und nach Beweisen, die Kollegen sollten vorsichtig sein. Von den Fliehenden mussten so viele wie möglich vorläufig festgenommen und deren Identitäten festgestellt werden. Vielleicht war einer der Drahtzieher darunter. Dann stellte sie ihr Telefon wieder auf laut, und sofort klingelte es.

55 – Mittellandkanal

Der kalte Fahrtwind wehte Carsten Sanders die feinen Tropfen des Nieselregens scharf in das Gesicht. Er schlug den Kragen seiner Jacke hoch, knöpfte auch den letzten Knopf zu, zog den Kopf zwischen die Schulter. Der Zweitakter knatterte, und das Boot hob sich halb aus dem Wasser. Glitt aus dem Licht, das die Scheinwerfer des Hafens auf das Wasser warfen, hinaus in die Dunkelheit des Kanals, Ötztürk und der Frau hinterher. Ein Kanal hat keine Ufer, ein Kanal ist gerade in die Landschaft gebaut wie eine Autobahn, die Seiten mit Steinen oder Spundwänden gesichert, die Böschungen ohne Bewuchs und mit schnurgeraden Schotterwegen wie Treidelpfade. Es gibt kaum Möglichkeiten, sich zu verstecken. Wenn das Motorboot irgendwo anlegte, dann musste er es sehen.

In einer flachen Kurve umfuhr er die lange Kaimauer, an der die Frachtschiffe gelöscht wurden. Dann war er im Kanal, raste auf einer schäumenden Welle an einem braunen Berg aus verrostetem Schrott vorbei, über dem ein Polypgreifer hing wie die Klaue eines Riesen. An zwei mächtigen Containerbrücken vorbei, hohe rautenförmige Stahlgerüste, deren Silhouetten sich gegen den Lichtersmog der Stadt am Himmel abzeichneten. Auf eine Brücke zu, die sich über das Wasser spannte und hinter der schemenhaft das weiße Motorboot und das Glitzern des Kielwassers in der Dunkelheit verschwanden.

Sanders' Zähne klapperten vor Kälte. Er presste die Arme an den Körper, versuchte, den hellen diffusen Fleck nicht aus den Augen zu lassen. Aber er verschwand doch. Vor der kleinen Brücke verengte sich der Mittellandkanal. Hinter den Schotterwegen standen halb entlaubte Bäume und Büsche, die einiges von dem schwachen Licht schluckten, außerdem beschrieb der Kanal hier einen weiten Bogen.

Endlich hatte er die Brücke erreicht. Das Kreischen des Motors hallte darunter wider, aber die Brücke war nur schmal, und der Lärm wurde gleich wieder erträglicher. Sanders starrte am Bug vorbei in die feuchte Düsternis, auf die schnurgeraden Kanalwände links und rechts. Dann hörte er den Knall eines Schusses über das Wasser hallen, irgendwo vor sich. Er duckte sich auf den Boden des Bootes, nahm das Gas weg, horchte. Das Boot sank ins Wasser zurück. Der Motor blubberte. Es blieb bei dem einen Schuss. Vorsichtig lugte er über die Bordwand. Konnte das Motorboot nicht entdecken. Gab wieder Gas, der Bug des Holzbootes hob sich aus dem Wasser. Glitt schäumend den Kanal hinunter, an ein paar Büschen und niedrigen Bäumen vorbei, die die monotone Kanalböschung unterbrachen und den Schotterweg dahinter verdeckten. Halt.

Sanders nahm Gas weg, drehte das Boot in einer scharfen Kehre um und fuhr zurück zu den Büschen am Wasser. Denn dazwischen glaubte er beim Vorbeifahren einen hellen Schimmer bemerkt zu haben. Steuerte das Boot ganz nah an die Büsche heran. Sie verdeckten eine Ausbuchtung im Kanal, ähnlich der bei Peine, wo die Leiche von Jamiro Džugi vergraben worden war, nur kleiner und zugewachsen. Das weiße Motorboot war direkt hineingefahren und steckte zwischen den überhängenden Ästen fest.

Mit klammen Fingern knöpfte er die Jacke auf und zog die Pistole. Schaltete den Motor ab. Rief: »Polizei! Kommen Sie heraus! Mit erhobenen Händen!« Horchte. Aber alles blieb still. Duckte sich und lenkte das kleine Holzboot mit dem letzten Schwung längsseits gegen das größere Motorboot. Horchte. Hörte nichts. Richtete sich halb auf, zielte mit der Pistole in die Dunkelheit, nach rechts, nach links. »Rauskommen! Sofort!«, aber es gab keine Bewegung. Keinen Laut. Nichts. Sie waren weg. Ausgeflogen. Auf und davon.

»Mist, Mist, Mist!«, spie Carsten seine Wut in die Nacht hinaus. Für nichts fror er sich hier draußen den Arsch ab. Dann steckte er die Waffe wieder ein und zog sein Smartphone heraus. Schaltete es ein, tippte auf das Lampensymbol. Das Licht flammte auf, er beugte sich schwankend über die Reling und leuchtete in das Motorboot hinein. Schnappte nach Luft, als er ein Paar Schuhe entdeckte und zwei Beine, die in einer Jeans steckten und aus der kleinen offenen Kajüte herausragten. Und Blut. Faruk Ötztürk lag am Boden des Bootes, neben ihm eine offene Geldkassette. Eine Blutlache hatte sich unter ihm gebildet, in der ein paar Geldscheine klebten, Zweihunderter und Fünfhunderter. Der Kommissar kletterte in das Boot, tastete nach dem Puls am Hals des Mannes. Er lebte noch. Wenn er jetzt schnell Hilfe bekam, würde Sanders ihn wegen der Faustkeile befragen können und ob er es gewesen war, der seinen Bruder Ulli krankenhausreif geschlagen hatte.

Er setzte sich hinter das Steuerrad des Motorbootes und rief weder einen Rettungswagen noch die Kollegen an. Er könnte ihnen ohnehin nicht erklären, wohin sie fahren sollten, denn er wusste selber nicht, wo er war. Mit zitternden Händen rief er Mandy an und war unsagbar froh, ihre Stimme zu hören. Er startete den Motor, sagte ihr, dass er gleich zurückkommen würde, während er versuchte, das Motorboot aus der Bucht herauszubugsieren. Dass er einen Rettungswagen brauchte, aber nicht für sich. Sie sagte, sie habe schon wieder den rechten Arm verloren. Und dann lachten sie mit tränenden Augen und überfrohen Herzen, während eine junge Frau mit einem langen dunklen Zopf, in einer auberginefarbigen, knallengen Lederleggings, mit viel Geld in einer Plastiktüte und einer Pistole in den Taschen der weißen Felljacke, auf der B214 in einen Siebeneinhalbtonner stieg. Dem Fahrer erzählte sie mit verheulten Augen eine wirklich traurige Geschichte, von ihrem gewalttätigen Freund, der sie hier einfach aus dem Auto geworfen hatte, mitten in der Botanik, schrecklich, schluchzte sie, da kann ja sonst was passieren, und wo er überhaupt hinfuhr? Nach Berlin, sagte der Fahrer und bog auf die A2 ein.

56 – Hafen

Eine leichte Brise wehte vom Kanal in das Hafenbecken. Feine Regentropfen fegten wie Schleier durch das gelbe Licht der Scheinwerfer zwischen den Kränen am Kai.

Kommissarin Mandy Kolwicz stand an der Böschung und schaute über das Wasser. Hinter ihr lärmten die Menschen, Motoren, Sirenen. Die Blinklichter der Einsatzwagen warfen blaue Blitze in das Getümmel. Von dem Kampf meinte sie jeden Knochen im Leib zu spüren. Mit schmerzendem Rücken wartete sie auf ihren Liebsten und auf den Rettungswagen, den sie hierher beordert hatte. Der Gürtel des blutigen Mantels hatte sich gelöst. Sie konnte ihn nicht zubinden, und fröstelnd legte sie den Arm über ihren Oberkörper auf den Stummel der Prothese an ihrer rechten Schulter.

Zwei Männer stürmten wortlos an ihr vorbei auf eine Motoryacht zu, deren Namenszug in kyrillischen Buchstaben am Heck prangte. Was sollte sie tun? Ihnen ein druckloses »Halt! Stehen bleiben, Polizei!« zurufen, ohne Konsequenzen, wenn sie es nicht taten? Wer immer diese Leute waren, sie musste sie laufen lassen. Vielleicht könnte die Wasserschutzpolizei sie ausfindig machen, dachte sie, hob die Hand und schoss ein Foto. Einer der Männer hockte am Boden, um den Anker aus der Böschung zu ziehen. Er war unmaskiert und schaute direkt in die Linse. Schnell sprang er auf und kam drohend auf sie zu.

Vielleicht war es besser, sich zurückzuziehen, dachte Mandy, als sie plötzlich von hinten gepackt wurde. Kräftige Arme schlangen sich um ihren Körper. Presste sich eine Hand auf ihr Gesicht. Drückte Mund und Nase gleichzeitig zu. Jemand hob sie hoch. Trug sie davon. Sie konnte nicht atmen. Zu dem Boot. Voller Panik schleuderte sie den Arm um sich. Das Herz pumpte rasend Blut durch ihren Körper. Schnell wurde der Sauerstoff immer weniger. Schlug mit dem Smartphone zu. Als sie es verlor, mit der Faust. Traf. Aber nicht hart genug. Rammte den Ellenbogen nach hinten. Ohne Wirkung. Denn der sie festhielt, war rechts hinter ihr, da, wo der leere Ärmel herabhing. Sie strampelte, zerrte, krampfte, verbrauchte den restlichen Sauerstoff zu schnell, wand sich in der stahlharten Umklammerung hin und her, verdrehte sich, bis es in ihrem Rückgrat krachte und ein stechender spitzer Schmerz ihren Körper durchstieß wie eine glühende Lanze. Sie konnte sich nicht mehr bewegen, wurde auf ein Boot geschleift. Hörte noch dumpfe Stimmen.

Dann bekam ihr Gehirn nicht mehr genug Sauerstoff. Sie sah nichts mehr. Hörte nichts mehr. Spürte nichts mehr.

57 – Hafen

Carsten Sanders näherte sich mit der *Nathan* dem Hafen, als eine Motoryacht ohne Licht in einem scharfen, schäumenden Bogen aus dem Hafenbecken hinausraste und in Richtung Wolfsburg verschwand. Die Ratten verlassen das sinkende Schiff, dachte er, verringerte die Geschwindigkeit und fuhr langsam in den Hafen ein, damit der bewusstlose Ötztürk ihm nicht gegen die Füße rollte.

Ein Rettungswagen hielt auf der Böschung, und die Helfer sprangen heraus. Er winkte ihnen zu, rief: »Ein Mann mit schwerer Schussverletzung am Kopf! Hoher Blutverlust!«, landete an, suchte nach Mandy, konnte sie aber nicht entdecken.

Nachdem er das Boot festgemacht hatte, gab er dem Rettungsteam ein paar Informationen über den Schwerverletzten, Name und Adresse, schaute immer wieder zu dem Platz vor der Diskothek, auf dem sich das chaotische Durcheinander nur wenig beruhigt hatte. Es gab einige Unfälle mit zu schnell davonrasenden Autos und Polizisten, die versuchten, die Fahrer an der Flucht zu hindern. Andere hielten Menschen fest, wollten deren Personalien aufnehmen, bevor sie sich wieder losreißen konnten. Aber ein Teil der Zuschauer schien entkommen zu sein. Bis endlich das SEK eintraf, würden es noch mehr sein.

Er konnte Mandy nicht finden und lief rüber zur *Roten Rose.* Kurz bevor er sie erreicht hatte, wurde er von einem Beamten festgehalten, der dachte, er sei einer der Gäste, und ihn erst losließ, als Carsten ihm seine Dienstmarke zeigte.

»Wo ist die Einsatzleitung?«, fragte er den Polizisten.

»Momentan in der Diskothek. Obermeisterin Hundertmark. Die Lage ist wirklich sehr unübersichtlich«, sagte der Mann und hetzte davon.

Hundertmark hatte er gesagt, nicht Kolwicz, dachte Sanders, betrat die Diskothek, lief den Gang entlang, über den Vorhang mit der barbusigen Geisha hinweg, der zerfetzt am Boden lag, hinunter auf die Tanzfläche.

Ein paar Polizisten suchten zwischen den umgestürzten Tischen und Stühlen nach Waffen und Menschen, andere waren im Gebäude unterwegs. Hundertmark stand auf der blutigen Tanzfläche, das Funkgerät in der Hand, Kollegen kamen und eilten wieder fort. Ein Rettungsteam schob den Mann mit der roten Maske auf einer Liege an ihm vorbei nach draußen. Carsten schaute ihm hinterher. Er wurde beatmet, also lebte er noch.

»Lungendurchschuss. Und vermutlich ist ein Lendenwirbel zertrümmert. Er wird wahrscheinlich überleben, aber wohl nie wieder laufen können«, sagte die Polizistin, als er vor ihr stand. »Schön, dass Sie da sind, Herr Sanders. Ich hatte ja eine Vermutung, aber dass es hier so schlimm ist, hätte ich nicht gedacht. Kommissarin Kolwicz hat mich instruiert und mir die vorläufige Einsatzleitung übergeben, bis das SEK da ist. Die Kollegen von der Bereitschaft helfen bereits, die Umgebung weiträumig abzusperren.«

Carsten schaute sich um. Suchte Mandy. Sah Jens Müller auf einer Bahre liegen, mit Mandys künstlichem Arm zwischen den Beinen. Die Sanitäter hatten ihm die Maske vom Kopf genommen. Er stöhnte, bewegte sich aber nicht, weil sie mit verschiedenen Werkzeugen versuchten, die Stahlfinger der Prothese von seinen Hoden zu lösen.

»Wo ist sie denn?«, fragte er und guckte hoch zur Galerie.

»Da oben haben wir ein erstes Todesopfer gefunden. Eine verschleierte Frau. Ich habe die Spurensicherung bereits angefordert.«

»Gut«, sagte Carsten und blickte die Polizistin direkt an. »Aber wo ist Frau Kolwicz?«

»Soweit ich weiß, wollte sie runter zum Hafen und auf Sie warten. Sie war ganz außer sich vor Sorge um Sie.«

»Ich habe sie dort nicht gesehen.«

»Vielleicht hilft sie, die Leute einzufangen.«

»Mit nur einem Arm?«, fragte er und griff zu seinem Telefon. Einen Wimpernschlag lang spürte er ein dumpfes Gefühl in seinem Magen.

»Stimmt, habe ich ganz vergessen. Obwohl der da an dem Zuhälter hängt …« Ein Kollege unterbrach sie, Sanders drehte sich weg und wartete, dass sich das Tuten aus dem Telefon endlich in Mandys Stimme verwandelte. Aber das tat es nicht. Wieder spürte er das dumpfe Gefühl.

»Frau Hundertmark«, unterbrach er das Gespräch der beiden Beamten. »Ich gehe runter zum Hafenbecken. Wenn Sie Kommissarin Kolwicz sehen, sagen Sie ihr das bitte. Und vielleicht fragen Sie die Kollegen, ob jemand weiß, wo sie steckt.«

»Ja, mache ich, Herr Kommissar.« Die Polizistin nickte und wendete sich wieder dem Kollegen zu.

Sanders verließ das Gebäude. Blickte in alle Richtungen. Eilte über den Platz zur Hafenstraße und bis an die Böschung der Kaimauer. Nichts. Schaute die Straße hinunter. Nichts. Lief in die andere Richtung, bis er sein Auto sehen konnte. Nichts. Versuchte noch einmal, sie anzurufen, lief wieder zurück zum Hafenbecken, sie meldete sich nicht. Er stand da, schaute sich um, suchte, auch in dem vom Regen nassen Gras zu seinen Füßen. Schaltete wieder die Smartphonelampe ein. Dachte nach, wo kann sie sein? Leuchtete hin und her, wo, wo, wo? Hier hatte sie warten wollen, genau hier! Suchte weiter, fand eine Schlange, die im Gras lag. Eine sandfarbene Schlange, mit einem unregelmäßigen Muster darauf. Mit spitzen Fingern griff er zu und hob sie hoch. Es war der Gürtel eines Mantels. Mit blutigen Flecken darauf. Von Mandys Trenchcoat. Das dumpfe Gefühl begann in seinem Magen herumzukriechen, hässlich war es, und er kannte es. Es war Angst.

58 – Mittellandkanal

Sie hörte Stimmen, aber sie verstand nicht, was sie sagten. Das Brummen eines Motors. Wo war sie? Mandy öffnete die Augen. Sah nichts, musste sich erst an das Dämmerlicht gewöhnen. Sie blinzelte. Erinnerungsfetzen flackerten durch ihr Gehirn. Maskierte Männer, die kämpfen. Schüsse. Dann Chaos. Sie liegt am Boden. Der Maskierte … Müller? … kam auf sie zu … riss ihr die

Prothese ab. Ja, Müller. Wo war sie? Wieder blinzelte sie. Konnte schließlich zwei Männer erkennen, die miteinander sprachen und herumhantierten. In einem engen Raum, der diffus erhellt wurde. Zwei kleine Lampen an der Decke. Schränke. Holzfurnier.

Anscheinend lag sie auf dem Boden. Aber wo? Der Motor – ein Wohnmobil? Die Männer sprachen laut. Sie konnte nicht verstehen, was sie sagten. Sie sah sich selbst, wie sie zum Hafen hinunterrannte. Eine Polizistin. Jetzt fiel es ihr wieder ein, sie hatte mit Carsten telefoniert und danach auf ihn gewartet. Am Hafen, an der Böschung. Zwei Männer waren auf eine Yacht gesprungen. Dann hatte ihr jemand von hinten Mund und Nase zugedrückt. Sie hatte sich gewehrt. Glaubte zu ersticken. War ohnmächtig geworden. Eine Yacht, dachte sie. Sie lag nicht in einem Wohnmobil, sie lag in einem Boot. Ein Boot, das fuhr.

Immer noch redeten die Männer miteinander, lachten und hantierten. Sie versuchte sich etwas herumzudrehen. Der Schmerz kam so überraschend, dass sie fast aufgeschrien hätte. Dann erinnerte sie sich auch wieder an das Feuer, das sich in ihren Rücken gebohrt hatte. Als sie versuchte, sich aus der Umklammerung zu winden. Ein scharfer Ruck, und sie war wie gelähmt. Da musste etwas in ihrem Rücken kaputtgegangen sein.

Mandy versuchte, ein Bein anzuheben. Aber es ging nicht. Sofort stach der Schmerz wieder zu. Als würde ihr jemand mit dem Hammer auf das Rückgrat schlagen. Sie stöhnte. Die beiden Männer hörten auf zu reden und starrten sie an. Einer verzog den Mund zu einem Grinsen. Er trug einen dunklen Anzug, hatte pechschwarzes dickes Haar und große Schneidezähne. Langsam trat er auf sie zu. In seiner Hand funkelte die Schneide eines Messers.

Er brummte etwas und stieß mit dem Fuß gegen ihren Oberschenkel. Sie sah es, konnte die Berührung aber nicht spüren. Ihr Bein war taub. Dann hockte er sich hin und tastete mit ausgestreckten Fingern ihren Hals ab. Sie sah sein von Gier verzerrtes Gesicht. Die weit aufgerissenen Augen. Den Speicheltropfen am Mundwinkel und das weiße Koks-Pulver an seiner Nase.

Mit einem Ruck drehte er ihren Kopf zu Seite. Untersuchte ihren Hals. Drückte, bis er die Hauptschlagader gefunden hatte. Sagte etwas zu dem anderen Mann, lachte, und sie spürte auf der Haut, wie er die Spitze des Messers ansetzte. Aber ehe er zustechen konnte, war der andere Mann neben ihm und rüttelte ihn an der Schulter. Er trug einen Kapuzenpullover mit einem rotem ZSKA-Moskau-Aufdruck.

»*Ne! Stoy!* Xui! Stopp!«, rief Vladimir Rasumichin. Bis eben war das ja noch ganz interessant gewesen zu hören, was der Chinese da mit der Einarmigen vorhatte, aber jetzt ging er ein bisschen zu weit. Zusammen mit dem Irren waren er und Fjodor vor der Polizei geflohen, hatten sich die Strümpfe von den Köpfen gerissen und sich eine Zeit lang hinter Bootstrailern versteckt. Dann seitwärts in die Büsche geschlagen, ehe sie alle drei relativ gefahrlos zur *Awdotja* hatten rennen können. An der Frau vorbei, die dummerweise ein Foto von ihm geschossen hatte.

»Aber doch nicht hier an Bord, mein Freund.« Er war froh, dass der verrückte Chinese ein bisschen Russisch verstehen konnte. »Das gibt eine totale Schweinerei mit all dem Blut. Sag, wer soll das wegwischen?«

Chenglong glotzte ein paar Sekunden lang bewegungslos auf Mandy Kolwicz, dann nahm er das Messer weg, ließ sie los und stand auf.

Mandy drehte den Kopf, schaute die beiden Männer an. Anscheinend sprachen sie Russisch. Ein Wort hatte sie verstanden, *drug*, Freund. Aber der Russisch-Unterricht war einfach zu lange her. Nichts fiel ihr jetzt ein. Nichts. Was wollten sie mit ihr tun? Vielleicht als Geisel behalten, bis sie in Sicherheit waren? Ja, so musste es sein. Sie war eine Geisel.

»Lass uns irgendwo anlegen und das an Land erledigen. Ich sag Fjodor Bescheid.« Vladimir stieg die Treppe zum Führerstand hoch.

»Was … was haben Sie vor?«, fragte Mandy schwach.

Chenglong schaute sie an. Er konnte zwar nichts verstehen, aber sich zusammenreimen, was sie gesagt hatte. Reckte grinsend das Kinn vor, zog die Lippen zurück, zeigte seine Zähne und ließ sie mehrmals aufeinanderklappen. Abrupt drehte er sich um, zog nacheinander ein paar Schubladen auf, bis er gefunden hatte, was er suchte. Eine Rolle mit Plastiktüten, Gefrierbeutel für die ausgenommenen Fische einer erfolgreichen Angeltour. Er riss ein paar ab und stopfte sie sich in die Tasche. Dann nahm er ein Küchenhandtuch vom Haken, kniete sich wieder neben sie, legte es auf ihr Gesicht und verknotete es am Hinterkopf.

Mandy wollte sich wehren, bewegen, schreien, rufen, aber wieder fuhr der unerträgliche Schmerz durch ihren Körper, nahm ihr die Luft. Ließ sie nur einen heiseren

Laut ausstoßen. Bei jeder Bewegung stieß der Schmerz sie beinahe wieder über die Kante des Bewusstseins in eine Ohnmacht zurück. Blind und gelähmt lag sie wimmernd am Boden. »Wenn sie in Sicherheit sind, werden sie die Geisel laufen lassen.« Etwas anderes konnte sie nicht denken, sonst würde sie verrückt werden. Von irgendwo her hörte sie den Klingelton ihres Handys.

»Der ist wirklich wahnsinnig, der Mann«, sagte Vladimir. »Halten wir irgendwo an und schmeißen ihn raus.« Er stand neben Fjodor und blickte durch die Scheiben des Führerstandes auf das vom Mondlicht blinkende Wasser. »Vielleicht da drüben.« Sein Finger zeigte auf einen dunklen Abschnitt am Ufer. In den Schatten der mächtigen Stahlkonstruktion einer großen Eisenbahnbrücke, die sich schräg über den Kanal spannte.

»Das ist alles gründlich schiefgegangen«, brummte Fjodor.

»Gar nicht. Das war doch eine großartige Party.« Vladimir lächelte. »Wir haben zwar keine Trophäe erstanden, die wir den Freunden daheim zeigen können, aber …«

»Es sei denn, wir nehmen etwas von der Einarmigen. Vielleicht den Skalp?«

»Nein, nein, ich glaube nicht, dass das eine gute Idee ist. Schmeißen wir den Chinesen hier raus. Und die Frau auch.«

»Ist gut, Vladimir. Und dann ab nach Hause«, sagte Fjodor und drosselte den Motor.

Mandy hörte, wie das Brummen des Motors leiser wurde und in ein dumpfes Blubbern überging. Dann fuhr ein sanfter Ruck durch das Boot, als es irgendwo anstieß. Jetzt werden sie dich sicher an Land bringen und dich dort einfach liegen lassen. Schritte näherten sich, und es wurde wieder gesprochen. Jemand legte ihren Arm über ihre Brust, fuhr unter ihre Achsel, ergriff auf der anderen Seite das Handgelenk. Ein Wort, nur ein russisches Wort! Ich … ich … *ya!*

»*Ya* Mandy!«, rief sie durch das Handtuch. »*Ya* …!« Dann wurde sie hochgehoben, und die Worte, die Gedanken, alles wurde fortgerissen von einer kaum zu ertragenden Welle des Schmerzes, unter der sie nur noch schreien konnte, bis eine Faust sie im Gesicht traf.

»Shut up!«, befahl eine Stimme, und wimmernd und zu kaum einer Bewegung fähig trug man sie von Bord der Motoryacht wie ein erlegtes Stück Wild.

Xui Chenglong hatte sich das lange Küchenmesser zwischen die Zähne geklemmt, ihre Unterschenkel gepackt wie die Griffe einer Bahre und ging voran. Stieg auf die etwas höher als das Deck liegende Spundwand, wartete, bis Vladimir die Stufe ebenfalls erklommen hatte. Sie schleppten sie auf den Schotterweg, der sich am Kanal hinzog, und legten sie darauf nieder.

Im fahlen Licht des Mondes sah Vladimir, wie sich der Chinese mit den Fersen auf den einen Arm der Frau hockte. Sie lag da am Boden, wimmerte unter dem Handtuch. Bewegte sich kaum. Zuckte zusammen, als er mit seinen Fingern nach ihrem Herzen tastete, nach der Lücke zwischen den Rippen. Er sah das Gesicht des Mannes in dem dunklen Anzug. Eine Fratze aus Wahnsinn und Gier. Aus Arroganz und abgrundtiefer Bosheit. Er sah, wie Xui das Messer mit der Spitze nach unten auf die Brust der Frau stellte. Ein kräftiger Schlag auf den Griff, und die Frau war tot.

Mandy stöhnte, als sie wieder abgelegt wurde, hart und schmerzhaft. Jetzt, gleich würden die Männer weggehen. Sie würde den Motor des Bootes aufheulen hören, dann würde sie sich das Tuch vom Kopf reißen und irgendetwas unternehmen, dachte sie, als etwas Schweres ihren Arm auf die Erde niederdrückte. Sie zuckte erschrocken zusammen, sodass der spitze Schmerz wieder in ihren Rücken stach. Dann spürte sie eine Hand auf sich. Jetzt ist es so weit, jetzt bist du dran, dachte sie. Die Hand tastete auf ihrem Brustkorb herum. Jetzt wirst du vergewaltigt. Tränen rannen ihr aus den Augen. Jetzt wirst du vergewaltigt, und du kannst nichts tun. Alles, was du für diesen Fall gelernt, alles, was du dir vorgenommen hast zu tun, das alles ist hinfällig, denn du kannst dich nicht bewegen. Sie weinte. Vor Verzweiflung und Wut. Du musste es über dich ergehen lassen. Du kannst nichts tun. Außer hoffen. Dass es nicht zu schlimm wird. Wenn sie fertig sind, werden sie verschwinden. Sie spürte, wie die Hand auf ihr herumfingerte, aber ihren Busen nur streifte. Die linke Brust zur Seite schob und sich auf ihr Herz legte. Plötzlich wurde ihr klar, dass man sie nicht vergewaltigen würde. Dass sie keine Geisel war. Noch bevor eine harte Spitze auf einen Punkt über ihrem Herz gedrückt wurde, wusste sie: Man würde sie töten.

Sie schluchzte, weinte und dachte an Xenia, an Carsten.

Nein! Sie wollte nicht sterben!

»Nein!«, schrie sie im gleichen Augenblick, als auch Vladimir Rasumichin einen Ruf ausstieß, um Xui zu stoppen. Aber beide Rufe erreichten Xui Chenglong nicht. Er sah nur die Messerspitze auf der Brust eines Menschen, dessen Fleisch er endlich essen würde. Ballte eine Faust, holte aus, um die Klinge in Mandys Herz zu treiben.

Vladimir Rasumichin starrte in diese von vollkommenem Wahnsinn verzerrte Fratze eines Mörders, der ein hilfloses, weinendes Opfer schlachtet. Um so etwas zu sehen, hatte er aber nicht den langen Weg hierher gemacht. Er hatte einen fairen Kampf sehen wollen. Einen ehrenvollen Kampf zwischen ebenbürtigen Gegnern, die ihr Leben aufs Spiel setzen. Nicht das Massakrieren und Zerfleischen einer einarmigen Frau. Das hier war widerlich. Er trat zu. Mitten hinein in die Fratze.

Mandy stockte der Atem vor explodierender Hoffnung. Sie hörte einen Schlag, dann war nicht nur die Spitze auf ihrem Herzen verschwunden, auch der Druck auf ihrem Arm war plötzlich fort. Sofort hob sie ihn und zerrte sich das Trockentuch vom Kopf. Neben ihr lag ein Mann, ein anderer trat auf ihn ein. Sie hebelte sich auf dem Ellenbogen hoch. Entdeckte ein langes Messer, das neben ihr auf der Erde lag. Griff danach. Hielt es fest und würde es sich nicht wieder wegnehmen lassen. Nie wieder. Der Mann in dem grauen Hoody hörte auf, den am Boden Liegenden zu treten. Schaute sie schwer Atem holend an, hob die Augenbrauen, zuckte mit den Schultern.

»Excuse me, madam«, sagte er, rannte auf die an der Spundwand wartende Motoryacht zu und sprang an Bord.

Der Mann am Boden stöhnte und kam langsam wieder zu sich. Das Boot rauschte mit aufheulendem Motor davon. Mandy stieß sich mit dem rechten Fuß ab, robbte wimmernd mit Ellenbogen und Unterarm vorwärts wie ein riesiger obskurer Wurm. Schob sich unter kaum zu ertragenden Schmerzen ächzend immer näher an ihn heran.

Er hustete. Keuchte.

Bis sie neben ihm lag.

Er röchelte und fasste sich in das Gesicht.

Wenn er aufstand, hatte sie keine Chance mehr. Sie spannte die Bauchmuskeln. Fletschte die Zähne. Riss mit einem explosiven Schrei ihren Oberkörper von Boden hoch. Stieß kreischend die lange Klinge in seine Kehle. Sank nach Luft schnappend zurück auf ihren schmerzenden Rücken.

Der Wahnsinnige in dem dunklen Anzug zuckte, tat röchelnd und blubbernd seine letzten Atemzüge. Sie schaute keuchend in das kalte weiße Licht des halben Mondes. Tränen rannen ihr über die verdreckten Wangen. Dann hörte sie das Klopfen eines Hubschraubers und sah die Lichtkegel der Suchscheinwerfer durch die Dunkelheit schweifen.

9. KAPITEL

59 – Braunschweig, Donnerstag, 3. November, Nachmittag

Ein dunkelblauer Audi A4 bog von der Hauptstraße ab und fuhr auf den Parkplatz des Städtischen Klinikums an der Salzdahlumer Straße. Kommissar Carsten Sanders griff nach der Tasche, die neben ihm auf dem Beifahrersitz stand. Obst war darin, Fruchtsäfte, Kekse, Mohrrüben, Wäsche und ein weiteres Buch, das Hilfe bei einem traumatischen Erlebnis versprach.

Es regnete, und er schlug den Kragen der Jacke hoch, bevor er zwischen den Autos rasch auf das Foyer des großen Krankenhauskomplexes zuging. Durchquerte zielstrebig die weitläufige Lobby, auf dem Weg in das Wirbelsäulenzentrum, in dem Mandy nach der Operation ihres schweren Bandscheibenvorfalls mit Querschnittssyndrom behandelt wurde. Er wartete auch nicht auf den langsamen Fahrstuhl, sondern nahm gleich die Treppe. Zumindest diese Operation war gut verlaufen, im Gegensatz zu ihrem letzten Einsatz. Drei Tote und zwei Schwerverletzte, wenn man Mandy dazuzählte, und ein paar Menschen mit leichteren Verletzungen.

Verhalten klopfte er an die Tür des Zweibettzimmers, öffnete sie, ohne auf einen Ruf von innen zu warten.

Das erste Bett war leer, Mandy lag in dem hinteren. Daneben stand ein Rollstuhl, der bisher nicht dagestanden hatte.

»Hallo, Schatz.« Er beugte sich zu ihr hinunter und küsste sie. Die Augenringe schienen nicht mehr ganz so dunkel zu sein, ihre Haut ein bisschen weniger fahl, die Falten rechts und links des Mundes weniger tief. »Wie geht es dir?«

»Ganz gut«, sagte sie leise. »Heute bin ich zum ersten Mal mit dem Rollstuhl zur Therapie gefahren.«

»Klasse.« Carsten packte die Tasche aus und legte ihr das Buch auf das Bett.

Sie schaute es sich an, legte es aber gleich wieder zurück.

»Das wird hochgelobt.« Er nahm einen Apfel in die Hand. »Möchtest du? Geschält?«

»Ja. Heute Morgen waren die Kollegen noch einmal da.«

Er nahm eine Serviette vom Nachttisch, griff in die Tasche, zog ein Küchenmesser hervor und setzte sich in den Rollstuhl. »Du weißt, wie Ermittlungen bei Tötungsdelikten laufen.«

»Ich musste zustechen«, sagte sie verbissen, und ein wenig Wut klang in ihrer Stimme mit. »Was sollte ich denn tun?« Aus den Augenwinkeln warf sie einen Blick auf das Messer.

»Ich weiß, Mandy. Niemand macht dir einen Vorwurf.«

»Die sollten mal lieber alles daransetzen, die Hintermänner zu entlarven. Ich kann mir nicht vorstellen, dass Jens Müller und Faruk Ötztürk das alles alleine organisiert haben.«

»Das glaube ich auch nicht. Die Mühlen mahlen langsam, aber stetig, das weißt du.«

Mandy seufzte. »Ja, natürlich. Die Kollegen haben übrigens auch gesagt, dass wir beide in den nächsten Tagen Anzeigen bekommen werden.«

»Was? Warum?«

»Von dem Müller. Wegen schwerer Körperverletzung.«

»Damit kommt der nicht durch. Niemals!« Carsten fuhr mit dem Messer durch die Luft. »Dann schneide ich ihm das zweite …«

»Nicht!«, rief Mandy und hob den Arm.

»Oh, entschuldige«, er senkte schnell das Messer und schälte weiter den Apfel, als es an die Tür klopfte.

»Hi, Mom«, sagte Xenia und rauschte durch das Zimmer auf ihre Mutter zu. »Wie geht's dir? Hey, Carsten. Sitzt du bequem?«

»Hallo, mein Kind. Ist okay. Was sagen die Leute?«, fragte Mandy lächelnd.

»Hier in Braunschweig? Über euer Ding da am Hafen kaum noch was. Die reden nur noch über den großen Terroranschlag in Hannover und die zusammengekrachte Volkswagen-Halle. Da gab's mehr Tote als bei euch.«

Carsten hielt Mandy ein Stück Apfel hin. »So schnelllebig ist die Zeit.«

»Ach, bevor ich es vergesse …«, Xenia kramte in ihrem Rucksack, »… ich war doch gestern in Magdeburg. Da ist ein Brief für dich angekommen, Mom. Komischer Absender. Der war erst bei dir im Amt. Hier, siehst du?«

Xenia gab ihrer Mutter ein Briefkuvert. Mandy nahm es. Las den Absender. Schüttelte den Kopf. »Eine Alma

Jablonski? Aus Görlitz? Kenne ich nicht. Und der ging wirklich erst in das Landeskriminalamt?«

»Zeig mal her.« Carsten legte die geschälten Apfelstücke auf einen Teller, stellte ihn neben Mandy auf das Bett und nahm den Brief.

»Stimmt: *Landeskriminalamt Sachsen-Anhalt, Lübecker Straße 53–63, 39124 Magdeburg, an Frau Kommissar Kolwicz.*

»Sag ich doch«, meinte Xenia.

»Da bin ich aber echt neugierig. Carsten, mach ihn mal bitte auf und lies ihn vor«, sagte Mandy und steckte sich ein Stück Apfel in den Mund.

Carsten drückte auf das Kuvert. »Eine Bombe kann das nicht sein. Vielleicht eine Einladung zu einem Klassentreffen?« Er nahm das Messer und schnitt das Papier auf.

»Öch kenn keine A'ma Jab'onschki«, sagte Mandy mit vollem Mund.

Xenia spielte an dem Ring in ihrer Lippe. »Vielleicht hat sie geheiratet und ihren Namen geändert.«

Carsten faltete das Briefpapier auseinander, lehnte sich im Rollstuhl zurück, schlug die Beine übereinander und begann langsam die handgeschriebenen Zeilen vorzulesen.

»Der ist vom Freitag, 14.10. *Hallo, Frau Kommissar Kolwicz, mein Name ist Renata Jablonski …*«

»Ich denke Alma?«, murmelte Xenia.

»*… aber die meisten nennen mich nur Reni. Vielleicht erinnern Sie sich an mich, weil wir uns heute Nachmittag kurz im* Club Exclusiv *gesehen haben, wo Sie nach einem Jamiro Džugi gefragt haben. Ich arbeite in dem Club als Putzfrau.*«

Carsten schaute auf. »Kannst du dich an die erinnern?«

»Mh … ich weiß nicht … ja, doch, da war eine dritte Frau, als ich in dem Bor… Club war. Aber frag mich, wie die ausgesehen hat …«

»Also weiter … *Früher bin ich auch anschaffen gegangen, aber ich hatte eine Krebserkrankung und will das nicht mehr machen. Jamiro war mein Freund* … Was?«, rief Carsten.

»Das gibt es doch gar nicht!«, sagte Mandy.

»Das könnte die Frau sein … aber die ist doch tot!«

Mandy zog sich an dem Handgriff hoch, der über ihr baumelte. »… zu der die DNS gehört, die bei ihm gefunden wurde! Lies weiter!«

»*Er hatte einen Bekannten in Braunschweig, Stiernacken nannte der den immer …*«

»Der Brief ist doch eine Bombe!«

»*… und der hat ihn vor ein paar Wochen gefragt, ob er ganz leicht viel Geld verdienen will. Und auch die Chefin, also Pamela, die Frau von Cimburg, meinte, das sei ein super Job und im Handumdrehen erledigt.*«

»Pamela! Das war die Puffmutter! Die hat gesagt, die kennt ihn nicht. Gelogen, ohne eine Miene zu verziehen …«

»Hör zu! *Wir haben darüber geredet und waren uns so sicher, dass er den Kampf gewinnen würde, aber leider, leider hat das nicht geklappt. Wir wollten mit dem Geld nach Thailand auswandern und dort eine Tauchschule eröffnen, wir wollten das hier alles hinter uns lassen, und Jami hat doch so gerne getaucht. Nachdem Jami tot war, kam die Chefin immer zu mir und meinte, ich soll bloß meinen Mund halten über das alles, sonst könnte mir ruckzuck was passieren. Ich glaube ihr das, denn die Cimburg geht über Leichen und hat von früher her noch ziemlich gute Verbindungen. Die kennt alle möglichen Leute, weil die vor dreißig Jahren mal als Edelnutte in einem exklusiven Escortservice in Amerika gearbeitet hat. Darauf bildet die sich heute immer noch was ein, die alte Schabracke.*«

»Aha … ich glaube …«, sagte Mandy, aber Carsten ließ sich nicht unterbrechen und las weiter.

»*Nachdem* Sie *heute im* Club Exclusiv *nach Jami gefragt haben und der Nika sogar schon eine Speichelprobe abgenommen haben, war Pamela total nervös und hat nur noch rumgeschrien. Jetzt habe ich Angst, dass sie mir was antut.*«

»Oh ja, die Angst war begründet«, sagte Mandy.

»Was denn?«, fragte Xenia.

»Eigentlich darfst du … na, egal. Sie wurde vor einen Zug geworfen, damit es aussieht wie ein Selbstmord. Lies weiter.«

»*Deshalb habe ich das alles mal aufgeschrieben und in einem Brief an meine Mutter geschickt. Ich habe ihr gesagt, wenn mir wirklich etwas zustoßen sollte, dann soll sie den Brief an Sie weiterschicken, damit Sie mal wissen, worum es hier geht und sich mal die Cimburg so richtig vornehmen. Hochachtungsvoll, Renata Jablonski.*«

Carsten hob den Kopf und schaute Mandy an. »Wow«, sagte er.

»Ganz genau das werden wir tun, Frau Jablonski. Versprochen.«

Carsten faltete den Bogen zusammen und steckte ihn vorsichtig wieder in das Kuvert zurück.

60 – Braunschweig, Friedrichshöhe, zur gleichen Zeit

Faustschläge prasselten gegen den Kopf und den Oberkörper. So schnell und hart, dass das Opfer nach hinten geschleudert wurde und kaum Zeit hatte, wieder hochzukommen. Es knallte und krachte, und der Schläger schrie bei jedem der ausgeführten Fauststöße auf. Fußtritte sollte er noch nicht trainieren, dafür war die Wunde noch zu frisch.

Immer wieder prallten Stiernackens Fäuste gegen den Punching Dummy, aber dieses Mal hielt die Gummipuppe stand und riss nicht aus der Verankerung. Die Handwerker hatten gute Arbeit geleistet. Genauso wie die Ärzte. Die hatten ihn gut zusammengeflickt, er hatte nur einen Hoden verloren. Wieder knallte er die gerade Faust mitten in das Gesicht des Dummys. Stellte sich vor, dass es die verkrüppelte Bullen-Hexe war. Schade, dass der Psycho-Chinese sie nicht gekillt hatte, dachte er und wünschte ihr ein langsames, qualvolles Ende durch Krebs oder Syphilis.

Sein Rechtsanwalt, der rechtschaffene Reichsbürger Dr. Arndt, würde ihn wie immer gut raushauen. Den versuchten Totschlag, den die Staatsanwaltschaft ihm anhängen wollte, würde der Volksgenosse in Notwehr umwandeln. Mit zwei Jahren auf Bewährung sollte er aber rechnen und einer Geldstrafe wegen Tierquälerei. Eine weitere Verstrickung hatte man ihm bisher nicht nachweisen können. Gut, dass nur Ötz die Connection zu der alten Schabracke gehabt hatte.

Ein letzter Haken knallte gegen den Kopf der Boxpuppe, und außer Atem hielt Stiernacken inne. Dachte kurz an den toten Freund, der den Kopfschuss nicht überlebt hatte, ging an den Tisch und öffnete eine Flasche Wasser. Eigentlich ganz gut, dass der nicht mehr reden kann, dachte er und setzte die Flasche an. Sonst würden sie sich vielleicht in Widersprüche verstricken. Auch wegen Džugi. So konnte er weiterhin behaupten, nie in seinem Leben etwas von ihm gehört zu haben. Das hatte alles Ötz ganz allein gemacht. Stiernacken trank in vollen Zügen. Leider war auch das Geld auf den Bankkonten futsch. Konfisziert von den Behörden. Das war seine Misere – trotz der vielen Arbeit keine Kohle.

Er setzte die Plastikflasche ab, stellte sich vor den Ventilator und ließ die Luft seinen verschwitzten Körper kühlen. Und sein bestes Pferd war abgehauen. Donna, die Schlampe. Wo immer sie jetzt auch war, mochte sie irgendwo ihr *Live Action Role Playing Bordell* eröffnen. Eines Tages werde ich sie finden, dachte er und wischte sich mit einem Handtuch den Schweiß vom Stiernacken und aus dem Gesicht. Die Nutte hatte richtig Scheiße gebaut. Meinte, in der Disse rumballern zu müssen, und war dann mit der Kasse abgehauen. Na, man trifft sich im Leben immer zweimal.

Er schaute aus dem Fenster des Hinterhauses. Die Regenwolken hatten sich verzogen, und die letzten Strahlen der Novembersonne krochen über den Hof auf der Friedrichshöhe. Blondie und Adolf lagen dösend auf dem Boden. Nur die beiden Schäferhunde hatten sie ihm gelassen. Egal, die würden wieder Nachwuchs bekommen. Plötzlich schepperten Posaunen und Trompeten los. Neunzehn Uhr dreiunddreißig. Wie eine Fahne ließ er das Handtuch durch die Luft flattern, grölte die ersten Worte des Horst-Wessel-Liedes zusammen im Chor mit den Kameraden. Dann verstummte er, denn ohne Zuschauer machte ihm der Firlefanz keinen rechten Spaß.

Er schmiss das Handtuch auf den Boden vor die Duschkabine. Der Mastino hatte ihn nicht besiegt. Momentan lag der Wichser noch im Krankenhaus, aber den Rest seines Lebens würde er im Rollstuhl verbringen, vielleicht sogar in irgendeinem Knast für psychisch Kranke, wenn er das richtig verstanden hatte. War echt mies dran, der Kindersoldat, hatte einen ziemlich unfähigen Pflichtanwalt bekommen. Vier oder sechs Jahre würde der schwarze Hund wohl hinter Gitter müssen, weil er den Rumänen totgeschlagen hatte.

Stiernacken warf sich in die Brust, bewegte den Kopf hin und her, dass die Halswirbel knackten. Ein paar Gäste des Culture & Fairplay waren auch verknackt worden. Wegen Drogen, illegalen Glücksspiels, unterlassener Hilfeleistung und solchem Mist. Aber einige der Geldsäcke und Politiker kamen aus dem Ausland, und deren Strafen waren gering. In allen Zeitungen stand, dass der Richter nicht wusste, wie er die Kämpfer und die Gaffer bestrafen sollte.

Er zog sich aus, schlenderte zur Dusche rüber, öffnete die Kabine, drehte das Wasser auf, und es pladderte laut gegen die Plastikwand. Grinsend ließ er das Wasser über seinen Körper laufen. Vielleicht sollte er sich als Kämpfer bewerben, dachte er, streichelte mit den Handflächen seinen Körper, knetete die Brustmuskeln. Das SS-Tattoo war hin. Aber mit der frischen Narbe sah es noch abgefahrener aus. Einige Anzeigen gegen den Clown vom LKA und seine Tusse standen noch aus. Er musste Dr. Arndt unbedingt sagen, dass er die nicht im Sande verlaufen lassen sollte. Hausfriedensbruch, schwere Körperverletzung, Bedrohung mit einer Schusswaffe, Nötigung et cetera pp.

Müller seifte sich ein, glitt mit den Händen über seine Muskelpakete. Wie er gehört hatte, hatte man Klunker irgendwo in die Pampa geschickt, vielleicht nach Tötensen, nur weil der ein paar Infos über die *Rote Rose* »verschlampt« hatte.

Lachend spülte er sich den Seifenschaum herunter. Sanders, der Wadenbeißer vom LKA. Der war immer noch sauer, weil er nicht wusste, wer seinen dettschen Bruder umgehauen hatte. Wirst du auch nie erfahren, Herr Kommissar, dachte er und drehte das rauschende, prasselnde Wasser ab. Öffnete die Duschkabine, angelte nach dem Handtuch und begann sich abzutrocknen. Schaute dabei aus dem Fenster. Die Sonne war untergegangen, und die Dämmerung hatte eingesetzt. Adolf und Blondie lagen immer noch mitten auf dem Hof herum. Aber sie lagen seltsam da. Ganz anders als sonst. Wie tot.

Stiernacken kniff die Augen zusammen und starrte aus dem Fenster. Wenn er das in dem immer trüber werdenden Licht richtig sah, könnten die dunklen Flecken, in denen sie lagen, Blut oder so was sein …

In diesem Augenblick wurde die Tür des Gartenhauses mit einem Rammbock aus ihren Angeln gesprengt. Zwei Maskierte stürmten in den Trainingsraum. Pistolen mit Schalldämpfern. Stiernacken sprang zur Seite.

Aber sie ballerten sofort los. Die erste Kugel bohrte sich in seinen nackten Oberkörper, die zweite zertrümmerte ein Knie. Er sackte zu Boden, schnappte röchelnd nach Luft.

»Greetings von Mister Stone«, sagte einer der Killer unter der Sturmhaube.

Plopp.

»Und von Pamela«, sagte der andere, richtete den Schalldämpfer auf Stiernackens Kopf. »Die sind total sauer, dass ihr hier so einen Mist gebaut habt. Das ist ganz schlecht für's Geschäft. Goodbye, loser.«

Plopp.

»Rien ne va plus.«

Plopp.

NACHWORT UND DANK

Angesehene Kriminalpsychologen wie der in der forensischen Psychologie tätige Fallanalytiker Dr. Jens Hoffmann oder der durch die »Checkliste zur Psychopathie« bekannt gewordene Prof. Robert D. Hare haben herausgefunden, dass sich in den Führungsetagen wirtschaftlicher Großunternehmen viele Menschen tummeln, denen psychopathisches Verhalten nachgewiesen werden kann. Dazu gehören ein »überhöhtes Selbstbild« ebenso wie »fehlende Empathie« oder die »Unfähigkeit zu tiefen Gefühlen oder Reue«. Anders gesagt: Führungskräfte können in ihrer Persönlichkeitsstruktur ein ähnliches Muster aufweisen, wie man es auch bei Psychopathen findet. Was nicht wirklich verwundert, denn allzu oft ist der Kapitalismus ein blutiges Spiel, und dazu gehört nicht nur die skrupellose Überschreitung moralisch-ethischer Grenzen, sondern auch die Suche nach exklusivem Nervenkitzel. Rasumichin, Chenglong, da Silva und Scheich Abdul bin Nemsi erfüllen sich, wie alle anderen Gäste des Culture & Fairplay auch, ohne den geringsten Skrupel diesen von Mr. Stone organisierten Nervenkitzel.

Bedanken möchte ich mich bei all denen, die mir bei der Arbeit zu diesem Roman mit Rat, Tat und Informationen zur Seite gestanden haben, wie etwa dem Schriftsteller und UNICEF-Botschafter Ishmael Beah für sein eindrucksvolles Buch »Rückkehr ins Leben: Ich war Kindersoldat«, außerdem unserem Kollektiv-Gehirn *Internet,* das mich neben der Faktenrecherche auch immer wieder fassungslos in die dunkelsten und widerwärtigsten Abgründe der menschlichen Seele blicken lässt, der aufmerksamen Lektorin und dem Team des KBV-Verlags, meiner geliebten Erstleserin, und natürlich bei Ihnen, meiner Leserschaft.

Hardy Crueger
Braunschweig, im Mai 2017

KBV KRIMINALROMAN

Martin Schöne

WOLF SPIELT DAS LIED VOM TOD

Taschenbuch, 416 Seiten
ISBN 978-3-95441-361-4
11,95 EURO

Operation Gemini – Die Stasi lebt

Gerade zurück aus Malta entgeht Ex-BKA-Zielfahnder Tom Wolf in Berlin nur knapp einem Anschlag auf sein Leben. Als der MAD mit der Forderung an ihn herantritt, er solle für ihn arbeiten, ist es endgültig vorbei mit dem Wunsch nach einem bürgerlichen Leben. Wolf hat die Wahl: Entweder er schafft es, seinen Ziehsohn Philip und verschwundenes Stasi-TNT aufzuspüren, oder Philip wird als Staatsfeind Nummer 1 zum Abschuss freigegeben.

Die Spur führt ihn nach Moskau, wo er auf die ominöse Stasi-Operation Gemini stößt: Schläfer, die seit Jahrzehnten im Untergrund darauf warten, aktiviert zu werden, um koordinierte Anschläge auf dem Gebiet der Bundesrepublik Deutschland durchzuführen. Schon bald befindet sich Wolf inmitten eines neuen Kalten Krieges –die Stasi lebt, und es scheint, als könnte nur er sie stoppen.

»Mike Hammer lässt grüßen ... Schnelle Autos, erstklassige Waffen und eine Verschwörung von ungeahnten Ausmaßen sorgen für ein unterhaltsames Spektakel, dessen abgedrehter Plot das einzige Indiz dafür ist, dass sich jemand hier einen großen Spaß erlaubt hat, den wir Leser gerne mit ihm teilen.«

(CulturMag, Joachim Feldmann zu »Wolf hetzt die Meute«)

Jaschinski & Marley (Hg.)

(UN)GELÖST
Taschenbuch, 392 Seiten
ISBN 978-3-95441-315-7
11,95 EURO

Unvergessene Kriminalfälle – endlich aufgeklärt!

Von Lizzie Borden bis Rosemarie Nitribitt –
Jetzt wird erzählt, was wirklich geschah.

Sie denken sich die perfidesten Morde aus und planen das perfekte Verbrechen – Krimiautoren. Doch können sie auch solche Fälle aufklären, an denen selbst BKA, FBI und Scotland Yard scheiterten? Ob Lizzie Borden, Rosemarie Nitribitt oder der Vampir von Bielefeld – zum ersten Mal nehmen sich dreiundzwanzig namhafte deutsche Krimiautorinnen und -autoren die ungelösten Rätsel der Kriminalgeschichte vor und präsentieren ihre ganz persönlichen Auflösungen!

Für Sie ermitteln: Mechtild Borrmann, Michael Böhm, Wolfgang Brosche, Andrea Gehlen, Jule Gölsdorf, Sascha Gutzeit, Christiane Güth, Naomi Jaschinski, Regine Kölpin, Ralf Kramp, Tatjana Kruse, Cornelia Kuhnert, Mirjam Phillips, Jürgen Reitemeier, Raiko Relling, Manfred C. Schmidt, Jürgen Siegmann, Wolfram Tewes, Sabine Trinkaus, Uwe Voehl und Marcus Winter.

Erkennungsdienstlich behandelt und kriminaltechnisch zusammengestellt von Robert C. Marley und Christian Jaschinski.

Mit einem Vorwort von Deutschlands berühmtestem Profiler Axel Petermann.

KBV KRIMINALROMAN